U0636813

郭沫若诗文经典

文学经典名著

凤凰涅槃

郭沫若 / 著

21 二十一世纪出版社集团
21st Century Publishing Group
全国百佳出版社

图书在版编目（CIP）数据

凤凰涅槃：郭沫若诗文经典 / 郭沫若著 . -- 南昌：
二十一世纪出版社 , 2014.9
（中国现代文学经典名著）

ISBN 978-7-5391-9091-4

Ⅰ . ①凤… Ⅱ . ①郭… Ⅲ . ①诗集—中国—现代
②散文集—中国—现代 Ⅳ . ① I216.2

中国版本图书馆 CIP 数据核字 (2013) 第 224272 号

凤凰涅槃：郭沫若诗文经典　　　　　　　　　　郭沫若 / 著

策　　划　张　明
责任编辑　刘　刚
出版发行　二十一世纪出版社集团
　　　　　　（江西省南昌市子安路75号　330025）
　　　　　　www.21cccc.com　cc21@163.net
出 版 人　张秋林
经　　销　新华书店
印　　刷　北京永顺兴望印刷厂
版　　次　2014年10月第1版　2017年12月第2次印刷
开　　本　720mm×1000mm　1/16
印　　张　27
字　　数　380千
书　　号　ISBN 978-7-5391-9091-4
定　　价　42.00元

赣版权登字—04—2013—683
如发现印装质量问题，请寄本社图书发行公司调换 0791-86524997

目 录

散文

导　论

张艳梅

郭沫若（1892—1978），中国著名的作家、诗人、历史学家、考古学家、古文字学家、社会活动家。原名郭开贞，号尚武，笔名郭鼎堂等。1892年生于四川省乐山县沙湾镇一个地主兼商人的家庭。郭沫若是中国现代文学史上具有代表性的浪漫主义诗人和卓有成就的作家。他的代表作诗集《女神》把现代自由诗的创作推向了思想和艺术的崭新高度，为现代新诗的发展开辟了更加宽广的道路，成为中国现代新诗的奠基作。郭沫若在文学上的成就是多方面的，除诗歌外，他的散文也别有风采，为中国的新文学留下了大量文质兼美、脍炙人口的名篇，其中有些优秀之作已成为人们耳熟能详的散文经典。此外，他在戏剧、小说、文艺论文创作上都不乏佳作；在翻译和文字学上也有贡献，所译德文小说《少年维特之烦恼》深受青年读者喜爱，甲骨文"郭说"对文字学研究影响深远。

《女神》是郭沫若的第一部诗集，出版于1921年8月，大部分诗作写于1919—1920年间，是其创作爆发期的作品。"五四"新诗创作参与者甚众，既有现实关怀，也有浪漫抒情，但整体气势偏弱。郭沫若的登场使"五四"新诗精神大振，气韵充沛，充满伟大的时代精神。郭沫若在新诗发展上的主要贡献：一方面把"诗体解放"推向极致；一方面使诗的抒情本质与诗的个性化得到充分发展，以奇特大胆的想象、瑰丽奇绝的语言、浪漫奔放的情怀，让现代汉语新诗站在了一个很高的起点之上。

欧洲浪漫主义有三大特征：描写大自然、反观内心、赞美宇宙，这些都在《女神》中得以体现。郭沫若喜欢描写崇高壮美的事物，许多意象是亘古至今从未出现过的。《地球，我的母亲！》一诗是郭沫若歌颂自然的代表性篇章，诗人把地球作为人类生命的养育者和人类幸福的创造者这一伟大形象来加以歌颂，把地球呼之为"母亲"，并以神奇的想象力，把宇宙中的一切都看成这位"母亲"的化身。郭沫若作为诗人，通过对自然的伟大创造力的描绘，显示了他对人类美好生活的追求和对美好未来的乐观信念。《晨安》中的感情律动，如阵阵飓风和滚滚狂涛，不仅向着"我年轻的祖国"问候，而且向着"大西洋畔的新大陆"、"太平洋上的扶桑"致意，向世界，向古往今来的伟大人物，向壮美的自然界一连喊出了 27 个"晨安"，表现了诗人在十月革命和五四运动给世界和祖国带来的"千载一时的晨光"中的狂喜。

《女神》体现了对自我的颂扬和对个性解放的讴歌。郭沫若以"狂飙突进"的激情，歌颂反抗、叛逆，追求自由和个性解放的精神。《天狗》证明"自我"是世间最有价值、最有力量的。郭沫若作为诗人，在讴歌个性解放的同时，极力表现一种反抗、破坏和创造精神，热烈地赞颂古往今来的一切叛逆者和革命者。《匪徒颂》更是直接歌颂反抗叛逆精神的名篇。诗歌以激昂澎湃的感情赞颂了"一切的匪徒"，对他们三呼万岁，鲜明地表现了诗人强烈的反抗叛逆的精神。郭沫若创作的诗歌往往选取许多古代历史和神话的题材，比如，共工与颛顼争帝，女娲补天，聂政刺韩相侠累，屈原的故事，凤凰、天狗的传说，等等。这些题材本身多富于幻想、奇异，带有传奇性。郭沫若对这些故事和传说进行加工、再造，使其借着诗人自己和整个时代的"生命泉水"而复活。诗人自己说是"要给他们吹嘘些新的精神，加以激活，为我所用"，使其能以充分表达出个人和整个时代的突破束缚、追求自由、积极进取的革命精神。

朱自清说："整个《女神》就是一部爱国主义诗歌。"《凤凰涅槃》的意义，如作者所说："是象征着中国的再生。"诗中的凤凰，既是伟大祖国的形象，也是诗人自己的形象；既是与旧世界和人生的彻底决裂，也是创造光明理想的世界和人生的进行曲。在《炉中煤》中，诗人把五四运动后的祖国比作自己爱恋的"年轻的女郎"，把自己比作炽烈燃烧的炉中的煤火。这比喻不仅新颖奇特，而且含有深刻的寓意：红红的炉火象征诗人对祖国亦诚的心；而煤只有燃尽自己才能发出光和热来，这又象征了诗人愿为祖国献身的怀抱，感到自己这"活埋在地底多年"的黑煤已能"重见天光"，为祖国发出光和热的时机已到。《女神》中的爱国主义思想，在众多诗篇中具有各种不同的表现形态：有时表现为对祖国的赞颂，有时表现为对祖国的眷念，有时表现为对阻碍祖国前进的腐朽事物的诅咒，有时又表现为"报国济民"的英雄怀抱。而且诗人个人的命运和祖国的命运，爱国主义和革命人道主义取得了血肉的融合。

《星空》是一本诗歌、散文、戏曲合集。如果说《女神》是诗人的"呐喊"，《星空》就是诗人的"彷徨"。构成《星空》形象体系的依然是地球、大海、星辰和太阳，色调却发生了变化：在黎明中奏着音乐的地球在"海水怀抱"中"死了"（《冬景》）；在波涛汹涌中光芒万丈的新生的太阳惨然变色，"惨黄的太阳照临"着"可怕的血海"（《吴淞堤上》）；"天上的星辰完全变了"（《星空》）；"囚在个庞大的铁网笼中"的大鹫代替了"从光明中飞来，又向光明中飞往"的"雄壮的飞鹰"（《大鹫》）；"偃卧在这莽莽的沙场"上的"带了箭的雁鹅"，代替了翱翔在更生的宇宙中的欢唱的凤凰（《献诗》）。形象与色彩的转换折射出时代风云的变幻，诗人及社会心理、情绪的嬗变：由"五四"高潮期的乐观、昂扬，跌入退潮期的苦闷、彷徨，开始更深刻的求索。《星空》失去了《女神》的单纯性与统一性，多种音调、画面交换出现，反映了历史彷徨期的复杂多变性。忽而是平和的声音、宁静的画图，诗行间透露出逃遁于大自然和远古时代的企想；忽而是愤激的哀调、血腥的画图，面对黑暗的现实，"尝着诞生的苦闷"；忽而是跳荡着欢快的乐音，绘着生机盎然的新芽，充满了对未来的希望。《星空》中的诗歌，虽缺乏《女神》时代的那种火山爆发式的内在情感，但技巧却趋于圆熟：结构更严谨，语言更凝练、含蓄，感情也更深沉。

《瓶》作于1925年二三月间，是一组爱情诗，由42首短诗组成。发表时由郁达夫作序，可以说是《女神》和《星空》的诗情在爱情题材上的另一种流露。这里有火山般的热情喷发和奇特的想象，表现了为浪漫爱情而献身的精神。爱情诗《瓶》是《星空》表现出的时代苦闷在爱情生活上的投影。诗作所体现的缠绵悱恻的情调是郭沫若主情主义美学思想的自然延伸。

政治抒情诗《前茅》主要写于1923年（1928年出版），《恢复》写于1928年初（1928年出版），标志着郭沫若诗风的转变。两部诗集都是现实主义题材的政治抒情诗，标志着其诗歌创作题材、内容从浪漫主义向现实主义转化。《前茅》取材于现实生活，对社会黑暗进行批判，表达愤懑之情，由对自然的歌颂转向对工农大众的歌颂。作为诗人，郭沫若敏锐地感受到新的革命高潮逼近的时代气息，一面宣告与时代精神不相容的旧的情感、追求的决裂；一面关注着代表时代前进方向的工农命运与斗争，热情呼唤着："二十世纪的中华民族的大革命哟，快起！起！起！"面对着腥风血雨的白色恐怖，诗人没有任何悲观、苦闷与彷徨，有的只是不屈的战斗精神，昂扬的乐观主义，以及对工农力量的确信，对于革命道路正确选择的确信。《前茅》《恢复》里的诗歌无疑已经"属于别一世界"，是无产阶级诗歌的最初尝试。这些诗歌歌颂了工农大众，充满了无产阶级的战斗激情，具有一种犹如鼙鼓声浪喧天的"狂暴"的力的美；这些诗歌也带有无产阶级革命文学发展初期难以避免的幼稚病，主要表现为把诗歌作为时代传声筒的席勒化倾向，以及缺乏鲜明的艺术个性，标语口号化的倾向。

　　郭沫若本质上是一个抒情诗人，各种体裁的作品都颇具浪漫之情，其散文创作同样表现得思想深刻、文采飞扬、特色鲜明。深厚的中国古典文学和散文传统培育了郭沫若的文学素养，而西方近现代文艺思潮又对郭沫若的个性、思想和文学创作发生了多方面的影响。他所创作的散文作品内容广泛，有政论时评、写人记事、个人抒怀、游记小品、杂文寓言、文艺论文，等等。郭沫若的散文不仅记录着时代的风云际会，而且真实生动地记录了他个人在大时代的思想、生活和情感轨迹。他的散文写得隽永而又浓丽，深挚而又热烈。

　　"五四"落潮，郭沫若怀着改造社会的理想回到祖国，希望有所作为。但国内黑漆漆的社会、血淋淋的现实给了他沉重的打击，理想破灭了，使他感到种种苦闷和空虚。他在这一时期创作的散文，既有对社会黑暗的诅咒，也有对大自然的歌咏，悲愤和痛苦，忧伤和失望纠结在一起。《月蚀》《卖书》通过个人贫困的遭际，向社会发出悲愤的呼叫。《梦与现实》《寄生树与细草》《昧爽》表达了理想破灭的忧愤，以及对吞噬美好生命的现实的控诉。《路畔的蔷薇》等六章小品，牧歌式地抒发青春的欢悦与离乡去国的孤寂。

　　在流亡日本的十年里，郭沫若除了埋头研究中国的古文字和古代社会历史外，还写下了大量的自传体散文，如《我的童年》《反正前后》《创造十年》《北伐途次》，以及《鸡之归去来》《浪花十日》《痛》《大山朴》《达夫的来访》《断线风筝》《杜鹃》等。这些回忆性自传散文，通过郭沫若自己的经历和感受，真实地反映了一个爱国知识分子的成长道路，展现了中国近代的社会生活和革命历史风云的生动画卷。

抗日战争期间，郭沫若归国投入抗战文化工作。他在这一时期创作的作品，无论是论文、随笔、剧作还是小品，都紧紧围绕抗日救亡的主题。激发抗日的热情，揭露日本侵略者的凶残面目，是他这一时期作品的基本思想内容。如《长沙哟，再见》，以清新流畅的抒情笔调抒发了坚信抗日战争必定胜利的信心。这一时期郭沫若还写了一些清新隽永的散文小品，那种俊逸的笔致，哲理的闪光，诗的意境，深深地打动着读者。这些作品包括《芍药及其它》《银杏》《丁东草》《雨》《竹阴读画》《飞雪崖》等。这正是作者——作为一个战士——在那艰苦抗战的峥嵘岁月里的生活的另一面记录。

抗日战争胜利以后，郭沫若写了大量的杂文、文艺和时事论文，以及其他各种形式的散文。其内容则集中转变为争取民主，反对蒋介石集团的独裁统治，及时地揭露蒋介石政府和美帝国主义狼狈为奸，发动内战的种种阴谋，为迎接新中国而高声呐喊。这期间，郭沫若还写了大量的回忆录：《洪波曲》《涂家埠》《南昌之一夜》等。这些回忆散文不仅是珍贵的历史记录，而且紧密地配合了当时的现实的战斗。浓郁的诗意，饱满的感情，是郭沫若散文艺术的最重要的特色；表现自我，表现自己的思想、情趣和人格，是郭沫若散文的另一个重要特点。

当然，我们也应看到郭沫若艺术观和文学创作的局限。郭沫若在强调诗歌与无产阶级革命事业的密切联系的同时，提出文艺必须充当政治的"留声机器"，以后又进一步宣称"我高兴做个'标语人'、'口号人'，而不必一定要做'诗人'"，这就从根本上抹杀了政治与艺术的界限。郭沫若还把创作方法、艺术手法与政治倾向联系起来，宣布唯有现实主义才是"革命"的，"对于反革命的浪漫主义文艺也要取一种彻底反抗的态度"，并将创作中的"灵感"、"主观"、"自我表现"不加分析地一律否定，认为"纯粹代表这一方面的作品就是不革命乃至反革命的作品"。正是在这样的思想指导下，郭沫若在《恢复》里放弃了最适合自己气质和才情的浪漫主义，从而从根本上失去了自己的艺术个性。直到《屈原》等历史剧作中，郭沫若才重新回到革命浪漫主义道路上来，重新找到了自己，他的创作才出现了第二个高峰。郭沫若部分诗篇艺术水准不平衡，有的形式过于单调，有些诗篇中夹杂败笔。这些我们应该理性地看待。总之，作为开创一代诗风的积极浪漫主义诗人，作为风格独特、卓有成就的散文家，作为中国文坛上的"多面手"，郭沫若为中国现代文学史留下了许多名篇佳作，为现代汉语的写作和发展作出了重要贡献。

别　离

残月黄金梳，
我欲掇之赠彼姝[1]。
彼姝不可见，
桥下流泉声如泣[2]。

晓日月桂冠，
掇之欲上青天难。
青天犹可上，
生离令我情惆怅。

〔附白〕此诗内容余曾改译如下：

一弯残月儿
还高挂在天上。
一轮红日儿
早已出自东方。
我送了她回来，
走到这旭川桥上；
应着桥下流水的哀音，
我的灵魂儿
向我这般歌唱：
月儿啊！
你同那黄金梳儿一样。
我要想爬上天去，

把你取来；
用着我的手儿，
插在她的头上。
咳！
天这样的高，
我怎能爬得上？
天这样的高，
我纵能爬得上，
我的爱呀！
你今儿到了哪方？

太阳呀！
你同那月桂冠儿一样。
我要想爬上天去，
把你取来；
借着她的手儿，
戴在我的头上。
咳！
天这样的高，
我怎能爬得上？
天这样的高，
我纵能爬得上，
我的爱呀！
你今儿到了哪方？

一弯残月儿
还高挂在天上。
一轮红日儿
早已出自东方。
我送了她回来
走到这旭川桥上；

应着桥下流水的哀音，
我的灵魂儿
向我这般歌唱。

1919年3、4月间作

注释

1．彼姝：姝（shū），美女。指那个美丽的女子。
2．泫（xuàn）：水珠下滴。

导读

这首诗是郭沫若情诗的代表作。全诗文字简短，结构紧凑，情感细腻，哀而不伤，浓而不烈。别愁离绪，情意绵绵，月映思念心，泉奏离别意。浓浓的情思，淡淡的哀愁，人与人之间最可贵是心意相通，远隔千山万水，共浴日月光辉。灵犀透过柔暖的春风，直入各自的心底。

夜

夜！黑暗的夜！

要你才是"德谟克拉西[1]！"

你把这全人类来拥抱：

再也不分甚么贫富、贵贱，

再也不分甚么美恶、贤愚，

你是贫富、贵贱、美恶、贤愚，

　一切乱根苦蒂的大熔炉。

你是解放、自由、平等、安息，

　一切和胎乐蕊[2]的大工师。

黑暗的夜！夜！

我真正爱你，

我再也不想离开你。

我恨的是那些外来的光明：

他在这无差别的世界中

硬要生出一些差别起。

1919年间作

注释

1．德谟克拉西：源于希腊文"demos"，意为人民，民主。

2．和胎乐蕊：意为和谐盛世。

导读

　　《夜》中的"你"即黑夜，喻指民主。作者把无形无际的夜看作民主的化身，将"黑暗的夜"当作理想社会的隐喻和象征。作者通过本诗表达内心深处对民主强烈的渴望及向往，具有强大的艺术想象空间，梦想插上翅膀自由地飞翔。

浴　海

太阳当顶了！
无限的太平洋鼓奏着男性的音调！
万象森罗，一个圆形舞蹈！
我在这舞蹈场中戏弄波涛！
我的血和海浪同潮，
我的心和日火同烧，
我有生以来的尘垢、秕糠[1]
早已被全盘洗掉！
我如今变了个脱了壳的蝉虫，
正在这烈日光中放声叫：

太阳的光威
要把这全宇宙来熔化了！
弟兄们！快快！
快也来戏弄波涛！
趁着我们的血浪还在潮，
趁着我们的心火还在烧，
快把那陈腐了的旧皮囊
全盘洗掉！
新社会的改造
全赖吾曹[2]！

1919年9月间作

注释

1. 秕糠（bǐ kāng）：秕，子实不饱满；糠，稻、麦、谷子等的子实所脱落的壳或皮。意思为秕子和糠，比喻没有价值的东西。
2. 吾曹：我们这一辈。

导读

本诗最初发表于1919年10月24日上海《时事新报·学灯》,后收入诗集《女神》。诗人以热烈豪迈且富诗意的情怀，借着太阳与海洋的无私与广阔来洗涤自己的身心，脱胎换骨，如狂飙怒潮，表达了青年一代积极投身时代洪流，以青春的血浪与心火去洗涤陈腐、改造社会的豪情壮志。

立在地球边上放号

无数的白云正在空中怒涌,

啊啊! 好幅壮丽的北冰洋的晴景哟!

无限的太平洋提起他全身的力量来要把地球推倒。

啊啊! 我眼前来了的滚滚的洪涛哟!

啊啊! 不断的毁坏, 不断的创造, 不断的努力哟!

啊啊! 力哟! 力哟!

力的绘画, 力的舞蹈, 力的音乐, 力的诗歌, 力的 Rhythm[1] 哟!

1919年9、10月间作

注释

1. Rhythm（英文）: 节奏, 韵律。

导读

　　诗人怀着十分崇敬的心情, 由衷地赞美和颂扬劳动和工农大众。诗歌体现了"五四"时期社会思潮"劳工神圣"的巨大影响和作用, 表现劳动是创造, 是一种美。本诗歌颂"力"的伟大, 极富艺术想象, 艺术地展现了一幅力与美的画卷。

鹭鸶[1]

鹭鸶！鹭鸶！

你自从哪儿飞来？

你要向哪儿飞去？

你在空中画了一个椭圆，

突然飞下海里，

你又飞向空中去。

你突然又飞下海里，

你又飞向空中去。

雪白的鹭鸶！

你到底要飞向哪儿去？

1919年夏秋之间作

注释

1．鹭鸶（lù sī）：即白鹭，鹭科的鸟类，为大、中型涉禽，主要活动于湿地及林地附近，它们是湿地生态系统中的重要指示物种。

导读

鹭鸶又称白鹭，青嘴白身，飘逸修长，随风起舞，漂亮至极。诗中对鹭鸶捕食的动作反复描绘，灵动异常，神奇优美。句首和结尾两处的疑问，表达了作者对美的惊异，对美的留恋。

火葬场

我这瘟[1]颈子上的头颅

好像那火葬场里的火炉；

我的灵魂呀，早已被你烧死了！

哦，你是哪儿来的凉风？

你在这火葬场中

也吹出了一株——春草。

注释

1. 瘟：本义指流行性急性传染病，诗中指像得了瘟病似的神情呆滞、没有生气的
   样子。

导读

　　这是一首写给恋人的情诗，表达因灵魂获救而产生的无限感激和喜悦的心
情。诗歌采用强烈的生死对比，似乎非如此便不足以表达诗人内心的激动，表
达生与死、灵与肉的再造重生。灵魂绽放于爱的滋养之中，新的生机冲破一切
陈腐的藩篱，幻化成一株春草，象征着希望。

地球，我的母亲！

地球，我的母亲！
天已黎明了，
你把你怀中的儿来摇醒，
我现在正在你背上匍行。

地球，我的母亲！
你背负着我在这乐园中逍遥。
你还在那海洋里面，
奏出些音乐来，安慰我的灵魂。

地球，我的母亲！
我过去，现在，未来，
食的是你，衣的是你，住的是你，
我要怎么样才能够报答你的深恩？

地球，我的母亲！
从今后我不愿常在家中居住，
我要常在这开旷的空气里面，
对于你，表示我的孝心。

地球，我的母亲！
我羡慕你的孝子，田地里的农人，
他们是全人类的保姆，
你是时常地爱抚他们。

地球，我的母亲！

我羡慕你的宠子，炭坑里的工人，
他们是全人类的普罗美修士[1]，
你是时常地怀抱着他们。

地球，我的母亲！
我想除了农工而外，
一切的人都是不肖的儿孙，
我也是你不肖的儿孙。

地球，我的母亲！
我羡慕那一切的草木，我的同胞，你的儿孙，
他们自由地，自主地，随分地，健康地，
享受着他们的赋生[2]。

地球，我的母亲！
我羡慕那一切的动物，尤其是蚯蚓——
我只不羡慕那空中的飞鸟：
他们离了你要在空中飞行。

地球，我的母亲！
我不愿在空中飞行，
我也不愿坐车，乘马，著袜，穿鞋，
我只愿赤裸着我的双脚，永远和你相亲。

地球，我的母亲！
你是我实有性的证人，
我不相信你只是个梦幻泡影，
我不相信我只是个妄执无明[3]。

地球，我的母亲！
我们都是空桑中生出的伊尹[4]，

我不相信那缥缈的天上，
还有位什么父亲。

地球，我的母亲！
我想这宇宙中的一切都是你的化身：
雷霆是你呼吸的声威，
雪雨是你血液的飞腾。

地球，我的母亲！
我想那缥缈的天球，是你化妆的明镜，
那昼间的太阳，夜间的太阴[5]，
只不过是那明镜中的你自己的虚影。

地球，我的母亲！
我想那天空中一切的星球
只不过是我们生物的眼球的虚影；
我只相信你是实有性的证明。

地球，我的母亲！
已往的我，只是个知识未开的婴孩，
我只知道贪受着你的深恩，
我不知道你的深恩，不知道报答你的深恩。

地球，我的母亲！
从今后我知道你的深恩，
我饮一杯水，纵是天降的甘霖，
我知道那是你的乳，我的生命羹。
地球，我的母亲！
我听着一切的声音言笑，
我知道那是你的歌，
特为安慰我的灵魂。

地球，我的母亲！
我眼前一切的浮游生动，
我知道那是你的舞，
特为安慰我的灵魂。

地球，我的母亲！
我感觉着一切的芬芳彩色，
我知道那是你给我的玩品，
特为安慰我的灵魂。

地球，我的母亲！
我的灵魂便是你的灵魂，
我要强健我的灵魂，
用来报答你的深恩。

地球，我的母亲！
从今后我要报答你的深恩，
我知道你爱我还要劳我，
我要学着你劳动，永久不停！

地球，我的母亲！
从今后我要报答你的深恩，
我要把自己的血液来
养我自己，养我兄弟姐妹们。

地球，我的母亲！
那天上的太阳——你镜中的影，
正在天空中大放光明，
从今后我也要把我内在的光明来照照四表纵横。

1919年12月末作

注释

1．普罗美修士：希腊神话中造福人类的神。现在一般译作"普罗米修斯"。他曾为人类盗取天火，并传授多种手艺，因此触怒主神宙斯，被锁在高加索山崖上，每日神鹰啄食其肝脏，夜间伤口愈合，天明神鹰复来。他宁受折磨，坚毅不屈，最后获得解放。在欧洲文艺作品中，普罗美修士一直是一个敢于反抗强暴、不惜为人类幸福牺牲一切的英雄形象。

2．赋生：指被赋予生存的权利。

3．妄执无明：这里是狂妄、愚昧无知的意思。

4．我们都是空桑中生出的伊尹：意思是说，人类是地球生育出来的。《吕氏春秋·本味》载，上古时，有人在伊水边采桑，从空心的桑树中得到一个婴儿，送给了国君，命名"伊尹"。

5．太阴：指月亮。

导读

诗人歌颂地球像母亲一样，哺育生灵，孕养万物，伟大无私。人们同住地球村，其乐融融，一派祥和。宇宙的一切都是地球的化身，而地球的真正主宰是工人和农民。诗歌表现了对工农的无限仰慕和崇敬，表达了对劳动的高度热爱。整首诗充满幻想，感情奔放，气势磅礴，体现了五四时期强烈的反对封建束缚、要求个性解放的时代精神。

夜步十里松原

海已安眠了。

远望去，只看见白茫茫一片幽光[1]，

听不出丝毫的涛声波语。

哦，太空！怎么那样地高超，自由，雄浑，清寥[2]！

无数的明星正圆睁着他们的眼儿，

在眺望这美丽的夜景。

十里松原中无数的古松，

都高擎着他们的手儿沉默着在赞美天宇。

他们一枝枝的手儿在空中战栗[3]，

我的一枝枝的神经纤维在身中战栗。

注释

1. 幽光：昏暗的光亮。
2. 清寥（qīng liáo）：清幽寂静。
3. 战栗（zhàn lì）：亦作"颤栗"。因恐惧、寒冷或激动而颤抖。

导读

　　郭沫若在日本福冈读医科大学期间，居住在博多湾畔。博多湾一碧如洗，水面静美，不远处十里松原沿海湾绵延伸展。本诗便是诗人用心灵的和弦奏出的一曲自然之声：宁静海面，浩渺太空，十里松原，千枝万叶。作者描绘出恬谧幽深的意境，抒发了作者宏大超脱的情怀，对天宇的浩瀚之美更是赞叹不已。

匪徒颂

匪徒有真有假。

《庄子·胠箧[1]》篇里说："故跖之徒问于跖曰：'盗亦有道乎？'跖曰：'何适而无有道耶？夫妄意室中之藏，圣也；入先，勇也；出后，义也；知可否，智也；分均，仁也。五者不备而能成大盗者，天下未之有也。'"

像这样身行五抢六夺，口谈忠孝节义的匪徒是假的。照实说来，他们实在是军神武圣的标本。

物各从其类，这样的假匪徒早有我国的军神武圣们和外国的军神武圣们赞美了。小区区非圣非神，一介"学匪"，只好将古今中外的真正的匪徒们来赞美一番吧。

一

反抗王政的罪魁，敢行称乱的克伦威尔[2]呀！

私行割据的草寇，抗粮拒税的华盛顿呀！

图谋恢复的顽民，死有余辜的黎塞尔[3]（菲律宾的志士）呀！

西北南东去来今，

  一切政治革命的匪徒们呀！

    万岁！万岁！万岁！

二

鼓动阶级斗争的谬论，饿不死的马克思呀！

不能克绍箕裘，甘心附逆的恩格斯呀！

亘古的大盗，实行"布尔什维克"的列宁呀[4]！

西北南东去来今，

一切社会革命的匪徒们呀！

万岁！万岁！万岁！

三

反抗婆罗门的妙谛，倡导涅槃邪说的释迦牟尼呀！

兼爱无父、禽兽一样的墨家巨子呀！

反抗法王的天启，开创邪宗的马丁路德呀！

西北南东去来今，

一切宗教革命的匪徒们呀！

万岁！万岁！万岁！

四

倡导太阳系统的妖魔，离经叛道的哥白尼呀！

倡导人猿同祖的畜牲，毁宗谤祖的达尔文呀！

倡导超人哲学的疯癫，欺神灭像的尼采呀！

西北南东去来今，

一切学说革命的匪徒们呀！

万岁！万岁！万岁！

五

反抗古典三昧的艺风，丑态百出的罗丹呀！

反抗王道堂皇的诗风，饕餮粗笨的惠特曼呀！

反抗贵族神圣的文风，不得善终的托尔斯泰呀！

西北南东去来今，

一切文艺革命的匪徒们呀！

万岁！万岁！万岁！

六

不安本分的野蛮人，教人"返自然"的卢梭呀！

不修边幅的无赖汉，善与恶疾儿童共寝的丕时大罗启⁵呀！

不受约束的亡国奴，私建自然学园的泰戈尔呀！

西北南东去来今，

　　一切教育革命的匪徒们呀！

　　　　万岁！万岁！万岁！

1919年末作

注释

1. 肤箧（qū qiè）：基本释义为撬开箱箧，后亦用为盗窃的代称。
2. 克伦威尔：17世纪英国资产阶级革命领袖。
3. 黎塞尔：现通译黎萨尔，菲律宾的爱国诗人和民族独立运动领袖。
4. 以上三句，在1921年《女神》初版本中作：

    倡导社会改革的狂生，瘦而不死的罗素呀！

    倡导优生学的怪论，妖言惑众的哥尔栋呀！

    亘古的大盗，实行波尔显威克的列宁呀！
5. 丕时大罗启：现通译裴斯泰洛齐，瑞士的教育家。

导读

　　1919年，中国处于五四时期。新思想、新思潮、新主义，层出不穷。郭沫若作为五四时期极具浪漫主义色彩的诗人，他对个性的解放、自由的追求高调执着，独步文坛。本诗大力赞颂古往今来的一切革命者，涉及众多领域：政治革命、社会革命、宗教革命、学说革命、文艺革命、教育革命。诗歌似贬实褒，高呼万岁，表现了诗人对众多革命者的崇敬及膜拜！其感情炽烈，气势雄浑，有着强烈的艺术感染力。

凤凰涅槃[1]

天方国古有神鸟名"菲尼克司"（Phoenix），满五百岁后，集香木自焚，复从死灰中更生，鲜美异常，不再死。

按此鸟殆即中国所谓凤凰：雄为凤，雌为凰。《孔演图》云："凤凰火精，生丹穴。"《广雅》云："凤凰……雄鸣曰即即，雌鸣曰足足。"

序　　曲

除夕将近的空中，
飞来飞去的一对凤凰，
唱着哀哀的歌声飞去，
衔着枝枝的香木飞来，
飞来在丹穴山上。

山右有枯槁了的梧桐，
山左有消歇了的醴泉[2]，
山前有浩茫茫的大海，
山后有阴莽莽的平原，
山上是寒风凛冽的冰天。

天色昏黄了，
香木集高了，
凤已飞倦了，
凰已飞倦了，
他们的死期将近了。

凤啄香木,
一星星的火点迸飞。
凰扇火星,
一缕缕的香烟上腾。

凤又啄,
凰又扇,
山上的香烟弥散,
山上的火光弥满。

夜色已深了,
香木已燃了,
凤已啄倦了,
凰已扇倦了,
他们的死期已近了!

啊啊!
哀哀的凤凰!
凤起舞,低昂!
凰唱歌,悲壮!
凤又舞,
凰又唱,
一群的凡鸟,
自天外飞来观葬。

凤　　歌

即即!即即!即即!
即即!即即!即即!
茫茫的宇宙,冷酷如铁!

茫茫的宇宙，黑暗如漆！
茫茫的宇宙，腥秽如血！

宇宙呀，宇宙，
你为什么存在？
你自从哪儿来？
你坐在哪儿在？
你是个有限大的空球？
你是个无限大的整块？
你若是有限大的空球，
那拥抱着你的空间
他从哪儿来？
你的外边还有些什么存在？
你若是无限大的整块，
这被你拥抱着的空间
他从哪儿来？
你的当中为什么又有生命存在？
你到底还是个有生命的交流？
你到底还是个无生命的机械？

昂头我问天，
天徒矜高，莫有点儿知识。
低头我问地，
地已死了，莫有点儿呼吸。
伸头我问海，
海正扬声而鸣咽。
啊啊！
生在这样个阴秽的世界当中，
便是把金钢石的宝刀也会生锈！
宇宙呀，宇宙，
我要努力地把你诅咒：

你脓血污秽着的屠场呀!
你悲哀充塞着的囚牢呀!
你群鬼叫号着的坟墓呀!
你群魔跳梁着的地狱呀!
你到底为什么存在?

我们飞向西方,
西方同是一座屠场。
我们飞向东方,
东方同是一座囚牢。
我们飞向南方,
南方同是一座坟墓。
我们飞向北方,
北方同是一座地狱。
我们生在这样个世界当中,
只好学着海洋哀哭。

凰　　歌

足足!足足!足足!
足足!足足!足足!
五百年来的眼泪倾泻如瀑。
五百年来的眼泪淋漓如烛。
流不尽的眼泪,
洗不净的污浊,
浇不熄的情焰,
荡不去的羞辱,
我们这缥缈的浮生
到底要向哪儿安宿?

啊啊!

我们这缥缈的浮生

好像那大海里的孤舟。

左也是漶漫[3]，

右也是漶漫，

前不见灯台，

后不见海岸，

帆已破，

樯已断，

楫已漂流，

柁已腐烂，

倦了的舟子只是在舟中呻唤，

怒了的海涛还是在海中泛滥。

啊啊！

我们这缥缈的浮生

好像这黑夜里的酣梦。

前也是睡眠，

后也是睡眠，

来得如飘风，

去得如轻烟，

来如风，

去如烟，

眠在后，

睡在前，

我们只是这睡眠当中的

一刹那的风烟。

啊啊！

有什么意思？

有什么意思？

痴！痴！痴！

只剩些悲哀，烦恼，寂寥，衰败，

环绕着我们活动着的死尸，
贯串着我们活动着的死尸。

啊啊！
我们年轻时候的新鲜哪儿去了？
我们年轻时候的甘美哪儿去了？
我们年轻时候的光华哪儿去了？
我们年轻时候的欢爱哪儿去了？
去了！去了！去了！
一切都已去了，
一切都要去了。
我们也要去了，
你们也要去了，
悲哀呀！烦恼呀！寂寥呀！衰败呀！

凤　凰　同　歌

啊啊！
火光熊熊了。
香气蓬蓬了。
时期已到了。
死期已到了。
身外的一切！
身内的一切！
一切的一切！
请了！请了！

群　鸟　歌

岩　鹰

哈哈，凤凰！凤凰！

你们枉为这禽中的灵长！

你们死了吗？你们死了吗？

从今后该我为空界的霸王！

孔　雀

哈哈，凤凰！凤凰！

你们枉为这禽中的灵长！

你们死了吗？你们死了吗？

从今后请看我花翎上的威光！

鸱　枭[4]

哈哈，凤凰！凤凰！

你们枉为这禽中的灵长！

你们死了吗？你们死了吗？

哦！是哪儿来的鼠肉的馨香？

家　鸽

哈哈，凤凰！凤凰！

你们枉为这禽中的灵长！

你们死了吗？你们死了吗？

从今后请看我们驯良百姓的安康！

鹦　鹉

哈哈，凤凰！凤凰！

你们枉为这禽中的灵长！

你们死了吗？你们死了吗？

从今后请听我们雄辩家的主张！

白　鹤

哈哈，凤凰！凤凰！

你们枉为这禽中的灵长！

你们死了吗？你们死了吗？

从今后请看我们高蹈派的徜徉！

凤凰更生歌

鸡　鸣

昕潮涨了，

昕潮涨了，

死了的光明更生了。

春潮涨了，

春潮涨了，

死了的宇宙更生了。

生潮涨了，

生潮涨了，

死了的凤凰更生了。

凤凰和鸣

我们更生了。

我们更生了。

一切的一，更生了。

一的一切，更生了。

我们便是他，他们便是我。

我中也有你，你中也有我。

我便是你。

你便是我。

火便是凰。

凤便是火。

翱翔！翱翔！

欢唱！欢唱！

我们光明呀！

我们光明呀！

一切的一，光明呀！

一的一切，光明呀！

光明便是你，光明便是我！

光明便是"他"，光明便是火！

火便是你！

火便是我！

火便是"他"！

火便是火！

翱翔！翱翔！

欢唱！欢唱！

我们新鲜呀！

我们新鲜呀！

一切的一，新鲜呀！

一的一切，新鲜呀！

新鲜便是你，新鲜便是我！

新鲜便是"他"，新鲜便是火！

火便是你！

火便是我！

火便是"他"！

火便是火！

翱翔！翱翔！

欢唱！欢唱！

我们华美呀！

我们华美呀！

一切的一，华美呀！

一的一切，华美呀！

华美便是你，华美便是我！

华美便是"他"，华美便是火！

火便是你！

火便是我！

火便是"他"！
火便是火！
翱翔！翱翔！
欢唱！欢唱！

我们芬芳呀！
我们芬芳呀！
一切的一，芬芳呀！
一的一切，芬芳呀！
芬芳便是你，芬芳便是我！
芬芳便是"他"，芬芳便是火！
火便是你！
火便是我！
火便是"他"！
火便是火！
翱翔！翱翔！
欢唱！欢唱！

我们和谐呀！
我们和谐呀！
一切的一，和谐呀！
一的一切，和谐呀！
和谐便是你，和谐便是我！
和谐便是"他"，和谐便是火！
火便是你！
火便是我！
火便是"他"！
火便是火！
翱翔！翱翔！
欢唱！欢唱！

我们欢乐呀！

我们欢乐呀！

一切的一，欢乐呀！

一的一切，欢乐呀！

欢乐便是你，欢乐便是我！

欢乐便是"他"，欢乐便是火！

火便是你！

火便是我！

火便是"他"！

火便是火！

翱翔！翱翔！

欢唱！欢唱！

我们热诚呀！

我们热诚呀！

一切的一，热诚呀！

一的一切，热诚呀！

热诚便是你，热诚便是我！

热诚便是"他"，热诚便是火！

火便是你！

火便是我！

火便是"他"！

火便是火！

翱翔！翱翔！

欢唱！欢唱！

我们雄浑呀！

我们雄浑呀！

一切的一，雄浑呀！

一的一切，雄浑呀！

雄浑便是你，雄浑便是我！

雄浑便是"他",雄浑便是火!

火便是你!

火便是我!

火便是"他"!

火便是火!

翱翔!翱翔!

欢唱!欢唱!

我们生动呀!

我们生动呀!

一切的一,生动呀!

一的一切,生动呀!

生动便是你,生动便是我!

生动便是"他",生动便是火!

火便是你!

火便是我!

火便是"他"!

火便是火!

翱翔!翱翔!

欢唱!欢唱!

我们自由呀!

我们自由呀!

一切的一,自由呀!

一的一切,自由呀!

自由便是你,自由便是我!

自由便是"他",自由便是火!

火便是你!

火便是我!

火便是"他"!

火便是火!

翱翔！翱翔！

欢唱！欢唱！

我们恍惚呀！

我们恍惚呀！

一切的一，恍惚呀！

一的一切，恍惚呀！

恍惚便是你，恍惚便是我！

恍惚便是"他"，恍惚便是火！

火便是你！

火便是我！

火便是"他"！

火便是火！

翱翔！翱翔！

欢唱！欢唱！

我们神秘呀！

我们神秘呀！

一切的一，神秘呀！

一的一切，神秘呀！

神秘便是你，神秘便是我！

神秘便是"他"，神秘便是火！

火便是你！

火便是我！

火便是"他"！

火便是火！

翱翔！翱翔！

欢唱！欢唱！

我们悠久呀！

我们悠久呀！

一切的一，悠久呀！

一的一切, 悠久呀!

悠久便是你, 悠久便是我!

悠久便是 "他", 悠久便是火!

火便是你!

火便是我!

火便是 "他"!

火便是火!

翱翔! 翱翔!

欢唱! 欢唱!

我们欢唱!

我们欢唱!

一切的一, 常在欢唱!

一的一切, 常在欢唱!

是你在欢唱? 是我在欢唱?

是 "他" 在欢唱? 是火在欢唱?

欢唱在欢唱!

只有欢唱!

只有欢唱!

只有欢唱!

欢唱!

欢唱!

欢唱!

（原载1920年1月30日和31日上海《时事新报·学灯》）

注释

1. 涅槃: 梵语Nirvana的音译, 意即圆寂, 这里喻凤凰死而再生。

2. 醴泉 (lǐ quán): 亦名甘泉。泉水略有淡酒味。

3. 漶漫 (huàn màn): 迷茫无际。

4．鸱枭（chī xiāo）：鸟名。古人称猫头鹰。

导读

　　凤凰，是中国古代传说中的百鸟之王，和龙同为汉族的民族图腾。凤凰传奇，自古流传。诗人借凤凰"集香木自焚，复从死灰中更生"的故事，热情讴歌了凤凰的浴火重生的精神。诗人多处运用排比重叠的修辞手法，生动地描写凤凰的更生，借喻旧中国的毁灭，新中国的诞生。将万物投入烈火，燃成灰烬，寓意与旧世界彻底决裂，重新创造一个新的世界。这首诗对正处于五四时期的中国思想界，具有非凡的意义。中国人民觉醒的时刻终于到来了，光明与理想交相辉映，获得新生。

晨　安

晨安！常动不息的大海呀！

晨安！明迷恍惚的旭光呀！

晨安！诗一样涌着的白云呀！

晨安！平匀明直的丝雨呀！诗语呀！

晨安！情热一样燃着的海山呀！

晨安！梳人灵魂的晨风呀！

晨风呀！你请把我的声音传到四方去吧！

晨安！我年轻的祖国呀！

晨安！我新生的同胞呀！

晨安！我浩荡荡的南方的扬子江呀！

晨安！我冻结着的北方的黄河呀！

黄河呀！我望你胸中的冰块早早融化呀！

晨安！万里长城呀！

啊啊！雪的旷野呀！

啊啊！我所畏敬的俄罗斯呀！

晨安！我所畏敬的 Pioneer[1] 呀！

晨安！雪的帕米尔呀！

晨安！雪的喜马拉雅呀！

晨安！Bengal 的泰戈尔翁[2] 呀！

晨安！自然学园里的学友们呀！

晨安！恒河呀！恒河里面流泻着的灵光呀！

晨安！印度洋呀！红海呀！苏彝士的运河呀！

晨安！尼罗河畔的金字塔呀！

啊啊！你在一个炸弹上飞行着的 D' annunzio 呀！

晨安！你坐在 Pantheon 前面的"沉思者"³呀！

晨安！半工半读团的学友们呀！

晨安！比利时呀！比利时的遗民呀！

晨安！爱尔兰呀！爱尔兰的诗人呀！

啊啊！大西洋呀！

晨安！大西洋呀！

晨安！大西洋畔的新大陆呀！

晨安！华盛顿的墓呀！林肯的墓呀！惠特曼的墓呀！

啊啊！惠特曼呀！惠特曼呀！太平洋一样的惠特曼呀！

啊啊！太平洋呀！

晨安！太平洋呀！太平洋上的诸岛呀！太平洋上的扶桑呀！

扶桑呀！扶桑呀！还在梦里裹着的扶桑呀！

醒呀！Mesame⁴呀！快来享受这千载一时的晨光呀！

1920年1月间作

注释

1. Pioneer，先驱者。
2. 作者原注：泰戈尔（Tagore ，1861—1941），印度诗人和哲学家，曾在孟加拉省显替尼克丹森林中创设和平大学，主张将生活与教育融化在自然中，并以此为调和东西文化，同时为国际和平制造基础。
3. 作者原注：法国近代雕刻家的作品，安置在巴黎万神祠前。
4. Mesame，日文汉字"目觉"的读音，意为醒。

导读

诗人以真挚的情感，诚挚的敬意，豪迈奔放的声音，向伟大的祖国问安，向世界的山山水水问安，向一切美好的人与事问安。诗人眷恋祖国，颂扬新生，整首诗气势磅礴，情感充沛炽热。在诗歌形式上，诗人突破了旧格律的束缚，创造了雄浑奔放的自由诗体。

炉中煤

——眷念祖国的情绪

啊，我年轻的女郎！
我不辜负你的殷勤，
你也不要辜负了我的思量。
我为我心爱的人儿
燃到了这般模样！

啊，我年轻的女郎！
你该知道了我的前身？
你该不嫌我黑奴卤莽[1]？
要我这黑奴的胸中，
才有火一样的心肠。

啊，我年轻的女郎！
我想我的前身
原本是有用的栋梁，
我活埋在地底多年，
到今朝总得重见天光。

啊，我年轻的女郎！
我自从重见天光，
我常常思念我的故乡，
我为我心爱的人儿
燃到了这般模样！

1920年1、2月间作

注释

1．卤莽：也作"鲁莽"。冒失；粗疏。

导读

　　诗人把自己比作外表奇黑，燃烧即可发光发热的炉中煤，把适逢五四时期的祖国比作年轻的女郎，他要为祖国激情奉献自己的全部能量。诗文抒发了作者对祖国深深的眷恋及思念之情，每小节以"啊，我年轻的女郎"开始，这亲切温柔而又深情的呼唤，使整首诗形成回环往复的旋律美。诗律跌宕起伏，情感饱满，韵味深长。

天　狗

我是一条天狗呀！
我把月来吞了，
我把日来吞了，
我把一切的星球来吞了，
我把全宇宙来吞了。
我便是我了！

我是月底光，
我是日底光，
我是一切星球底光，
我是 X 光线底光，
我是全宇宙底 Energy[1] 底总量！

我飞奔，
我狂叫，
我燃烧。
我如烈火一样地燃烧！
我如大海一样地狂叫！
我如电气一样地飞跑！

我飞跑，
我飞跑，
我飞跑，
我剥我的皮，
我食我的肉，

我吸我的血，

我啮²我的心肝，

我在我神经上飞跑，

我在我脊髓上飞跑，

我在我脑筋上飞跑。

我便是我呀！

我的我要爆了！

1920年2月初作

注释

1．Energy，物理学所研究的"能"。

2．啮（niè）：本义，用臼齿碾磨食物。辨析：上下前排牙的合拢称为"咬"；上下后排齿的合拢称为"啮"。

导读

　　诗人运用新颖生动的比喻、大胆超凡的想象，塑造出一个具有叛逆精神和狂放个性追求的天狗形象，抒发了作者冲破旧的思想藩篱，追求个性解放的强烈愿望，体现了在五四运动时期提倡科学、民主和自由的时代精神。《天狗》可称作是最典型的适应时代之需而生的佳作。

沙上的脚印[1]

一

太阳照在我右方，
把我全身的影儿
投在了左边的海里；
沙岸上留了我许多的脚印。

二

太阳照在我左方，
把我全身的影儿
投在了右边的海里；
沙岸上留了我许多的脚印。

三

太阳照在我后方，
把我全身的影儿
投在了前边的海里；
海潮哟，别要荡去了沙上的脚印！

四

太阳照在我前方，
太阳哟！可也曾把我全身的影儿

投在了后边的海里？

哦，海潮儿早已荡去了沙上的脚印！

注释

1. 本篇最初发表时题为《岸》，收入《女神》初版本时改为今题。

导读

　　本诗共分四个小节，简短工整，寓意隽永，富含哲理，清新自然，引人思考。诗人置身于变幻无穷的时空世界，体验到周围的景象时时在改变，世界上永恒不变的唯有改变，曾经的印迹随着海潮荡去，似乎从未发生过一样，不断地发生、存在、消亡。存在总是与时空相关。

光 海

无限的大自然，
成了一个光海了。
到处都是生命的光波，
到处都是新鲜的情调，
到处都是诗，
到处都是笑：
海也在笑，
山也在笑，
太阳也在笑，
地球也在笑，
我同阿和，我的嫩苗，
同在笑中笑。

翡翠一样的青松，
笑着在把我们手招。
银箔¹一样的沙原，
笑着待把我们拥抱。
我们来了。
你快拥抱！
我们要在你怀儿的当中，
洗个光之澡！
一群小学的儿童，
正在沙中跳跃：
你撒一把沙，
我还一声笑；

你又把我推翻，
我反把你揎倒[2]。
我回到十五年前的旧我了。

十五年前的旧我呀，
也还是这么年少，
我住在青衣江上的嘉州，
我住在至乐山下的高小。
至乐山下的母校呀！
你怀儿中的沙场，我的摇篮，
可还是这么光耀？
唉！我有个心爱的同窗，
听说今年死了！

我契己[3]的心友呀！
你蒲柳一样的风姿，
还在我眼底留连，
你解放了的灵魂，
可也在我身旁欢笑？
你灵肉解体的时分，
念到你海外的知交，
你流了眼泪多少？……

哦，那个玲珑的石造的灯台，
正在海上光照，
阿和要我登，
我们登上了。
哦，山在那儿燃烧，
银在波中舞蹈，
一只只的帆船，
好像是在镜中跑，

哦，白云也在镜中跑，
这不是个呀，生命底写照！

阿和，哪儿是青天？
他指着头上的苍昊。
阿和，哪儿是大地？
他指着海中的洲岛。
阿和，哪儿是爹爹？
他指着空中的一只飞鸟。
哦哈，我便是那只飞鸟！
我便是那只飞鸟！
我要同白云比飞，
我要同明帆赛跑。
你看我们哪个飞得高？
你看我们哪个跑得好？

注释

1．银箔：用白银锤成的纸状薄片。
2．揎（xuān）倒：推倒。
3．契己（qì jǐ）：犹知己。

导读：

　　这是一首对自然、对生命礼赞的诗歌。诗人徜徉在自然的花草树林、青松沙海间，梦回自己青少年时代，念起曾经的旧友，时空在瞬间穿越。整首诗情感细腻真挚，喜悦畅快，灵动如鸽，逸动如风，表现了诗人对自然，对生命，对世界的热爱。

新阳关三叠

一

我独自一人，坐在这海岸边的石梁上，
我要欢送那将要西渡的初夏的太阳。
汪洋的海水在我脚下舞蹈，
高伸出无数的臂腕待把太阳拥抱。
他，太阳，披着件金光灿烂的云衣，
要去拜访那西方的同胞兄弟。
他眼光耿耿，不转睛地，紧觑[1]着我。
你要叫我跟你同路去吗？太阳哟！

二

我独自一人，坐在这海岸边的石梁上，
我在欢送那正要西渡的初夏的太阳。
远远的海天之交涌起蔷薇花色的紫霞，
中有黑雾如烟，仿佛是战争的图画。
太阳哟！你便是颗热烈的榴弹哟！
我要看你"自我"的爆裂，开出血红的花朵。
你眼光耿耿，不转睛地，紧觑着我，
我也想跟你同路去哟！太阳哟！

三

我独自一人，坐在这海岸边的石梁上，

我已欢送那已经西渡的初夏的太阳。

我回过头来，四下地观望天宇，

西北南东到处都张挂着鲜红的云旗。

汪洋的海水全盘都已染红了！

Bacchus[1]之群在我面前舞蹈！

你眼光耿耿，可还不转睛地紧觑着我？

我恨不能跟你同路去哟！太阳哟！

1920年4、5月间作

注释

1. 觑（qù）：瞧，看。
2. Bacchus，巴克科斯，罗马神名，即古希腊神话中的狄俄倪索斯，是酒神与欢乐之神。

导读

诗人将初夏海边的太阳比作女性，他用充满浪漫主义色彩的笔触绘制送别的画卷。"我要欢送"、"我在欢送"、"我已欢送"，海水滔滔，日光灿灿，随时间的推进，依依眷恋之情溢于纸上，表现了诗人对自然的热爱，对人生充满激情。

梅花树下醉歌
——游日本太宰府[1]

梅花！梅花！
我赞美你！我赞美你！
你从你自我当中
吐露出清淡的天香，
开放出窈窕的好花。
花呀！爱呀！
宇宙的精髓呀！
生命的泉水呀！
假使春天没有花，
人生没有爱，
到底成了个什么世界？
梅花呀！梅花呀！
我赞美你！
我赞美我自己！
我赞美这自我表现的全宇宙的本体！
还有什么你？
还有什么我？
还有什么古人？
还有什么异邦的名所？
一切的偶像都在我面前毁破！
破！破！破！
我要把我的声带唱破！

注释

1. 太宰府是日本战国时期治理九州地方的部门，担当国防、外交等九州的一切政务。

导读：

　　诗人热情地赞美梅花，对大自然怀有高度的崇尚和敬畏。"梅花香自苦寒来。"花香似人生命中的爱，温暖芬芳，润泽万物。诗中弥漫着诗人自我崇拜的意识，与当时五四时代的精神——追求个性解放相契合。整首诗充满了积极进取、开拓创新的精神，具有划时代的意义。

我是个偶像崇拜者

我是个偶像崇拜者哟！

我崇拜太阳，崇拜山岳，崇拜海洋；

我崇拜水，崇拜火，崇拜火山，崇拜伟大的江河；

我崇拜生，崇拜死，崇拜光明，崇拜黑夜；

我崇拜苏彝士[1]、巴拿马[2]、万里长城、金字塔，

我崇拜创造的精神，崇拜力，崇拜血，崇拜心脏；

我崇拜炸弹，崇拜悲哀，崇拜破坏；

我崇拜偶像破坏者，崇拜我！

我又是个偶像破坏者哟！

1920年5、6月间作

注释

1．苏彝士，又译苏伊士运河，1869年修筑通航，是一条海上水道，连接地中海与红海，提供从欧洲至印度洋和西太平洋附近土地的最近的航线。它是世界使用最频繁的航线之一，全长约163公里，是全球仅次于京杭大运河的无船闸运河。

2．巴拿马，巴拿马运河（英语：Panama Canal；西班牙语：Canal de Panama）位于中美洲的巴拿马，横穿巴拿马海峡，连接太平洋和大西洋，是重要的航运要道，被誉为世界七大工程奇迹之一和"世界桥梁"。

导读

　　在诗人的笔下，"我"是一个偶像崇拜者，"我"崇拜世间万物，"我"崇

拜一切创造的力量。世界总是要破坏一个旧的，再创造出一个新的来。"我崇拜偶像破坏者，崇拜我！"诗人最终强调的仍然是自我、个性张扬、自我肯定。本诗是与旧往时代完全不同的一种追求与渴望，破除束缚，个性解放的思想律动与五四时期追求个性、思想解放的精神合拍。

笔立山头展望[1]

大都会的脉搏呀!

生的鼓动呀!

打着在,吹着在,叫着在……

喷着在,飞着在,跳着在……

四面的天郊烟幕朦胧了!

我的心脏呀,快要跳出口来了!

哦哦,山岳的波涛,瓦屋的波涛,

涌着在,涌着在,涌着在,涌着在呀!

万籁共鸣的 Symphony[2],

自然与人生的婚礼呀!

弯弯的海岸好像 Cupid[3] 的弓弩呀!

人的生命便是箭,正在海上放射呀!

黑沉沉的海湾,停泊着的轮船,进行着的轮船,

数不尽的轮船,

一枝枝的烟筒都开着了朵黑色的牡丹呀!

哦哦,二十世纪的名花!

近代文明的严母呀!

1920年6月间作

注释

1. 作者原注:笔立山在日本门司市西。登山一望,海陆船廛,尽收眼底。
2. Symphony,交响乐。
3. Cupid,丘比特,罗马神话中的爱神,手持弓箭,背生双翼的童子。

导读

笔立山在日本门司市西。登山一望，城市尽收眼底。诗人用富有诗意的方式抒发情感，高度赞叹近代物质文明。烟囱象征着工业文明，因而诗人将烟雾比作黑色的牡丹。工业文明的到来，促使人类文明的步伐加大。诗中喷喷赞叹"自然与人生的婚礼呀！""近代文明的严母呀！"蕴涵着哲人的思想与诗人的情怀。

太阳礼赞

青沉沉的大海，波涛汹涌着，潮向东方。
光芒万丈地，将要出现了哟——新生的太阳！

天海中的云岛都已笑得来火一样地鲜明！
我恨不得，把我眼前的障碍一概划平！

出现了哟！出现了哟！耿晶晶[1]地白灼的圆光！
从我两眸中有无限道的金丝向着太阳飞放。

太阳哟！我背立在大海边头紧觑着你。
太阳哟！你不把我照得个通明，我不回去！

太阳哟！你请永远照在我的面前，不使退转！
太阳哟！我眼光背开了你时，四面都是黑暗！

太阳哟！你请把我全部的生命照成道鲜红的血流！
太阳哟！你请把我全部的诗歌照成些金色的浮沤[2]！

太阳哟！我心海中的云岛也已笑得来火一样地鲜明了！
太阳哟！你请永远倾听着，倾听着，我心海中的怒涛！

注释：

1. 耿晶晶：形容物体明亮闪光的样子。
2. 浮沤（fú ōu）：水面上的泡沫。因其易生易灭，常比喻变化无常的世事和短暂的生命。

导读

　　这是一首赞美太阳的抒情诗，太阳是光明的象征，也是未来中国的象征。诗人热切地期盼中国得以重生，像太阳一样带来光明与希望。诗人以极其热烈的笔触，表达了对祖国的热爱与寄望。全诗表现了诗人对美的热烈追求，充满理想主义色彩。

女神之再生

Alles Vergaengliche
ist nur ein Gleichnis;
das Unzulaengliche,
hier wird's Ereignis;
das Unbeschreibliche,
hier ist's getan;
das Ewigweibliche
zieht uns hinan.
——Goethe

一切无常者
只是一虚影；
不可企及者，
在此事已成；
不可名状者，
在此已实有；
永恒之女性
领导我们走。
——歌德

序幕：不周山中断处。巉岩壁立，左右两相对峙，俨如巫峡两岸，形成天然门阙。阙后现出一片海水，浩淼无际，与天相接。阙前为平地，其上碧草芊绵，上多坠果。阙之两旁石壁上有无数龛穴。龛中各有裸体女像一尊，手中各持种种乐器作吹奏式。

山上奇木葱茏，叶如枣，花色金黄，萼如玛瑙，花大如木莲，有硕果形如桃而大。山顶白云暧𫗦，与天色相含混。

上古时代。共工与颛顼争帝之一日，晦冥。

开幕后沉默数分钟，远远有喧嚷之声起。

女神各置乐器，徐徐自壁龛走下，徐徐向四方瞻望。

女神之一　　自从炼就五色彩石
曾把天孔补全，
把黑暗驱逐了一半
向那天球外边；
在这优美的世界当中，

　　　　　　　　吹奏起无声的音乐雍融[1]。
　　　　　　　　不知道月儿圆了多少回，
　　　　　　　　照着这生命底音波吹送。

女神之二　　可是，我们今天的音调，
　　　　　　　　为什么总是不能和谐？
　　　　　　　　怕在这宇宙之中，
　　　　　　　　有什么浩劫要再！
　　　　　　　　听呀！那喧嚷着的声音，
　　　　　　　　愈见高，愈见逼近！
　　　　　　　　那是海中的涛声？空中的风声？
　　　　　　　　可还是——罪恶底交鸣？

女神之三　　刚才不是有武夫蛮伯[2]之群
　　　　　　　　打从这不周山下经过？
　　　　　　　　说是要去争做什么元首……
　　　　　　　　哦，闹得真是过火！
　　　　　　　　姊妹们呀，我们该做什么？
　　　　　　　　我们这五色天球看看要被震破！
　　　　　　　　倦了的太阳只在空中睡眠，
　　　　　　　　全也不吐放些儿炽烈的光波。

女神之一　　我要去创造些新的光明，
　　　　　　　　不能再在这壁龛之中做神。

女神之二　　我要去创造些新的温热，
　　　　　　　　好同你新造的光明相结。

女神之三　　姊妹们，新造的葡萄酒浆
　　　　　　　　不能盛在那旧了的皮囊。
　　　　　　　　为容受你们的新热、新光，

我要去创造个新鲜的太阳！

其他全体　我们要去创造个新鲜的太阳，
　　　　　　不能再在这壁龛之中做甚神像！

　　　　　　全体向山巅后海中消逝。
　　　　　　山后争帝之声。

颛　顼[3]　我本是奉天承命的人，
　　　　　　上天特命我来统治天下，
　　　　　　共工，别教死神来支配你们，
　　　　　　快让我做定元首了吧！

共　工　我不知道夸说什么上天下地，
　　　　　　我是随着我的本心想做皇帝。
　　　　　　若有死神时，我便是死神，
　　　　　　老颛，你是否还想保存你的老命？

颛　顼　古人说：天无二日，民无二王。
　　　　　　你为什么定要和我对抗？

共　工　古人说：民无二王，天无二日。
　　　　　　你为什么定要和我争执？

颛　顼　啊，你才是个呀——山中的返响！

共　工　总之我要满足我的冲动为帝为王！

颛　顼　你到底为什么定要为帝为王？

共　工　你去问那太阳：为什么要亮？

颛　项　　那么，你只好和我较个短长！

共　工　　那么，你只好和我较个长短！

群众大呼声　战！战！战！

　　　　　　喧呼杀伐声，武器矽击声，血喷声，倒声，步武杂沓声起。

农叟一人　　（荷耕具穿场而过）
　　　　　　我心血都已熬干，
　　　　　　麦田中又见有人宣战。
　　　　　　黄河之水几时清？
　　　　　　人的生命几时完？

牧童一人　　（牵羊群穿场而过）
　　　　　　啊，我不该喂了两条斗狗，
　　　　　　时常只解争吃馒头；
　　　　　　馒头尽了吃羊头，
　　　　　　我只好牵着羊儿逃走。

野人之群　　（执武器从反对方面穿场而过）
　　　　　　得寻欢时且寻欢，
　　　　　　我们要往山后去参战。
　　　　　　毛头随着风头倒，
　　　　　　两头利禄好均沾！

　　　　　　　　山后闻"颛项万岁！皇帝万岁！"之声，步武杂沓声，
　　　　　追呼声："叛逆徒！你们想往哪儿逃走？天诛便要到了！"

共　工　　（率其党徒自山阙奔出，断发文身，以蕉叶蔽下体，体中随处受

伤，所执铜刀石器亦各鲜血淋漓。）

啊啊！可恨呀，可恨！

可恨我一败涂地！

恨不得把那老狯底头颅

切来做我饮器！

（舐吸武器上血液，作异常愤怒之态。）

这儿是北方的天柱，不周之山，

我的命根已同此山一样中断。

党徒们呀！我虽做不成元首，

我不肯和那老狯甘休！

你们平常仗我为生，

我如今要用你们的生命！

党徒们拾山下坠果而啖食。

共　工　啊啊，饿痨之神在我的肚中饥叫！

这不周山上的奇果，听说是食之不劳。

待到宇宙全体破坏时还有须臾，

你们尽不妨把你们的皮囊装饱。

追呼之声愈迫。

共　工　敌人底呼声如像海里的怒涛，

只不过逼着这破了的难船早倒！

党徒们呀，快把你们的头颅借给我来！

快把这北方的天柱碰坏！碰坏！

群以头颅碰山麓岩壁，雷鸣电火四起。少时发一大雷电，山体破裂，天盖倾倒，黑烟一样的物质四处喷涌，共工之徒倒死于山麓。

颛　顼　（裸身披发，状如猩猩，率其党徒执同样武器出场。）

叛逆徒！你们想往那儿逃跑？

天诛快……喔呀！喔呀！怎么了？

天在飞砂走石，地在震摇，山在爆，

啊啊啊啊！浑沌！浑沌！怎么了？怎么了？……

雷电愈激愈烈，电火光中照见共工、颛顼及其党徒之尸骸狼藉地上。移时雷电渐渐弛缓，渐就止息。舞台全体尽为黑暗所支配。沉默五分钟。

水中游泳之声由远而近。

黑暗中女性之声

——雷霆住了声了！

——电火已经消灭了！

——光明同黑暗底战争已经罢了！

——倦了的太阳呢？

——被胁迫到天外去了！

——天体终竟破了吗？

——那被驱逐在天外的黑暗不是都已逃回了吗？

——破了的天体怎么处置呀？

——再去炼些五色彩石来补好他罢？

——那样五色的东西此后莫中用了！

我们尽他破坏不用再补他了！

待我们新造的太阳出来，

要照彻天内的世界，天外的世界！

天球底界限已是莫中用了！

——新造的太阳不怕又要疲倦了吗？

——我们要时常创造新的光明、新的温热去供给

她呀！

——哦，我们脚下到处都是男性的残骸呀！

——这又怎么处置呢？

——把他们抬到壁龛之中做起神像来吧!

——不错呀,教他们也奏起无声的音乐来吧!

——新造的太阳,姐姐,怎么还不出来?

——她太热烈了,怕她自行爆裂;

　　还在海水之中浴沐着在!

——哦,我们感受着新鲜的暖意了!

——我们的心脏,好像些鲜红的金鱼,

　　在水晶瓶里跳跃!

——我们什么都想拥抱呀!

——我们唱起歌来欢迎新造的太阳吧!

合　　唱　　　　太阳虽还在远方,

　　　　　　　　太阳虽还在远方,

　　　　　　　　海水中早听着晨钟在响:

　　　　　　　　丁当,丁当,丁当。

　　　　　　　　万千金箭射天狼,

　　　　　　　　天狼已在暗悲哀,

　　　　　　　　海水中早听着葬钟在响:

　　　　　　　　丁当,丁当,丁当。

　　　　　　　　我们欲饮葡萄觥[4],

　　　　　　　　愿祝新阳寿无疆,

　　　　　　　　海水中早听着酒钟在响:

　　　　　　　　丁当,丁当,丁当。

　　　　　　　　此时舞台突然光明,只现一张白幕。舞台监督登场。

舞台监督　　　(向听众一鞠躬)

　　　　　　　诸君!你们在乌烟瘴气的黑暗世界当中怕已经坐倦
了吧!怕在渴慕着光明了吧!作这幕诗剧的诗人做到这

儿便停了笔，他真正逃往海外去造新的光明和新的热力去了。

　　诸君，你们要望新生的太阳出现吗？还是请去自行创造来！我们待太阳出现时再会！

[附白]　此剧取材于下引各文中：

天地亦物也，物有不足，故昔者女娲氏炼五色石以补其缺，断鳌之足以立四极。其后共工氏与颛顼争为帝，怒而触不周之山。折天柱，绝地维。故天倾西北，日月星辰就焉；地不满东南，故百川水潦归焉。（《列子·汤问篇》）

女娲氏古之神圣女，化万物者也。——始制笙簧。（《说文》）

不周之山北望诸毗之山，临彼岳崇之山，东望泑泽（别名蒲昌海），河水所潜也；其源浑浑泡泡。爰有嘉果，其实如桃，其叶如枣，黄华而赤柎，食之不劳。（《山海经·西次三经》）

注释

1. 雍融（yōng róng）：和美的样子。
2. 武夫蛮伯，隐喻军阀混战对国家的消耗。
3. 颛顼（zhuān xū）（前2514—前2437）：中国历史中的一位传说人物，为五帝之一。
4. 觥（gōng）：古代酒器，腹椭圆，上有提梁，底有圈足，兽头形盖，亦有整个酒器作兽形的，并附有小勺。

导读

诗人以女娲补天的神话传说为题材，以极具浪漫色彩的想象开篇，以夸张的手法塑造出性格鲜明的人物形象，在毁坏与创造中，以雄浑之势书写出建设新中国的伟大梦想。本诗可称作是五四时期——那个狂飙突进时期的文学经典。诗剧洋溢着浓厚的英雄主义和乐观主义情怀。

天上的市街[1]

远远的街灯明了，
好像闪着无数的明星。
天上的明星现了，
好像点着无数的街灯。

我想那缥缈的空中，
定然有美丽的街市。
街市上陈列的一些物品，
定然是世上没有的珍奇。

你看，那浅浅的天河，
定然是不甚宽广。
我想那隔河的牛郎织女，
定能够骑着牛儿来往。

我想他们此刻，
定然在天街闲游。
不信，请看那朵流星。
那怕是他们提着灯笼在走。

1921年10月24日

注释

1．郭沫若的《天上的市街》被选入中学语文课本，题目被改成了《天上的街市》。

导读：

20世纪20年初，中国处于北洋军阀混战时期，面对半殖民地半封建社会的黑暗现实，诗人感到极大的愤怒。他从地上的街灯联想到天上的明星，于是写下了这一极富想象力的诗篇。诗人将天上的星与街上的灯互为比喻，给读者创造出充满梦幻色彩的景象。整首诗风格恬淡平和，意境优美。诗人用自然清新的笔调，精炼简洁的语句，流畅优美的韵律，在舒缓的节奏中带给读者无限的想象，让读者的情思在古代神话与现实世界中徜徉。全诗表达了作者对美好生活的向往。

星　空

美哉！美哉！
天体于我，
不曾有今宵欢快！
美哉！美哉！
我今生有此一宵，
人生诚可赞爱！
永恒无际的合抱哟！
惠爱无涯的目语哟！
太空中只有闪烁的星和我。

哦，你看哟！
你看那双子[1]正中，
五车[2]正中，
W 形的 Cassiopeia[3]
横在天河里。
天船积尸的 Perseus[4]
也横在天河里。
半钩的新月
含着几分凄凉的情趣。
绰约的 Andromeda[5]，
低低地垂在西方，
乘在那有翼之马的
Pegasus[6] 背上。
北斗星低在地平，
斗柄，好像可以用手斟饮。

斟饮呀，斟饮呀，斟饮呀，
我要饮尽那天河中流荡着的酒浆，
拼一个长醉不醒！
花毡一般的 Orion[7] 星，
我要去睡在那儿，
叫织女[8] 来伴枕，
叫少女[9] 来伴枕。
唉，可惜织女不见面呀，
少女也不见面呀。
目光炯炯的大犬，小犬[10]，
监视在天河两边，
无怪那牧牛的河鼓[11]，
他也不敢出现。

天上的星辰完全变了！
北斗星高移在空中，
北极星依然不动。
正西的那对含波的俊眼，
可便是双子星吗？
美哉！美哉！
永恒不易的天球
竟有如许变换！
美哉！美哉！
我醉后一枕黑酣，
天机却永恒在转！
常动不息的大力哟，
我该得守星待旦。

我迎风向海上飞驰，
人籁无声，
古代的天才

从星光中显现!
巴比伦的天才,
埃及的天才,
印度的天才,
中州 [12] 的天才,
星光不灭,
你们的精神
永远在人类之头昭在!
泪珠一样的流星坠了,
已往的中州的天才哟!
可是你们在空中落泪?
哀哭我们堕落了的子孙,
哀哭我们堕落了的文化,
哀哭我们滔滔的青年
莫几人能知
哪是参商,哪是井鬼 [13]?
悲哉!悲哉!
我也禁不住滔滔流泪……

哦,亲惠的海风!
浮云散了,
星光愈见明显。
东方的狮子 [14]
已移到了天南,
光琳琅的少女哟,
我把你误成了大犬。
蜿蜒的海蛇 [15],
你横亘在南东,
毒光熊熊的蝎与狼 [16],
你们怕不怕 Apollo 的金箭?
哦,Orion 星何处去了?

我想起《绸缪》¹⁷一诗来了。

那对从昏至旦地

欢会着的爱人哟!

三星在天¹⁸时,

他们邂逅山中;

三星在隅时,

他们避人幽会;

三星在户时,

他们犹然私语!

自由优美的古之人,

便是束草刈薪的村女山童,

也知道在恒星的推移中

寻觅出无穷的诗料,

啊,那是多么可爱哟!

可惜那青春的时代去了!

可惜那自由的时代去了!

唉,我仰望着星光祷告,

祷告那青春时代再来!

我仰望着星光祷告,

祷告那自由时代再来!

鸡声渐渐起了,

初升的朝云哟,

我向你再拜,再拜。

1922年2月4日晨

注释

1.双子,黄道十二星座之一。

2.五车,中国古星名。即今御夫座 ι、α、β、θ 星和金牛座 β 星。

3.Cassiopeia,仙后座。拱极星座之一。

4．Perseus，英仙座，北天星座之一。座内包括中国古名为天船、大陵和卷舌等星座。积尸是大陵中一星名。

5．Andromeda，仙女座。北天星座之一。

6．Pegasus，飞马座。北天星座之一。

7．Orion，猎户座。赤道带星座之一。

8．织女，中国古星名，也称"天孙"。即今天琴座 α，ε，ζ 星。

9．少女，通称室女座，日本译名"少女"，是黄道十二星座之一。

10．大犬，南天星座之一。小犬，赤道带星座之一。

11．河鼓，中国古星名，即天鹰座 β、α、γ 星。"牧牛的河鼓"，当指河鼓三星中最大、最亮，俗称牛郎星的 α 星。

12．中州，指中国。

13．参商，指参星和商星。参星是二十八宿中白虎七宿的末一宿。商星，也称心宿，是二十八宿中苍龙七宿的第二宿。参商二星此出彼没，两不相见。井鬼，二十八宿中朱雀七宿的第一、二宿。

14．狮子，黄道十二星座之一。

15．海蛇，通称长蛇座，日本译名"海蛇"，是赤道带星座之一，蜿蜒于巨蟹、狮子、室女、天秤等星座之南，所占经度达100°。

16．蝎，通称天蝎座，日本译名"蝎"，是黄道十二星座中最显著的星座。狼，指天狼星。

17．《绸缪》，《诗·唐风》篇名。

18．"三星在天"和下面的"三星在隅"、"三星在户"，是《诗·唐风·绸缪》篇三章的首句。关于"三星"，注疏家的解释各不相同。据作者《卷耳集·唐风·绸缪》的译文，是指参宿三星，即唐代孔颖达《毛诗正义》引《汉书·天文志》所说"参白虎宿三星"。

导读

　　《星空》呈现出一种优美、细腻、哀婉与低落的艺术格调。星空无际无涯，空旷辽阔，有茫茫浩瀚之感。因此，诗人借助夜空景象抒发自己内心深处的沉闷与无可奈何。"五四"高潮过后，国内形势迷茫不清，众多知识分子找不到明晰的出路。诗歌反映了时代的变迁与诗人内心情绪的转变，同时，也体现了诗人深厚的艺术修养及对美感的不懈追求。

黄海中的哀歌

我本是一滴的清泉呀，
我的故乡，
本在那峨眉山的山上。
山风吹我，
一种无名的诱力[1]引我，
把我引下山来；
我便流落在大渡河里，
　　流落在扬子江里，
　　流过巫山，
　　流过武汉，
　　流通江南，
一路滔滔不尽的浊潮
把我冲荡到海里来了。
　　浪又浊，
　　漩又深，
　　味又咸，
　　臭又腥，
险恶的风波
没有一刻的宁静，
滔滔的浊浪
早已染透了我的深心。

我要几时候
才能恢复得我的清明哟？

注释

1. 诱力：诱惑力。

导读

　　诗人自喻为长江之水，将国家喻为黄海。当时国内形势复杂多变，先进与落后共存，美与丑并现，诗人对落后与丑恶进行了严厉批判，但诗句结尾仍能清晰地读到"我要几时候才能恢复得我的清明哟"，诗歌哀而不伤，诗人对未来充满希望，其探索与追求的步伐从未停歇。

创世工程之第七日[1]

上帝，你最初的创造者哟！

我至今呼你的名，不是想来礼赞你。

古代的诗人说：你创造世界的工程只费了七天的苦力。

你在第一天上造出了光明。

你在第二天上造出了分水的天宇。

你在第三天上造出了大地和海洋，

大地之上你更造出了青蔬和果木。

你在第四天上造出了日月与星辰。

你在第五天上造出了游鱼与飞鸟。

你在第六天上同时把走兽昆虫和我们人类一齐造出了。

你在第七天上便突然贪起了懒来。

上帝，你如果真是这样把世界创出了时，

至少你创造我们人类未免太粗滥了罢？

你最后的制作，也就是你最劣等的制作

无穷永劫地只好与昆虫走兽同科。

人类的自私，自相斫杀，冥顽，偷惰

都是你粗滥贪懒的结果。

你在第七天上为甚便那么早早收工，

不把你最后的草稿重加一番精造呢？

上帝，我们是不甘于这样缺陷充满的人生，

我们是要重新创造我们的自我。

我们自我创造的工程

便从你贪懒好闲的第七天做起。

五一纪念日作此

注释

1．本篇为《创造周报》的发刊词。

导读

　　创造社是"五四"新文化运动初期成立的文学社团，是中国现代著名的文学团体。该社于1921年7月中旬由留学日本的郭沫若、成仿吾、郁达夫、张资平、田汉、郑伯奇等人在日本东京成立。1923年5月13日，创造社的《创造周报》创刊，泰东图书局出版，由郭沫若、郁达夫、成仿吾编辑。本诗《创世工程之第七日》是郭沫若所写的发刊词。诗中表示"我们是不甘于这样缺陷充满的人生，我们是要重新创造我们的自我"，"我们自我创造的工程便从你贪懒好闲的第七天做起"。诗歌充满了对开创新世界的渴望以及对完美人生境界的向往。

瓶（节选）

第 一 首

静静地，静静地，闭上我的眼睛，
把她的模样儿慢慢地，慢慢地记省——
她的发辫上有一个琥珀的别针，
几颗璀璨的钻珠儿在那针上反映。

她的额沿上蓄着有刘海几分，
总爱俯视的眼睛不肯十分看人。
她的脸色呀，是的，是白皙而丰润，
可她那模样儿呀，我总记不分明。

我们同立过放鹤亭畔的梅荫，
我们又同饮过抱朴庐内的芳茗。
宝叔山上的崖石过于嶙峋，
我还牵持过她那凝脂的手颈。

她披的是深蓝色的绒线披巾，
有好几次被牵挂着不易进行，
我还幻想过，是那些痴情的荒荆，
扭着她，想和她常常亲近。
啊，我怎么总把她记不分明！
她那蜀锦的上衣，青罗的短裙，
碧绿的绒线鞋儿上着耳根，
这些都还在我如镜的脑中驰骋。

我们也同望过宝叔塔上的白云，
白云飞驰，好像是塔要倾陨，
我还幻想过，在那宝叔山的山顶，
会添出她和我的一座比翼的新坟。

啊，我怎么总把她记不分明！
桔梗花色的丝袜后鼓出的脚胫，
那是怎样地丰满、柔韧、动人！
她说过，她能走八十里的路程。

我们又曾经在那日的黄昏时分，
渡往白云庵里去，叩问月下老人。
她得的是："虽有善者亦无如之何矣"，
我得的是："斯是陋室唯吾德馨"。

像这样漫无意义的滑稽的签文，
我也能一一地记得十分清醒，
啊，我怎么总把她记不分明！
"明朝不再来了"——这是最后的莺声。

啊，好梦哟！你怎么这般易醒？
你怎么不永永地闭着我的眼睛？
世间上有没有能够图梦的艺人，
能够为我呀图个画图，使她再生？

啊，不可凭依的哟，如生的梦境！
不可凭依的哟，如梦的人生！
一日的梦游幻成了终天的幽恨。
只有这番的幽恨，嗳，最是分明！

2月18日晨

第 二 首

姑娘哟，你远隔河山的姑娘！
我今朝扣问了三次的信箱，
一空，二空，三空，
几次都没有你寄我的邮筒。

姑娘哟，你远隔河山的姑娘！
我今朝过度了三载的辰光，
一冬，二冬，三冬，
我想向墓地里呀哭诉悲风。

20日晨

第 三 首

梅花，放鹤亭畔的梅花呀！
我虽然不是专有你的林和靖，
但我怎能禁制得不爱你呢？

梅花，放鹤亭畔的梅花呀！
我虽然不能移植你在庭园中，
但我怎能禁制得不爱你呢？
梅花，放鹤亭畔的梅花呀！
我虽然明知你是不能爱我的，
但我怎能禁制得不爱你呢？

21日夜

第 四 首

湖水是那么澄净，
梅影是那么静凝，
我的心旌呀，
你怎么这般摇震？

我已枯槁了多少年辰，
我已诀别了我的青春，
我的心旌呀，
你怎么这般摇震？

我是凭倚在孤山的水亭，
她是伫立在亭外的水滨，
我的心旌呀，
你怎么这般摇震？

21日夜

第 五 首

你是雕像吗？
你又怎能行步？
你不是雕像吗？
你怎么又凝默无语？

啊啊，你个有生命的，
泥塑的女祇！

22日夜

第 六 首

星向天边坠了，
石向海底沉了，
信向芳心殒了。

春雨洒上流沙，
轻烟散入云霞，
沙弥礼赞菩萨。

是蔷薇尚未抽芽？
是青梅已被叶遮？
是幽兰自赏芳华？

有鸩不可遽[1]饮，
有情不可遽冷，
有梦不可遽醒！

我望邮差加勤，
我望日脚加紧，
等到明天再等。

22日夜

第 七 首

你是生了病吗？
你那丰满的柔荑[2]
怎么会病到了不能写字？

你是功课忙吗？
只消你写出一行两行，
也花不上一二分的辰光。

你是害着羞吗？
你若肯写个信筒，
我也要当着圣经般供奉。

你是鄙夷我吗？
嗳，我果是受你轻鄙，
望你回个信来骂我瘟厮！

22日夜

第 十 首

献 诗

月影儿快要圆时，
春风吹来了一番花信。
我便踱往那西子湖边，
汲取了清洁的湖水一瓶。

我攀折了你这枝梅花
虔诚地在瓶中供养，
我做了个巡礼的蜂儿
吮吸着你的清香。

啊，人如要说我痴迷，

我也有我的针刺。
试问人是谁不爱花，
他虽是学花无语。

我爱兰也爱蔷薇，
我爱诗也爱图画，
我如今又爱了梅花，
我于心有何惧怕？

梅花呀，我谢你幽情，
你带回了我的青春。
我久已干涸了的心泉
又从我化石的胸中飞迸。

我这个小小的瓶中
每日有清泉灌注，
梅花哟，我深深祝你长存，
永远的春风和煦。

1925年3月9日夜

第 十 六 首

春 莺 曲

姑娘呀，啊，姑娘，
你真是慧心的姑娘！
你赠我的这枝梅花

这样的晕红呀，清香！

这清香怕不是梅花所有？
这清香怕吐自你的心头？
这清香敌赛过百壶春酒。
这清香战颤了我的诗喉。

啊，姑娘呀，你便是这花中魁首，
这朵朵的花上我看出你的灵眸。
我深深地吮吸着你的芳心，
我想吞下呀，但又不忍动口。

啊，姑娘呀，我是死也甘休，
我假如是要死的时候，
啊，我假如是要死的时候，
我要把这枝花吞进心头！

在那时，啊，姑娘呀，
请把我运到你西湖边上，
或者是葬在灵峰，
或者是放鹤亭旁。

在那时梅花在我的尸中
会结成五个梅子，
梅子再迸成梅林，
啊，我真是永远不死！

在那时，啊，姑娘呀，
你请提着琴来，
我要应着你清缭的琴音，
尽量地把梅花乱开！

在那时，有识趣的春风，
把梅花吹集成一座花冢，
你便和你的提琴
永远弹弄在我的花中。

在那时，遍宇都是幽香，
遍宇都是清响，
我们俩藏在暗中，
黄莺儿飞来欣赏。

黄莺儿唱着欢歌，
歌声是赞扬你我，
我便在花中暗笑，
你便在琴上相和。

莺 之 歌

"前几年有位姑娘，
兴来时到灵峰去过，
灵峰上开满了梅花，
她摘了花儿五朵。

她把花穿在针上，
寄给了一位诗人，
那诗人真是痴心，
吞了花便丢了性命。

自从那诗人死后，
经过了几度春秋，
他尸骸葬在灵峰，

又迸成一座梅薮。

那姑娘到了春来，
来到他墓前吊扫，
梅上已缀着花苞，
墓上还未生春草。

那姑娘站在墓前，
把提琴弹了几声，
刚好才弹了几声，
梅花儿都已破绽。

清香在树上飘扬，
琴弦在树下铿锵，
忽然间一阵狂风，
不见了弹琴的姑娘。

风过后一片残红，
把孤坟化成了花冢，
不见了弹琴的姑娘，
琴却在冢中弹弄。"

尾　　声

啊，我真个有那样的时辰，
我此时便想死去，
你如能恕我的痴求，
你请快来呀收殓我的遗尸！

第二十二首

梅花的色已褪了。
梅花的香已微了。
我等她的第三函，
却至今还不见到。

邮差过了两遍了，
送来了些东邦的时报，
这样无聊的报章，
我有甚么呀看的必要！

我每次私自开缄，
吮吸这梅花的香气；
我怕这香气消时，
我的心是已经焦死。

我翻读些古人的恋诗，
都像我心中的话语，
我心中有话难言，
言出时又这般鄙俚！
啊，春风哟，你是那样的芳菲，
你吹来邻舍的兰香清微，
我却不能呀吹出一首好诗，
咏出她丰腴的静美。

我毕竟是已到中年，
怎么也难有欲滴的新鲜。
也难怪她不肯再写信来，
翩飞的粉蝶儿谁向枯涧 ³ ？

9日午

第二十三首

我又提心地等了半天，
时或在楼头孤睡，
时或在室中盘旋。

她写信是惯在星期，
今天是该信到时，
我的希望呀已经半死！

邮差已送了三封信来，
但她的却是不在，
这个哑谜儿真费寻猜！

或许是挂号费时，
我还是平心地等到夜里，
但这如年的辰光如何度去？

我读书也没有心肠，
那更有闲情去想做文章？
啊，你是苦煞了我呀，姑娘！

也难得你有那样的冰心，
你的心怕比冰还坚冷。
骀荡⁴的春风哟，你是徒自芬温！

我明知你是不会爱我，
但我也没可奈何：
天牢中的死囚也有时唱唱情歌。

像这样风和日暖的辰光，
正好到郊原里去狂倾春酿，
啊，我的四周呀，已筑就了险峻的高墙。

我的心机沉抑到了九泉，
连你信中的梅花也不敢再去启验，
它那丝微的余香太苦刺了我的心尖。

人生终是这样的糊涂，
盼得春来，又要把春辜负，
啊，有酒，你为甚总怕提壶？

偶尔有甚声丝，
总疑是邮差又至，
我一刻要受千遍的诈欺。

我想来真是痴愚，
等封信来又有甚么意思？
啊，我也实在呀没有法子！

10日午后

第二十四首

春风哟，我谢你，谢你！
这无限的苦情
也是你给我的厚赐。
我坐看着这瓶里的梅枝
渐渐地，渐渐地，向我枯死。

我到此还说甚么，

这无限的苦情
我把它在心头紧锁?
我也止住了我的哀歌,
要看它把我究竟如何!

11日午后

第二十五首

新鲜的葡萄酒浆
变成了一瓶苦汁,
姑娘哟,我谢你厚情,
这都是你赐我的。

人如要说我痴愚,
我真是痴愚透底,
我在这旷莽的沙漠里面,
想寻滴清洁的泉漪。

我新种的一株蔷薇,
嫩芽儿已渐渐瘦了,
别人家看见我的容颜,
都说是异常枯槁。

我是怎得呀不枯,不瘦?
我闷饮着这盈盈的一瓶苦酒。
啊,我这点无凭的生命哟,
怕已捱不到今年的初秋。

15日晨

第 三 十 首

我的心机是这般战栗，
我感觉着我的追求是不可追求的。
我在和夸父一样追逐太阳，
我在和李白一样捞取月光，
我坐看着我的身心刻刻地沦亡。
啊，已经着了火的枯原呀，
不知要燃到几时！
风是不息地狂吹，天又不雨，
已经着了火的枯原呀，
不知要燃到几时！

20日午

第三十一首

我已成疯狂的海洋，
她却是冷静的月光！
她明明在我的心中，
却高高挂在天上，
我不息地伸手抓拿，
却只生出些悲哀的空响。

20日午

第三十三首

月缺还能复圆，
花谢还能复开，
已往的欢娱

永不再来。

她的手，我的手，
已经接触久，
她的口，我的口，
几时才能够？

20日午

第三十九首

我美你青年脸上的红霞，
我美你沉醉春风的桃花，
我怨你怪不容情的明镜呀，
我见你便只好徒伤老大。

啊，我这眼畔的皱纹！
啊，我这脸上的灰青！
我昨天还好像是个少年，
却怎么便到了这样的颓龄，
啊，我假如再迟生几时，
她或许会生她的爱意，
我与其听她叫我哥哥，
我宁肯听她叫我弟弟。

不可再来的青春哟，
啊，你已被吹到荒郊去了。
不肯容情的明镜哟，
啊，你何苦定要向我冷嘲！

27日夜

第 四 十 首

我自家掘就了一个深坑，
我自家走到这坑底横陈；
我把了些砂石来自行掩埋，
我哪知有人来在我尸头蹂躏。

他剥去了我身上的一件尸衣，
他穿去会我那杀死我的爱人，
我待愈的心伤又被春风吹破，
我冰冷冷地睡在墓中痛醒。

28日夜

第四十一首

空剩着你赠我的残花一枝，
它掩护在我的心头已经枯死。
到如今我才知你赠花的原由，
却原来才是你赠我的奠礼。

29日

第四十二首

昨夜里临到了黎明时分，
我看见她最后的一封信来。
那信里夹着许多的空行，
我读后感觉着异常惊怪。

她说道："哥哥哟，你在……
啊，其实呀，我也是在……

我所以总不肯说出口来，
是因为我深怕使你悲哀。

到如今你既是那么烦恼，
哥哥哟，我不妨直率地对你相告：
我今后是已经矢志独身，
这是我对你的唯一的酬报……"

啊，可惜我还不曾把信看完，
意外的欢娱惊启了我的梦眼：
我醒来向我的四周看时，
一个破了的花瓶倒在墓前。

30日晨

注释

1. 遽（jù）：急，仓促。
2. 柔荑：出自《诗经·硕人》中的"手如柔荑，肤如凝脂"，意思是美人的素手
   像初生的茅茎一样柔嫩纤小，肌肤像羊脂般光洁平滑。
3. 枯涧：干涸的溪涧。
4. 骀荡（dài dàng）：舒缓荡漾的样子。常用来形容春天的景色。南朝诗人谢朓
   《直中书省》诗："朋情以郁陶，春物方骀荡。"

导读

　　《瓶》是郭沫若的一组抒情诗，由42首短诗组成。诗人以爱情为题材，辅
以细腻缠绵的情感，写就此动人的诗篇。诗人在一场突如其来的爱情面前，内
心震撼，而最终的分离给诗人带来了无限怅惘。我们在这里读到了诗人对青春
的留恋，对爱情的深切渴望，在唏嘘喟叹中流露出美好的情感。这首诗是中国
现代抒情诗的代表作之一。

黑夜和我对话

"我把地球拥抱着了,我是黑夜。"
"你是黑夜,其实你只抱着半边。"
"抱着半边?唉,我倒要问你:
哪个爱人和爱人拥抱能够抱全?"

"你抱着了又有什么?我也问你。"
"我可以使世上的人少做些罪恶。"
"罪恶!都是在你的羽翼之下长成;
你的话十分靠不住呀,你要晓得!"

"不过我在这时候可以使世人安眠。"
"哼!那做夜工的工人我却不敢保险——
我劝你不要再夸讲你的功德了吧,
我在这儿睁着眼睛睡了二十四天。

"你的朋友是那钢丝床上的温柔缱绻,
你的职务是守护那灯光灿烂的华筵,
那儿有跳舞,有音乐,有无数高华的装饰,
那儿有 curacao,vermouth,brandy[1] 的酒泉。

"你的面孔也好像沾戴着了无上的荣典,
你同非洲的黑人、印度的巡捕站立门边。
你哪管贫苦的工农们睡的是甚么地点,
他们睡在木板上、土炕上,还是恶梦盘旋

　　"你资本化了的黑奴，你印度巡捕的鬼脸！

　　去吧，去吧，去吧，你不要在这儿和我纠缠！

　　西半球的资本家们在欢迎你，欢迎你了，

　　我不愿见你的尊容，只好闭着眼睛不看。"

1928年1月6日

注释

1. Curacao，柑香酒。Vermouth，苦艾酒。Brandy，白兰地酒。

导读

　　夜深人静时分最易引人思考，这是智慧绽放的最佳时机。诗人抨击了黑夜，因为它带给世人的是罪恶、缠绵、腐化和堕落。诗中黑夜可引申理解为一切黑暗反动势力，与光明相悖，是阳光照不到的那一面。本诗表达了诗人对黑暗的挞伐，对正义与光明的向往。

诗与睡眠争夕

睡　　眠

现在是该我陪伴他的时候，
请你不要来和我争宠。
我怕听你那哀怨的声音，
我怕见你那含愁的面孔。

诗

我的声音为甚么总不粗暴？
我的面孔为甚么总是怆恼？
我为甚么总是深夜才来？
我实在是一点也不知道。

睡　　眠

我对于你其实真是宽和，
但这儿哪能容下两个？
不是我为你让出空间，
便请你还是暂时让我。

诗

我其实也不是有意倔强，
不过我来了，他总是不放。

你为甚么不使他神魂陶醉，
牵着他的手儿同入天乡？

睡　　眠

啊，我现在也没有甚么话说，
不过你看他是那样衰弱。
我为他真费了不少的苦心，
他没有我实在是不能恢复。

诗

我对于他也好像是个安慰：
你看，我来了，他便把眼睛闭起。
我也并不是要来扰乱他的清神，
不过他惺忪忪地终难使人过意。

睡　　眠

好，那我就让你去和他纠缠，
你是他的爱人，他自然慰安。
我老早就失掉了他的恋慕，
你要把他怎样，我也不管。

诗

啊，你又何必要那样懊恼，
我其实也是在替他心焦。
他爱我或许是出于一时，
可惜我的面孔又并不美貌。

1928年1月8日

导读

对于诗人来讲，诗是灵魂，精神是必需的；睡眠是静息状态，是身体必需的。两者不可或缺。本诗采用拟人的修辞手法，将诗与睡眠分别比作诗人和他的爱人，诗句就是在两人对话之间写就。本诗反映了诗人勤于创作，废寝忘食、孜孜不倦的精神。

们

们！
中国话中有着你的存在，
我和瞥见了真理一样高兴。
元人的杂剧中把你写作"每"[1]，
你的出现大约就从这时候起头，
但你在文言中是遭了排斥的，
文人的笔下跋扈这"等"、"辈"、"之类"、"之流"。
大众在口头虽然也很和你亲近，
但于你的存在却没感觉着启迪的清新。
我自己的悟性也未免麻木不仁；
我和你相熟了四十多年，
真正的相识才开始在一九三六年"九·一八"[2]的今天！

们哟，我亲爱的们！
你是何等坚实的集体力量的象征，
你的宏朗的声音之收鼻而又闭唇。
你鼓荡着无限的潜沉的力量，
像灼热的熔岩在我的胸中将要爆喷。
你现今已有一套西式的新装，
这新装于你真是百波罗[3]地合身。
哦！
Mn^4！
　　 Mn！
　　　　 Mn！
　　　　　 Mn！

你可不是 Marx 和 Lenin 的合体[5]？
你可不是 Michelangelo 与 Beethoven 的和亲[6]？
你是"阿尔法"和"哦美伽"[7]，
你是序言与结论。
你在感性上的荷电，智性上的射能，
是多么丰富而有力的哟，
你这简单的超魔术的——咒文！
当我感觉着孤独的时候，
我只要把你，和我或我的亲近者，结在一道，
在我的脑中回环着这样的几声：
我们，咱们弟兄们，同志们，年青的朋友们……
我便勇气百倍，笔阵可以横扫千人[8]。
当我感觉着敌忾的时候，
一切憎恨者的存在涌到我的眼前，
走狗、汉奸、刽子手、丧心病狂的文化摧残者、和
平破坏者……
这些都联结成一道战线；
我悲愤着你这时是受了这些侪辈的强奸。
这悲愤的力，你给与了我，
是使我加倍地努力的源泉。

哦，们哟，我亲爱的们！
中国话中有着你的存在，
我真真是和瞥见了真理一样的高兴。
我要永远和你结合着，融化着，
不让我这个我可有单独的一天。
我也希望着那些可憎恨的存在，
不久便要失掉那强迫你的机缘。

1936年9月18日

注释

1. "每"，在宋元口语和戏曲中相当于"们"。如元高则诚《琵琶记·文场选士》："你每众秀才听着。"

2. 指1931年9月18日，日本帝国主义发动大规模侵略我国东北的"九·一八"事变。

3. 百波罗，英文popular的音译，意为"大众化的"。

4. Mn，是20世纪30年代我国文化界进步人士所提倡的"北方话拉丁化新文字"中"们"字的拼写法。

5. Marx（马克思），第一个字母是M；Lenin（列宁），最后一个字母为n，合起来为"Mn"。

6. Michelangelo（米开朗琪罗，1475—1564），文艺复兴时期意大利艺术家，第一个字母是M；Beethoven（贝多芬，1770—1827），德国作曲家，最后一个字母是n，合起来为"Mn"。

7. "阿尔法"，希腊文字母中的第一个字母"α"的译音；"哦美伽"，希腊文字母中的最后一个字母"Ω"的译音。

8. 杜甫《醉歌行》："词源倒流三峡水，笔阵独扫千人军。"

导读

本诗写于1936年9月18日，当时国内正处于抗日热潮高涨之际，诗人在"九·一八"事变过去五年之际作此诗，旨在唤醒国人，众志成城，同仇敌忾。"在我的脑中回环着这样的几声：我们，咱们弟子们，同志们，年青的朋友们……我便勇气百倍，毛阵可以横扫千人。"集体的力量是强大的，这个"们"不再是"等、辈、之类、之流"，而是实际意义上的有效数字，等同千军万马，是力量的源泉，是创造胜利的中坚。

水牛赞

水牛，水牛，你最最可爱。
你有中国作风，中国气派。
坚毅、雄浑、无私，
拓大[1]、悠闲、和蔼，
任是怎样的辛劳
你都能够忍耐，
你可头也不抬，气也不喘。
你角大如虹，腹大如海，
脚踏实地而神游天外。
你于人有功，于物无害，
耕载终生，还要受人宰。
筋肉肺肝供人炙脍[2]，
皮骨蹄牙供人穿戴。
活也牺牲，死也牺牲，
死活为了人民，你毫无怨艾。
你这和平劳动的象征，
你这献身精神的大块，

水牛，水牛，你最最可爱。
水牛，水牛，我的好朋友。
世界虽有六大洲，
你只有东方才有。
可是地主们，财东们，
把你看得丑陋，待你不如狗。
我真替你不平，希望你能怒吼。

花有国花，人有国手，

你是中国国兽，兽中泰斗³。

麒麟有什么稀奇？

只是颈长，腿高而善走。

狮子有什么德能？

只是残忍，自私而颜厚。

况你是名画一帧，名诗一首，

当你背负着牧童，

让他含短笛一支在口；

当你背负着乌鸦，

你浸在水中，上有杨柳。

水牛，水牛，我的好朋友。

1942年春

注释

1. 拓大：庞大。
2. 炙脍（zhì kuài）：指烹调。
3. 泰斗是泰山、北斗的简称。人们常用泰山、北斗比喻在德行或事业的成就方面
   为众人所敬仰的人。

导读

　　诗歌赞扬水牛生为人民劳动，死后被人民食用。水牛是和平劳动的象征，同时也是自我牺牲精神的代表。诗人借此赞扬劳动人民，他们任劳任怨，无私贡献。全诗基调热烈如火，流淌着滚烫的热情，是诗人个人品性特征的体现。

孩子们的衷心话

"六一"是孩子们快乐的好日子呵！
孩子们的妈妈，孩子们的爸爸，
孩子们的老师，孩子们的教育家，
请听听孩子们说几句衷心话。

我们喜欢那些小蜜蜂儿呵！
它们在田地里飞绕着菜籽花，
每朵花里它们都争着去采蜜，
飞来飞去，做了工作多好耍。

我们喜欢那些小燕子儿呵！
一大清早便扑着翅子学爹妈，
开头都好像还有些儿害怕，
一下子便成了独立的飞行家。

嫩松树抽出了一尺长的芽，
映山红开遍了满山的红花。
去年的鱼秧儿已经三寸大，
蝌蚪儿转眼变成了小青蛙。

我们要去爬山，要去把船划，
请你们也一道去吧，一道去吧！
不是说太阳是生命的源泉吗？
多去和太阳见面，咱们不要怕。

不准爬山，怎么能够去勘探？
不准划船，怎么能够去台湾？
不准走远，怎么能够去探险？
不准行军，怎么能够去当兵？

我们不怕摔跤，不怕风吹雨打，
就只怕把我们死死地关在家；
像只笼子里的小鹦哥一样呵，
两只翅膀儿都要被人们关麻。

关出病来了，不是要打针吗？
唉呀呀，那才是真正的可怕！
毛主席不是要我们"身体好"吗？
我们不种瓜怎么能够吃瓜？

爸爸，妈妈，老师，教育家，
你们懂得更多更多，请想想吧，
你们小时候的生活不合式了，
不要拿来再把我们往后拉。

老大妈都变成小姑娘吧，
老大爷也都变成小娃娃！
大家都变得活泼泼的，胆子大，
让咱们国家赶快实现工业化！

大人们呵，这是孩子们的衷心话，
说得不好听，请你们不要骂。
今天是咱们的欢喜的好日子呵，
让咱们一同唱歌，一同笑哈哈。

1955年5月18日

导读：

　　在六一国际儿童节之际，诗人以孩子的口吻表达心声。诗中跳动着孩子们欢心雀跃、稚嫩可爱的声音。孩子们对自然界的一花一鸟、一草一木都抱有强烈的好奇，极其渴望走进自然，倾听鸟语风声，观察花开花落，在与世间万物接触过程中，感知生灵，感受生命，奏响与世界相同的节拍。这首诗极具现实意义，倡导孩子们亲近自然，探索世界，有利于引导孩子们身心健康成长。

骆　驼

骆驼，你沙漠的船，
你，有生命的山！
在黑暗中，你昂头天外，
导引着旅行者走向黎明的地平线。

暴风雨来时，旅行者紧紧依靠着你，
渡过了艰难。高贵的赠品呵，
生命和信念，忘不了的温暖。

春风吹醒了绿洲，贝拉树[1]垂着甘果，
到处是草茵和醴泉[2]。
优美的梦，像粉蝶翩跹，
看到无边的漠地化为了良田。

看呵，璀璨的火云已在天际弥漫，
长征不会有歇脚的一天，
纵使走到天尽头，天外也还有乐园。

骆驼，你星际火箭，
你，有生命的导弹！
你给予了旅行者以天样的大胆。
你请导引着向前，永远，永远！

1956年9月17日

注释

1．作者原注：贝拉树即椰枣树，叶似椰子树，果如枣而大。
2．醴（lǐ）泉：甘甜的泉水。

导读

在茫茫大漠中，骆驼帮助人们排除万难，找寻到绿洲，给人们带来生的希望。旅行者在大漠中是孤独的，但有了骆驼的陪伴，便有了心灵的依托与鼓励。诗人赞美骆驼带给旅行者的勇气与无畏，实质是歌颂生命，歌颂中国共产党崇高、伟大的形象。诗中任重道远的骆驼，导引和护卫着旅行者从"黑暗"走向"黎明"，又不止息地进行"长征"，是中国共产党的光辉业绩和不断变革的"长征"精神的象征。

西湖的女神

据说西湖里有一位女神，
每逢月夜便要从湖心出现。
游湖的人如果喜欢了她，
便被诱引向湖底的青天。

今晚的湖山幸好没有月，
我没有看到西湖的女神。
不是我被诱进西湖的水底，
是西湖被诱进了我的心。

导读

　　围绕杭州西湖有太多动人的爱情故事，传说中的西湖女神指的是爱情的化身。西湖被世人称作人间天堂，"人间自是有情痴"，痴情男女的足迹遍布西湖的山山水水。美好的传说与真切的现实相映成趣。诗人大胆地豪言，已将西湖装入心底，充分体现了诗人对爱情的渴望及向往。

波与云

碧波伸出无数次的皓手，
向天上的白云不断追求。
白云高高地在天上逍遥，
只投下些笑影不肯停留。

白云转瞬间流到了天外，
云影已被吞进波的心头。
波的皓手仍在不断伸拿，
动荡不会有止息的时候。

导读

波涛翻滚，击起千重浪，朵朵浪花，洁白如雪；皓皓晴空，流转万里云，白云朵朵，云卷云舒。诗人采用对比兼拟人的修辞手法，在水波与流云之间展开互动，充满诗情画意。水波向往追求具有无限自由的白云，然而云不会为谁停留，只将暗影投下，水波的内心更加动荡，激烈翻滚，将云影拥入怀中。

玉兰与红杏

  在大觉寺的玉兰花下，遇着一群红领巾。他们围上来，向我说："郭伯伯，你写首诗吧！"我便口占了这诗的开头四行。继又往妙高峰看红杏，在林学院又遇到很多在那儿实习的同学，附近四十七中的同学们也有不少人赶来了。有的老师也赶来了。他们的欢笑声，比满山的红杏还要笑得响亮。归途，把这诗补足成了十六行，献给那群红领巾小友和林学院、四十七中的师友们。

   两个月前，在广州，看见了玉兰开花；
   两个月后，在北京，又看见玉兰开花。
   "玉兰花呀，"我说，"你走得真好慢哪！
   费了两个月工夫，你才走到了京华[1]。"

   满树的玉兰花，含着笑，回答我的话：
   "同志，你可不知道，我们走得多潇洒。
   我们走过了长江大桥，走过了三门峡，
   我们一路走，一路笑，一路散着鲜花。"

   "是呀，是呀！"满山的红杏都露出了银牙：
   "玉兰姊说的话，当真的，一点也不虚假。
   我们从东到西，从南到北，走遍了天下。
   我们把东风亲手送到了城乡的每户人家。"

   今天我偶然来到了大觉寺和妙高峰下，
   看见了北京的玉兰开花，北京的红杏开花。
   "多谢你们呀，红杏和玉兰，东风的使者！

我虽然是个聋子，到处都听到春天的喇叭。"

1962 年 4 月 8 日

注释

1．京华，是京城之美称。因京城是文物、人才汇集之地，故称为京华。

导读

　　诗人于 1962 年 4 月 8 日游北京西山大觉寺，巧遇少先队员及林学院、四十七中的同学们，在孩子们欢声笑语的感染下，诗人喜悦开怀，即兴赋诗。大觉寺乃千年古刹，玉兰花开是春季寺院的盛景。诗人采用拟人的修辞手法，与玉兰和红杏对话。诗人歌颂了玉兰与红杏的独特之美，玉兰花朵大、清香、脱俗，红杏花小、纯美、典雅，二者都是先花后叶，是将春的信息带向人间的使者。

归国杂吟

一

廿四[1]传花信，
有鸟志乔迁[2]。
缓急劳斟酌，
安危费斡旋。
托身期泰岱，
翘首望尧天。
此意轻鹰鹗，
群雏剧可怜。

二

又当投笔请缨[3]时，
别妇抛雏断藕丝。
去国十年余泪血，
登舟三宿见旌旗。
欣将残骨埋诸夏[4]，
哭吐精诚赋此诗。
四万万人齐蹈厉，
同心同德一戎衣[5]。

三

此来拼得全家哭，
今往还将遍地哀。

四十六年余一死，
鸿毛泰岱[6]早安排。

四

十年退伍一残兵，
今日归来入阵营。
北地已闻新鬼哭，
南街犹听旧京声。
金台寂寞思廉颇，
故国苍茫走屈平。
挈眷挈家何处往，
茕茕叹尔众编氓。

五

悲歌燕赵已消沉，
沦落何须计浅深。
到底可怜陈叔宝，
南冠赢得没肝心。

六

雷霆轰炸后，
睡起意谦冲。
庭草摇风绿，
墀花映日红。
江山无限好，
戎马万夫雄。
国运升恒际，
清明在此躬。

七

炸裂横空走迅霆，

春申江上血风腥。

清晨我自向天祝：

成得炮灰恨始轻。

　　归国前后随兴感奋，曾作旧诗若干首。杏村有嗜痂之癖，爰书付之。一九三七年十月二十四日晨，由前线访问归来，兴致尚佳。

注释

1. "廿四"即行期。
2. "乔迁"指回国。
3. 投笔，弃文就武。《后汉书·班超传》："（超）家贫，常为官佣书以供养。久劳苦，尝辍业投笔叹曰：'大丈夫无他志略，犹当效傅介子、张骞立功异域，以取封侯，安能久事笔研间乎？'"请缨，投军报国。《汉书·终军传》："军自请愿受长缨，必羁南越王而致之阙下。"
4. 夏，华夏，中国的古称。周代王室将国土分封诸国，因此又称诸夏。这里指祖国。《论语·八佾》："夷狄之有君，不如诸夏之亡也。"
5. 一戎衣，旧有两种解释。《书·武成》："一戎衣，天下大定。"《伪孔传》："衣，服也。一着戎服而灭纣。"又一说：一戎衣，即"臺戎衣"。《礼记·中庸》："臺戎衣而有天下。"臺，通"殪"，歼灭；戎，大；衣，殷，汉郑玄注："衣读如殷，声之误也；齐人言殷声如衣。""臺戎衣"即歼灭大殷。后泛指作战歼敌。
6. 鸿毛泰岱：比喻轻重相差极大。

导读

　　《归国杂吟》共七首，是诗人自日本归国前后所作。本诗以高度的爱国主义精神为主线，辅以复杂的相互交融的情感。从刚刚回国的壮志情怀，对国家对民众的莫大期望，到随后所见所闻所感不堪的国内现状，内心悲愤难抑，念及妻女，心系家国，各种情感组合一起，构成这一组情感激越、奋发向上的动人乐章。

登南岳

中原龙战血玄黄[1]，必胜必成待自强。

暂把豪情寄山水，权将余力写肝肠。

云横万里长缨展，日照千峰铁骑骧。

犹有邺侯[2]遗迹在，寇平重上读书堂。

1938年11月末

注释

1. 龙战：《易·坤》："上六：龙战于野，其血玄黄。"后称群雄争霸为龙战。玄黄，血染黄土成青黄混合之色。

2. 邺侯：李泌（722—789），唐代京兆（今陕西西安）人。曾两度为宰相，封邺侯，后辞官定居衡山。积书甚富，是古代著名藏书家。韩愈《送诸葛觉往随州读书》诗："邺侯家多书，插架三万轴。"

导读

　　1938年11月底，郭沫若在南岳参加蒋介石召集的国民党高级将领政工会议后，与周恩来、贺衷寒相约登衡山游览。下山途中曾到邺侯书院观光，诗人登临观赏后写下此诗。这首诗既歌颂了祖国的壮丽河山，又抒发了诗人抗击敌寇的豪情壮志。诗人通过描写衡山奇山异景，巧妙地注入自己的政治理想和抱负，寓情于景，情景交融。整首诗写景、议论、抒情、记事兼而有之，表现了诗人的乐观主义精神。

登尔雅台怀人[1]

依旧危台压紫云，青衣江上水殷殷。

千村沦落悲三楚[2]，叱咤谁当冠九军。

龙战玄黄弥野血，鸡鸣风雨际天闻。

会师鸭绿期何日，翘首崇高[3]苦忆君。

1939年

注释

1. 作者原注：尔雅台在乐山县乌尤山上，相传为汉郭舍人注《尔雅》处。此诗乃寄怀朱德同志。1938年武汉撤退前，朱德同志在武汉曾以诗见赠。诗云："别后十有一年，大革命失败，东江握别。抗日战酣，又在汉皋重见。你自敌国归来，敌情详细贡献；我自敌后归来，胜利也说不完。敌深入我腹地，我还须支持华北抗战，并须收复中原；你去支持南天。重逢又别，相见——必期在鸭绿江边。"

2. 三楚，古有所谓西楚、东楚、南楚之分，具体所指之地有不同的说法，统指战国时楚国境地。后泛指今湖北、湖南一带。这里指武汉。

3. 崇高，即中岳嵩山，在河南登封县北，这里代指华北地区。

导读

1939年，郭沫若登临尔雅台，并作《登尔雅台怀人》七律一首，文字中流淌着对战斗在抗日前线的朱德同志的赞美和思念，抒发了诗人盼望将士凯旋、抗战胜利的壮志豪情，体现了抗日军民的革命乐观主义精神。郭沫若所撰写的著名的檄文《请看今日之蒋介石》就是在朱德家草拟完成的，两人间有着深厚的革命情谊。1944年4月，日寇南侵黔桂时，朱德写下了《和郭沫若同志〈登尔雅台怀人〉》七律一首。在这一唱一和间，我们可以读到无产阶级革命家的崇高理想和革命情怀。

喜雨书怀

铄石流金[1]不可当，崇朝[2]沛雨顿清凉。

震来虩虩[3]声如炸，屋漏淰淰意转康。

自分才疏甘瓠落[4]，非缘鸟尽见弓藏。

后雕[5]有待期松柏[6]，遥望桑干[7]举一觞。

1939年6月24日

注释

1. 铄石流金：铄、流：熔化。石头被熔化，金属变成了液态。高温熔化金石。形容天气酷热，也形容辉耀，发挥巨大的作用。战国时期楚国人宋玉《招魂》："十日代出，流金铄石些。"西汉时期刘安《淮南子·诠言训》："大热铄石流金，火弗为益其烈。"
2. 崇朝：终朝。从天亮到早饭时。有时喻时间短暂，犹言一个早晨。亦指整天。崇，通"终"。
3. 虩虩（xì xì）：形容恐惧的样子。《易·震》："震来虩虩，笑言哑哑。"
4. 瓠落：潦倒失意貌。犹落拓。明归有光《祭方御史文》："公孙蝼屈于南宫之试，予亦瓠落于东海之滨。"清黄景仁《闻龚爱督从河南归》诗："我行瓠落无所惜，岁岁年年去乡国。"
5. 后雕：亦作"后凋"。《论语·子罕》："岁寒然后知松柏之后雕也。"何晏集解："喻凡人处治世，亦能自脩整，与君子同在浊世，然后知君子之正不苟容也。"后因此以"后雕"比喻守正不苟而有晚节。
6. 松柏：自古以来人们就对松树怀有一种特殊的感情，常用松柏象征坚强不屈的品格，并把松、竹、梅誉为"岁寒三友"。
7. 桑干：河名。今永定河之上游。相传每年桑葚成熟时河水干涸，故名。

导读

　　本诗 1939 年 6 月 24 日作于重庆。重庆夏季酷热，有"火炉"之称。诗人描写六月天酷热难挡，心绪慌闷，突如其来的一场大雨，酣畅淋漓，虽雷声大作，但雨后的清凉适意顿时让心沉静下来。当时诗人正遭受国民党蒋介石迫害，人情冷落之际，内心对国民党消极抗日、积极反共愤怒不已。诗人寄情于北方坚持抗日战争的中国共产党，期望自己像松柏一样保持革命节操，经得起严酷环境的考验与锤打，不屈不挠，守正克己。思至此，诗人思绪万千，举杯遥望桑干河，祝愿抗日战争胜利。整首诗由前两句的写景到后两句的抒情，起承转合，流畅自然，表达了诗人由躁动到平静，进而豁达开阔的心路历程。

和老舍原韵并赠（选一首）

未有诗人不太痴，不痴何独苦为诗？

千行难换粮千粒，一世终无宿一枝。

意入天边云树远，名书水上月华迟[1]。

醍醐[2]妙味谁能识？端在吟成放笔时。

注释

1. 在英国诗人济慈（J.Keats，1795—1821年）的墓碑上，按照他的遗言铭刻了如下一句话："这里安息着一个把名字写在水上的人。"
2. 醍醐，乳酪上的酥油。醍醐灌顶，佛家语，本义是输入智慧，后用为痛快淋漓的意思。唐代顾况《行路难》诗："岂知灌顶又醍醐，能使清凉头不热。"

导读

诗人长期从事文化宣传工作，战时如此，非战时亦如此。老舍在抗日战争期间，在重庆主持中华全国文艺界抗战协会工作，两人交往甚多。自古文人便与清贫两字不分家，诗人虽然创作艰辛，但收入甚微。本诗所描写的即是诗人这种窘迫的生活。然而艺术即生命，清苦的生活更加反衬出诗人们高洁的品行。

双十一

柳亚子先来从桂林来渝，一九四四年十一月十一日，在我寓天官府四号设席洗尘。席中周恩来同志由延安飞至，赶来参加。衡老[1]作诗以纪其事，因而和之。

顿觉蜗庐海样宽，
松苍柏翠傲冬寒。
诗盟南社珠盘[2]在，
澜挽横流砥[3]柱看。
秉炬人[4]归从北地，
投簪我欲溺儒冠[5]。
光明今夕天官府，
扭罢秧歌醉拍栏。

1944 年 12 月 25 日

附：沈钧儒原诗

十一月十一日晚沫若先生欢宴亚子先生，适逢周恩来先生由西北飞来，亦赶来参与，同饮甚欢。既逾二十日，乘舆下神仙口，望见南山，忽忆其事，追赋呈沫若、亚子先生。

经年不放酒杯宽，
雾压山城夜正寒。
有客喜从天上至，
感时惊向城中看。

和老舍原韵并赠（选一首）

未有诗人不太痴，不痴何独苦为诗？

千行难换粮千粒，一世终无宿一枝。

意入天边云树远，名书水上月华迟[1]。

醍醐[2]妙味谁能识？端在吟成放笔时。

注释

1. 在英国诗人济慈（J.Keats，1795—1821年）的墓碑上，按照他的遗言铭刻了如下一句话："这里安息着一个把名字写在水上的人。"
2. 醍醐，乳酪上的酥油。醍醐灌顶，佛家语，本义是输入智慧，后用为痛快淋漓的意思。唐代顾况《行路难》诗："岂知灌顶又醍醐，能使清凉头不热。"

导读

诗人长期从事文化宣传工作，战时如此，非战时亦如此。老舍在抗日战争期间，在重庆主持中华全国文艺界抗战协会工作，两人交往甚多。自古文人便与清贫两字不分家，诗人虽然创作艰辛，但收入甚微。本诗所描写的即是诗人这种窘迫的生活。然而艺术即生命,清苦的生活更加反衬出诗人们高洁的品行。

双十一

柳亚子先来从桂林来渝，一九四四年十一月十一日，在我寓天官府四号设席洗尘。席中周恩来同志由延安飞至，赶来参加。衡老[1]作诗以纪其事，因而和之。

顿觉蜗庐海样宽，
松苍柏翠傲冬寒。
诗盟南社珠盘[2]在，
澜挽横流砥[3]柱看。
秉炬人[4]归从北地，
投簪我欲溺儒冠[5]。
光明今夕天官府，
扭罢秧歌醉拍栏。

1944 年 12 月 25 日

附：沈钧儒原诗

十一月十一日晚沫若先生欢宴亚子先生，适逢周恩来先生由西北飞来，亦赶来参与，同饮甚欢。既逾二十日，乘舆下神仙口，望见南山，忽忆其事，追赋呈沫若、亚子先生。

经年不放酒杯宽，
雾压山城夜正寒。
有客喜从天上至，
感时惊向城中看。

新阳共举葡萄盏，
独角长悬獬豸冠。
痛哭狂欢俱未足，
河山杂还试凭栏。

注释

1．衡老，指沈钧儒。
2．南社，由柳亚子与陈去病、高旭等发起，1909年成立于苏州，旨在鼓吹民主，反对清朝专制统治，1923年后停止活动。社员所作诗文，辑为《南社丛刻》。珠盘，古代礼器。《周礼·天官·玉府》："若合诸侯，则共（供）珠槃玉敦。"郑玄注："合诸侯者，必割牛耳，取其血，歃之以盟。珠槃，以盛牛耳，尸盟者执之。"槃，同盘。这句是说柳亚子为南社主盟者。
3．韩愈《进学解》："回狂澜于既倒。"《孟子·滕文公上》："洪水横流，氾滥于天下。"砥柱，本山名，在今河南三门峡市黄河急流中，现已炸毁。这里用作"中流砥柱"之意。
4．秉炬人，指周恩来。
5．簪，固定帽子的用具。投簪，即投冠，亦即弃官。溺儒冠，用刘邦对待郦食其事。《汉书·郦食其传》："沛公不喜儒，诸客冠儒冠来者，沛公辄解其冠，溺其中。"

导读

郭沫若是中国新诗奠基人，同样也擅长古体诗创作。在郭沫若的古体诗中，常见唱和之作。本诗即为郭沫若与沈钧儒的唱和之作。两首诗记述了郭沫若宴请柳亚子，席间周恩来加入，几人把酒言欢，共商救国大业，表达了对国民党的愤慨和藐视，并寄望陕北，因为那才是解救中国危亡的"中流砥柱"。这一唱一和，伟人们宽广的胸襟和豪迈的情怀跃然纸上。

和金静庵[1]

平生四海惯为家，刻鹄[2]不成未敢夸。

折节粗通风雅颂，立身幸短乘除加。

微怜已失耳为耳，犹信能堪牙以牙[3]。

畅喜当筵话司马[4]，无心取宠向谁哗。

1945年3月28日

附：金静庵原诗

邀郭君沫若过寓小饮赋赠长句。

寰海知名一作家，如君卓卓自堪夸。

著书百万才未尽，脱手千金贫更加。

智者大声不入耳，哲人辨味岂由牙。

定庵诗句应移赠，一语真能莫万哗。

1945年3月28日

注释

1．金静庵（1887—1961），字毓黻，辽宁省辽阳人。史学家。

2．刻鹄：《后汉书·马援传》："效伯高不得，犹为谨敕之士，所谓刻鹄不成尚
类鹜者也。效季良不得，陷为天下轻薄子，所谓画虎不成反类狗者也。"鹄，
天鹅；鹜，鸭。

3．《旧约·申命记》："以眼还眼，以牙还牙。"

4．司马，指司马迁。

导读

　　抗日战争末期，金静庵迁居重庆天官府街三十五号，恰与郭沫若比邻而居。金氏长子金长佑其时经营"五十年代出版社"，印行一些左翼人士的书籍。一日，张申府、刘清扬夫妇来访，知郭沫若近在咫尺，便邀来酌酒欢谈，尽兴而散，后金静庵作诗高度赞美郭沫若的才华学识。后来郭沫若写了这首和诗，自谦并极具诗人智慧、哲人思想地表达了自己的志趣所在。

祭李闻

一九四六年十月四日，上海各界人士，为李公朴、闻一多二公，呼吁和平民主而遇刺，特召集大会追悼，而祭之以文。其文曰：

天不能死，地不能埋，呜呼二公，浊世何能污哉！为呼吁和平民主而死，虽死犹生。与两仪[1]分鼎力，如日月之载明。刺林肯者使天下人皆知有林肯，刺教仁者使天下人皆知有教仁。无声子弹，虽能毁灭二公之躯体，而千秋万世，永不磨灭者，乃我二公为人民作前驱之精神。

呜呼二公！中国之道，过尚中庸，二千年来，乡愿[2]成风。全躯者号为"明哲"，墨守者谓之"从容"。人皆独善，而任横逆暴戾，指使发纵。君子玄鹤，小人沙虫[3]。昊天梦梦，鬼影幢幢。历史正悲寂寞，久矣乎不见殉道者之遗踪。呜呼二公，今见我二公之壮烈，足使顽廉懦立[4]，发聩振聋。闻狮子之怒吼，拜大无畏之雄风。莽彼河山，因突兀而增色，嗟我民献，感无上之崇隆。

呜呼二公，二公所争，乃人民之解放。二公所望，乃国族之平康。生死以之，正正堂堂。浩气长存乎宇宙，义声远播于重洋，衰起八代[5]，永祀流芳。我辈后死，其敢傍徨？誓当毁独裁而民主，代乖异以慈祥，化干戈为玉帛，作和平之桥梁。俾社会主义及早实施于当代，而使我泱泱华夏允克臻乎自由，平等，富强。于斯时也，我二公之巍峨铜像，将普建于通都大邑，四表八荒；而我二公之流风遗韵，更将使千百万后代子孙，低昂起舞，如醉如狂。

呜呼二公！前途洋洋，荣光在望。英灵永在，来格来尝。尚飨。

注释

1．两仪，指天地阴阳。《易·系辞上》："是故易有大极，是生两仪。"
2．乡愿，乡里中言行不符，伪善欺世的人。《论语·阳货》："乡愿，德之贼也。"
3．《太平御览》卷九一六引《抱朴子》："周穆王南征，一军尽化，君子为猿为鹤，小人为虫为沙。"这里说全国人民都惨遭不幸的意思。
4．《孟子·万章下》："故闻伯夷之风者，顽夫廉，懦夫有立志。"意思是说，感化力量之大，使贪得无厌的人变得廉洁，使懦弱的人能够有志气。
5．苏轼《潮州韩文公庙碑》："文起八代之衰，而道济天下之溺；忠犯人主之怒，而勇奋三军之帅。"这里借引苏轼赞美韩愈的话来称誉李、闻。

导读

　　李公朴，1946年7月11日在昆明市遭国民党特务暗杀，次日身亡。闻一多于1946年7月15日在悼念的李公朴的大会上，发表了著名的《最后一次的演讲》，言辞激烈。当天下午，他在西仓坡宿舍门口被国民党昆明警备司令部下级军官汤时亮和李文山枪杀。1946年10月4日，上海各界人士，为李公朴、闻一多召开追悼大会，郭沫若奋笔疾书《祭李闻》一诗，以诗祭之。该诗强烈地抗议国民党反动派的法西斯行为，歌颂李、闻"二公所争，乃人民之解放。二公所望，乃国族之平康"。整首诗大气磅礴，山河齐哀。

再用鲁迅韵书怀[1]

成仁有志此其时，
效死犹欣鬓未丝。
五十六年余鲠骨，
八千里路赴云旗。
讴歌土地翻身日，
创造工农革命诗。
北极不移先导在，
长风浩荡送征衣。

1947年11月13日离沪之前夕作

注释

1. 此诗用鲁迅《为了忘却的记念》中"惯于长夜过春时"一诗原韵，因《归国杂吟·之二》已用此韵，故称为"再用"。

导读

1947年10月，中国人民解放军发表宣言，号召打倒内战祸首蒋介石，迅速解放全中国。在此形势下，诗人革命热情高涨，欢欣鼓舞，大有成仁之志，并做好了为国捐躯的准备。这首诗充分表达了诗人对胜利的热切期望，内心充满了谱写革命新篇章的情怀以及创造新中国的宏大愿望。

游别府[1]

仿佛但丁[2]来，血池水在开。

奇名惊地狱，胜境擅蓬莱。

一浴宵增暖，三巡春满怀。

白云千载意，黄鹤为低徊[3]。

1955年12月25日

注释

1. 选自作者组诗《访日杂咏》。别府，日本九州东北岸的温泉名胜。作者原注：
   泉源十余，有海地狱、血池地狱、龙卷地狱、十道地狱等奇名。血池地狱，在
   八十度以上，水呈红色，与血仿佛。
2. 作者原注：但丁的《神曲》第二篇为游地狱，故联想及之。
3. 作者原注：因苏联轮船迟到一日，故与翦伯赞同由下关来此一游，宿白云山
   庄。翌晨离去时，伯赞口吟"黄鹤一去不复还，白云千载空悠悠"句，颇有依
   依之意。

导读

　　这是一首歌颂中日友谊的纪游诗。诗中记叙了诗人参观别府的胜景及兴致。
前四句重在写景，后四句重在抒情。别府是位于日本大分县中部的一个城市，为
大分县的第二大城市，以温泉产业闻名。诗人所游的别府，"血之池地狱"是别
府的一个温泉区，其"奇名惊地狱，胜境擅蓬莱"，奇特的景观堪比蓬莱。温泉
一浴，于氤氲缭绕间三春尽暖，胜似人间仙境。当时接待诗人的是别府市长、大
别县知事，共进晚餐后，依依惜别。本诗描写了自然美景和内心的温暖，体现了
日本人民对中国人民的友好情谊。

在瑞典首都游米列士园[1]

米园三度我曾来，

气韵新奇脱鬼胎。

天马横空骑附翼，

人鱼喷雾石生苔。

花多绮丽依崖放，

地小玲珑逐径开，

游客已归门掩却，

斜阳相伴影徘徊。

注释

1. 本篇为作者《游北欧诗四首》之一。
   作者原注：米列士乃瑞典雕刻家，数年前逝世。其故居今为陈列馆，
   号"米列士园"。

导读

米列士乃瑞典雕刻家，去世后，他的故居成为陈列馆，称"米列士园"。郭沫若三游此园，并亲笔题诗。米列士园是一座雕塑公园，位于瑞典首都斯德哥尔摩市。园内有"天马"铜雕像，水池中有人鱼造型，花木依崖绽放，园内设计独具匠心，水色山光玲珑有致，游人常常于此流连忘返。此美景佳境令作者诗意流淌，从诗中可读到郭沫若的那份欣喜与赞赏。

咏五指山

果然巨掌直摩天，

应是女娲一臂传。

洲数亚非欧美澳，

年轻亿兆京垓¹千。

搴²棋挥动红霞舞，

掷弹凭教白日旋。

开辟乾坤原赖手，

故将五指表真筌³。

1961年2月27日

注释

1. 垓（gāi）：古代数名，指一万万。
2. 搴（qiān）：拔取。《广韵》：搴，取也。《后汉书·杜笃传》：搴旗四麾。
3. 真筌，也作真诠。

导读

　　五指山市位于海南岛中南部腹地，是海南省中部少数民族的聚居地，民间对五指山流传着这么一句话："不到五指山，不算到海南。"五指山市周群山环抱，森林茂密，是有名的"翡翠山城"。五指山的形状酷似张开的五根手指，直指云霄，似有执掌乾坤之势。诗中末句表达了开天辟地，改造世界要依赖手的劳动，在此诗人要说明手的作用。诗人一方面歌颂劳动创造世界的真理，另一方面歌颂伟大领袖毛泽东主席开天辟地、敢叫日月换新天的远见卓识和丰功伟绩。

在昆明看演话剧《武则天》

金轮[1]千载受奇呵，
翻案何妨傅粉多？
宋璟姚崇[2]蒙哺育，
开元天宝[3]沐恩波。
声威远届波斯国[4]，
文教遥敷吐火罗[5]。
毕竟无书逾尽信[6]，
丹青原胜素山河。

1961年9月7日

注释

1. 金轮，指武则天，她曾称"金轮圣神皇帝"。
2. 宋璟（663—737）与姚崇（650—721）均为唐代著名政治家，为武则天所重，历任武则天、睿宗、玄宗朝之宰相，史称"姚宋"。
3. 开元、天宝均为唐玄宗的年号。
4. 作者原注：波斯国王尼涅师师，为武后当政时所册立，并由长安送归。
5. 吐火罗，中亚细亚古国，其地约在今阿富汗北部。后为阿拉伯人所并。
6. 作者原注："尽信书则不如无书。"（语见《孟子·尽心下》。——注释者）

导读

1960年，郭沫若创作历史剧《武则天》。他是当代第一个为武则天翻案的作家，面对历史强加在武则天头上的"暴君、淫妇"的恶名，郭沫若先有剧后有诗来为其平反正名。郭沫若的《武则天》及本诗，反映了武则天在她的政治生涯中显现的杰出才能，为她不为男权观念所囿，反而成为一代女王大唱颂歌。作者以雄厚的笔力，刻画了立体丰满的人物形象，具有强烈的历史感。

毛泽东曾对身边的工作人员孟锦云说："你说武则天不简单，我也觉得她不仅不简单，简直是了不起。封建社会，女人没有地位，女人当皇帝，人们连想也不敢想。我看过野史，把她写得荒淫得很，恐怕值得商榷。武则天确实是个治国人才，她既有容人之量，又有识人之智，还有用人之术。"这是一代伟人毛泽东以辩证唯物史观的视角给了武则天一个客观、公正、中肯的评价。毛泽东还就武则天在自己的陵墓前立下无字碑的事发表了见解，他说："武则天有自知之明，她不让在她的墓碑上刻字。有人分析其本意是功德无量，书不胜书。其实，那是武则天认识到，一个人的功过是非，不应自己吹，还是由后人去评论。"

可见，郭沫若与毛泽东的观点是何等的相近，正所谓英雄所见略同。

蜀道奇

李白曾作《蜀道难》，极言蜀道之险，视为畏途，今略拟其体而反其意，作《蜀道奇》。

　　噫吁嘻！雄哉壮乎！
　　蜀道之奇奇于读异书。
　　四川盆地古本大陆海，
　　海水汪汪向东注。
　　流成瀑布三千尺，
　　地质年代远迈蚕丛与鱼凫[1]。
　　日浚月削凿深崖，
　　凿成三峡之水路。

　　三峡全长二百四公里，
　　雄奇秀逸冠环区。
　　万山磅礴水泱漭，
　　山环水抱争萦纡。
　　时则岸山壁立如着斧，
　　相间似欲两相扶。
　　时则危崖屹立水中堵，
　　江流阻塞路疑无。
　　山有神女山名巫，
　　十二奇峰耸天枢。
　　果然为云为雨梦模糊，
　　诗中之情趣，酒中之醍醐。

海水倾泄出平芜，
土壤膏腴成天府。
流来雅砻，大渡，金沙，岷，沱，涪，渠，嘉陵，乌[2]，
水道似星罗，
城市如棋布。
五丁开山事乌有[3]，
其说虽墨意可朱。
我知劳力创世界，
由来天险待人锄。

秦时太守李冰兴水利，
都江古堰展如梳[4]。
灌溉成都平原四百余万亩，
不与江南鱼米之乡殊。
更凿盐井利民用，
产盐之量今足七千万人之需而有余。
远离东海二千余公里，
民不淡食乐何如？
李冰一人何能为？
所赖乃在工人与农夫。
工人与农夫，
李冰之师兼学徒，
力士五丁何止五！

文翁治蜀文教敷[5]，
爱产扬雄与相如。
诗人从此蜀中多，
唐有李白宋有苏。
鞠躬尽瘁兮诸葛武侯诚哉武，
公忠体国兮出师两表留楷模。
利州江潭传是金轮感孕处[6]，

浣花溪畔尚有工部之故居 ⁷。

蜀道之奇奇于读异书，

使人听此心颜朱。

足见江山自古不负人，

人亦未肯江山负。

历史悠久难罗缕，

试看二十世纪之雄图。

无产阶级有前途，

七一，八一，如联珠。

长征二万五千里，

雪山之雪，草原之草，锻炼英雄躯。

星星之火燃成大熔炉，

熔尽封建主义，殖民主义之锁链，

六亿神州不再为人奴。

七一以来四十载，

红旗插遍中华城市，农村，山岳，溟渤与江湖。

蜀中夫如何？

气象同昭苏。

民食为天有基础，

大力发展农林牧副渔。

轻重工业如蜘蛛。

开建成渝，宝成，成昆诸铁路，

促使西南四塞之域成通衢。

江轮增加千万吨，

懋迁有无事吐输。

莫言"黄鹤之飞不得过"，

神鹰铁翼开云途。

莫言"猿猱欲度愁攀缘" ⁸。

东风轮下峨眉俯。

三峡况将成水库，

人定胜天目可睹。

于时万吨之轮可以直抵渝，

于时发电之量可以直送拉萨与淞沪。

君不见，铁有攀枝花，

煤与煤气亦何富；

砂金，铜，锌，磷矿石，

遍地宝藏难计数？

又不见，民族和雍载歌舞，

埙篪协奏遍乡都；

马、扬、李、苏其辈出[9]，

冰，翁，亮，照其如林中之树株[10]。

蜀道之奇奇于读异书！

蜀仅一隅耳，

一隅三反见全部。

祖国光芒耀千古，

方今时代万倍超唐虞，

眼前险阻何足道？

战略视之如纸虎！

全民壮志世无侔，

行将超跃必然兮进入自由之疆土[11]。

人人齐唱《东方红》，

意气风发心情舒，

万岁万岁长欢呼！

1961年9月18日

注释

1. 作者原注：蚕丛、鱼凫乃蜀国传说中五万年前的古代帝王。

2．雅砻、大渡、金沙、岷、沱、涪、渠、嘉陵、乌，均为四川省境内的河流名。

3．作者原注：五丁故事有二说。其一见《蜀王本纪》，言蜀有五丁力士能移山。秦王献美女，蜀王遣五丁迎之。见有大蛇入山穴，五丁共引蛇。山崩，压杀五丁与秦女，皆化为石。山崩分为五。又其一见《水经》沔水注："秦惠王欲伐蜀，而不知道，作五石牛，以金置尾下，言能粪金。蜀王负力，令五丁引之成道。"

4．战国秦昭王时，蜀郡太守李冰在灌县兴修都江堰，引岷江水灌溉成都平原，为我国古代著名的水利工程。

5．文翁，汉景帝时蜀郡太守，史称其崇教化，兴学校，蜀地文风因此大振。

6．利州，治所在今四川广元。传说武则天出生于广元。

7．浣花溪，在成都市郊，有杜甫草堂。

8．作者原注："黄鹤"与"猿猱"二句均引自李白《蜀道难》。

9．作者原注：马、扬、李、苏，即司马相如、扬雄、李白、苏轼。

10．作者原注：冰、翁、亮、照，指李冰、文翁、诸葛亮、武则天。武后名曌（照），为所创新字之一。

11．作者原注：恩格斯《社会主义从空想到科学的发展》中有这样的话，人类充分掌握了自然规律而灵活运用，客观的异己力量才为人所控制。"这是人类由必然的王国进入自由的王国的飞跃。"

导读

《蜀道奇》是作者于 1961 年 9 月 18 日乘江津轮出三峡时在舟中所作。古蜀道是中国古人的伟大创造和智慧结晶。它南起成都，过广汉、德阳、梓潼，越大小剑山，经广元而出川，在陕西褒城附近向左拐，之后沿褒河过石门，穿越秦岭，出斜谷，直通八百里秦川，全长 1000 余公里。它是连接秦蜀的驿路通道，穿起中国历史上有名的"关中平原"和"成都平原"。有专家如此形容："它使黄河、长江两大流域文明得以交汇，中原和大西南得以沟通，祖国版图得以统一。没有它，也许就很难出现强汉盛唐，历史可能就会改写。"

《蜀道奇》是一首长篇叙事诗，乐府体，长短句，字数从三言到十七言，参差错落，长短不齐，以其散文化和奔放的语言，形式独具特色。作者怀着高度兴奋和无限的激情，热情赞美新中国川陕交通的巨变，时而惊呼，时而赞叹，把蜀道沿途雄山奇峡、秀逸江水描绘得淋漓尽致。本诗通过对新时代的高歌礼赞，表达了作者豁达的胸襟和远大的政治抱负。

满江红

（一九六三年元旦书怀）

沧海横流[1]，
方显出英雄本色。
人六亿，
加强团结，
坚持原则。
天垮下来擎得起，
世披靡矣扶之直。
听雄鸡一唱遍寰中，
东方白。

太阳出，
冰山滴；
真金在，
岂销铄？
有雄文四卷，
为民立极。
桀犬吠尧堪笑止，
泥牛入海无消息[2]。
迎东风革命展红旗，
乾坤赤。

附：毛泽东同志所和之词

满江红
——和郭沫若同志《一九六三年元旦书怀》

毛泽东

小小寰球，
有几个苍蝇碰壁。
嗡嗡叫，
几声凄厉，
几声抽泣。
蚂蚁缘槐夸大国，
蚍蜉撼树谈何易。
正西风落叶下长安，
飞鸣镝。

多少事，
从来急；
天地转，
光阴迫。
一万年太久，
只争朝夕。
四海翻腾云水怒，
五洲震荡风雷激。
要扫除一切害人虫，
全无敌。

注释

1．晋代范宁《春秋谷梁传序》："孔子睹沧海之横流，乃喟然而叹。"
2．宋释道原《景德传灯录》卷八《龙山和尚》："洞山又问和尚：'见个什么道理，便住此山？'师云：'我见两个泥牛斗入海，直至如今无消息。'"

导读

1963年元旦，有感于中国与苏联及其他一些国家矛盾激化，同时看到经过中共八届十中全会后，"调整、巩固、充实、提高"的方针在经济领域贯彻落实，再加上知识分子和干部政策的实施，国民经济带动整个国家形势日渐好转，73岁的诗人郭沫若，以"一九六三年元旦书怀"为题，填写了这首《满江红》。这首词充分显示了中国人民不怕困难的精神——"天垮下来擎得起，世披靡矣扶之直。"对于世界上的反华逆流给予了蔑视和嘲笑——"桀犬吠尧堪笑止，泥牛入海无消息。"词中充分赞扬了以毛泽东为代表的中国共产党开创的伟业及思想——"有雄文四卷，为民立极。"应当说，此词对于中国人民顶住外部压力，充满信心去夺取胜利，具有很大的鼓舞作用。这首词在《光明日报》刊出后，正在广州视察全国形势的毛泽东读到了。这位极具诗人情怀的领袖兴致勃发，欣然命笔，一口气填出了《满江红·和郭沫若同志》。此词更加激情豪迈，真是大地在我脚下，时空掌握手中，浩然之势不可挡，具有伟人吐纳百川的情怀。

水调歌头

登采石矶太白楼

追忆1964年5月5日游采石矶感兴

久慕燃犀渚，
来上青莲楼。
日照长江如血，
千里豁明眸。
洲畔渔人布罟[1]，
正是鲥鱼[2]时节，
我欲泛中流。
借问李夫子：
愿否与同舟？

君打桨，
我操舵，
同放讴。
有兴何须美酒，
何用月当头？
《水调歌头·游泳》[3]，
畅好迎风诵去，
传遍亚非欧。
宇宙红旗展，
胜似大鹏游。

1968年2月14日

注释

1．罶（liǔ）：捕鱼的竹篓子，鱼进去就出不来。
2．鲥（shí）鱼：鲥鱼与河豚、刀鱼齐名，素称"长江三鲜"。
3．《水调歌头·游泳》，毛泽东于1956年6月所写的词。

导读

　　采石矶位于马鞍市西南7公里处的翠螺山麓，壁立于长江东岸，矶悬峭壁，兀立江流。绝壁间矗立着楼阁亭台，石阶、岩洞贯穿其间。李白曾写诗描述："绝壁临巨川，连峰势相向。乱石流洑间，回波自成浪。但惊群木秀，莫测精灵状。更听猿夜啼，忧心醉江上。"李白自开元十三年（公元725年）25岁时出蜀远游，多次溯江而上，途经采石矶，多次驻足游览采石矶，留下大量壮美诗篇。他在62岁时终老于离采石矶20公里处的安徽当涂县。后人为纪念李白，就在采石矶翠螺山麓修建起太白楼。郭沫若于1964年5月5日游采石矶。本词写于1968年，属于追忆之作。整首词大气磅礴，豪情万丈，想象无限。

沁园春

祝中日恢复邦交

赤县¹扶桑²，

一衣带水，

一苇可航。

昔鉴真³盲目，

浮桴东海，

晁衡⁴负笈，

埋骨盛唐。

情比肺肝，

形同唇齿，

文化交流有耿光。

堪回想，

两千年友谊，

不同寻常。

岂容战犯猖狂，

八十载风雷激大洋。

喜雾霁云开，

渠成水到，

秋高气爽，

菊茂花香；

公报飞传，

邦交恢复，

一片欢声起四方。

从今后，

望言行信果,

和睦万邦。

1972年秋作于北京

注释

1. 赤县:指华夏、中国、中土。《史记·孟子荀卿列传》:"中国名曰赤县神州。"《梁书·元帝》:"斯盖九州之赤县,六合之枢。"
2. 扶桑:中国古代称日本为扶桑。
3. 鉴真(688—763年):日文又称鉴真(がんじん),中国唐朝僧人,律宗南山宗传人,日本佛教律宗开山祖师,著名医学家。日本人民称鉴真为"天平之甍",意为他的成就足以代表天平时代文化的屋脊(意为高峰)。
4. 晁衡:阿倍仲麻吕(698—770年),日本著名遣唐留学生,唐左散骑常侍安南都护,中日文化交流杰出的使者。

导读

　　1972年9月29日,中日双方签署《中日联合声明》,实现中日邦交正常化,揭开了中日两国关系史上的新篇章,标志着中日两国之间自甲午战争以来不正常状态的中止。从此开启了中日两国关系新的起点,确定了两国之间一种新的信赖关系,奠定了亚洲和平的基础。时任全国人大常委会副委员长的郭沫若为祝贺这一历史性事件,写下了这首《沁园春——祝中日恢复邦交》。词的上阕生动概括了中日两国文化交流的悠久历史和两国人民的深厚友谊。赤县、扶桑是中国与日本的别名,鉴真、晁衡则是古代中日文化交流史上的杰出代表人物。中国扬州大明寺鉴真和尚六次东渡,双目失明仍坚持赴日本传授佛经和盛唐文化;日本遣唐留学生阿倍仲麻吕,入唐后改名晁衡,终身仕唐,并与中国诗人李白、王维等结下了深厚的友谊。词的下阕表达了双方停止战争,重修睦邻友好,对未来和平共处的寄望。"八十载风雷激大洋",指1894年7月25日,日本联合舰队打响了甲午战争的第一炮。此后中日两国笼罩在近半个世纪的战火硝烟当中,直至1945年8月14日正午,日本裕仁天皇通过广播发表《停战诏书》,15日宣布无条件投降,至此两国间的战争结束。27年后,在两国人民共同努力下,终得云开雾散,两国恢复邦交,"从今后,望言行信果,和睦万邦"。

夕　阳

　　离上海才两礼拜，我的心境完全有隔世之感。在上海闷对着浮嚣的世界，时时想远遁，如今转到福冈来，无名的烦闷依然缠缚着我，前礼拜去上了几天课来，那种刻板样的生活真要把我闷死。见惯了的滑稽戏子登场，唱一幕独白剧，时而在墨色的背景上画东画西。我只全身发烧，他口中唱的陈古五百年的剧本台词，一点也不曾钻进我的耳里。我只望时钟早响。但是响了又怎么样呢？响了之后，依然又是一场同样的独白剧。一点如是，两点如是。今天如是，明天如是。过细想来，恐怕人生一世，永远都是如是吧。上了一礼拜的课，到今礼拜来，率性又"撒泼"起来了。率性在家里闭门读书，上前天想重把生理学来研究，念了一天的书，第二天又厌倦起来了。开开书本就想睡，我恐怕得了 Schlafsucht 的病呢？没有法子只好把自己想读的书来读，又把一些干燥无味的催眠剂丢在一边了。

　　今天在旧书中翻出几张司空图的《诗品》来。这本书我从五岁发蒙时读起，要算是我平生爱读书中之一，我尝以为诗的性质绝类禅机，总要自己去参透。参透了的人可以不立言诠，参不透的人纵费尽千言万语，也只在门外化缘。国内近来论诗的人颇多，可怜都是一些化缘和尚。不怕木鱼连天，究竟不曾知道佛子在那里。《诗品》这部书要算是禅宗的"无门关"呢。它二十四品，各品是一个世界，否，几乎各句是一个世界。刚才读它"沉着"一品，起首两句"绿杉野屋，落日气清"，这是何等平和净洁的世界哟！我连想起在几克翰 Gickelhahn 的歌德 Goethe 来。他坐在几克翰松树林中木凳上的那张写照，你看见过没有？歌德的像我最喜欢的有两张。一张是梯叙拜因 Tischbein 画的游罗马时的歌德，其他一张便是这个。你看他那凝视着远方的眼光，那泛着微笑的嘴唇，那宽博黑色的外衣。左脚跷在右膝上，拱在腹前的两手，这是何等沉着的态度哟！他周围森耸着的松杉，那是何等沉着的环境哟！他右侧凳下，有一株砍伐了的树桩，我恨不得在那上面坐着，同他享受当时眼前的诗趣呢！他那时候也正是夕阳时候。

我们读他写在那猎屋壁上的诗吧。

> Ueber allen Gipbeln
>
> Ist Rue',
>
> In all Wipfeln
>
> Spuerest du
>
> Kaum einen llauch;
>
> Die Voegelein schwcigen in Walde.
>
> Warte nur, balde
>
> Ruhest du auch.

　　他这《放浪者的夜歌》Wandrers Nachtlied（1780）,这种沉着的诗调，我恐怕不能译成中文吧。

> 一切的山之顶，
>
> 沉静，
>
> 一切的树梢，
>
> 全不见，
>
> 些儿风影；
>
> 小鸟儿们在林中无声。
>
> 少时顷，你快，
>
> 快也安静。

　　这么译出来，总没有原文的音调莹永。我的译文是按照原文的各个缀音 Syllable 译的，我想也很可以按照徐伯提 Schubert 的乐谱歌出。这首诗译成英文的有好几首。朗费罗 Longfellow 的最好：

> O'er all the hilltops
>
> Is quiet now
>
> In all the treetops
>
> Hearest thou

Hardly a boeath;

The birds are asleep in the trees;

Wait: soon like these

Thou, too, shalt, rest.

　　我沉没在歌德诗中的世界时，正是你九月廿六日的信飞来的时候。李兆珍北上，我早知道你能到安庆了。你失钱的事，我早知道，前函也曾提及，我想"楚人失之，楚人得之"，倒是不关紧要的呢。不消说这也是我说来宽我自己的话。"创造"预告我昨日早在《时事新报》上看见了。同人们都在希望我们的杂志早出版，资平日前正在写信来问。我在上海逗留了四五个月，不曾弄出一点眉目来，你不到两礼拜，便使我们的杂志早有诞生的希望，你的自信力真比我坚确得多呢！《圆明园之秋夜》快要脱稿了吗？我十分欣快。你说"我们赶快做点东西"，这个我也十分同感。我见了预告之后，于感到快意的里面，同时增添了无限的责任心。我们旗鼓既张，当然要奋斗到底。昨天我早已有信致寿昌，资平，把你对我说的话"预告"给他们了。

　　接了你的信后，心中突然感着不安，把我沉着的陶醉，完全清解了。我拿本牧白桑的《水上》和管铅笔，便向博多湾上走来。

　　我的住居离海岸不远。网屋町本是福冈市外的一所渔村，但是一方面却与市街的延长相连接。村之南北两端都是松原。日本人呼为千代松原，《武备志》中称为十里松原的便是。海在村之西。村上有两条街道，成丁字形，北头一条，东西走，与海岸线成垂直。我自上前年以来，两年之间即住在这条街道的西端，面南的一栋楼房里，楼前后都有窗，可望南北两端的松原，可望西边的海水。我如今却已迁徙了，在四月中我回了上海以后，现在的住居在与海岸成平行的一条街道之中部，背海，又无楼，我看不见博多湾中变幻无常的海色，我看不见十里松原永恒不易的青翠，我是何等不满意，对于往日的旧居何等景慕哟！我昨天才写了一首诗《重过旧居》寄给寿昌，我也写在此处吧。

　　　别离了三阅月的旧居，

　　　依然寂立在博多湾上，

中心忏忏地走向门前，
门外休息着两三梓匠。

这是我许多思索的摇篮，
这是我许多诗歌的产床。
我忘不了那净朗的楼头，
我忘不了那楼头的眺望。

我忘不了博多湾里的明波，
我忘不了志贺岛上的夕阳，
我忘不了十里松原的幽闲，
我忘不了网屋汀上的渔网。

我和你别离了一百多天，
又来在你的门前来往；
禁不着我的泪浪滔滔，
禁不着我的情涛激涨。

禁不着我走进了门中，
禁不着我走上了楼上。
哦，那儿贴过我往日的诗歌，
那儿我挂过 Beethoven 的肖像。

那儿我放过 Millet 的《牧羊少女》，
那儿我放过金字塔片两张。
那儿我放过白华，
那儿我放过我和寿昌。

那儿放过我的书案，
那儿安过我的寝床。
那儿堆过我的书籍，

　　那儿藏过我的衣箱。

　　如今呢，只剩下四壁空空。
　　只剩有往日的魂痕飘漾；
　　唉，我禁不住泪浪的滔滔，
　　我禁不住情涛的激涨。

　　我每到无聊过甚的时候，——不到过甚的时候，总起不起决心——便走到海边上来访访我这些旧友。他们总肯十分地安慰我。

　　我住居之北邻是一条小巷。穿巷西走，可百余步，便可走出村去。村与海之间一片草场，场上插着几十排竹竿，与海岸线平行，时时排晒着无数赤褐色的渔网。草场坦平，春夏之季，草色青青，每到晚来，黄金色的"月见草"花，如逐渐现出的明星一样，逐渐开在草上。我想起朗费罗咏《花》一诗的第三节：

> Bright and glorious is that revelation,
>
> Written all over this great world of ours,
>
> Making evident our creation,
>
> In this of earth,—these golden flowers

　　我很觉得他体物之妙。目下花已不见了，借泰戈尔诗表现时，是"往地下上学去了"（《新月集》中《花之学校》）我希望她们不要也在看滑稽戏子演独白剧才好——其实这么说时，很对不着你，因为你如今也成了个这样的戏子啦。草已渐就凋谢。再迟一向等到冬来，变成一片衰黄，与常青的松原，变幻无恒的天光海色相对照，倒也是种悲剧的奇景。雪姬向它们亲吻的时候，又另外是种景致了。

　　穿过草场到海场来，也还有百余步的光景。海滨沙岸上，排列着许多渔船。我每每挟着书册来此等船中昼寝。我很相信"Inspiration is born of Idleness"，我有许多作品，也多在这儿产出生来的呢。海湾异常平静，和房州的镜浦相仿佛，与其说是海湾，宁说是湖水。因为它同外海相通的峡口，我虽不曾坐船去看过，但从岸上望去，怕只不过两丈宽的光景。南头一带极细长的土股名海中道，说是赖山阳曾游此地，甚激赏其风景。我去年也曾去过一次，去时杜鹃花正开，道上多小小的稚松，浅浅的沙峦，鲜红的杜鹃在青松白沙间相掩映，倒也别有风致；道上两面可望海，狭处有仅两三丈者，志贺岛便是土股终点的高峰，虽说是岛，其实尚与土股相连。这从地理学家看来，或在岛屿之生成上，可以成为一种假说之证例。

北头土股，山峦起伏，不知其名，其中有山形如富士，似不在土股上，更在远方者，太阳每每在其附近落下。落日时，每每红霞涨天，海水成为葡萄酒的颜色，从青森的松林中望去，山巅海上好像 Dionysos 之群在跳舞，好像全宇宙都赤化了的一样，崇高美加悲壮美也。我这时禁不着要唱我的狂歌：

> 全宇宙都已赤化了哟！
> 热烈的一个炸弹哟！
> 地球的头颅打破了！
> 血液向天飞，天也赤化了！
> 血液倾海流，海也赤化了！
> 地球快要死灭了！
> 跳舞哟：狄仪所司！
> 快唱着地球的葬歌吧！

这样粗暴的咏夕阳的诗，恐怕只好在俄国的赤色诗人中寻找，我们女性的 Muse，会要吓跑了呢！但是我想现代或近的未来之新女性，绝不是从前那类柔弱无力的寄生虫！现代或近的未来之新诗神，也恐怕要变成男性的了呢。笑话，笑话！我自己都笑了。我是男性，当然该做男性的诗，倒不管他诗神是男性或是女性。

在此地我很感觉着缺少了两样东西。一种是松林中没有木凳，一种是海上没有波艇（Boat）。假如有木凳时，我很想摹仿几克翰的歌德，也坐着照张像来，留为我日后的纪念。假如我有波艇时，我很想在星月夜中，在那平如明镜的海波上飘摇，就得如雪莱 Shelley 一样，在海水中淹死，我也情愿！

Das Meer erstrahltim Sonnenschein.
Als ob es golden waer,
Ihr Brueder, wenn jch sterbe,
Versenkt mjchiu das Meer.

日光之中大海明，
颜色如黄金。
友们哟，假如我死时，
请沉我尸入海心。

　　海涅这节诗，真是悲丽啊！我每在日暮时分，在海滨上散步时，看见海水在夕阳光中现着黄金的颜色，总要想起这节悲丽的诗来。不管有没有 Mermeid 或 Sirens 在里面居住，就是海自身的诱惑已经大了。能如雪莱一样长眠在它怀中，不是免掉了沉尸的一段手续吗？但是，我在此处写几句遗言：朋友，假如我是早死时，请也把我的尸首沉在海心里吧！因为

Hab' smmer das Meer so lieb gehabt,
Es hat mit sanfter Flut
So oft mein He z gekuehlet;
Wir waren einander gut.

我俩原来是相亲：
我有爱海情，
海用她柔潮，
时常冰爽我方寸。

（上节和此节是"Soraphine"中第十六首）

　　我现在正坐在一只渔舟上，我这封信，是用铅笔写在"水上"的书上的。我写信不曾起过草稿，这封信，我免得回去要再行缮写一道了。我向着海坐着，太阳照在我的额上热腾腾地，海上跳舞银色的微波，有一人在

远处浅濑中投钓。秋来投钓者颇多,我每常坐观羡鱼,总觉得他们真是闲暇,世间上一切生存竞争的波澜都波不到他们身上去。所谓"高人画中,令色细缊"的世界呢。我前几天把这个感想向陶炽荪彭九生两君说了,炽荪说:"钓鱼的人并不闲暇,看钓鱼的人才算闲暇呢!"但是我的心中确没闲暇过一刻时候,我想起你所喜欢的"心负者福矣"一句话,倒可以再加一种解释,便是心虑寡少的人是幸福的人。空中飞着的小鸟,野中开着的百合花,它们何思何虑呢?

可是我在这瞬间倒非常幸福,我写这封信,全不构思,我的情泉,好像在春阳之下解了冻的冰河,畅畅地流着,还不知流到那处的海洋为止,清凉的风时时吹来,海水舐岸作声。海边浮着许多无人的渔船,如像海鸥一般,在随风波荡漾。不受太阳垂直光线的海水,都是一片青碧,并且随离岸之远近而色度之深浅不同,细细分析去,可以分作五六层;最远层的深青,微带着紫罗兰的色调呢。海中道上平时了如指掌的山峦都被晴霭遮(gossamer)蔽了,昏昏地只露出些影子,远远几只帆船,也蒙在海雾里,这种光景,这几日天天如是。我前天有首诗是

　　　　横陈在海岸上的舟中,
　　　　耽读着 Wilde 的诗歌;
　　　　身旁嬉嬉地耍着的和儿,
　　　　突然地叫醒了我。

　　　　"爹爹, goran 哟!
　　　　Aro wa kirei desho！"

　　　　——夕阳光下的大海,
　　　　浮泛着闪烁的金波。

　　　　金波在海上推移,
　　　　海中的洲岛全都蒙在雾里,
　　　　柔和的太阳好像月轮——
　　　　好像是童话中的一个天地!

我羡慕帆船中的舟人，
他们是何等的自由，何等如意！
他们好像那勇壮的飞鹰，
两只桡儿便是他们双翅。

儿对着那些风光非常欢娱，
我的心中却隐隐有殷忧难慰，
啊，可怜我桡儿断了，翅儿拆了，
只蹭蹬在一只破了的船里。

想起这首诗来，无形的隐忧，又来袭我了。你听，"隐忧"在唱：

Sc ein unaufhaltsam Rollen,

Schmerzlich Iassen, widrig Sollen,

Bald Befreien, ball Erdrucken

Halber Schlaf und sehlecht Er Ouicken

Heftet ihn an seine Stelle

Und berejtetihnzur Holle.

如此一个不尽的循环，
愿的不得干，不愿的不得不干。
时而快畅，时而愁烦，
半睡半醒，无昏无旦，
好生重裹其足，
准备送入地狱。

    我这封信极力在想运用写实的笔致。因为我偏于主观，很想锻炼对于客观的观察力。但是"隐忧"一来，把 Dr. Faust 的眼睛吹瞎了的一样，把我的眼睛也好像吹瞎了，以下不能再写了。

沫若 二一，一〇，六。

《少年维特之烦恼》序引

　　近世意大利哲学家克罗采氏（Benedetto Croce）批评歌德此书，以为是首"素朴的诗"（Naive Dichtung）。我对于歌德此书，也有这个同样的观感。此书几乎全是一些抒情的书简所集成，叙事的分子极少，所以我们与其说是小说，宁说是一部散文诗集。

　　诗与散文的区别，拘于因袭之见者流，每每以为"无韵者为文，有韵者为诗"，而所谓韵又几乎限于脚韵。这种皮相之见，不识何以竟能深入人心而牢不可拔。最近国人论诗，犹有兢兢于有韵无韵之争而诋散文诗之名为悖理者，真可算是出人意表之外，不知诗的本质，决不在乎韵脚之有无。有韵者可以为诗，而有韵者不必尽是诗。告示符咒，本是有韵，然吾人不能说它是诗。诗可以有韵，而诗不必一定有韵。读无韵之抒情小品，吾人每每称其诗意葱茏。由此可以知道，诗之生命别有所在。古人称散文其质而采取诗形者为韵文，然则称诗其质而采取散文形者为散文诗，此正为合理而易明的名目。韵文 =Prose in poem，散文诗 =Poem in prose。韵文如男优之坤角，散文诗如女优之男角。衣裳虽可混淆，而本质终竟不能变易。——好了，不再多走岔路了。有人始终不明散文诗的定义的，我就请他读这部《少年维特之烦恼》吧！

　　这部《少年维特之烦恼》，我存心移译已经四五年了。去年七月寄寓上海时，更经友人劝嘱，始决计移译。起初原拟在暑假期中三阅月内译成，后以避暑惠山，大遭蚊厄而成疟疾，高热相继，时返时复，金鸡纳霜倒服用了多少瓶，而译事终不能前进。九月中旬，折返日本，昼为校课所迫，仅以夜间偷暇赶译，草率之处，我知道是在所不免。然我终敢有举以绍介于我亲爱的读者之自信，我知道读此译书之友人，当不至于大失所望。

　　我译此书，于歌德思想有种种共鸣之点，此书主人公维特之性格，便是"狂飙突进时代"（Sturm und Drang）少年歌德自己之性格，维特之思想，便是少年歌德自己之思想。歌德是个伟大的主观诗人，他所有的著作，多是他自己的经验和实感的集成。我在此书中，有所共鸣的种种思想：

第一，是他的主情主义。他说，"人总是人，不怕就有些微点子的理智，到了热情横溢，冲破人性底界限时，没有什么价值或至全无价值可言。"这种事实，我们大都经历过来，我们可以说，这是一种无须乎证明的事理。侯爵重视维特的理智与才能而忽视其心情时，他说"我这心情才是我唯一的至宝，只有它才是一切的源泉，一切力量底，一切福佑底，一切灾难底"。他说，他智所能知，什么人都可以知道，只有他的心才是他自己所独有。他对宇宙万汇，不是用理智去分析，去宰割，他是用他的心情去综合，去创造。他的心情在他的身之周围随处可以创造出一个乐园；他在微虫细草中随时可以看出"全能者底存在"，"兼爱无私者底徬徨"。没有爱情的世界，便是没有光亮的神灯。他的心情便是这神灯中的光亮，在白壁上立地可以生出种种画图，在死灭中立地可以生出有情的宇宙。

第二，便是他的泛神思想。泛神便是无神。一切的自然只是神的表现，自我也只是神的表现。我即是神，一切自然都是自我的表现。人到无我的时候，与神合体，超绝时空，而等齐生死。人到一有我见的时候，只看见宇宙万汇和自我之外相，变灭无常而生生死存亡之悲感。万物必生必死，生不能自持，死亦不能自阻，所以只见得"天与地与在他们周围生动着的力，除是一个永远贪婪、永远反刍的怪物而外，不见有别的"。此力即是创生万汇的本源，即是宇宙意志，即是物自身——Ding an sich。能与此力瞑合时，则只见其生而不见其死，只见其常而不见其变。体之周遭，随处都是乐园，随时都是天国，永恒之乐，溢满灵台。"在'无限'之前，在永恒的拥抱之中，我与你永在。"人之究竟，唯求此永恒之乐耳。欲求此永恒之乐，则先在忘我，忘我之方，歌德不求之于静，而求之于动。以狮子搏兔之力，以全身全灵以谋刹那之充实，自我之扩张，以全部的精神以倾倒于一切！维特自从与夏绿蒂姑娘相识后，他说："自从那时起，日月星辰尽管静悄悄地走它们的道儿，我也不知道昼，也不知道夜，全盘的世界在我周围消去了。"如此以全部的精神爱人！以全部的精神陶醉！以全部的精神烦恼！以全部的精神哀毁！一切彻底！一切究竟！所以他对于疯狂患者也表极端的同情，对于自杀行为，他绝不认为罪过而加以赞美。完成自我的自杀，正是至高道德——这决不是中庸微温者流所能体验的道理。

　　第三，是他对于自然的赞美。他认为自然是唯一神之所表现。自然便是神体之庄严相，所以他对于自然绝不否定。他肯定自然，他以自然为慈母，以自然为友朋，以自然为爱人，以自然为师傅。他说："我今后只皈依自然。只有自然是无穷地丰富，只有自然能造就伟大的艺术家……一切的规矩准绳，足以破坏自然的实感，和其真实的表现！"他亲爱自然，崇拜自然，自然与之以无穷的爱抚、无穷的慰安、无穷的启迪、无穷的滋养。所以他反抗技巧，反抗既成道德，反抗阶级制度，反抗既成宗教，反抗浮薄的学识，以书籍为糟粕，以文字为死骸，更几几乎以艺术为多事。他说，"我完全忘机于幽居底情趣之中，我的艺术已无所致其用了。"他说，"甚么是诗？是画？是牧歌？我们得享自然现象的时候，定要去矫揉造作吗？"不错，人到忘机于自然的时候，便有时候连诗歌、美术也觉其多事，更何有于学问、道德、宗教、名位呢！

　　第四，是他对于原始生活的景仰。原始人的生活，最单纯，最朴质，最与自然亲睦。崇拜自然、赞美自然的人，对于原始生活自然不能不发生景仰。所以他对于诗歌，则喜悦荷默和莪相。在井泉之旁，觉得有古代之精灵浮动。岩穴幽栖，毛织衣，棘带，是他灵魂所渴慕着的慰安。他对于农民生活亦极表同情："自栽白菜，菜成拔以为蔬，食时不仅尝其佳味，更将一切种之植之时的佳日良晨，灌之溉之从而乐其生长之进行时的美夕，于一瞬间之内复同时而领略之。"他说，这种作为人的单纯无碍的喜悦，他的心能够感受到，真是件快心事。要这种人才有极真实的至诚，极虔敬的努力，极热烈的慈爱，极能以全部精神灌注于一切，极是刹那主义、全我生活的楷模！

　　第五，是他对于小儿的尊崇。美国现代儿童心理学家和迩氏——Hall[1]以为"儿童时期是人类的天国，成人生活是从此而堕落者"。（Childhood is the paradise to the race from which adult life is a fall）此种言论，近今为保护儿童运动的前驱。儿童之可尊崇，在古昔数千年前的东西哲人已先后倡导。老子教人"专气致弱如婴儿"。孟子说："大人者不失其赤子之心。"犹太的预言者以赛亚，说是预言者的黄金时代实现时，"狼要和绵羊儿同居；豹要和山羊儿同卧；小犊要和稚狮肥畜同游；一个小孩儿要牵引它们。"（《旧约·以赛亚书》第十一章）耶稣说："小孩子是天国中的最大者。"小儿如何有可以尊崇之处？我们请随便就一个小朋友来观察吧，你看他终日之间无时无刻不是在倾倒全我以从事于创造、表现、享乐。小儿的行径正是天才生活的缩型，正是全我生活的规范！然我们成人对于小儿时无今古，地无东西，却同一地加以虐待、束缚、鞭笞、叱咤，不许有意志的自由，视之如奴隶囚徒。我们且听歌德替小儿们道不平吧！"小孩子是我们的模范，我们应得以他们为师，而我们现在却把他们当作下人看待，不许他们有意志……这种特权定在那里？"

"《少年维特之烦恼》出版了！"

"文坛的明星出现了！"

《少年维特之烦恼》在 1774 年出版。一般青年读者大起共鸣，追慕维特遗风而效学其装束。青衣黄裤的"维特热"（Werther' Sfieber）流行于一时。苦于恋爱不自由的青年读此书而实行自杀者有人，自杀之后在衣囊襟袋中每每有挟此小书以殉者。偎马公国（Weimar）的一个宫女也因失恋之故溺死于依尔牟河（Ilm）中，胸中正怀着这本《少年维特之烦恼》！种种传说喧动一时，佛朗克府（Frankfurt am Main）[2]二十四岁的青年作家，一跃而成为一切批评、赞仰、倾羡之的。

歌德之声誉日隆，一时知名之士，如宗教家拉瓦特尔（I. C. Lavater）、教育家白舍陶（J. B. Basedow）[3]，乃至当时德意志诗坛明星克罗普徐妥克（Klopstock）[4]，均先后前来，瞻仰此文坛新星之光耀。扛举德意志文艺勃兴之职命于两肩之青年歌德，有如朝日之初升，光熊熊而气沸沸，高唱决胜之歌，以趋循其天定的轨辙。"歌德以前无文艺"的德意志，随之一跃而成为欧罗巴十八世纪的宠儿。盖世雄才拿破仑一世远征埃及时，也手持《少年维特之烦恼》一书，以起卧于金字塔与"司芬克司"间古代文明之废墟。偎马公国夫人，佛里德里克大王之妹，安娜亚玛利亚（Anna Amalia）也遣其子奥古斯特·克尔（August Karl）亲来拜访歌德，歌德不久（1775 年）便成为偎马宫廷的贵客，而偎马便成为德意志文坛的中心地点。

————个插曲（Intermesso）————

时——1774 年夏。

地——莱茵河畔都益司堡（Duisburg）某旅馆的餐厅。

中年绅士数人，挟一青年文士，围桌畅谈，开放着文艺与思索的奇葩。

中年绅士之一人（突向青年发问）足下，你就是歌德君吗？

青年（颔首）我是。

绅士 你就是做那名扬四海的小说《少年维特之烦恼》一书的吗？

青年 我是。

绅士 那么，我觉得我有表示我对于那本有害无益的著作的恐怖之义务。我祷告上帝变换你那偏颇的邪心：因为有罪的人会遭横祸呀。

（一种不快的沉默，人人屏息凝气。）

青年（和婉地）从你阁下的立脚点看来，你不能不如此批评我，我是了解你的。我接受你诚恳的叱责。我求你在你的祈祷中别忘记了我的名字。

（座中嬉笑复起，各从暴风雨之豫感中解放。——幕）

青年文士不消说就是歌德，耿直的中年绅士是牧师霍生康普（Rector Hosenkampf），同时还有拉瓦特尔与白舍陶在座。有甚爱必有甚憎。维特一方面大受人们欢迎，另一方面却又为多少道德忧世之家所反对。霍生康普正是此中的一人。同时有著述兼出版家尼可来（Christoph Friedrich Nicolai）更著了一部《少年维特之喜悦》（Die Freuden des jungen Werthers）以对抗，叙述维特不曾自杀，终至受婚成礼。如我国有《水浒传》必有《荡寇志》，有《西厢记》必有《续西厢》，有《石头记》必有《后红楼》《续红楼》《鬼红楼》……可怜的是功利主义的无聊作家之浅薄哟！续貂狗尾，究竟无补于世！文艺是对于既成道德、既成社会的一种革命的宣言。保持旧道德的因袭观念以批评文艺，譬之乎持冰以入火。可怜持冰的人太多，而天才的火每每容易被人浇熄！啊！"天才底潮流何故如此罕出，如此罕以达到高潮，使你们瞠目而惊的灵魂们震撼哟！……居在潮流两岸的沉静夫子们在提防流水泛滥，淹没了他们的亭园、花坞、菜畦，知道筑堤以抵御呢！"

关于歌德的生涯，在此本想有所叙述，但是歌德八十三年间光耀灿烂的一生，绝不是短简的序文所能详尽的。——歌德生于 1749 年 8 月 28 日，死于 1832 年 3 月 22 日。我在此处，只能把此书的本事略略叙出，以供读者参考。

歌德以 1771 年毕业于市堡大学法科之后，翌年 5 月，游于威刺勒（Wetzlar am Lahn）。此地有德意志帝国法院，当时年少的佛朗克府律师要在本地创业出庭以前，照例当来此视习。

威刺勒帝国判官亨利布胡（Deutsche Ordens Amtmann Heinrich Adam Buff）有女名夏绿蒂（Charlotte），时年十九岁（一说十五岁）。母亲死去，即代母抚育弟妹十人，经营家政。绿蒂金发碧眼，康健玲珑。6 月 9 日夜，赴离市二里福培好仁（Volperthausen）舞会之途中，歌德与女友同车偶来寻访绿蒂。自此以后，两人十分相慕。然绿蒂已字人，其未婚夫克司妥纳（Johann Christian Kestner）乃翰诺威尔公使馆之记室，同时与歌德之交谊甚笃。

歌德为此无望之相思所苦，屡萌自杀的念头。1772 年 9 月 11 日留书绿蒂，毅然离去威刺勒而回佛朗克府。9 月 10 日，克司妥纳日记中有下面一段记事：

"10 日　此日歌德博士与余同食于园中。入夜，往'德意志馆'（Deutsche Haus——绿蒂之家），彼与绿蒂与余谈及来世事。绿蒂问他：已死的人能够回来么？三人相约谁先死者，先报生者以死后之消息。歌德觉无精彩，怕是想到他明日要走的缘故。"

歌德回佛朗克府之后，不久便闻伊鲁塞冷之自杀。

伊鲁塞冷（Carl Wilhelm Jerusalem）以 1747 年 3 月 21 日生于屋尔分别堤（Wolfenbuttel），在莱普齐（Leibzig）大学曾与歌德同学。1771 年任彭池危克（Brunswick）公使馆之书记，得忧郁之症（Melacholie），对于耶稣教怀疑，与其友人公使霍尔德氏（Herdt）之妻发生恋爱而失望，托辞旅行，借去克司妥纳之手枪，以 1772 年 10 月 30 日之夜自杀。死时着青色燕尾服、黄色肩褂、黄色腿裤、长靴，铜棕色。

伊鲁塞冷一死，《少年维特之烦恼》予以诞生。歌德初有作成戏剧的计划，继以四礼拜之时日成此小说。以 1774 年 3 月初旬脱稿，脱稿后立即付印而风行一时。

《维特》出版了，"维特热"的流行日见猖獗了。"生的闷脱"（Sentimental

感伤）的怨男怨女，以手枪自杀者相随继。就中文人克来司德（Herr von Kleist）与其友人之妻情死，尤为世所周知。1778 年以后《少年维特之烦恼》卷头，歌德有弁首一诗刻在上面了。

> 青年男子谁个不善钟情？
> 妙龄女人谁个不善怀春？
> 这是我们人的至圣至神；
> 啊，怎么从此中会有惨痛飞迸？
>
> 可爱的读者哟，你哭他，你爱他，
> 请从非毁之前救起他的名闻；
> 你看呀，他出穴的精魂正在向你目语：
> 请做个堂堂男子哟，不要步我后尘。

1922年1月22—23日脱稿
郭沫若序于福冈

注释

1. 通译霍尔（Granville Stanley Hall, 1846—1924），美国心理学家、教育家，儿童学的创始人之一。
2. 通译法兰克福。1749年歌德诞生于此。
3. 通译巴泽尔（1724—1790），德国教育家，泛爱主义教育创始人。
4. 通译克罗卜史托克（1724—1803），德国诗人，狂飙运动先驱者之一。

《辛夷集》小引

有一天清早，太阳从东海出来，照在一湾平如明镜的海水上，照在一座青如螺黛的海岛上。

岛滨砂岸，经过晚潮的洗刷，好像面着一张白绢的一般。

近海处有一岩石洼穴中，睡着一匹小小的鱼儿，是被猛烈的晚潮把它抛撇在这儿的。

岛上松林中，传出一片女子的歌声：

> 月光一样的朝暾
> 照透了蓊郁着的森林，
> 银白色的沙中
> 交横着迷离疏影。

一个穿白色的唐时装束的少女走了出来。她头上顶着一幅素罗，手中拿着一支百合，两脚是精赤裸裸的。她一面走，一面唱歌。她的脚印，印在雪白的沙岸上，就好像一瓣一瓣的辛夷[1]。

她在沙岸上走了一会，走到鱼儿睡着的岩石上来了。她仰头眺望了一回，无心之间，又把头儿低了下去。

她把头儿低了下去，无心之间，便看见洼穴中的那匹鱼儿。

她把腰儿弓了下去，仔细看那鱼儿时，她才知道它是死了。

她不言不语地，不禁涌了几行清泪，点点滴滴地滴在那洼穴里。洼穴处便汇成一个小小的泪池。

少女哭了之后，她又凄凄寂寂地走了。

鱼儿在泪池中便渐渐苏活了转来。

1922年7月3日 作于上海

注释

1. 花名，一名"木笔"。

《雪莱的诗》小引

　　雪莱是我最敬爱的诗人中之一个。他是自然的宠子，泛神宗的信者，革命思想的健儿。他的诗便是他的生命。他的生命便是一首绝妙的好诗。他很有点像我们中国的贾谊。但是贾生的才华，还不曾焕发到他的地步。这位天才诗人也是夭死，他对于我们的感印，也同是一个永远的伟大的青年。

　　雪莱的诗心如像一架钢琴，大扣之则大鸣，小扣之则小鸣。他有时雄浑倜傥，突兀排空；他有时幽抑清冲，如泣如诉。他不是只能吹出一种单调的稻草。

　　他是一个伟大的未成品。宇宙也只是一个永远的伟大的未成品。古人以诗比风。风有拔木倒屋的风（Orkan），有震撼大树的风（Sturm），有震撼小树的风（Stark），有动摇大枝的风（Frisch），有动摇小枝的风（Maessig），有偃草动叶的风（Schwach），有不倒烟柱的风（Still）。这是大宇宙中意志流露时的种种诗风。雪莱的诗风也有这么种种。风不是从天外来的。诗不是从心外来的。不是心坎中流露出的诗通不是真正的诗。雪莱是真正的诗的作者，是一个真正的诗人。

　　译雪莱的诗，是要使我成为雪莱，是要使雪莱成为我自己。译诗不是鹦鹉学话，不是沐猴而冠。

　　男女结婚是要先有恋爱，先有共鸣，先有心声的交感。我爱雪莱，我能感听得他的心声，我能和他共鸣，我和他结婚了。——我和他合而为一了。他的诗便如像我自己的诗。我译他的诗，便如像我自己在创作的一样。

　　做散文诗的近代诗人 Baudelaire，Verhaeren，他们同时在做极规整的 Sonnet 和 Alexandrian。是诗的无论写成文言白话，韵体散体，它根本是诗。谁说既成的诗形是已朽骸骨？谁说自由的诗体是鬼画桃符？诗的形式是 Sein 的问题，不是 Sollen 的问题。做诗的人有绝对的自由，是他想怎么样就怎么样。他的诗流露出来形近古体，不必是拟古。他的诗流露出来破了一切的既成规律，不必是强学时髦。几千年后的今体会成为古曲。几千年前的古体在当时也是时髦。体相不可分——诗的一元论的根本精神却是亘古不变。

十二月四日暴风之夜

批评与梦

　　批评没有一定的尺度。批评家都是以自己所得到的感应在一种对象中求意义。因此我们所探得的意义便容易陷入两种错误：第一，不是失之过深；其次，便是失之过浅。

　　春来，杜鹃啼血。它啼叫的声音是甚么意思？它啼叫的原因是甚么情趣？这个我们做人的无从知道。近代动物学家说一切的啼鸟大概是为恋爱而求凰，或者我们的杜鹃也如像欧洲中世纪的浮浪诗人（troubadour）[1]一样，在赞歌它的情鸟也说不定。但是我们古代的诗人却说它叫的是"不如归去"，于是便生出了"望帝春心托杜鹃"的传说——杜宇的传说我相信是这样发生的。而同样的叫声，在我们四川乡里的农人又说它是"割麦插禾"了，于是我们的杜鹃又成为了催耕鸟。更鄙俗的人竟说它叫的是"公公烧火"，这简直是向着诗的王国投了一个炸弹。我来日本足足十年。日本人所说的莺（Uguisu），我还不曾见过。但据说日本莺的身段很小，这已就和我们中国的黄莺不类。日本莺叫的声音是"Hohogekio"，这倒很像我们的杜鹃了。日本虽然另外有一种杜鹃鸟（Hototogisu），我怕是用汉名时弄错了的。叫"Hohogekio"的日本莺如果就是杜鹃的时候，那杜鹃的啼声，在日本人听来又成了"法……法华经"，而我们的杜鹃又成了佛教的信徒了。——这个例是失之过深的一种。

　　婴儿的啼声本来是婴儿的言语。这种言语的意义只有最亲贴的母亲才能懂得。母亲听了，知道他是啼饥，或者号寒；是病，或者非病。但是在我们男子，尤其是心中有事时的男子，夜半辗转反侧时的男子，一听了那可怜的啼声只同听打破锣、吹喇叭一样的噪耳，不是起来恶骂两声，便是跑去痛打几下了。啊，世间上这样虐待婴儿的男子正多；家庭间夫妇之不和也大抵起源于这种误解。我常常听见朋友们说，不怕就是爱情的结合，等到女人一有生育的时候，她的心就要变了，对于丈夫的爱要转向对于儿女。据我想这恐怕正是做男子的，犯了上述的原因而自己不曾注意到吧。——这个例便是失之过浅的一种。

我这上面举的两个例，在神圣其事的批评家们看起来或者会张目而怒，以为："这也可以说是批评吗？不要把批评两个字的尊严亵渎了！"但是我要请批评家先生们暂息尊怒。我在这篇小小的论文中我只想说我自己想说的话。我读书本不多，读了的书也大概忘了。我不想去把欧洲诸大批评家的名论卓说抬来使我这篇论文增加几分富贵气象，使读者看了五体投地，以为我是博览群书的通人。我不愿当个那么样的通人，我只想当个饥则啼、寒则号的赤子。因为赤子的简单的一啼一号都是他自己的心声，不是如像留声机一样在替别人传高调。

科学的研究方法教导我们，凡为研究一种事理都是由近至远，由小而大，由分析以至于综合。我们先把一种对象分析入微，由近处小处推阐开去，最后才归纳出一个结论来。牛顿见苹果坠地而倡导万有引力说，瓦特见水罐突盖而发明蒸汽机，这是什么人都知道的事实。我在上面举的两个浅近例子已经可以使我们知道批评的困难了；我现在还想举些更贴切的事，便是我们受人批评时所得到的经验。

我们从事于批评，我们的批评对于所批评的对象的妥当性究竟到了若何程度？我们根据自己受人批评时所得的经验来大概可以判定。无论是创作家或者非创作家，从幼入学以来都是做过文章，并且是受过批评的。别人有这种经验没有，我虽不得而知，但我自己在小时就每每惊异。凡自己以为很得意的文章，每受先生批斥，自己以为无可无不可的，先生反而大圈特圈。是幼儿无自知之明？还是先生自挟成见呢？

我记得大约是在六岁的时候，那时候还在写"十卜丁干天下太平"，每个字还没有受先生加圈的资格，只在字纸的两面或加叉，或加上一个大鹅蛋。有一次先生和我们在家塾后去钓了鱼回来，先生评字的时候，在纸背上戏写了"钓鱼"两个字，便向我们索对。我在那时候才看了"杨香打虎"的木人戏不久，我便突口叫出"打虎"。先生竟拍案叫绝，倒把我骇了一跳。我有一个从兄比我大三岁，他想了半天才想了一个"捉蝶"，先生说勉强可对。后来先生竟向我父亲称赞我，说，"此子出口不凡。将来必成大器"。——我现在写到这里，都还禁不住掩口而笑。先生不晓得我看过木人戏，他便以为我是出口不凡。我如今已近中年，连想当个跑道医生也还没有成就，怎么会成甚么大器呢？——朋友们，请也为我同声一笑吧！

还有一个记忆是在中学校的时候，那时候我已经十五岁了。有一次国文课题是《读〈史记·游侠列传〉书后》，我便学了王安石《读孟尝君列传》的调门，全文没有做上一百字，不消说是缴了头卷——那时我们在中学，素来是以争缴头卷为能的。全文的字句不能记忆了，我记得一起学的是《前汉书·艺文志》的笔法。便是"游侠者流出于墨家"，继后引了一句《墨经》的"任，士损己而益所为也"，以为任侠的解释，更引了墨子兼爱摩顶放踵，墨家弟子赴汤蹈火的典故来证明。我做出了这篇文章，自以为非常得意，自以为是可以与太史公的传赞齐辉，与王荆公的奇文并美了。殊不知卷子一发下来的时候，全篇没有加上一个圈，只是一些干点。末后一行批评是：既有作意，又有时间，何不以妙手十三行[2]书之？这个批评是一位虞生先生加的，我至今还不晓得是甚么意思。他是说我做短了？还是说我字写潦草了呢？

幼时的记忆有多少是靠不住的，因为头脑简单，自己对于自己所下的批评不一定可靠。近年我从事文艺活动以来，也受了不少别人的批评，说我好的人，说我不好的人，他们的话能够直达到我的心坎的，实在少见。我做的诗有被别人选了的，而在我自己却多半是不满意之作。——我在此地告白一句，我做过的东西真能使我满意的，实在一篇也没有；稿初成时，一时高兴陷入自我陶醉的境地，这样的经验虽然不少，但是时过境迁，大抵又索然漠然了。我一生中最大的希望，只是想做出一篇东西来。我可以自己向它叫道"啊，真是杰作"！那我也可以瞑目而死了。——而我自己稍微满意的，却多被人抹杀。《创造》第二期中我同时发表一篇《残春》，一篇《广寒宫》，不消说两篇都不甚满意。但是在我自己是觉得《残春》优于《广寒》，而我的朋友们和我的意见却都是恰恰相反。仿吾很称许我的《残春》，对于《广寒》他没有说过甚么话，或者只有他和我的意见是相合的。外界对于我的批评，据我所知道的有一位"摄生"在去年十月十二日的《学灯》上说过几句话，他对于我的两篇都看得很轻，这是摄生先生眼光高卓之处。摄生先生的研究好像是在力求深到，我们看他爱说"没有甚么深意"，便可以知道了。他对于《广寒宫》的几句话却可惜全是一种皮相的批评，我那篇中所含的意象是甚么，他还丝毫不曾扣着边际。至于《残春》一篇，他说是"平淡无奇……没有 Climax……没有深意"。本来我不在炫奇，本来我的思想并不甚么深刻，不过摄生先生所要求的"要有 Climax（顶点）"，而我那文字中恰恰是有的，而他却没有找到。

　　一篇作品不必定要有顶点，仿吾在此评《残春》一文中论得很精辟而且很独到。我那篇《残春》的着力点并不是注重在事实的进行，我是注重在心理的描写。我描写的心理是潜在意识的一种流动。——这是我做那篇小说时的奢望。若拿描写事实的尺度去测量它，那的确是全无高潮的。若是对于精神分析学或者梦的心理稍有研究的人看来，他必定可以看出一种作意，可以说出另外的一番意见。

　　我对于精神分析学本也没有甚么深到的研究，我听见精神分析学家说过，精神分析的研究最好是从梦的分析着手。精神分析学对于梦的说明也有种种派别。如像弗罗以德（Freud），他是主张梦是幼时所抑制在意识之下的欲望的满足。如像雍古（Jung）[3]，他所主张的欲望是对于将来的发展。如像赛底司（Sidis）[4] 和卜林司（Prince）[5]，则于欲望之外还主张恐怖及其它的感情。综合而言之，此派学者对于梦的解释是说"梦是昼间被抑制于潜在意识下的欲望或感情强烈的观念之复合体，现于睡眠时监视弛缓了的意识中的假装行列"。更借句简单的话来说，便是我们俗语所说的"日有所思，夜有所梦"。这句话把精神分析学派对于梦的解释的原理说完了。

　　但是，梦的生成原因也不尽如精神分析学派所说。梦的生成，照生理学上讲来是人体的末梢感官与脑神经中枢的联络的活动。照心理学上讲来更可以分为两种：

　　（一）由感官所受的刺激而成的错觉（Illusion）；

　　（二）由中枢的刺激所生的记忆的综合。

　　前者如像有名的哲学家笛卡儿（Descartes）的梦。笛卡儿为蚤所刺时便梦见为剑所刺。后者如像孔子的梦、庄子的梦。孔子的脑筋天天想振兴王室，所以他常常梦见周公。庄子的脑筋天天在游于无何有之乡、广漠之野，所以他梦见化为蝴蝶——这后面的两例是我自己的推测，我想来大概是正确的。我们更举几个浅近的例吧。晚上点起红灯睡觉时梦见火灾，下部与温柔的被絮接触时梦见与美人相拥抱，这便是属于末梢的刺激。天天忙于试验准备的人夜里梦见受试验，卢生的邯郸一梦做了二十年的公侯，也正是他天天在想做官的原故，这是属于中枢的刺激。

　　文章中插入梦境的手法，这是文学家所惯用的。文学家所写的梦如是纯粹的纪实，那它的前尘、后影必能节节合拍，即经读者严密的分析，也不会寻出破绽来。文学家所写的梦如是出于虚构，那就非有精密的用意在梦前布置时，便会立地露出马脚。换句话说，就是不自然。在梦前布置是甚么意思呢？就是梦境所经的现象或梦中的潜在内容都要在入梦前准备好，要把生理的和心理的材料一一布置起来，并且要把构成梦的中心意识拿稳。假如全无准备，全无布置，一场幽梦，突然而来，无论梦境如何离奇，愈离奇我们只好愈说它是失败之作。在作品中做梦的文学家，你们经过这道用意过没有？在天才的作者，本来他才既超凡，即使没有有意识的准备，而他在无意识中也能使他的作品合理。《西厢记》中最后的一梦，我觉得便是很自然的。才既不天，而仅葫芦依样的我们，那就不能不有多少学理上的准备。

我在《残春》中做了一个梦，那梦便是《残春》中的顶点，便是全篇的中心点，便是全篇的结穴处。如有以上面所述的见地来批评我的文章，能够指出我何处用意不周到，何处准备不精密的人，我可以向他五体投拜，拜他为师。但是如像摄生先生那样的批评，连我这点浅薄的手法都还没有看透，那我殊不自逊，我觉得我还可以当当摄生先生的老师呢。

自己做的文章自己来做注脚本来是最不合经济的事情；但是杜鹃也还嘤鸣啼血去讨求它的爱人，我们也不妨在此来学学鸟叫吧。

《创造》各期我手中一册都没有，书到后都被友人拿去了。《残春》的内容我此刻已模糊了，大概的结构想还不至记错。主人公爱牟对于S姑娘是隐隐生了一种爱恋，但他是有妻子的人，他的爱情当然不能实现，所以他在无形无影之间把它按在潜意识下去了。——这便是构成梦境的主要动机。梦中爱牟与S会于笔立山上，这是他在昼间所不能满足的欲望，而在梦中表现了。及到爱牟将去打诊，便是两人的肉体将接触时，而白羊匆匆走来报难。这是爱牟在昼间隐隐感觉着白羊为自己的障碍，故入梦中来拆散他们。妻杀二儿而发狂，是昼间无意识中所感受到的最大障碍，在梦中消除了的表现。至于由贺君的发狂而影到妻的发狂，由晚霞如血而影到二儿流血，由 Sirens[6] 的联想而影到 Medea[7] 的悲剧（因为同是出于希腊神话的），由 Medea 的悲剧而形成梦的模型……我自信我的步骤是谨严的。我曾把我这层作意向达夫说过。达夫说"如果你自己不说出来，那就没有人懂"。真个没有人懂时，我就单凭这一个经验，也就可以说批评真不是件容易事了。

古人说：知子莫若父。我们也可以说，知道作品的无如作家自己。作家对于自己作品的亲密度，严密地说时，更胜于父之于子。他知道自己作品的薄弱处，饥寒处，乃至杰出处，完善处，就如像慈母知道她的儿子一样。做母亲的人不消说也有时在无意识之中把自己的儿子误解了的，但要比母亲知道儿子更亲切，那就非有更深厚的同情，更锐敏的感受性，更丰富的知识不行。批评家也正是要这样，才能够胜任愉快，才能够不负作者，不欺读者。但是这种批评家，却要算是不世出的了。

郁达夫在《艺文私见》(《创造》第一期) 中，说了一句"文艺是天才的创作"，惹起"损"先生[8]的一场热骂，和许多人的暗暗的冷嘲。其实这句话并不是达夫的创见，据我所知道的，德国大哲学家康德早已说过。或者在康德之前更早已有人说过也说不定，因为这句话本是浅显易明的真理。可惜达夫做文章的时候，不曾把"德国的大哲学家康德云"这个牌位写上去。假使是写上了的时候，我想这句话的生祠，早已香火布遍了中华了。本来文艺是甚么人都可以做的，但是我们不能说甚么人做的都是文艺。在这漫无标准的文艺界中要求真的文艺，在这漫无限制的文艺作家中要求真的天才，这正是批评家的任务。要完成这种任务，这也是甚么人都可以做，但也却不是甚么人都可以做得到的。换句话说，便是"批评也是天才的创作"。天才这个字本来含意极其暧昧，它的定义，绝不是所谓"生而知之，不学而能"的。天地间生而知之的人没有。不学而能的人也没有。天才多半由于努力养成。天才多半由于细心养成。我们所说的天才多半是由一人的成果来论定的。大概一个人的智力能有所发明发见的，我们便可说他是天才了。一种发明、一种发见绝不是偶然的事，在发见者、发明者自身正不知费了几多努力，几多心血。文艺是发明的事业。批评是发见的事业。文艺是在无之中创出有。批评是在砂之中寻出金。批评家的批评在文艺的世界中赞美发明的天才，也正自赞美其发见的天才。文艺的创作譬如在做梦。梦时的境地是忘却肉体，离去物界的心的活动。创作家要有极丰富的生活，并且要能办到忘我忘物的境地时，才能做得出好梦来。真正的文艺是极丰富的生活由纯粹的精神作用所升华过的一个象征世界。文艺的批评譬如在做梦的分析，这是要有极深厚的同情或注意，极锐敏的观察或感受，在作家以上或与作家同等的学殖才能做到。由一种作品的研究而言应该这么样，由一个作家的研究而言也应该这么样。一个作家的生活，无论是生理的或精神的，以及一个作家的环境，无论是时间的或空间的，都是他的梦（作品）的材料，非有十分的研究不能做占梦的兆人。

学了五年的医，不久也快要毕业了。忙于试验连自己的梦也做不完全，占梦的话更是不能多说了。总之，批评要想于对象的意义恰如其量，那很难办到。我所希望于批评家的是在与其求之过浅，宁肯求之过深。这不是对于作家的人情，这是对于自己的智力的试验。

1923年3月3日

注释

1．通译行吟诗人。

2．小楷法帖，东晋王献之所书《洛神赋》残段，仅存十三行，故名。

3．通译荣格（1875—1961），瑞士心理学家和精神病学家，分析心理学创始人。

4．赛底司（1869—1923），美国心理学家和医生。

5．通译普林斯（1854—1929），美国心理学家、精神病学家、医生。

6．通译塞壬，希腊神话中的女神。常以歌声诱惑水手使船触礁毁灭。

7．通译美狄亚，希腊神话中的人物，被丈夫伊阿宋遗弃后，亲手杀死了自己的两个儿子。

8．"损"，沈雁冰笔名。

梦与现实

上

昨晚月光一样的太阳照在兆丰公园的园地上。一切的树木都在赞美自己的幽闲。白的蝴蝶、黄的蝴蝶，在麝香豌豆的花丛中翻飞，把麝香豌豆的蝶形花当作了自己的姊妹。你看它们飞去和花唇亲吻，好像在催促着说："姐姐妹妹们，飞吧，飞吧，莫尽站在枝头，我们一同飞吧。阳光是这么和暖的，空气是这么芬芳的。"

但是花们只是在枝上摇头。

在这个背景之中，我坐在一株桑树脚下读泰戈尔的英文诗。

读到了他一首诗，说他清晨走入花园，一位盲目的女郎赠了他一只花圈。

我觉悟到他这是一个象征，这盲目的女郎便是自然的美。

我一悟到了这样的时候，我眼前的蝴蝶都变成了翩翩的女郎，争把麝香豌豆的花茎作成花圈，向我身上投掷。

我埋没在花圈的坟垒里了。——

我这只是一场残缺不全的梦境，但是，是多么适意的梦境呢！

下

今晨一早起来，我打算到静安寺前的广场去散步。

我在民厚南里的东总弄，面着福煦路的门口，却看见了一位女丐。她身上只穿着一件破烂的单衣，衣背上几个破孔露出一团团带紫色的肉体。她低着头踞在墙下把一件小儿的棉衣和一件大人的单衣，卷成一条长带。

一个四岁光景的女儿踞在她的旁边，戏弄着乌黑的帆布背囊。女丐把衣裳卷好了一次，好像不如意的光景，打开来重新再卷。

衣裳卷好了，她把来围在腰间了。她伸手去摸布囊的时候，小女儿从囊中取出一条布带来，如像漆黑了的一条革带。

她把布囊套在颈上的时候，小女儿把布带投在路心去了。

她叫她把布带给她，小女儿总不肯，故意跑到一边去向她憨笑。

她到这时候才抬起头来，啊，她才是一位——瞎子。

她空望着她女儿笑处，黄肿的脸上也隐隐露出了一脉的笑痕。

有两三个孩子也走来站在我的旁边，小女儿却拿她的竹竿来驱逐。

四岁的小女儿，是她瞎眼妈妈的唯一的保护者了。

她嬉玩了一会，把布带给了她瞎眼的妈妈，她妈妈用来把她背在背上。瞎眼女丐手扶着墙起来，一手拿着竹竿，得得得地点着，向福煦路上走去了。

我一面跟随着她们，一面想：

唉！人到了这步田地也还是要生活下去！那围在腰间的两件破衣，不是她们母女两人留在晚间用来御寒的棉被吗？

人到了这步田地也还是要生活下去！人生的悲剧何必向莎士比亚的杰作里去寻找，何必向川湘等处的战地去寻找，何必向大震后的日本东京去寻找呢？

得得得的竹竿点路声……是走向墓地去的进行曲吗？

马道旁的树木，叶已脱完，落时在朔风中飘散。

啊啊，人到了这步田地也还是要生活下去！……

我跟随她们走到了静安寺前面，我不忍再跟随她们了。在我身上只寻出了两个铜元，这便成了我献给她们的最菲薄的敬礼。

1923年冬，在上海

再上一次十字架

若渠：

《狮吼》一号接读了，信亦同时接到。谢你。

我自四月初旬来日后在四月尾间曾往东京一次，到东京时候知你已归国，好像是何畏兄告诉我的。

我一人在东京的废墟中坐着电车跑了三天，银座也去过，浅草也去过，在浅草公园里看了一场"Euo Vadis"的电影，罗马皇帝奈罗把全罗马城烧毁了，为助自己读 Homeros 的诗兴把罗马全城烧毁了，他把一切责任转嫁给耶稣教徒，那时使徒彼得正在罗马，他看见全城烧毁了，看见奈罗皇帝虐杀耶稣教徒，他说主道不行，也便翻然离开罗马逃去，他在途中，突然遇见耶稣的幻影从对面走来，他跪着问他：

——主哟，你要往何处去？

耶稣对他说："你要离开罗马逃走时，我只好再去上一次十字架！"

啊，看到这里，我的全部心神都感动了呢！我此次出国放浪，誓不复返的决心从根本上生了动摇，"我要再去上一次十字架！"——一种严厉的声音在我内心的最深处叫出了。"我要再上一次十字架！"——我坐在观音堂畔的池亭上沉思了一点钟的光景。……

我初来时本是想在此地的生理学研究室里作一个终身的学究，我对于生理学是很感趣味的，我自信我在生理学里只要研究得三五年定能有些发明；但是一从现实逃出来，愈离现实远的时候，它对于我的引力却反比例地增加了。一句话的觉悟：我现在不是当学究的时候。——我自从把这种志愿抛去之后，我决心把社会经济方面的学问加以一番的探讨，我近来对于社会主义的信仰，对于马克思列宁的信仰愈见深固了。我们的一切行动的背境除以实现社会主义为目的外一切都是过去的，文学也是这样，今日的文学乃至明日的文学是社会主义倾向的文学，是无产者呼号的文学，是助成阶级斗争的气势的文学，除此而外一切都是过去的，昨日的。我把我昨日的思想也完全行了葬礼了。

"我要再去上一次十字架！"——这句话的精神是我数月来的生命。若渠，我不久又要回国了。武昌师大的同学们要找我当教授，当教授虽不是我愿意的事情，但是能跳到中国的中央，跳到中国人生活的海心里去尝盐味，这是我乐于干的。我觉得中国的武昌好像俄国的莫斯科呢。就在九十月间说不定要去，资平也应了该校的地质学教授的聘，我们在那儿又有伴侣了。

仿吾到广东后也有信来，他此次南游只能经历两三月，待他回沪后我们可要重整旗鼓了。到那时我们一切详细的计划自然要通知你和曙先——曙先的通信处我忘却了，你请告诉我。

《狮吼》是我们的兄弟，请尽管放大声音吼吧！在中国的大沙漠中吼吧！总有人认识你们这个"SPHINX"的呢！

末了我祝你健康。

芭蕉花

这是我五六岁时的事情了。我现在想起了我的母亲，突然记起了这段故事。

我的母亲六十六年前是生在贵州省黄平州的。我的外祖父杜琢章公是当时黄平州的州官。到任不久，便遇到苗民起事，致使城池失守，外祖父手刃了四岁的四姨，在公堂上自尽了。外祖母和七岁的三姨跳进州署的池子里殉了节，所用的男工女婢也大都殉难了。我们的母亲那时才满一岁，刘奶妈把我们的母亲背着已经跳进了池子，但又逃了出来。在途中遇着过两次匪难，第一次被劫去了金银首饰，第二次被劫去了身上的衣服。忠义的刘奶妈在农人家里讨了些稻草来遮身，仍然背着母亲逃难。逃到后来遇着赴援的官军才得了解救。最初流到贵州省城，其次又流到云南省城，倚人庐下，受了种种的虐待，但是忠义的刘奶妈始终是保护着我们的母亲。直到母亲满了四岁，大舅赴黄平收尸，便道往云南，才把母亲和刘奶妈带回了四川。

母亲在幼年时分是遭受过这样不幸的人。

母亲在十五岁的时候到了我们家里来，我们现存的兄弟姊妹共有八人，听说还死了一兄三姐。那时候我们的家道寒微，一切炊洗洒扫要和妯娌分担，母亲又多子息，更受了不少的累赘。

白日里家务奔忙，到晚来背着弟弟在菜油灯下洗尿布的光景，我在小时还亲眼见过，我至今也还记得。

母亲因为这样过于劳苦的原故，身子是异常衰弱的，每年交秋的时候总要晕倒一回，在旧时称为"晕病"，但在现在想来，这怕是在产褥中，因为摄养不良的关系所生出的子宫病吧。

晕病发了的时候，母亲倒睡在床上，终日只是呻吟呕吐，饭不消说是不能吃的，有时候连茶也几乎不能进口。像这样要经过两个礼拜的光景，又才渐渐回复起来，完全是害了一场大病一样。

芭蕉花的故事是和这晕病关联着的。

在我们四川的乡下，相传这芭蕉花是治晕病的良药。母亲发了病时，我们便要四处托人去购买芭蕉花。但这芭蕉花是不容易购买的。因为芭蕉在我们四川很不容易开花，开了花时乡里人都视为祥瑞，不肯轻易摘卖。好容易买得了一朵芭蕉花了，在我们小的时候，要管两只肥鸡的价钱呢。

芭蕉花买来了，但是花瓣是没有用的，可用的只是瓣里的蕉子。蕉子在已经形成了果实的时候也是没有用的，中用的只是蕉子几乎还是雌蕊的阶段。一朵花上实在是采不出许多的这样的蕉子来。

这样的蕉子是一点也不好吃的，我们吃过香蕉的人，如以为吃那蕉子怕会和吃香蕉一样，那是大错而特错了。有一回母亲吃蕉子的时候，在床边上挟过一箸给我，简直是涩得不能入口。

芭蕉花的故事便是和我母亲的晕病关联着的。

我们四川人大约是外省人居多，在张献忠剿了四川以后——四川人有句话说："张献忠剿四川，杀得鸡犬不留"——在清初时期好像有过一个很大的移民运动。外省籍的四川人各有各的会馆，便是极小的乡镇也都是有的。

我们的祖宗原是福建的人，在汀州府的宁化县，听说还有我们的同族住在那里。我们的祖宗正是在清初时分入了四川的，卜居在峨眉山下一个小小的村里。我们福建人的会馆是天后宫，供的是一位女神叫做"天后圣母"。这天后宫在我们村里也有一座。

那是我五六岁时候的事了。我们的母亲又发了晕病。我同我的二哥，他比我要大四岁，同到天后宫去。那天后宫离我们家里不过半里路光景，里面有一座散馆，是福建人子弟读书的地方。我们去的时候散馆已经放了假，大概是中秋前后了。我们隔着窗看见散馆园内的一簇芭蕉，其中有一株刚好开着一朵大黄花，就像尖瓣的莲花一样。我们是欢喜极了。那时候我们家里正在找芭蕉花，但在四处都找不出。我们商量着便翻过窗去摘取那朵芭蕉花。窗子也不过三四尺高的光景，但我那时还不能翻过，是我二哥擎我过去的。我们两人好容易把花苞摘了下来，二哥怕人看见，把来藏在衣袂下同路回去。回到家里了，二哥叫我把花苞拿去献给母亲。我捧着跑到母亲的床前，母亲问我是从甚么地方拿来的，我便直说是在天后宫掏来的。我母亲听了便大大地生气，她立地叫我们跪在床前，只是连连叹气地说："啊，娘生下了你们这样不争气的孩子，为娘的倒不如病死的好了！"我们都哭了，但我也下知为甚么事情要哭。不一会父亲晓得了，他又把我们拉去跪在大堂上的祖宗面前打了我们一阵。我挨掌心是这一回才开始的，我至今也还记得。

我们一面挨打，一面伤心。但我不知道为甚么该讨我父亲、母亲的气。母亲病了要吃芭蕉花。在别处园子里掏了一朵回来，为甚么就犯了这样大的过错呢？

芭蕉花没有用，抱去奉还了天后圣母，大约是在圣母的神座前干掉了吧？

这样的一段故事，我现在一想到母亲，无端地便涌上了心来。我现在离家已十二三年，值此新秋，又是风雨飘摇的深夜，天涯羁客不胜落寞的情怀，思念着母亲，我一阵阵鼻酸眼胀。

啊，母亲，我慈爱的母亲哟！你儿子已经到了中年，在海外已自娶妻生子了。幼年时摘取芭蕉花的故事，为甚么使我父亲、母亲那样的伤心，我现在是早已知道了。但是，我正因为知道了，竟失掉了我摘取色芭蕉花的自信和勇气。这难道是进步吗？

卖　书

　　我平生苦受了文学的纠缠，我想丢掉它也不知道有过多少次数了。小的时候便喜欢读《楚辞》《庄子》《史记》唐诗，但在民国二年出省的时候，我便全盘把它们丢了。民国三年的正月我初到日本的时候，只带着一部《文选》，这是民国二年的年底在北京琉璃厂的旧书店买的了。走的时候本也想丢掉它，是我大哥劝我，终究没有把它丢掉。但我在日本的起初的一两年，它在我的箧里还没有取出过的呢。

　　在日本住久了，文学的趣味不知不觉之间又抬起头来，我在高等学校快要毕业的时候，又收集了不少的中外的文学书籍了。

　　那是民国七年的初夏，我从冈山的第六高等学校毕了业，以后是要进医科大学的了。我决心要专精于医学的研究，文学的书籍又不能不和它们断缘了。

　　我起了决心，又先后把我贫弱的藏书送给了友人们。当我要离开冈山的时候，剩着《庾子山全集》和《陶渊明全集》两书还在我的手里。这两部书我实在是不忍丢去，但我又不能不把它丢去。这两部书和科学的精神尤为不相投合的呢。那时候我因为手里没有多少钱，便想把这两位诗人拿去拍卖。我想日本人是比较尊重汉籍的，这两部书也比较珍奇，在书店里或者可以多卖些价钱。

　　那是晚上，天在落雨。我打起一把雨伞向冈山市上走去。走到了一家书店，我进去问了一声。我说："我有几本中国书……"

　　话还没有说完，坐店的一位年青的日本人怀着两只手粗暴地反问着我："你有几本中国书？怎么样？"

　　我说："想让给你。"

　　"哼，"他从鼻孔里哼了一声，又把下颚向店外指了一下，"你去看看招牌罢，我不是买旧书的人！"说着把头一掉便顾自去做他的事情去了。

　　我碰了这一个大钉，失悔得甚么似的，心里又是恼恨，这位书贾太不把人当人了，我就偶尔把招牌认错，也犯不着以这样傲慢的态度待我！我抱着书仍旧回我的寓所去。路从冈山图书馆经过的时候，我突然对于它生出无限的惜别意来。这儿是使我认识了 Spinoza, Tagore, Kabir, Goethe, Heine, Nietzsche 诸人的地方。我的青年时代的一部分是埋葬在这儿的了。我便想把我肘下挟着的两部书寄附在这儿。我一起了决心，便把书抱进馆去。那时因为下雨，馆里看书的没有一个人。我向着一位馆员交涉，说我愿寄付两部书。馆员说馆长回去了，叫我明天再来。我觉得这是再好没有的，便把书交给了馆员，诿说明天再来，便各自走了。

啊，我平生没有遇着过这样快心的事情。我把书寄付了之后，觉得心里非常的恬静，非常的轻灵，雨伞上滴落着的雨点声都带着音乐的谐调，赤足上蹴触着的行潦也觉得爽腻。啊，那爽腻的感觉！我想就是耶稣的脚上受着 Magdalen 用香油涂抹时的感觉，也不过是这样罢 ——这样的感觉，我到现在也还能记忆，但是已经隔了六年了。

自从把书寄付后的第二天我便离去了冈山。我在那天不消说是没有往图书馆里去过。六年以来，我坐火车虽然前前后后地经过了冈山五六次，但都没有机会下车。在冈山的三年间的生活的回忆是时常在我脑中苏活着的；但我恐怕永没有重到那儿的希望了罢。

啊，那儿有我和芳坞同过学的学校，那儿有我和晓芙同栖的小屋，那儿有我时常去登临的操山，那儿有我时常弄过舟的旭川，那儿有我每朝清晨上学每晚放学回家必然通过的清丽的后乐园，那儿有过一位最后送我上车的处女，这些都是使我永远不能忘怀的地方。但我现在最初想到的是我那庾子山和陶渊明集的两部书呀！我那两部书不知道果安然寄放在图书馆里没有？无名氏的寄付，未经馆长的过目，不知道究竟遭了登录没有？看那些的书籍的人，我怕近代的日本人中终竟少有罢？即使遭了登录，我想来定被置诸高阁，或者是被蠹蛀食了？啊，但是哟，我的庾子山！我的陶渊明！我的旧友们哟！你们莫要怨我抛撇！你们也莫要怨知音的寥落罢！我虽然把你们抛撇了，但我到了现在也还在镂心刻骨地思念你们。你们即使不遇知音，但假如在图书馆中健存，也比落在贪婪的书贾手中经过一道铜臭的烙印的，总还要幸福些罢？

啊，我的庾子山！我的陶渊明！旧友们哟！现在已是夜深，也是正在下雨的时候，我寄居在这儿的山中，也和你们冷藏在图书馆里一样的呢。

但我想起六年前和你们别离的那个幸福的晚上，我觉得我也算不曾虚度此生了，我现在还要希望什么呢？也还要希望什么呢？

　　啊，我现在的身体比从前更加不好了，新添了三个儿子已渐渐长大了起来，生活的严威紧逼着我，我不知道能够看着他们长到几时？但我要把他们养大，送到社会上去做个好人，也是我生了他们的一番责任呢。我在今世假设没有重到冈山来看望你们的时候，我死后的遗言，定要叫我的儿子们来看望。你们的生命是比我长久的，我的骨化成灰，肉化成泥时，我的神魂是藉着你们永在。

生活的艺术化

——在上海美术专门学校讲

今夜的讲题为《生活的艺术化》。提到这个题目，各位一定会联想到英国的十九世纪末期的唯美主义的运动上来。他们的主张就是要用艺术来使我们的日常的生活美化的。那很有名的王尔德（Oscar Wilde），他便是这项运动中的一位健将。他曾经穿着很奇怪的服装，在伦敦街市上游行，逗得当时的人们注目，这是大家都知道的。他这当然也是一种"生活的艺术化"，不过是偏于外部生活去了。我今晚所说的与此稍微不同。我的意思是要用艺术的精神来美化我们的内在生活，就是说把艺术的精神来做我们的精神生活。我们要养成一个美的灵魂。

那么，艺术的精神究竟是什么呢？现在我们先从艺术讲起吧。各位都是知道的，艺术有"空间艺术"和"时间艺术"两大类。譬如，绘画所含者有平面，有长有阔（2 Dimensions[1]）；雕刻、建筑所占者为立体，有长有深远有深度（3 Dimensions），这都是属于空间的。其次如舞蹈、音乐、诗文，是时间上的表现，故属于时间艺术。古时的人多趋重时间艺术，而轻视空间艺术；如希腊的司美的女神有九个，但所管者仅舞蹈、音乐、诗文三种。至于建筑、雕刻、绘画则无神司其事。就是后来的德国哲学家黑格尔（Hegel），他把艺术分为几种等级。他以所含观念的多寡定它们等级的高下。他的等级是：建筑、雕刻、绘画、舞蹈、音乐、诗文（依次升级，诗文最高）。本来照现代的时空论上说来，时间和空间原是相互关系而存在的，绝对不能划然分开。空间艺术和时间艺术的这样分别，乃至要勉强的定出高下的等级来，只算得是历史上一件有趣的事罢了。近代艺术已把这种无谓的分别打破了。如英国的裴德（Walter Pater）的《文艺复兴》(《Renaissance》)上有句话说得好："一切的艺术都是趋向于音乐的。"这便是说一切空间艺术打破了静的空间的界限，趋向于动的方面。譬如现代绘画中的后期印象派、未来派、表现派，我们都可以看出他们在努力表现动的精神。未来派画马不画四只脚要画二十只脚，画运动不画成直线要画成三角形，这都是动的精神的表现。看来，西洋的绘画是由静而动，动的精神便是西洋近代艺术的精神。从这一点来说，我觉得中国的艺术实在比他们先进了。那很有名的南齐的谢赫，他所创的画的六法，第一法便是"气韵生动"。这便与西洋近代艺术的精神不谋而同。动就是动的精神，生就是有生命，气韵就是有节奏。唐朝的王维，这是谁都知道的，他是个诗人，也是个画家。人们称他的诗中有画，画中有诗。不过我觉得诗中无画，还不十分要紧，因为诗最重节奏，就是要"气韵生动"。如果画中无诗，那就不成其为真的艺术了。我们说画中有诗，并不是说画中有甚么五言诗、七言诗或四言诗，乃是指画中含有诗意。这诗意便是"气韵生动"。凡是"气韵生动"的画，才是一张真的画；因为艺术要有动的精神，换句话说，就是艺术要有"节奏"，可以说是艺术的生命。何以我们不重视照片而重视绘画？又何以我们不重视报纸上的新闻而重视诗词和小说？其原因就在这里。

从古到今的诗人画家，很多很多，而不朽的大诗人，大画家，却又为什么只有这么几个呢？那便是艺术的生命不容易把捉的原故。艺术的生命究竟怎样才可以把捉？这实是一件很难说明的事。一般人因其难以说明，便把他归于"天才"。批判哲学的开山始祖康德（Kant）也说："艺术即天才之作品。"但是天才又是什么呢？是天上落下来的吗？是生来便与人不同吗？近代精神分析学家龙布罗索（Lombrosso）说，天才就是疯子！这也和说天才就是"天才"一样，同一莫名其妙。其实天才并不是天生成的，也不是甚么疯子，仍旧和常人没有两样，不过我们不曾探求得它的秘密罢了。《庄子》上有段很有趣的故事，我可以抄引下来：

梓庆削木为鐻，见者惊若鬼神。鲁侯见而问焉，曰："子何术以为焉？"对曰："臣，工人，何术之有？——虽然有一焉：臣将为鐻，未尝敢以耗气也，必斋以静心。斋三日，而不敢怀庆赏爵禄。斋五日，不敢怀非誉巧拙。斋七日，辄然忘吾四肢形体也。当是时也，无公朝。其巧专而外骨消。然后入山林，观天性。形躯至矣，然后成。见鐻，然后加手焉。不然，则已。"

（《周礼·冬官考工记》："梓人为笋虡"，鐻字就是这个虡字。梓人即雕刻师。笋虡是钟磬之架，横柱曰笋，竖柱为虡。上面刻有虎豹、飞禽、龙蛇等形象。)

　　这一段文字，我以为可以道尽一切艺术的精神，而尤其重要的，便是其中的"不敢怀庆赏爵禄"、"不敢怀非誉巧拙"、"辄然忘吾四肢形体也"这几句话。这便是天才的秘密，便是艺术的生命所在的地方。我们的艺术家，如果能够做到这一步，就是能够置功名、富贵、成败、利害于不顾，以忘我的精神从事创作，他的作品自然会成为伟大的艺术，他的自身自然会成为一位天才。所以我说天才不是天生成的，也不是疯子，他并没有甚么秘密。他的秘密就在前面说过的这几句话里面。德国哲学家萧本华（Schopenhauer）说，天才即纯粹的客观性（Reine Objektivität），所谓纯粹的客观性，便是把小我忘掉，溶合于大宇宙之中，——即是无我。

　　艺术的精神就是这无我，我所说的"生活的艺术化"，就是说我们的生活要时常体验着这种精神！我们在成为一个艺术家之先，总要先成为一个人，要把我们这个自己先做成一个艺术！我们有了这种精神，发而为画，发而为诗，自然会有成就；即使不画画，不做诗，他的为人已经是艺术化了。无论政治家、军人或其他，倘若他们的生活都具有艺术的真精神，都以无私无我为一切生活的基本，那么这个世界便成了一个理想的世界了。至于艺术上的技巧，如诗之音韵、画法之远近、音乐声调之高低，人人都可以学习得到，但也当以无我的态度进行学习。

　　上面唱了一大篇的高调，各位听得很吃力吧。现在我要再唱一点低调了。德国大诗人歌德（Goethe）有篇诗叫做《歌者》（Der Sänger）。这是一篇小型叙事诗。那诗里是叙述一个国王一天坐在堂上，听见外面有个歌者，唱得非常动听。于是便把他招至堂上。国王的堂上非常的壮丽，好像今天在此地一样，有雄赳赳、气昂昂的男士们，有美貌的女士们。歌者见了，赞颂了一番。于是闭着眼睛不敢仰望那堂上的众明星，便调好声音高唱。他唱完之后，堂上的听者皆被感动，国王便赠他一只金杯作为报酬，他却辞谢不受。他说："你把这杯赠与武士吧，他们能在疆场上为王杀敌；你把这杯赠与财政大臣吧，他能为王生息再赚几个金杯；至于我呢？"他说出了下边的几句诗。我觉得很好，我今天晚上所讲的魂髓便在这儿。我把它念出来，同时作为我今天晚上的讲话的结尾。

Ich singe，wie der Vogel singt,

Der in den Zweigen wohnet；

Das Lied，das aus der Kehle dringt,

Ist Lohn，der reichlich lohnet.

我站立在这儿清讴，

好像只小鸟儿唱在枝头；

歌声迸出自我的歌喉，

这便是我无上的报酬。

注释

1．Dimensions，度数或维数。

穷汉的穷谈

我的朋友灵光先生在孤军杂志上做了一篇文章，里面有一句话说道："共产党利用共产的美名，以炫惑一般无十分判别力的青年与十分不得志的穷汉。"我觉得他这句话真是好，真正是盛水不漏，真正是把共产党的内容完全道穿了。怎么说呢？

第一，共产党信奉的是共产主义，共产主义是要废除私有财产的，他要把社会上的产业从个人的手中剥夺过来，让大家来共他一共。所以这种主义和有产业的人是对头，换句话说，就是有钱的人是不受共产的美名炫惑的。有钱的人不受共产的美名炫惑，能受共产的美名炫惑的当然只有穷汉了。

而且穷汉也是有等级的，穷汉假如得志，就是说现在虽然穷，但在资本主义的社会里还能够有碗饭吃，或者还能够有成为资本家的人，那他对于反对私有财产的共产主义，不消说也是反对的，不消说他也不会受共产的美名炫惑。这样能得志的穷汉既不受共产的美名炫惑，那吗能受共产的美名炫惑的，当然只有不得志的，而且是十分不得志的穷汉了。

其次呢，共产主义既是反对私有财产的，那吗在现在私产制度的天下里面，他要算是大逆不道的革命的主张了。就给我们民国以前，在君主的国度里要实行民主革命一样，我们知道我们的许多先烈，有许多是搅掉了自己的脑袋子，有许多至少也是亡了二三十年的命的。所以现在要在私产的国度里实行共产革命的人，失掉脑袋子的事情就算被他免掉呢，这二三十年的命是不能不让他亡的呀！自己的颈子上顶着一个替别人家建功立业的脑袋子还要去亡二三十年的命，这又何苦来哟？人生只有这几十寒暑，养养儿来防防老，积积谷来防防饥，也就乐得马马虎虎地过去，何苦要把自己的脑袋子来作玩，弄得个妻离子散呢？所以共产的名不怕就怎样美，凡为世故很深，很有判别力的人，他是不肯受他的炫惑的。这样的人多半是老人，老人不肯受炫惑，受炫惑的当然是只有青年了。

但是青年也不一定就是无判别力的，有的青年刚进学堂门他就要问你毕业后的用途，他们的判别力有的比老人们还要充分。这类的人是我们所称为"老成持重"的罢，大约他在私产社会里面是十分可以得志的了。像这样的青年，他当然也不会受共产的美名炫惑的。这样的青年不会受共产的美名炫惑，那吗受共产的美名炫惑的当然只有无判别力的，而且是无十分判别力的青年了。

这样看来，共产党人的材料，就只有这两种：一种是连死也不害怕的小孩子，一种是连钱也不会找的穷光蛋。但这不怕死，不要钱，这岂不是把共产党的精神谈得干干净净，把共产党人赞美到十二万分了吗？中国的共产党人我恐怕不见得值得这样的赞美罢？

不过灵光先生说：共产二字是美名，这在我看来倒觉得有点不对。这共产二字实在并不甚美，不惟不甚美，而且因为他反转弄出了许多的误会出来。

我们中国的字是再简便也没有的字，我们中国的国民也是再聪明也没有的国民。只消看见一两个字便可以抵得着读破几部大书。譬如你讲自然主义是怎么样，他听见"自然"两个字便要说道："哦，是。这是我们陶渊明的'暂得返自然'呀！"你要讲写实主义呢，他就说写实是照着实实在在的物件去写生。你要讲唯物史观呢，他就说马克思是把人来当成物件的。你要讲共产主义呢，那自然你衣包里的钱是该我共的，或者我衣包里的钱提防他要来共了。唉，简单的确是简单，聪明也的确是聪明，可是可惜所谓共产主义这样东西，完全才不是那么一回事。

共产主义的革命，绝不是说今天革了命马上就要把社会上的财产来共的。共产的社会自然是共产主义者的目标，就给大同世界是孔子的目标一样。不过他们要达到这个目标，绝不是一步就可以跳到的，他们也有一定的步骤。我们知道马克思就是共产主义的始祖，但他说共产革命的经历便含有三个时期。第一个便是以国家的力量来集中资本，第二个便是以国家的力量来努力发展可以共的产业，第三个是产业达到可以共的地步了，然后大家才来"各尽所能各取所需"地营共产的理想的生活。共产革命要经过这三个时期才能成功，而且这三个时期要经过多少年辰，我们是无从知道，其实就是马克思自己也无从知道。不过共产主义者只是努力把产业集中，使他可以早日得共而已。据这样看来，共产革命的精神分明是集产，何尝是共产呢？所以共产主义又称为集产主义 Collectivism，这个名称倒还比较适当一点。你看在那第一第二的革命的途中，所谓共产主义不分明还是实实在在的国家资本主义吗？并且我们还有事实来做证明，我们知道，俄国是实行着共产革命的国家，而它现在却是实实在在地施行着国家资本主义的呢。不明白此中关键的人，他以为俄国的革命是失败了，殊不知所谓共产革命的本身才本来是有这样的步骤的呢。据这样说来，那吗我们可以知道，所谓共产主义和现刻盛行一时的所谓爱国主义又有什么矛盾呢？然而偏偏中国的爱国主义者，不怕他的主张实际上就和共产主义并无区别，不怕他也在信奉着什么尼山的木铎，但他对于共产主义这几个字总是视如洪水猛兽一样的，我想来终怕还是这"共产"两个字的名称弄坏了事罢。为什么呢？因为一说到共产上来，人家总以为你就要共他的产，或者我就要共你的产，所以弄得来一团墨黑，弄得来反对共产主义的人在实行共产主义，实行共产主义的人在反对共产主义了。

　　我说共产两个字实在并不甚美的，便是这个原故。

　　末了我再声明几句。灵光先生不必便是望文思义的图简便的聪明人，但天下也尽有这样的聪明人存在，所以我这个穷汉也免不得在此多说了一番穷话。好在我自己并不是共产党人，我也没有受过苏俄或者其他任何老板的一个片边的铜板的帮助，我想灵光先生虽然"有合众国三 K 党的精神"，或者总还 K 不到我名下来罢。

请看今日之蒋介石

　　蒋介石已经不是我们国民革命军的总司令，蒋介石是流氓地痞、土豪劣绅、贪官污吏、卖国军阀、所有一切反动派——反革命势力的中心力量了。

　　他的总司令部就是反革命的大本营，就是惨杀民众的大屠场。他自己已经变成一个比吴佩孚、孙传芳、张作霖、张宗昌等还要凶顽、还要狠毒、还要狡狯的刽子手了。他的罪恶书不胜书，我现在只把他三月二十三日在安庆屠杀党员、屠杀民众的最近的逆迹向我们的同志及各界民众公布。

　　我们是三月十六日离开南昌的，他比我们早一天到达九江。九江的"三·一七"惨杀已经在我们革命历史上留下一个永远不能磨灭的污点，但我们那时候对于惨杀的暗幕还不曾明了，主持这场惨杀的究竟是什么人我们还不曾知道。我们对于他虽然不免有几分怀疑，但我们还以为他总不会是主使的人，主使的人一定是段锡朋、周利生等等背叛民众的党棍和走狗。及到"三·二三"惨案发生，我们才知道了这个阴贼险狠的大叛徒——这个万恶滔天的蒋介石！

　　"三·一七"惨案发生后，第二天他就命令我们到安庆去。我们是在十九号到达安庆的，他比我们迟到一天。安庆的民众在省、市党部的指导之下所表示的欢迎他的热诚，可以说空前所未有。安庆在"青天白日"的旗帜（国民党的党旗）之下复活了起来，安徽省党部正在召集第一次全省代表大会，准备组织正式党部以推行国民党的主张。代表大会本是预定三月十号开幕的，听说蒋介石要移驻安庆，便专为他延期到三月二十二日。安徽省的党员同志对于他所表示的拥戴的热诚，也可以说是无微不至了。但就是这个过于迁就的表示早伏下了无穷的危机，我早就忧虑到大会的进行恐不能顺利地闭幕。不料我所怀抱的忧虑竟成了显然的现实——而且是很残酷的现实。

　　三月二十二日代表大会开幕，就在开幕的那一天，便发生了惨案的痕迹了。

先是安庆城内有四个总工会，一个是在省党部指导之下成立的，其他三个都是投机分子们的非法组织。三个之中比较纯正的两个，已经由省党部和政治部把他们合并起来，只剩下鲁班阁的伪总工会，完全是由劣绅土豪收买流氓地痞所组织的。每人出洋四元，入会后不纳会费，并赠送一个银质的徽章。如此重价收买，也才仅仅得了一二百名会员。这个伪总工会无论怎样是不能够听它存在的，所以党部早就有命令叫他们解散。我们总政治部到后，也就在二十二的那一天，下了一道命令去叫他们停止职权，听候审查。但他们所借口的是说奉了总司令的命令组织的。在当初我们还以为是他们的梦呓，所以我们就没有顾虑。不料就在二十二的那一天下午二时的光景，刚刚把代表大会的开幕典礼举行完毕，他们伪总工会的暴徒们便簇拥至设在省长公署的总司令行营前面。他们举了代表去要求见蒋介石，蒋介石也出来答应了他们要求，说是他们受了压迫，本总司令是要秉公办理的，务要使他们不受压迫，望他们安心。

总政治部是设在第一中学的，那时候我也没有在总司令部，我因为参加了代表大会的典礼，弄得一身都是汗，我便偷了一点机会去洗澡。当我洗澡还未完毕，便有人来报告，我便赶到总部行营，看见暴徒们还聚集未散，总司令部特务处的副处长温建刚在那儿指挥。我向他询问一切的情势，他才把蒋介石的一段话告诉了我。我还听说是省党部的常务委员光明甫同志在总部行营前已经受了暴徒的殴打。我没有再事羁延，便一直跑到内里的总司令室里面去。

蒋介石的居屋是平列的两进房间，第一进是会客室，第二进才是他的寝室。我走进第一进的时候，看见光明甫同志坐在那儿，他把他扯坏了的衣裳和抓破的颈部指示给我看。我看了又走进了第二进去。蒋介石正坐在书案的旁边，他立起来叫我坐，我也就坐了。——这是他对于我的惯用的礼貌，别的部员见了他的时候，总是用立正的姿势来向他对话的。

他说："今天的事情你晓得吗？"

我说："我到总部里面来才晓得的。"

他问我究竟是怎么的一个起因。我便把伪总工会的构成和我们对于它的态度说了。

他说："你以后对于民众团体的态度总要不偏不袒才好。你去调查一下，把他们合并起来，把他们调和起来好了。"

我说："只要有调和的余地，我们当然要替他们调和。不过恐怕事实上很难，总司令是看见的，他们在总部面前便实行用武力打人。"

他说。"好啦，好啦，你去调查一下好啦，唵，唵，你去调查一下好啦。"

不得要领地说了一番话，我便退了出来，他也跟着我出来。我们又同光明甫同志会谈。光明甫同志请求他对于当日的暴动要加以相当的制裁。他只口口声声地说："好啦，好啦，调查好啦，让政治部调查好啦。"

明甫同志说："今天的事情可以无须乎调查，他们是在总司令部的面前行凶，总司令是亲眼看见的。我这伤痕，我这衣服，便是真实的证据。总要请司令立刻查办一下，我们做党的工作的人才能得到一种保障。不然，我们党部同志个人的生命不足惜，我们的党是永远立不住脚的。"

明甫同志很像是一位直爽的人，他又受了侮辱，他的神气已有几分激昂，而他的语气更不免带了几分愤意。

蒋介石也不客气地用批评的态度说道："其实你们做指导工作的人没有做好，你们不免有些偏袒，所以才激成了这样的事变。我已经叫总政治部去调查了，我看最好把两个工会合并起来才好。"

明甫同志说："工会是一回事，暴动是一回事。工会的合并由总政治部去调查，只要认为可以合并就合并起来，只是今日的暴动要请总司令惩办一下。"

我在旁边也帮助明甫说了一遍，逼得他没法，只得信口说道："好啦，好啦，我警戒他们一下好啦，唵，唵。"

就这样不得要领地又谈了一番话，明甫先走了。

蒋介石对我说："安徽的事情是顶难办的，顶扯烂污的是安徽人，在革命党中扯烂污的多是安徽的同志，你不信，你看，他们还要打呢，还要打呢。"

做一个总司令的人，自认为最能够革命，是革命党的领袖的人，竟说出这样无聊的话。他明知道他们还要打，而他全不加以丝毫制裁，这是甚么道理呢？我当时心里不免有这样的愤恨，我相信读者读到这儿也不免会有这样的愤恨，但是不忙，且看下文便可以知道他的葫芦中卖的是甚么药了。

二十二日的晚上反动团体送了一张请单来。请单的上面是这样写的：

安徽省农民协会

安徽省总工会

安徽省商民协会　　　各筹备处谨择三月二十三日

安徽省学联会

安徽省妇女协会

休业一天，于上午九时在白日青天开市民欢迎大会。

安庆市民大会敬订

　　欢迎蒋介石的市民大会已经在二十号举行过一次，由省、市两党部共同召集的。现在又要来举行，他们反动团体的阴谋是很显著的。我预算着他们是定会有一番大规模的暴动，当晚我就派人出去调查，没有得到甚么结果。第二天清早又继续调查，并得着第三十三军政治部的报告，晓得他们组织了一百名的敢死队，是出钱买来的流氓，每人四元，并且还有一种赏格，便是负轻伤者一百元，负重伤者五百元，丧命者一千五百元。暗中主使的是总司令部的某某人我们也知道了。我当时便派人去通知市党部及各种合法的民众团体，叫他们先作准备。一方面我又亲自跑去见蒋介石。

　　二十三日的一天是大雨，我们还以为反动分子的集会或者会延期。但是走到街上，各家铺店多已贴出一种红纸墨字的印刷的标贴，写着"本日欢迎蒋介石总司令，一体停市一日，安庆市民大会订"等字样，可见他们的阴谋是很有准备、很有组织的了。我走到总部行营门口的时候，看见特务处长杨虎、副处长温建刚、总部参议刘文明、前总部秘书现充独立第五师党代表姚觉吾、第四十军党代表李因等，全身雨衣雨帽，神色匆匆地由总部走出，大有如临大敌的光景。我一直走进总司令室的门前，门是由里面反扣了的。我问侍从副官，说是在会客，我便退入西侧——总参谋长室。该室与总司令室对称，中间隔了一个小小的中堂。室中也分二进，总参谋长朱一民也在第一进里会客，我便退在一旁。我隔着门帘看见第二进的寝室里有许多长袍短褂的人，在总部里素来是没有看见过的。那些人都站着好像在等待甚么，又好像在开会的光景。少时杨虎和姚觉吾先后进来，和我略略应酬了一下，又走进内室去了。我坐了一会，又来了一位安庆电报局长，这是一位矮小半胖的人，大概有四十三四岁的光景，脸色是带青灰色的，左眼有点斜视，矮子的姓名我现在已经忘记了。他来和我寒暄，问我认不认识谢慧生（谢持），认不认识杨庶戡，我都答道认识。又问我从前在上海住在甚么地方，我说是环龙路四十四号。他大约相信我是西山会议派的一个分子罢。便把声音放低，对我说出许多秘密的话来。我把他招到屋隅，两人并坐在一张长藤椅上说话。

他说："我们这一次的工作做得还算不差，我们在三个礼拜以前便把各种行帮工头买贿好了，我们立刻把总工会组织了起来。其他农会、妇女协会、商民协会，我们都组织好了，所以我们党部的捣乱分子，走来就插不住脚。"

我称赞了他们一番，又说："好是好，但只有一个空头的团体，他们捣乱分子依然还是要捣乱的，我们总要有一种武力来制裁他们才好。"

他听见我说，便很得意地说道："有的，有的，我们昨天打了一次你是晓得的，我们今天还要打呢。"

又另外说了些闲话，我问他安庆的青洪帮有多少人。他说："不少，不少。"

我说："青洪帮我们和他们总要有联络才好。"

他说："是呢，是呢，我们早联络好了，九江、安庆、芜湖、南京、上海一带，我们都和我们的'老头子'联络好了，我们要走一路打一路，专门打倒赤化分子。"

我说："我们的杨处长杨大哥，他这一次的功劳很不小。"

——"嗳！就全靠他老哥子！"

你矮胖的斜眼局长！我真多谢你这一句话，所有一切的内幕我已经知道了一半了。在二月初头的时候，蒋介石委任了四个上海的大流氓为驻沪特务员，那时候我们不知道他的用意之所在。那时候我和总政治部铁罗尼顾问谈起，铁罗尼顾问问我是何用意，不消说我是没有话来回答，我记得我只回答了一句笑话："大约这就是他的所谓下层工作吧。"但是现在我明了了，我得到明确的答案了。我们的总司令是勾结青洪帮来和我们革命的民众作战的英雄！你看我们国民革命军三色识别带不是变成了青红带了吗？这就是说我们革命军的总司令已经成了青洪帮的老头子了。我们是何等的光荣呵，三民主义已经被流氓主义代替了，猗欤休哉！

　　我和斜眼局长谈话的时候，杨虎、姚觉吾诸人惶惶然如将赴猎的鹰犬，时出时入，并不断注视我，我也不便再行多谈，并且我也恨我的听觉不幸得了慢性的中耳炎，斜眼局长告诉我的秘密，我至多只听到了三成，然而我也算达到目的了。

　　我推诿若要去见总司令，便把谈话中止，走出室来。总司令室的房门依然是反扣着的。我告诉了侍从副官，说我到交通处去了，请他随后来关照我。

　　我一直走出来，走向交通处长陆福庭的房里去。走过第二进的大堂的时候，已经有不少的反动团体的打手鹄立在那儿，有刘文明、李因、温建刚诸位豪杰在那儿指挥。我走过身去见了陆福庭。

　　福庭他号叫心亘，是从"恒"字拆开的，取的是"人贵有恒"的意思。他是一位忠厚长者，在总部里我最喜欢他这个，他也很能和我要好，但我现在要把他告诉我的一番话写出来。心亘呵！我知道你是一位很好的同志，你是具有革命热诚的人，万一我这篇文章发表出来于你的地位，乃至于你的生命有什么危险的时候，我请你不要怨恨我。

　　我见了福庭，他也不免带了几分愁容在他的古铜色的罗汉模样脸的上。他开口便向我说："安徽的事情弄得这样糟，你是政治部主任，你应该怎样办呢？"

　　我说："我能够怎么办呢？总司令不要我办，你叫我怎么办呢？我今天就是要去向总司令请示办法的。"

　　——"你见过他没有呢？"

　　——"他还在会客。"

　　——"昨天打架的事情你晓得不晓得？"

　　——"我怎么不晓得呢，今天还要打呢。"

　　——"是啊，是啊，要闹得一塌糊涂。

　　我说；"你怎么不去向他说呢？"

　　——"我怎么能够向他说呢？"

　　我说："你是安徽人，你又是一位忠厚长者，老总待你也不薄。你看见老总一天一天和民众脱离，你看安徽的民众一天一天地更要受深厚的痛苦，你应该救救你们的乡梓，应该救救老总才行。你的话老总一定能够相信的，你赶快向他忠告一下吧。"

他抱着手只是摇头。他叹了一口气说："哎，我敢说一句话，总部里面的安徽人除开我而外哪一个不是忘八蛋！他们只顾自己升官发财，天天去包围老总，把老总弄得个莫名其妙。我一个人孤掌难鸣，所以我也好装聋装瞎装哑，看见的当着不看见，听见的当着不听见。假使张治中还在这儿，我也没有这样孤单，我也可以说两句话。"

他说话的时候，两眼圆睁着分外的发光，全部的面孔都涨红了。这正是他的诚恳的人格的表现，我在他的面前总觉得自己这样不好，我不该假意地做出了许多表情来逗引他说出比我更知道得详细的秘密。

我说："假使老总不给我一个办法时，我向他辞职，你看怎么样？"

他连连摇头说："不好，不好，到了南京再说。

我说："陆大哥，你要替我想一条出路呢！"

他只是说到了南京的时候再说。他停了一下又说："到了南京一定是要大流血的，你看吗，你看吗，老总一定是要拿人！"

——"你看他拿人的时候会不会先拿我？"

他略略停顿了一下说："不会吧！"

我又激励着他说："你究竟还是应该先向他忠告一下的好。"

他说："我是不好说的。"

我故意地激昂起来，我说："你不敢说，那我要去说，我今天是决了心来。他要枪毙我，我也要向他说。像他这样和民众脱离，我不忍心见他走到绝路。"

福庭沉默了一响。他说："你晓得他们打架，在暗中主持的是甚么人？"

我说："我怎么不晓得呢。就是杨虎他们联络起青洪帮干的好事。"

——"对，你晓得了，你还说什么！"

我说："唯其是晓得，我定要去说。他们这些人不消说也是忠于老总的，但他们所用的方法只是送葬老总的。我不忍心看见他被他们包围。"

他又叹了一口气说："哎，我看你还是不去说的好吧。"他把声音放低，又向我的耳边说道："你晓得吗，杨虎是老总命令他来干的！"

说了，他把眼睛向外放出一段白光看着我，他的面孔还带着一个"你晓得吗？"的神气。

我又沉默了一下，又问他："你怎么晓得？"

他说："是小波（杨虎的号）亲口对我说的。"

　　两人从此沉默了。啊，我已经知道了这场黑幕的全部了。陈赞贤的惨案为什么他批准了对于倪弼的免职查办时又叫我不要打电报到赣州去；段锡朋、周利生等为甚么敢那样坚决地解决南昌市党部；九江的"三·一七"惨杀为甚么发生得那样离奇，这一切的背景我是完全知道了。在这儿让我来补叙一下以往的历史吧。

　　赣州事件的起初是在正月尾间，那时蒋介石在庐山，总部的事情由张群一手包办。他当时接到倪弼捏造的电报，便把新编第一师第二团团党代表段喆人免职查办了。不久蒋介石回了南昌，才将赣州事件的全案交政治部查办。我当时便拟了一个办法呈报给他，请他将倪弼调开，然后赣州的事情才有办法，但他没有批发下来。后来我又当面向他说过两次，两次他都答应了我要把倪弼调开，但总不见他实行。最后倪弼更加刁恶了起来，终究把陈赞贤杀害了。省政府当时来了一个公函请政治部严办。三月十二日的清早，就是中山先生逝世二周年纪念的那一天，我拿着公函去向他请示。他说："免职查办吧。"我说："那么请总司令亲笔批示。"他说："好的。"便提起笔来想了一下，批了"免职查办"四字。我又问如何查办法，命令如何下？他说："你用我的名字拿去登报好了，但不忙打电报到赣州去。"他这岂不是欺骗的行为，只是略略用些伎俩欺骗民众吗？

　　就是段锡朋、周利生等的行为我也当面向他说过几次。就在他临走的十五号的晚上，我听说省党部有解决市党部的消息，我又向他说。他当时便写了一封信给段锡朋，说"江西党务以后事事须与总政治部接洽，对于市党部事宜缓和为是"等语。我当时觉得非常的满足，以为可以免去一场纠纷以静待中央的命令。但是当晚他走了，第二天我们也奉命出发了，段锡朋、周利生辈终竟把市党部强制解散了。俟后南昌总部、省政府、省党部打成一片，背叛中央，收买流氓伤兵几次想大肆屠杀，幸亏第三军第七师深能负责，保护地方的治安，他们的阴谋也就没有方法暴露出来。最近听说总部已向赣州调新编第一师来南昌，这是显然要把屠杀赣州的手段在南昌重演一次，这些假设没有蒋介石的命令，总部留守的张群，他有这样的狗胆吗？

　　三月十六我们到了九江，第二天他就命令我上庐山去视察阵亡将士墓的工程。我到下午三点钟的时候回九江，刚刚遭到暴徒们把九江市党部打完了的时候。暴徒们手拿武器在街上游行，长矛大刀等等不一，尤有一种特别的武器形如连枷，上面纵横都是尖刀，也有的是竹头的尖钉。我走到总工会门首的时候，看见一位工友被打得头破血流，一身都是血渍，我才知道已经打伤了好几个市党部的执行委员，还打死了好几个。那时街上有些店铺已经罢起市来，我便跑到审判厅的总部行营里去见蒋介石。门首正簇拥着无数暴徒，参谋长朱一民正在代表蒋介石向暴徒们演说。所说的话刚好和蒋介石向安徽伪总工会所说的一样。

我去见蒋介石，把外边的情形报告给他，请派兵去赶快把暴徒弹压着，首先要解除他们的武装。不一会朱一民进来，报告他代表答话的情形，说他们送了六个人来，如何处置。蒋问有名单没有，朱一民交出了一张名单。蒋说把他们接受起来。我又催促派兵弹压。我说假使不赶快弹压，九江会要罢市，全体的工人也会要罢工，情势是很严重的。他当时便命令朱一民派兵，我也就退了出来，因为他叫我们十八号出发。但他派兵的结果是怎么样呢？暴徒们暴动后，工友们愤激起来，顿时召集了纠察队来要求解除暴民的武装。他派了他的卫士大队去，一方面弹压工人，一方面掩护暴民出市，同时借保护为名竟把市党部、总工会占领了。工友们愤不欲生，开会讨论对策，全场只是痛哭，那种凄怆的情境真是惨不忍见，惨不忍闻。工友们要求"三·一八"全体总罢工，后来又举出代表向总部请愿，算把六位打得半死的同志搭救了回来，但因为念到军事时期，南京尚未克复，正是输运军队的时候，大家都忍气吞声，没有把罢工的事情实现。但是蒋介石对于罢工的策略，却早已决定好了，他当晚就任命第六军的留守唐蟒为戒严司令官，叫他要禁止工人罢工，同时又密令初开到九江的警卫团，假如"三·一八"有工人罢工，便立行拘捕。

他对待民众就是这样的态度！一方面雇用流氓地痞来强奸民意，把革命的民众打得一个落花流水了，他又实行用武力来镇压一切。这就是他对于我们民众的态度！他自称是总理的信徒，实则他的手段比袁世凯、段祺瑞还要凶狠。他走一路打一路，真好威风。他之所谓赴前线督师作战就是督流氓地痞之师来和我们民众作战，赣州、南昌、九江的事变都是出于他的指使，但我们还找不出他指使的真凭实据来。我们还替他原谅，就是说或者不是出于他的本心，只因为他的环境不良，他是被他周围的群小误了。国民党内的人们可以说大多数都在这样地替他原谅，总要想出方法来救他。但是现在我把他的假面揭穿了。在安庆"三·二三"之变我看出了他的真相来，他不是为群小所误，他根本是一个小人！他的环境是他自己制造成的，并不是环境把他逼成了这个样子。我们听了斜眼局长那番话，谁个还有方法来替他辩护呢？现在还有人来替他辩护，那就是国贼，那就是民众的叛徒，我们要尽力地打倒他！

我在陆福庭房里谈了一番话后，蒋介石的侍从副官来了，我便走进去见他，照例是那几位豪杰杨虎、朱一民、温建刚、姚觉吾、刘文明、李因等等正在提刀上马准备和暴徒们出去杀民。朱一民是代表蒋介石出席大会的，他是今天的暴徒们的代理总司令了。

我去见了蒋介石，他带着一种栖遑不是的神气。

我说："今天又要开会了。"

他说："他们那么样子干，我是不出席的。"看，他岂不是不打自招吗？他刚才反闭着房门在和甚么人密议些甚么，我们是很可以想象得出的了。

我也老着面皮向他讲："我们可不可以派点兵去保护省、市党部呢？"

他说："你去向参谋长讲吧。"

我反说："像现在这样军事紧急的时期，这种捣乱的集会，我看总司令可以下一道命令去解散。"

他说："好吗，你去向陈调元讲吧。"他还要解释一句说："他是维护这儿的治安的。"

我平生最感趣味的，无过于这一段对话。他以为我是全不知情，在把我当成小孩子一样欺骗呵。蒋介石，你要掩盖些甚么，你的肺肝我已经看得透明，你真可谓心劳日拙了。

我又只好退了出来。朱一民一面好像忘了甚么东西又回转到他的参谋长室，我也把他派兵的话说了一遍。他马马虎虎地答应了，也没有说派，也没有说不派。他走出去，我也跟着他走出去。那一群豪杰杨虎、刘文明、温建刚、朱因、姚觉吾等等指挥着流氓把朱一民簇拥起去了。我从流氓群中赶回总政治部，又派人往四处通报消息，叫他们没有准备就赶快回避。还算好，待我第三次派人出去回来报告，说省党部及各种合法的民众团体通统都被捣毁了，打伤了六个人，重要的人物都避开了。

这打伤了的六个人里面有两个是七军政治部的人；有一个是省党部的干事；有三个是外县来赴会的代表。三个代表有一个是从旅馆拉出来的，有两个是一位男同志和一位女同志他们到省党部去开会，适逢着暴徒们，便被擒着。暴徒们把他们的外衣剥了，只剩着一件衬衫，打得半死之后，拉着他们游街，说他们在省党部白昼宣淫，这就是共产、公妻的赤化分子榜样。暴徒们沿途高呼口号，甚么"新军阀神圣万岁"啦，甚么"蒋总司令万岁"啦，甚么"打倒赤化分子"啦，真是叫得恰如其量。他们确是捧出了一个"新军阀"来，他们确是捧出了一个"实行讨赤的新五省联军总司令"来了。暴徒们把打伤了的人拖到总司令的门前便一哄而散了。这就是蒋中正的群众，这就是蒋中正的忠实的同志，这就是蒋中正的纯正的三民主义的信徒，也就是他所认为可以候补文天祥、陆秀夫、岳武穆的材料了。真正是新军阀神圣万岁啦！讨赤联军总司令万岁啦！猗欤休哉！猗欤休哉！

写到此地我也可以不必再写了，但是还有一点余谈。

那天暴动了之后，李宗仁军长曾去见蒋介石，问他有甚么办法。他说："是民众打了的，我有甚么办法呢？"

我当天晚上也冒着险去会他，他仍然是那种老调子："好啦，你去调查一下好啦，唵，唵。"他最后还向我说："你去把他们各项的执行委员找出来吧，我们好保护他们。"我心里倒忍不住要笑了，好保护他们？哼，找出来好让你一网打尽吗？

这是我和他的最后一次谈话。他第二天清早便乘着军舰出发了。我们以为他到了芜湖必定又有一场杀伐，但是南京克复就在痛打安庆民众的这一天，他大约是在途中得到这个消息，所以就赶到上海去了。他日夜梦想的就是在克复南京，好实现他新五省联军总司令的春梦！但不幸克复南京的是富有革命性的程颂云军长所指挥的第六军。在第六军未克复南京之前，他使程颂云军长孤军奋斗，不给以充分的接济，不给以充分的后援，想和程军长攻入南昌城一样再加以一次打击。然而勇敢善战的第六军终竟把南京克复了。从浙江入江苏的第二军也和第六军会集了起来，这是我们革命势力的最大的一个屏障。他现在新发表了一个作战计划，就是要把第六军、第二军调赴徐州，把何应钦和白崇禧所领率的他的直属部队来镇守南京，他的阴谋是十二分地显著的。他现在想解决第六军、第二军，同时还想解决第七军、第三军，他和陈调元、王普、叶升鑫等深深勾结起来，陈、王的军队现驻在芜湖，本来是应赴皖北的江左军（第七军）只有一营人驻在安庆，他也把它调到了芜湖，这就是他一方面想借陈、王的军队来断绝六、二两军的后路，一方也想来解决七军的一营。他取的是零碎击破的策略，这个策略在对第三军的手段上更为明显。他把第三军第九师调到当涂，名义上归程颂云军长指挥，把第三军的第一师驻扎安庆，名义上给李宗仁军长指挥，驻扎南昌的第七师他仍然在不断地零碎调遣，他这样使第三军已经不得成军，而他在江西方面不久正要为所欲为。目前所有的交通机关都握在他的手里，电信、邮局可被他严密的检查，前后方的消息完全隔绝，他防备近友比防备敌人还要厉害。我们从安庆拍发的通电全被扣留，比如安庆"三·二三"的惨案，九江、南昌的同志，竟连丝毫的消息也不曾得到，拍到各地方的电报也被扣留了。中央已发表以李宗仁军长为安徽政务委员会主席，被他扣勒着没有发表，另外擅行委任了一批二十八名的政务委员，去掉几位洁身自好、绝对不会服从他的伪命令的同志之外，都是些败残的军阀，安福系、西山会议的余孽，流氓痞棍的头目，比如青洪帮上的杨虎、李因，著名的大刀会匪的首领刘文明都是榜上有名的人物，而以陈调元为主席。现在安庆城内完全为白色的恐惊所支配，党部的同志除少数已赴武汉传达消息之外，都坚持着住在城内以与恶势力作殊死战。到了黄花岗节（三月二十九日）一定有冲突的，因为两方面都有准备，现在还没有消息传来，不知道又流了多少同志们的鲜血了。

但是这场奋斗是最有意义的。蒋介石叛党叛国叛民众的罪恶如此显著，我们是再不能姑息了。他在国民党内比党外的敌人还要危险。他第一步勾结流氓地痞，第二步勾结奉系军阀，第三步勾结帝国主义者，现在他差不多步步都已经做到了，他已经加入反共的联合战线，他不是我们孙总理的继承者，他是孙传芳的继承者了！同志们，我们赶快把对于他的迷恋打破了吧！把对于他的顾虑消除吧！国贼不除，我们的革命永远没有成功的希望，我们数万战士所流的鲜血便要化成白水，我们不能忍心看着我们垂成的事业就被他一手毁坏。现在凡是有革命性、有良心、忠于国家、忠于民众的人，只有一条路，便是起来反蒋！反蒋！

现在我们中央已经一天一天地巩固起来，新改组的政治委员会、军事委员会、国民政府已经成立，武汉已经真真正正地成立了革命的新都！单从军事的指挥上来说，现在有了军事委员会，已经用不着再有蒋介石这个"总司令"了。所以消灭这个总司令，在军事的指挥上只是有好的影响，并没有坏的影响。

或者有人说：现在奉系军阀还没有打倒，我们便自相残杀起来，这于革命有很大的危险。我敢说这完全是一种杞忧，而且是蒋介石派反宣传的一种策略。他天天都在残杀我们内部，而他偏偏说"你们不要残杀"。"不要残杀"，就是说"我打你，你不要还手，好让我来独霸"，这是一种反宣传，我们千万不要中他们的毒计！

至于未打倒奉系军阀的话，我还敢说一句：未打倒奉系军阀，先要打倒蒋介石！因为蒋介石已经成了张作霖的爪牙。张作霖的命令他已经早早奉行了。张作霖说："你把左派排开，你把赤化分子除掉，我就和你合作。"蒋介石早就拼命地排斥左派，拼命地讨伐赤化了。我们根本的作战计划本来是决定北上与西北国民革命军连成一气，先去打倒张作霖的。蒋介石因为想实现他的新五省联军总司令的春梦，他因为妒嫉冯焕章，怕冯焕章夺了他的首功，所以他题外生枝，要来解决长江下游。他对于冯焕章不肯加以接济，使他久陷在西北边地，不能早日东出会师中原；他甚至连武汉方面的党军也不肯加以充分的接济，使西路军不能早入河南。他把张作霖的势力养得非常雄厚，而自己摧残自己，他这还是我们的友人，还是我们的同志吗？他这不是比我们的敌人还要厉害吗？同志们，我们学他一句话："你看他该杀不该杀！"

现在幸亏我们前敌将士的奋勇和民众的努力，我们已经把长江下游肃清了。河南方面靳云鹗司令所率领的军队也深明大义克服了郑州。使敌将于珍战死。西北国民革命军经过长久的苦战奋斗已经到了洛阳。我们可以说消灭奉系军并不是困难的事情。我们当前的敌人就是我们内部的国贼！国贼不除，我们内部只有崩溃下去的，民众一天一天和我们脱离，勇敢有为的同志一天一天被他们排挤，不要等奉系军阀、帝国主义者来攻击我们，我们自己就会败亡的。所以我们未打倒张作霖，先要打倒蒋介石！

或者有人说：他是劳苦功高，我们不能因为他一时错误便抹煞他以往的功绩。这是骗人的话！他劳苦甚么？深居高拱，食前方丈，比古时候的南面王所过的生活还要优渥。他劳苦甚么？前呼后拥地被无数的手提机枪、驳壳枪簇拥着，偶尔上上战线看察，这是那个干不来的事体？至于说到功高，那更是封建时代的废话。大凡一种事业绝不是一个人的力量所能完成的，任何个人不能独居其功，即使有功——就是说把一件事业做好了——这也是应分的事体，并不能以此自矜。蒋介石以往的军事并不是他一个人所手创的，都是同志们为革命为国家努力的结晶，同志们为革命为国家努力，这是十二万分应该的，这有什么功？而他个人的功又高在哪里？我们只有革命事业，只有国家，没有个人。同志们努力的结晶，便结成革命的光荣历史，这是永远不能磨灭的。有人想要磨灭他，毁灭他，这就是革命叛徒！这种人我们对他不应该有甚么姑息，不应该有甚么迷恋，不应该有甚么顾虑的。蒋介石就是背叛国家、背叛民众、背叛革命的罪魁祸首，我们为尊重我们革命先烈所遗下来的光荣历史，我们要保存这种历史，我们要继续着这种历史的创造，所以我们尤须急于地要打倒他，消灭他，宣布他的死罪！

　　我想说的话也大抵说完了。我是三月二十八由安庆动身的，本是奉了中央的命令要赴上海工作，但因种种关系折转到了南昌来。前天我到九江的时候，听说中央已经免了蒋介石的职。今天是三月三十一日，我在南昌草写这篇檄文，愿我忠实的革命同志，愿我一切革命的民众迅速起来，拥护中央，迅速起来反蒋。

1927年4月9日

离沪之前

  一九二七年的年末，我从广东回到上海，不久便害了一场很严重的斑疹伤寒，由十二月十二号进病院，住到第二年正月四号才退了院。退院后住在妻儿们住着的窦乐安路的一家一楼一底的弄堂房子里，周围住的都是日本人。

  初出院的时候是连路也不能走的，耳朵也聋了。出院不几天，算渐渐地恢复了转来。在我写出了那二十几首诗——那些诗多是睡在床上，或坐在一把藤椅上用铅笔在钞本上写出的——汇成了《恢复》（Reconvalescence）之后，从一月十五号起便开始在同一钞本上记起了日记来，没间断地记到二月廿三号止，因为廿四号我便离开了上海了。记日记的事情我是素无恒心的，忙的时候没工夫记，闲的时候没事情记，在那样的病后记下了整整一个月以上的生活的记录在我却是很稀罕的事。

  我现在把它们稍稍整理了一下再行誊录了出来，有些不关紧要和不能发表的事情都删去了。但我要明白地下一个注脚，这"不能发表"并不是因为发表了有妨害于我自己的名誉，实际上在目下的社会能够在外部流传的"名誉"倒不是怎样好的事情。

  日记中创造社出版部和同人们屡见，当时的出版部是在北四川路麦拿里，几位同人大抵是住在北四川路底附近的。

1933年9月24日记

正月十五，星期日。

  今天清早把《恢复》誊写完了。
  天气很和暖，午前曾昼寝一小时。

人很疲倦，午后把《恢复》校读了一回。

三时顷仿吾来，将《恢复》交了他。

仿吾的膝关节炎发了，有意到日本去洗温泉。

晚与和、博、佛在灯下看《Kodomo no Kagaku》(《小孩之科学》——日本出的儿童杂志）。章鱼的脚断了一两只，并不介意，有时养料缺乏的时候，自己吃自己的脚。往往有没有脚的章鱼，脚失后可以再生，大概经过一年便可以复元。

文艺家在做社会人的经验缺乏的时候，只好写自己的极狭隘的生活，这正和章鱼吃脚相类。

正月十六，星期一，晴。

午前读安德列夫的《黑面具》———一位公爵开化装跳舞会，由假面的恐怖遂成疯狂，读了三分之一便丢了。假得太不近情理，说这也是杰作。

读德哈林《康德的辩证法》，未及十页。

安娜买回高畠的《资本论》二册，读《商品与价值》一章终。——内山对她说"很难懂，文学家何必搞这个"。我仍然是被人认为文学家的。

午后倦甚，看了些芭蕉《七部集》。有把中国的诗句为题的（《旷野集》野水诗题一六），这俨然是试贴诗的赋得体，但很自然。其中有咏"白片落梅浮涧水"句云：

"水鸟のしはしに付たる梅白し"。

回译成中文是"水鸟的嘴上粘着的梅花瓣子雪白"，浮涧水的情景用水鸟粘嘴来形象化，觉得更加漂亮。这也和中国的以诗句为画题的相似，有画"春风归趁马蹄香"的，画了几只蝴蝶环绕着在春草原上驰走着的马蹄。

又有"暑月贫家何所有，客来惟赠北窗风"云：

"凉ぬとて切りぬけにたり北の窓"。（请纳凉吧，北边的壁头深有个凿通了的窗洞子。）

夜读列宁《党对于宗教的态度》一文，宗教在无产阶级及农民中最占势力，其原因即由于对于榨取者心怀恐怖，恐怖生神。反宗教运动应隶属于阶级斗争之下。

内山送菊花锅来，晚餐后倦甚。仿吾来，《文化批判》已出版，并携来《无画的画贴》旧译稿。

跳读《文化批判》，夜就寝时得诗一首：

战 取

朋友，你以为目前过于沉闷了吗？
这是暴风雨快要来时的先兆。
朋友，你以为目前过于混沌了吗？
这是新社会快要诞生的前宵。

阵痛已经渐渐地达到了高潮，
母体不能够支持横陈着了。
我们准备下了一杯鲜红的喜酒，
但这并不是那莱茵河畔的葡萄。

我们准备下了一杯鲜红的喜酒，
这是我们的血液充满在心头。
要酿出一片的腥风血雨在这夜间，
战取那新生的太阳，新生的宇宙！

正月十七，星期二，晴。

读唯物史观公式：——

"人们在其生活的社会的生产没入于种种既定的必然的不受意志支配的关系里面，此种种关系即是生产关系，与物质的生产力之某一既定的发展阶段相应。诸生产关系之总和构成社会之经济的结构，这是真实的基础，各种法律的和政治的上层结构建筑于其上，各种既定的社会的意识形态与之相应。物质的生活之生产方式是一般社会的、政治的，及精神的生活过程底前提。不是人们的意识规定自己的存在，反是自己的社会的存在规定人们的意识。社会之物质的生产力，到了某一阶段，和向来在其中活动着的既成的生产诸关系，以法律上的表现而言，即私产诸关系，陷于矛盾。此等关系由生产力之发展形式变而为生产力之桎梏。于是便有一个社会革命的时期到来。随着经济的基础之变革，所有全部的庞大的上层建筑或早或迟地一同崩溃？……"（译至此中辍。）

正月十八，星期三，晴。

杂读《资本论》。

仿吾来，《创造》九号出版，《一只手》自读一遍，也还无甚破绽。

"China und die Tische fingen zu tanzen an."（China 与桌子开始跳舞）。——China，福田德三译作"支那"，高畠素之和河上肇的《资本论》译本都译作"陶器"。同仿吾讨论此语，德文"China"无陶器意，又"Tische"之前有冠词"Die"，而"China"之前无冠词，恐怕仍宜译作"支那"。

此语在《资本论》中其全文为

"Man erinnert sich，dass China und die Tische zu tanzen anfingen，als alle uebrige Welt still zu stehen—um die an dern zu ermuntern"—脚注二五。

（人们记得，在一切其余的世界都静止着的时候，支那和桌子跳舞了起来，去鼓舞别人。）

Dass 以下疑是引用语，但不知语出何人。

文艺作品中不革命的勉强可以容恕。

反革命的断不能容恕。

反革命的文艺里面不能说没有佳作，就和反革命的人物里面不能说没有美人。

但那种美人于你何益？

你不要中了美人计！文艺的所谓永远性是一些不革命的或者反革命的作品所投射出的幻影。

"天才的小说作品，如其政治主张与我们相反，我们只好挥泪而抹杀之；如尚不至相反，只是冷淡或者无关心，我们还可以容恕。"鲁那查理斯基说。

把《天才病治疗》草完，改题为《桌子的跳舞》。

正月十九，星期四，晴。

补写《桌子的跳舞》。

今日异常倦怠，实在太没有事做，书也不想看。只想《浮士德》《前茅》《恢复》早出版。

中午将近时，民治来，交来豪兄答函，闻有新第三派出现（闽赣皖湘四省联盟），以保境安民为号召，对南京方面是一打击。又云择生已回，在香港，与P辈组织第三党。

民治去后仍然倦怠，读托勒尔的《Masse Mensch》(《人民大众》)，毫无意趣。前五六年对于托勒尔之心醉神驰，对于表现派之盲目的礼赞，回想起来，真是觉得幼稚。

午后蔡大姐来，打扮得像一位女工。她说，病中有好多同志都想来看我，因医生拒绝会面，所以都没来。——是谁引路来的？——安琳呢。——安琳为甚不同来呢？——她说："她怕使你难处。"……

蔡大姐坐不一会又走了。

冰山浮在海中，十分之八在水里。

呜呼太雷，果死于难。十二月十一日至十三日三日政权，对河南防御失利，Y被开除。

临睡前读斯大林的《中国革命的现阶段》，已经十二点过了，右眼涩得难耐。

正月二十，星期五，晴。

无为。民治与叔薰来。叔薰夫人病，无医药费，嘱创造社在我的版税项下抽送了五十元。

螳螂交媾后，雌吃雄。

午后仿吾来,将《桌子的跳舞》交了给他。《战取》被遗失,又缮写一遍。同用晚餐而去。谈"文学的永远性",无结果。

——文学家为甚么总是一个苍白色的面孔,总是所谓蒲柳之资呢?

——那是一种奇怪的病人呢。或者也可以说是吃人肉的人种,不过他们总是自己吃自己罢了。就因为这样,所以文学家的酸性总比别人强。肉食兽的尿的酸性通例是强于草食兽的。人到病时不能进饮食,专靠着消费自己的身体,在那时是成为纯粹的肉食兽,尿的酸性一时要加强的。

正月二十一，星期六，雨。

午前读秋白译的哥列夫的《无产阶级的哲学》中《艺术与唯物史观》一章。

倦怠,怎么也说不出个所以然。

午后曾昼寝一二小时,起来仍不舒服,东鳞西爪地看了些旧杂志和各种书籍,但总得不到满足。

夜来头感隐痛,在左前方四分之一隅。

怕是神经衰弱,因为完全没有运动。实际上是已经两个月,没有在外面散过步了。

正月二十二，星期日（旧除夕），雨。

上午读独步的《号外》《春之鸟》《穷死》三篇,确有诗才。《号外》与《穷死》尤有社会主义的倾向。可惜此人早死,在日本文学界的确是一个损失。

读芥川(龙之介)的《沼》与《秋》(在一本旧的《改造》杂志上),故意要制造出一种神秘的世界,令人不快,与读《黑面具》时的感觉同样。

托勒尔的《人民大众》是以群众与人类对立,而作者站在人类方面说法,人道主义的畸形的胎儿!

中午伯奇送年货来,并送来《到宜兴去》的稿子。今日头已不痛,但仍沉闷。午后校读《到宜兴去》,失悔当时没有写完。

傍晚时仿吾来,把《到宜兴去》交给了他。

正月二十三，星期一（元旦），雨。

晨起颇晏，仍无为。

傍午时分将《水平线下》编好。

午后仿吾来，时正昼寝。有朱某者译《漪溟湖》,完全脱胎自《茵梦湖》，还在序文中吹毛求疵地任意指摘，嘲骂。这种人太没道德，出版家的无聊也可慨叹。

晚上很不舒服，神经性的怒气把脑袋充满了。

    一个对话

A　文学家为什么总带着一个苍白色的面孔呢?

B　那是一种奇怪的病人呢。

A　什么病?

B　怕或者可以说是吃人肉的人种。

A　唉!

B　文学家时常是自己吃自己的，就和章鱼一样自己吃自己的脚。

A　那我可懂得了，同时我还解决了一个问题，便是文学家为什么总带些酸性。

B　哼哼，肉食动物的尿啦。

A　对啦，文学家是等于猫子的尿。

正月二十四，星期二，云。

两颗煤炭

兵工厂的外边丢了的炭渣里面，有两颗漏网的煤炭。它们在那儿对话。

甲　啊，我真快活，我现在又跑到这开旷的空气里来了。

乙　嗳唷，有什么快活哟! 我们在地底被压了几千万年，没有压成金刚石。我只想早投在那烈火里去化成灰啦!

甲　你变成了金刚石又会怎样呢?

乙　怎样? 多么好啦，我要是变成了金刚石，一切的贵妇人都会要爱我，不怕就是女王，或者王姬，都要把我看来比她们自己的生命还要贵重。我不知会接近怎样的芳泽，会住着怎样的华堂;那会在这样的地方待着，只等待那儿的乞丐来把我们捡起送葬了呢?

　　甲　你这种想法我是从没有想过。我虽然晓得金刚石是我们的同族,但我从没曾羡慕过它们。它们只是依附着权门豪贵,我倒是满不高兴的。它们没把贫穷人看在眼里,它们完全是有钱人的玩具……（稿至此中辍。）

正月二十五,星期三,傍晚时夕阳出。

　　本日完全无为。

　　晨早下痢,早饭未用,算只一次也就恢复了。

　　晚入浴一次。

正月二十六,星期四,快晴。

　　太阳晒在北窗外人家的红瓦上呈出喜悦的颜色。安娜早出,因新年停了市三天,今天开市,她又赶着去采办家中的日用品去了。

　　读《资本论》。

　　午后仿吾来,坐至夜。无甚重要的谈话。促他将《从文学革命到革命文学》编好。共夜食,用正宗酒。将终食时,王独昏来,甚慌张不定。谈及C某要找他去当艺术大学（?）的委员,他颇得意,不知C某滑头,乃在利用创造社而已。独昏的虚荣心真比女人还要厉害。

　　食后仿吾大有醉意,继偕家人同出,只余独留。——刚写至此,安娜偕儿辈归,买回《哲学的贫困》《小孩科学》及其它。

　　夜同儿辈读《小孩科学》。安娜复外出,未言去向,夜境渐深,将儿辈服侍睡了,闻邻近犬吠声甚烈。心颇不宁。至十二时顷,安娜始归自邻舍犬医家。

正月二十七,星期五,雨终日。

　　午前几昼寝半日。本日安娜原与仿吾约,午后游法国公园,但不幸雨竟日。昨天天气真好,全如初夏一般,在室中未烧火盆,只御夹衣。今天则闷人殊甚。

读《资本论》（一卷七篇《资本之堆积过程》），拟于今日将第一卷读完，终未办到，然所余已无几。

《浮士德》仍无消息来，我想二月一日断然不能出版，办事真不起劲。

夜饭时牛乳倒了一火盆，臭得难耐，佛儿的恶作剧。

正月二十八，星期六（初六），
上半日颇晴，下午半日阴。

晨起颇迟。午前教了和与博几道算学。

午后仿吾来，安娜本与相约往江湾看赛马，但因天气不好又中止了。看了方某给仿吾的信，十分不愉快。这些小子真是反掌炎凉。

独昏终竟想上 C 某的当，这家伙的委员癖真是不可救药。"人怕出名猪怕肥"，其此人之谓耶？

仿吾说，《浮士德》已全部印好，今晚可送来，但仍杳如黄鹤。《恢复》在二月十日前无希望。

想改编《女神》和《星空》，作一自我清算。

晚入浴时博儿右膊触着烟囱，受了火伤，以安娜所用的雪花膏为之敷治。此儿性质大不如小时，甚可担心。安娜的歇斯迭理也太厉害了，动辄便是打骂，殊令人不快。

> 春风吹入了我们的故乡，
> 姑娘呀，跳舞吧，姑娘。
>
> 我们向碧桃花下游行，
> 浴沐着那亲蔼的阳光。
>
> 你的影儿和我的影儿俩，
> 合抱在如茵的春草场上。

> 春风吹入了我们的草场，
> 姑娘呀，拥抱吧，姑娘。
>
> 小鸟儿们在树上癫狂，
> 蝴蝶儿们在草上成双。
>
> 空气这般地芬温软洋，
> 含孕着醇酒般的芳香。
>
> 春风吹入了我们的心房，
> 姑娘呀，陶醉吧，姑娘。

正月二十九，星期日，阴。

终日烦闷，午后读完《资本论》第一卷。

晚饭后仿吾把《浮士德》的校样拿了来，校对至一时过始就寝。误植太多。

威特林（Weitling）与蒲鲁东（Proudhon）均工人出身，但均逃入了小资产阶级的阵营。马克思和恩格斯并非工人出身，却成了无产阶级的伟大的导师。谁说无产政党不要知识阶级？谁说非工人不能做无产阶级的文艺？

中国的现势很像一八四八年的欧洲。

法兰西二月革命影响及于全欧，但德、奥、比、法均相继失败，白色恐怖弥漫，马、恩都只得向海外亡命。

正月三十，星期一，晴。

晨十时顷仿吾来，《浮士德》正误表已制好，约于今晚赴市中晚餐。

中午时分民治来，拿来了几本《布尔雪维克》，吃了中饭又走了。他说团体里面经济短绌。

午后无所事事，只为安娜理了几团乱丝和旧绒线，安娜为四女淑子打袖口，制毛颈巾。

五时顷仿吾来，至晚大家装束好了同赴美丽川菜馆，两个人喝了绍兴酒三斤。是病后第一次出街，满街的灯火都感觉着亲热。

食后赴永安、先施，安娜买了些东西。

回家后同仿吾赴创造社，见《贡献》《语丝》诸杂志，反动空气弥漫，令人难耐。

正月三十一，星期二，晴。

午前仿吾来，送来《洪水》二册，校正《盲肠炎》。

昨夜食过多，下痢，不舒服。晨食粥一碗，中午未进食。

午后伯奇来，无甚要事。

夜下痢平复，仿吾又送来《女神》和《星空》各一册。校读《女神》。

天气甚冷。连日窗上都结冰花，楼头残雪犹未消尽。

二月一日，星期三，晴。

是日《浮士德》出版，装潢尚可观。

博儿脸色苍白，食欲不进。安娜携至石井医师处诊察，云是肋膜炎，殊可忧虑。

晚仿吾来同用晚饭，安娜为祝《浮士德》出版，特购"寿司"（日本制的冷饭团）一大盘，儿辈皆大欢喜。

伯奇亦来，言独昏终竟做了野鸡大学的野鸡委员。这是他个人的事，只要不用创造社名义，我并不反对。

二月二日，星期四，晴。

昨夜遇盗，将楼下铁箱里放着的皮外套和皮靴偷去了。因为厨房没有关严，还有几件旧东西丢在了厨房里，没有拿去。皮外套本是去年年底缝来预备往苏联去的，一次也未曾用过。苏联未能去成，连准备下的行装都又被人偷去了，安娜很愤恨。但那是黑色的羊皮做着里子的，只值得一百来块钱，拿去了倒也好，纵横不会有穿的机会。

编《沫若诗集》目次，尚未十分就绪。

中午时分石井医院送来医费清单，竟在四〇〇元以上，安娜出自意外，我也出自意外。我想到从前学艺大学还欠着我两三个月的薪水没有发，可有三四百块钱，我叫安娜同仿吾去找王宏实（旧学艺大学的校长），去收讨那一笔钱来清付。安娜说："今天是最不愉快的一天。"

晚赴内山，赠以《浮士德》一册，安娜同行。赴创造社，取来《浮士德》三册。

安娜归时买得《改造》二月号一卷，有意大利的小说家 G·德列达的一篇小说《狐》。此人系今年得诺贝尔奖金者。印象的自然描写，暗示的事件推进，颇可注目。是一位写实派加技巧家，无甚新意，小资产阶级的文艺。

罗伯特·修士作《华盛顿传》，称华盛顿为一流氓无赖，牛皮大王，赌博大王，好色大王。这或者近于事实，中国历史上所谓创业的帝王多是这样的人物，一被偶像化了便神圣了起来。偶像的本质原来是泥塑木雕的。

二月三日，星期五，晴。

午前丘某来，示我以择生所做的政治宣言，意欲托我付印。我看了一遍仍然交还了他。择生自从武汉遁走以后，在莫斯科和柏林两地住了半年，一个脑筋仍然未改旧态。

《沫若诗集》第一种本日编成，计剧四篇，诗百首以上。编成时已夜深，安娜看电影归。

内山送来葡萄酒两瓶，祝《浮士德》之出版。

二月四日，星期六，晴。

早餐后由安娜做向导赴心南处，赠以《浮士德》一册，蒙以《小说月报》的特刊《中国文学研究》一册见赠。

本拟再到仿吾处去，自心南寓所出后，安娜已不知去向；因不识仿吾住址，故改往创造社。几位负责人，直至吃中饭，一个人都不在。

编好了《水平线下》。

安娜为生活费与仿吾口角。安娜要创造社每月付一百五十元，仿吾说只能出一百。我说只要生活过得下去，一百也就够了，不要把社抽空了。安娜说，社里做事的人白做事，吃饭的人白吃饭。归家后为此事半日不愉快。

夜草《水平线下》序，拿到社里去，仍然一个人都没有。拿了一本《文艺战线》回来，空空如也，没有东西。

下午跳读了些《中国文学研究》，也真是狗吃牛屎图多。资本家的印刷事业就是这个样子。可惜了印刷工人的劳力，可惜了有用的纸张，可惜了读者的精神。编的人也真是罪过，罪过！

二月五日，星期日，阴晦，雨。

晨起异常不愉快，神经性的抑郁。

赴社编改《文艺论集》和《译诗集》。中午时分回家吃午饭。饭后再赴社。《译诗集》成。

理发一次。

晚李初梨来，邀往谈话。他们几个人住在我的寓所后不远，有壁炉烧着熊熊的炭火，比起我的寓所来，自然是更舒服，也难怪老婆要说闲话了。

在壁炉前为他们谈说南昌"八一"革命。仿吾、伯奇、彭康、朱盘、乃超均在。独昏未见，听说应了Ｃ某的邀约去开会去了。奇妙的是大家都赞成独昏就聘，以为可以利用这个机会来占领一个机关。我觉得有点好笑，不过也好，所谓"娱情聊胜无"也。

二月六日，星期一，雨。

早餐后赴社，安娜为打绒线事，与社中两位姑娘冲突，一位姓严的姑娘今日出社。本来社里的同人都是些文学的青年男女，是浪漫性成的人，安娜凡事要去干涉，言语不同，意见又不能疏通，结果是弄得来凿枘不相容。

在社中校《文艺论集》，校《前茅》，这个集子并不高妙。

社中的社会科学研究会，今天是伯奇轮讲，讲的是列宁的《马克思的价值论》。我也列席旁听了一会。和儿来说家里有客，便告辞了。

回家看时，来的是冠杰和董琴，他们否认择生回港说。

冠杰说："石达开有两句诗：'身价敢云空冀北，文章昔已遍江东'，宗兄足以当之。"

我自己很惭愧，并不敢承当这样夸大的赞奖，不过这两句话从石达开的口中说出，足见是有点骄傲。

午后医科的同学桂毓泰来访，有费鸿年和他的日本夫人同来。桂的日本夫人花子病死在日本，他把她埋葬了才同费君夫妇回来的。乘的是往香港的船，今晚在沪停泊，他们特别登岸来访问我们。

不久仿吾也来了，同在我家吃晚饭。

费夫人在此留宿。

夜校《文艺论集》，毕。

二月七日，星期二，雪。

昨夜与和儿同宿于亭子间中。晨餐后安娜与费夫人同出。

读托尔斯泰的《黑暗之力》第一幕。

安娜在中午时曾回家一次，复出，费等今日午后三时即将解缆赴广东也。安娜回家时已是午后五时。

二月八日，星期三，晴。

读《查拉图斯屈拉》旧译，有好些地方连自己也不甚明了。着想和措辞的确有很巧妙的地方，但是尼采的思想根本是资本主义的产儿，他的所谓超人哲学结局是夸大了的个人主义，啤酒肚子。

有力无用处，实在是闷人。

傍晚曾赴社一行。与伯奇、独昏两人谈到达夫，听说他在《日记九种》中骂我是官僚，骂我堕落；我禁不住发出苦笑。我自然是乐于礼赞：我们达夫先生是顶有情操、顶有革命性的人物啦。独昏又说他在未退出创造社以前，便在对人如何如何地短我。我不知道有什么事情亏负了他。

午前斯啸平来，赠以《浮士德》一册。

二月九日，星期四。

读高尔基的《夜店》，觉得并不怎样的杰出，经验丰富，说话的资料是源源而来的。巡礼路加的找寻"正义的国士"一段插话，未免过于造作。

《黑暗之力》读完了，也没有怎么大的逼人的力。尼奇德的忏悔只是精神病的发作，阿金牟的宗教味只觉得愚钝，并不足以感动人，使尼奇德犯罪的根本原因是财产，是一切的私产关系。不然他不会弃玛林那，不会爱阿尼霞，不会杀克里那的婴儿了。

下午仿吾来，与安娜同出购物。晚归饮葡萄酒。谈《创造月刊》事，我主张把水准放低，作为教育青年的基本刊物，仿吾很赞成。

定十一号走，心里涌出无限的烦恼。又要登上漂流的路，怎么也觉得不安。这一家六口真是够我拖缠。安娜很平淡，在她又不同，是回她自己的母国。她的太平淡，反增加了我的反抗性的懊恼，脑子沉闷得难耐。

豪兄不来，一时也不能动身。恐怕十一号不一定能够走成。仿吾说，明早去会梓年，请他去告诉豪，因为他听啸平说，民治已经搬了家。

二月十日，星期五，晴。

豪和民治来，同吃中饭。

仿吾亦来，约了初梨等来谈话。

晚伯奇来，留仿吾与伯奇在家吃晚酒，颇有醉意。决延期乘十八号的"坎拿大皇后"。

二月十一日，星期六，晴。

上午王独昏来，谈及邓南查的剧本《角孔达》，一位有妻室的雕刻家和女模特儿的角孔达发生恋爱，由这个三角关系，发生了种种的葛藤。主题是：艺术与家庭——自由与责任——希伯来精神与异教精神。

我新得着一个主题：——革命与家庭。

盐酸寮山中的生活是绝好的剧景，安琳哟，我是永远不能忘记你的。

午后民治与继修同来，谈及刊行周刊事。我拉他们去访仿吾，未遇；到出版部，亦未遇。

留出版部，看了一篇《鲁迅论》(见《小说月报》)，说不出所以然地只是乱捧。

在出版部用晚饭。

二月十二，星期日，晴。

今日一日苦闷得难耐，神经性的发作。

究竟往东京呢？还是往长崎？

这样一个无聊的问题苦了我一天，为什么一定要走？

儿女们一定要受日本式的教育才行吗？

到日本去靠着什么生活？

根本是钱做怪。钱把一切都破坏了。

头痛。

午后往出版部，读了彭康的《评人生观之论战》，甚精彩，这是早就应该有的文章。回视胡适辈的无聊浅薄,真是相去天渊。读了巴比塞的《告反军国主义的青年》(均《文化批判》二期稿)。

与博、佛二子同在部中吃晚饭。

二月十三，星期一，晴。

午前赴部，与仿吾诸人谈半日。

中饭后看电影《澎湃城的末日》。彭康同坐。后起之秀。

二月十四，星期二，晴。

继修、民治复来，为周刊事。未几仿吾、伯奇亦同来。周刊决定出，我提议定名为《流沙》。这不单是包含沙漠的意义，汕头附近有这样一个地名，在我们是很可警惕的一个地方。继修任部交际主任。

晚，仿吾、独昏邀往都益处晚餐。

二月十五，星期三，晴。

读日本杂志《新潮》二月号，无所得。

回读正月号，有藤森成吉的《铃之感谢》，是写一位奸商办交易所的自白，颇能尽暴露的能事。但这小说用的自白体，殊觉不很妥当，应该用第三人称来客观地描写而加以批判。

啸平来，说《浮士德》难懂，他喜欢《我的心儿不宁》的那首诗。那首诗便是我自己也很喜欢，那是完全从新全译了的，没有安琳绝对译不出那首诗来。那虽是译诗，完全是自己的情绪借了件歌德的衣裳。

（1）酒家女（2）党红会（3）三月初二（4）未完成的恋爱 （5）新的五月歌（6）安琳（7）病了的百合花

二月十六，星期四。

无为，读德哈林的《康德的辩证法》。康德的永远和平是求资产阶级的安定的说法，他承认"财富的大平等"，有了个人的财富，如何平等乎?

午前啸平来，言民治及其他诸人在都益处等候，要为我祖饯。未几仿吾亦来，我把仿吾拉了去，安娜也同去。

在座的是民治夫妇、继修夫妇、叔薰夫妇、公冕、啸平、安琳。安琳比从前消瘦了，脸色也很苍白，和我应对，极其拘束。

她假如和我是全无情愫，那我们今天的欢聚必定会更自然而愉快。

恋爱，并不是专爱对方，是要对方专爱自己。这专爱专靠精神上的表现是不充分的。

十八号不能动身，改乘廿四号的卢山丸。家眷于同日乘上海丸。

晚七时顷归。赴心南家，谈至夜半，所谈者为与商务印书馆相约卖稿为生也。他劝我一人往日本，把家眷留在上海。这个谈何容易，一人去与一家去生活费相差不远，分成两处生活便会需要两倍费用。并且没有家眷，我何必往日本乎？……

十一时过始由心南家回寓，与安娜谈往事。安娜很感谢心南，她说在我未回沪之前，除创造社外，旧朋友们中来关照过他们母子五人的就只有心南。

安娜问安琳和我的关系，我把大概的情形告诉了她。

安琳是芜湖人，在广东大学的时候，她在预科念书，虽然时常见面，但没有交往。去年十月她由广东到武汉，在政治部里担任过工作，不久我便到南昌去了。今年南昌的"八一"革命以后，由南昌到汕头的途中我们始终同路。我在路上患了赤痢，她很关心我，每到一处城市她便要替我找医药。在汕头失散以后，流沙的一战在夜间又和主要部队隔离了，只有她始终是跟着我。和着几位有病的同志在盐酸寮山中躲了几天，后来走到了一个海口是一个小规模的产盐的市镇，叫着神泉。从那儿搭着小船到香港，又从由香港回到了上海来。

——你爱她吗？安娜问我。

——自然是爱的，我们是同志，又同过患难来。

——既是爱，为甚么不结婚呢？

——唯其爱才不结婚。

——是我阻碍着你们罢了。安娜自语般地说。——假如没有这许多儿女，——她停了一会又指着日本式的草席上睡着的三个儿子和一个女儿自语般地说下去，——我是随时可以让你自由的。……

我没有再说话。已经二时过了，心境随着夜境深沉下去，很有点感触。

二月十七，星期五，晴。

今晨起甚迟。午前半日无为，午后往出版部，杂读了一些书籍，无甚铭感。

晚上陈抱一的日本夫人来，并无要事。

晚饭煮蚝油豆腐很可口。到过一次广东，知道了蚝油的美味。广东的蚝油拌面，真是再好也没有。

二月十八，星期六，晴。

拟做《我的著作生活的回顾》。

一　诗的修养时代

　　唐诗——王维、孟浩然、柳宗元、李白、杜甫、韩退之（不喜欢）、
白居易。

　　《水浒传》、《西游记》、《石头记》、《三国演义》都不曾读完，
读完且至两遍的只一部《儒林外史》。喜欢《西厢》。喜欢林纾
译的小说。

二　诗的觉醒期

　　泰戈尔、海涅。

三　诗的爆发

　　惠迭曼、雪莱。

四　向戏剧的发展

　　歌德、瓦格讷。

五　向小说的发展

　　福楼伯尔、屠格涅夫、斐理普、柔尔·鲁纳尔。

六　思想的转换

追想出以前做过的旧诗（此处写出了旧诗二十余首，现刻选录几首在
下面）：

　　　天寒苦晷短，读书未肯辍。

　　　檐冰滴有声，中心转凄绝。

　　　开门见新月，照耀庭前雪。（这是一九一三年在未到日本以前
在北京做的。）

　　　月下剖瓜仁，口中送我餐。

　　　自从别离后，怕见月团圆。（这是一九一五年在日本冈山做的。）

　　　红甘蔗，蔗甘红，

水万重分山万重。

忆昔醉蒙眬，

旅邸凄凉一枕空。

卿来端的似飞鸿，

乳我蔗汁口之中，生意始融融。

那夕起头从，才将命脉两相通。

难忘枕畔语从容：从今爱我比前浓。

红甘蔗，蔗甘红，水万重分山万重。（与前诗约略同时，题名为《蔗红词》。）

清晨入栗林，紫云插晴吴。

攀援及其腰，松风清我脑。

放观天地间，旭日方杲杲。

海光荡东南，遍野生春草。

不登泰山高，不知天下小。

梯米太仓中，蛮触争未了。

长啸一声遥，狂歌入云杪。（这是一九一六年的春假，同成仿吾游日本四国的栗林园做的。紫云是园内的一座山名。）

二月十九，星期一。

仍追忆旧诗，所拟题未着手。

伯奇来，送来《前茅》及《文化批判》二期。《前茅》并不高妙，只有点历史的意义。

晚作《留声机器的回音》，答初梨，只成一节。仿吾来，留饮葡萄酒。

近来外边检查甚严，又破获了机关三处。

独昏来，为古有成译稿事与仿吾大闹。原因是在广大时，有成曾经反对过独昏。有成译了一部美国奥奈尔的戏剧，交给仿吾，仿吾已允为出版。因此遂惹王不快，大启争端。其实因为私怨而拒绝别人的译稿，独昏这种态度是很不对的。他近来出了名，忘记了他从前有稿无处发表，四处乱投的苦况了。我居中调解，叫把原稿详细经过一次审查。

仿吾真难处，介乎两种意识形态的斗争之间。

二月二十，星期一。

写《留声机器的回音》。往出版部取来《文艺论集》《玛丽玛丽》等书作参考。

继修与啸平来，为小红帔事安娜与我大闹。小红帔是孙炳文的夫人送给淑子的，淑子大了不能再用，安娜日前说好送给民治的孩子用，我已经向民治说了。啸平来，我便叫她拿出来给民治拿去，而她又不肯，说要留来做纪念。真是令人难以为情。

午后半日不愉快，至晚始将《回音》写完，一八页。

二月二十一，星期二。

晨往仿吾处，不在。赴独昏处，示以《回音》，彼甚愉快，要我交给他在月刊上发表。

我说，要等仿吾看了再说，最好是在《文化批判》上发表，不然同社的人会俨然对立了。

独昏说："你的文章总有趣味，要点总总总总提得着。"他说这个"提"字费了很大的力，在说出之前先把两手握成了拳头来向上捧了几下。

——我自己总不行，我时常读你的《革命与文学》和《文学家的觉悟》，光慈还笑我，后一篇的力量真不小。

与独昏在面馆里吃炒面。

午后仿吾来，把《回音》交给了他。

二月二十二，星期三。

晚在初梨处谈话，独昏不在。

仿吾在我家晚餐，用菊花锅，葡萄酒。

读了一篇徐祖正的《拜伦的精神》，所告诉我们的未知的事件只是拜伦赴希腊后，一次午热，入海行浴，竟得骨痛病以至于死。

此病在作者未探究其根源，我想一般为拜伦作传的人恐怕也没有人去探究过。据我看来，那明明是梅毒第三期的骨痛，拜伦是一位梅毒患者无疑。

有人说我像拜伦，其实我平生没有受过拜伦的影响。我可以说没有读过他的诗。

二月二十三，星期四。

船票都已经买定了，决定明天走了，心里异常的不安。到日本去，安娜就可以得到自由，我是感觉着好像去进监狱。纵横好，在现在那还有自由的土地呢？

晚间伯奇来，说由民治送来的消息，我的寓所已由卫戍司令部探悉，明早要来拿人。

临时和仿吾、独昏两人同出，先吃面，往独昏处。后仿吾、伯奇均来，在新雅茶楼会食，至十二时过。

是夜与仿吾同宿日本人开的八代旅馆，是内山替我们订下的房间。

〔日记至此中辍〕

鸡之归去来

一

我现在所住的地方离东京市不远，只隔一条名叫江户川的小河。只消走得十来分钟的路去搭乘电车，再费半个钟头光景便可以达到东京的心脏地带。但是，是完全在乡下的。

一条坐北向南的长可四丈、宽约丈半的长方形的房子，正整地是一个"一"字形，中间隔成了五六间房间，有书斋，有客厅，有茶室，有厨房，有儿女们的用功室，是所谓"麻雀虽小而肝胆俱全"的。

房子前面有一带凉棚，用朱藤爬着。再前面是一面菜园兼花圃的空地，比房子所占的面积更还宽得一些。在这空地处，像黑人的夹嘶音乐般地种植有好些花木，蔷薇花旁边长着紫苏，大莲花下面结着朝天椒，正中的一簇牡丹周围种着牛蒡，蘘荷花和番茄结着邻里……这样一个毫无秩序的情形，在专门的园艺家或有园丁的人看来自然会笑。但这可笑的成绩我都须得声明，都是妻儿们的劳力所产生出的成果，我这个"闲士惰夫"是没有丝毫的贡献参加在里面的。

园子周围有稀疏的竹篱，西南两面的篱外都是稻田，为图儿女们进出的方便，把西南角上的篱栅打开了一角，可以通到外面的田塍。东侧是一家姓S的日本人，丈夫在东京的某处会社里任事，夫人和我家里来往熟了，也把中间隔着的篱栅，在那中央处锯开了一个通道来。那儿是有桂花树和梅树等罩覆着的，不注意时很不易看出。但在两个月以前，在那通道才锯开不久的时候，有一位刑士走来，他却一眼便看透了。"哦，和邻家都打通啦！"他带着一个不介意的神情说。我那时暗暗地惊叹过，我觉得他们受过特别训练的人是不同，好像一进人家，便要先留意那家主人的逃路。

屋后逼紧着是一道木板墙，大门开在墙的东北角上。门外是地主的菜圃，有一条甬道通向菜圃过边的公路。那儿是可以通汽车的，因为附近有一家铁管工场，时常有运搬铁管或铁材的卡车奔驰，这是扰乱村中和平空气的唯一的公路。公路对边有松林蓊郁着的浅山，是这村里人的公共墓地。

我的女人的养鸡癖仍然和往年一样，她养着几只鸡，在园子的东南角上替它们起了一座用铁丝网网就的鸡笼，笼中有一座望楼式的小屋，高出地面在三尺以上，是鸡们的寝室。鸡屋和园门正对着，不过中间隔着有好些树木，非在冬天从门外是不容易看透的。

七月尾上一只勒葛洪种的白母鸡抱了，在后面浅山下住着的 H 木匠的老板娘走来借了去，要抱鸡子。

不久，在中学和小学读书的儿女们放了暑假，他们的母亲把他们带到近处的海岸去洗海水澡去了。这意思是要锻炼他们的身体，免得到冬天来容易伤风，容易生出别的病痛。他们的母亲实际是到更偏僻的地方去做着同样的家庭劳役，和别人避暑的意义自然不同。我本来也是可以同去的：因为这一无长物的家并值不得看守，唯一值得系念的几只鸡，拿来卖掉或者杀掉，都是不成问题的。但在我有成为问题的事，便是在我一移动到了新的地方便要受新的刑士们的"保护"——日本型士很客气把监视两个字是用保护来代替的。——这可使妻儿们连洗澡都不能够自由了。所以我宁肯留在家里过着自炊生活，暂时离开他们，使他们乐得享点精神上的愉快，我也可以利用这个时期来做些活计。

他们在海岸上住了不足一个月，在八月尾上便回来了。九月一号中、小学一齐开学，儿女们又照常过着他们的通学生活了。大的两个进的中学是在东京，要为他们准备早饭和中午的"便当"，要让他们搭电车去不至迟到，他们的母亲是须得在五点前后起床的。

在九月十号的上午，H 老板娘把那只白母鸡抱回来了。老板娘已经不在浅山下住，据说是每月五块钱的房费，积欠了九个月，被房主人赶走了，现在是住在村子的东头。

母鸡借去了五个礼拜，反像长小了好些。翅子和脚都被剪扎着，拴在凉棚柱下，伏着。

那时是我亲自把那马丹·勒葛洪解放了，放回了笼子里去了。

鸡们相别五个礼拜，彼此都不认识了。旧有的三只母鸡和一只雄鸡都要啄它，就连在几天前才添的两只母鸡，自己还在受着旧鸡们欺负的，也来欺负起它来。可怜，这位重返故乡的白母鸡，却失掉了自由，只好钻进笼里打横着的一只酱油桶里去躲着。

第二天下午，我偶然走到鸡笼边去时，那只白母鸡便不看见了。我以为是躲藏在那上面的小屋里的，没有介意。我告诉安娜时，因她也说一定是在那小屋里躲着的。本来只要走进鸡笼去，把那小屋检查一下便可水落石出的，但那只雄鸡是一匹好斗的军鸡，把笼子保守得就像一座难攻不破的碉堡。只要你一进笼去，它便要猛烈地向你飞扑、啄你。因此就要去取鸡蛋，都只好在夜间去偷营劫寨的。

到了第三天下午，那只母鸡仍然没有出现，我们以为怕是被啄死在鸡屋里了。安娜把那雄鸡诱出了笼来，走进笼去检查时，那只母鸡是连影子也没有的。

这鸡的失踪，是几时和怎样，自然便成了问题。我的意见是：那鸡才送回来的十号的晚上，不知道飞上那小屋里去，伏在地上被鼬鼠衔去了。安娜和儿女们都不以为然。他们说：鼬鼠是只吸血的，并不会把鸡衔去；纵使衔去了，笼里和附近也会略见些血迹。安娜以她那女性的特别锐敏的第六感断定是被人偷了。她说，来过一次，定然还要来二次；鸡可以偷，别的东西也可以偷的。自从发现了鸡的失踪的十二号起，她是特别地操心，晚间要把园门上锁，鸡的小屋待鸡息定后也要亲自去关闭了。

二

今天是九月十四号。

早晨在五点半钟的时候，把朝南的第一扇雨户打开，饱和着蘘荷花香的潮气带着新鲜的凉味向人扑来。西南角上的一株拳曲着的古怪的梅树，在那下面丛集着的碧叶白花的蘘荷，含着花苞正待开放的木芙蓉，园中的一切其它物象都还含着睡意。

突然有一只白鸡映进了我的眼里来，在那东南角上的铁网笼里，有开着金色花朵的丝瓜藤罩着的地方。

（该不是失掉了的那只鸡回来了？）

这样的话在脑神经中枢中刚好形成了的时候已经发出了声来。

——"博，你去看，鸡笼里有只白鸡啦，怕是那只鸡回来了。"我向着邻室里开着雨户的二儿说。

——"那不会的，在前原是有一匹的。"阿博毫不踌躇地回答着，想来是他早已看见了那只白鸡。

——"旧的一匹带黄色，毛不大顺啦。"我仍然主张着我的揣测。

接着四女淑子也从蚊帐里钻出来了，她跑到我的跟前来。

——"那儿？白鸡？"她一面用两只小手在搓着自己的眼睛，一面问。待她把鸡看准了，她又说出阿博说过的同样的话，"不会的，白鸡是有一匹的。"

小儿女们对于我的怀疑谁都采取着反对的意见，没人想去看看。我自己仍然继续着在开放雨户。

面孔上涂着些煤烟的安娜，蓬着一个头，赤着一双脚，从后面西北角上的厨房里绕到前庭来了。她一直向着鸡笼走去，她自然是已经听见了我们的谈话的。她走多笼子外面，立着沉吟了一会。

——"是的吗？"我站在廊沿上远远问着。

她似乎没有回答，或者也怕回答的声音太低，没有达到我这半聋的耳鼓里。但她走转来了，走到我们近旁时她含着惊异地说："真的是那只母鸡！"

这惊异的浪子便扩大起来了，儿女们都争先恐后地要去看鸡。

鸡自然是被人偷去又送转来的，来路自然是篱栅上的那两处切口了。但妻儿们在园子中检查的结果，也没找出什么新的脚印来。

一家人围坐在厨房里的地板上吃早饭的时候，话题的中心也就是这鸡的归来。鸡被偷去了又会送回，这自然是一个惊异；但竟有这样的人做出这样可惊异的事，尤其是等于一个奇迹。这人是谁？他为什么要做出这样的奇迹呢。……

——"一定是那 H 木匠干的，"我说，"那老板娘把鸡借去了很久，大约是那 H 不愿意送还，所以等到那老板娘送还了的一晚上又偷了去。那鸡笼不是他做的吗？路径，他是熟悉的啦。大约是偷了回去，夫妻之间便起了风波，所以在昨天晚上又才偷偷地送回来了。"

安娜极端反对我这个意见，她说："那 H 老板娘是讲义理的人。"

——"是的啦，唯其是讲义理的人，所以才送转来。"

——"分明知道是我们的鸡又来偷，他们绝对不会这样做。"

——"H 老板娘做不出，我想那木匠是能够做的。他现在不是很穷吗？"

安娜始终替他们辩护，说他们目前虽然穷，从前也还富裕过。他们是桦太岛的人，在东京大地震后的那一年才迁徙来的，以为可以揽一大批工作，找一笔大钱，但结果是把算盘打错了。

吃过了早饭后，大的四个孩子都各自上学去了。安娜一面收拾着碗盏，一面对我说："你去看那鸡，那好像不是我们的。勒葛洪种的鸡冠是要大些的。"

但我把岁半的洪儿抱着要走去的事后，她叮咛着说："不要把上面的小屋门打开，不要放出别的鸡来，我回头要去找 H 老板娘来认那只鸡。"

她要去找 H 老板娘来，我是很赞成的。因为她可以请她来认认鸡，我也可以在她的面孔上读读我的问题的答案。

我从园子中对角地通过，同时也留意着地面上的脚迹，的确是辨别不出新旧来。

小巧的母鸡照样在笼子里悠然地渔着食，羽毛和白鹤一样洁白而平顺，冠子和鸡冠花一样猩红，耳下的一部分带着一层粉白色，表示出勒葛洪种的特征，只是头顶上的一部分未免浅屑得一点，而且也不偏在一边。这鸡大约不是纯种吧？但这究竟是不是原有的鸡，我也无从断定。因为旧有的鸡我并没有仔细地检验过，就是 H 老板娘抱来的一匹我也是模糊印象的了。

不一会安娜也走到了笼边来。她总说那鸡不是原有的鸡，无论怎样要去找 H 老板娘您来认一下。她说："我是很不放心的，气味太恶。"

我觉得她这不免又是一种奇异的心里。鸡的被人送回，和送回这鸡来的是什么人，在她都不大成为问题：她的心里的焦点是放在有人在夜间两次进过我们的园子这一点上。她似乎以为在那鸡的背后还隐伏着什么凶兆的一样。她是感受着一种漠然的恐怖，怕的更有人要在夜里来袭击。

在鸡笼前面把鸿儿递给了她，我各自走上东侧的檐廊，我的所谓书斋。

三

　　不知道是几时出去了的安娜，背着鸿儿回来，从书斋东侧的玻璃窗外走过。后面跟着那位矮小的 H 老板娘。老板娘看见了我，把她那矮小的身子鞠躬到只剩得两尺高的光景。在那三角形的营养不良的枯索的面孔上堆出了一脸的苍白色的笑容，那门牙和犬齿都缺了的光牙龈从唇间泄露着。我一看见了她这笑容，立即感觉到我的猜疑是错了。她这态度和往常是毫无二致的。假使鸡真是她的丈夫偷去，又由她送了转来，她的笑容断不会有那样的天真，她的态度断不会有那样的平静。问题又窜入迷宫了。

　　她们一直向鸡笼方面走去，在那儿端详了好一会又才走了转来。据说鸡是原物，丝毫的差异也没有。

　　她们从藤架下走过，到西手的南缘上去用茶去了。不一会邻家的 S 夫人也从桂花树下的篱栅切口踱了过来。这人似乎是有副肾疾患的，时常带着一个乌黑的面孔，瘦削得也可惊人。

　　三种女人的声音在南缘上谈论了起来，所论的当然不外是鸡的问题，但在我重听的耳里，辨别不出她们所说的是什么。S 夫人的声音带着鼻音，好像是包含有食物在口里的一样，这样的声音是尤其难于辨析的，但出其不意的就从这声音中听出了几次"朝鲜人"的三个字。

　　——啊，朝鲜人！我在心里这样叫着，好像在暗途中突然见到了光明的一样。

　　由一九二三年的大地震所溃灭了的东京，经营了十年，近来更加把范围扩大，一跃而成为日本人所夸大的"世界第二"的大都市了。皮相的观察者会极口地称赞日本人的建设能力，会形容他们的东京是从火中再生出的凤凰。但是使这凤凰再生了的火，却是在大地震当时被日本人大屠杀过一次的朝鲜人，这要算是出乎意外的一种反语。八九万朝鲜工人在日晒雨淋中把东京恢复了，否，把"大东京"产生了。但他们所得的报酬是什么呢？两个字的嘉奖，便是——"失业"。

　　他们大多是三十上下的壮年，是朝鲜地方上的小农或者中等地主的儿子。他们的产业田园被人剥夺了，弄得无路可走，才跑到东京。再从东京一失业下来，便只好成为放浪奴隶，东流西落地随着有工做的地方向四处的乡下移动。像我住着的这个地方和扩大了的东京仅隔一衣带水，虽是县份不同的乡下，事实上已成为了东京的郊外。为要作为大东京的尾闾，邻近的市镇是有无数的住家逐次新建着的。因此也就有不少的朝鲜人流到这儿来了。

朝鲜人所做的工作都是些面土的粗工，从附近的土山运出土来去填平村镇附近的田畴或沼泽，这是一举两得的工事：因为低地填平了，土山也铲平了，两者都成为适宜于建筑家屋的基址。土是用四轮的木板车搬运的，车台放在四个轮子上，台上放着四合板的木框。木框放在车台上便成为车箱，一把车台放斜时，便带着土壤一齐滑下。车路是轻便铁轨，大抵一架车是由两个工人在后面推送。离我的住居后面不远便是取土的土山，在有工事的时候，每逢晴天的清早在我们还未起床之前，便已听着那运土车在轨道上滚动着的骨隆骨隆的声音。那声音要到天黑时才能止息。每天的工作时间平均当在十小时以上。我有时也每抱着孩子到那工事场去看他们做工。土山的表层挖去了一丈以上，在壁立的断面下有一两个人把先把脚底挖空，那上面一丈以上的土层便仗着自己的重量崩溃下来。十几架运土的空车骨隆骨隆地由铁轨上辇回来，二三十个辇车的工人一齐执着铁铲把土壤铲上车去，把车盛满了，又在车后把两手两足拉长一齐推送起去。就那样一天推送到晚。用旧式的文字来形容时是说他们在做着牛马，其实是连牛马也不如的。

他们有他们的工头，大抵是朝鲜人，在开着"饭场"，做工的便在那儿寄食。他们在东京做工时，一天本有八角钱的工钱，工头要扣两角，每天的食费要扣两角，剩下的只有两三角。这是有工作时的话。假使没工作时，食费要另出，出不起的可以向工头借或赊欠，结果是大多数的工人都等于卖了身的奴隶。流到乡下来，工钱和工作的机会更少，奴隶化的机会便更多了。

他们在"饭场"里所用的粮食是很可怜的，每天只有两三顿稀粥，里面和着些菜头和菜叶，那便是他们的常食。他们并不是食欲不进的病人，否，宁是年富力强而劳动剧烈的壮夫，他们每天吃吃稀粥，有时或连稀粥也不能进口，那是可以满足的吗？

——"是的，朝鲜人！"

当我听到 S 夫人说着朝鲜人的声音，在我心中便浮起了一个幻想来。一位才到村上来的朝鲜人在"饭场"里受着伙伴们的怂恿，同时也是受着自己的食欲的鞭挞，在十号的夜间出来偷鸡，恰巧闯进了我们的园子来，便把那只没有飞上小屋的母鸡偷去了。待他回到饭场，向伙计们谈到他所闯入了的地方时，伙伴中在村上住得久些的自然会知道是我们的园子。那伙伴会告诉他："兄弟，你所闯入的是中国人的园子啦，他是和我们一样时常受日本警察凌辱的人啦。"就靠着那样的几句话，那只母鸡没有顿时被杀，而且由那位拿去的人在第四天夜里又送转来了。这没有顿时送还而隔了两三天的原故也是很容易说明的。大约是那几天太疲倦了，在夜里没有牺牲睡眠的余力，不则便是食欲和义理作战，战了两三天终究是义理得了胜利。

那只母鸡的去而复返，除此而外没有可以解释的第二种的可能。

四

在两位女客谈论了半个钟头的光景走了之后，安娜抱着孩子走到我的面前来。我问她们是谈论了些什么事情，不出所料地是她说："S 夫人疑是'朝鲜拐子'偷去的，村上的'朝鲜拐子'惯做这样偷鸡摸狗的事。"

同时她又向我告诉了一件朝鲜吃人的流言，也是那 S 夫人在刚才告诉她的。

说是在东京市的边区 M 地方，有由乡下带着草药进市做行商的女子走到了一处朝鲜人的合宿处。那儿的"朝鲜拐子"把女子诱上去强迫着轮奸了，还把她杀了，煮来大开五荤。适逢其会有一位饭场老板，他们的工头，走去，被他们邀请也一同吃了。那工头往茅房里去，才突然发现那粪坑里有一个女人的头和手脚，才知道他们所吃的是人肉。他便立即向警察告了密，事情也就穿了。——

这样的流言，当然和东京大地震时朝鲜人杀人放火的风说一样，是些无稽之谈。但这儿也有构成这流言而且使人相信的充分理由。朝鲜人的田地房廊被人剥夺了，弄得来离乡背井地在剥夺者的手下当奴隶，每天可有可无的两三角钱的血汗钱，要想拿来供家养口是不可能的。他们受教育的机会自然也是被剥夺了的，他们没有所谓高等的教养，然而他们和剥夺者中的任何大学教授，任何德行高迈的教育家、宗教家等等，是一样的人，一样的动物，一样地有食欲和性欲的。这食欲和性欲的要求，这普及于压迫者与被压迫者之间的要求，便是构成那流言的主要的原因。

　　释迦牟尼也要吃东西，孔二先生也要生儿子，在日本放浪着的几万朝鲜人的奴隶，怕不只是偷偷鸡、播播风说的种子便可以了事的。

1933年9月26日

东平的眉目

是三四月间吧，在东京麻布区的 W 的寓所楼上，W 向我介绍了一位青年。他说：

——"这是中国新进作家丘东平，在茅盾、鲁迅之上。"

魁梧奇伟的 W 是在旧十九路军里充当过团长的，听说"一·二八"之变最先开火的便是他那团人。W 在军事上或许是杰出的人才吧，他的率直爽快也很令人可爱，他竟公然向我介绍起作家来，并呈出那样的绝赞。他在我心里唤起的感觉是：就和他的身体之魁梧一样，连夸张也很魁梧。

东平的体魄和 W 成正反对，身子过分地对于空间表示了占领欲的淡薄。脸色在南国人所固有的冲淡了的可可茶之外，漾着些丹柠酸的忧郁味。假使没有那副颤动着的浓眉，没有那对孩子般的恺悌在青年的情热中燃烧着的眼睛，我会疑他是三十以上的人。

——"我有好些小说，你假如有工夫，我要请你替我看看。"这是他对我所说的第一声，意外的是说话的声音和口舌的调节，颇带几分女性的风度。

我自然是不好拒绝的。当时 W 便拿了一本《文学季刊》给我，他翻出一篇题名《德肋撒》，下署东平二字的叫我看。

——"你看啦，这便是他的近作，很不错。"

《德肋撒》是一段小小的故事，是写一位在产科医院里当看护的德肋撒，起初是一位心肠硬的独身女子，对于产娘们的痛苦每每要吐出近于残忍的叱责。但后来她自己结了婚，有了孕，难产，不得不进病院去受手术。在呻吟着的时候，往年对于别人的近于残忍的叱责，自然的浮上心来。

就是这样的一个简单的故事。他在用对比法来写一个人的性格转换和心理转换，笔调有些散文诗的风味，取着寓言般的格式，像是在象征什么。全体像是一篇翻译。我觉得作者是注重技巧的人，他是有点异邦情趣的嗜好的，是一位浪漫主义者。大约也因为经验还不充足的原故吧，以我学过医而且自己收生过四五个儿女的人看来，他所描写的产褥情形，便不够真实。

仅仅是这样一篇《德肋撒》时，觉得还只像春前的一只燕子，W的"一·二八"式的大炮似乎车得有点过火。

这是东平和东平的作品所给予我的第一印象。

八月快到尾上了。东平从房州的北条海岸突然寄了一篇小说来，是在《大公报》上发表的《沉郁的梅冷城》，要我给他以详细的批评。

我那时很忙，忙的倒也不是什么了不起的正经事，只是忙着一家七口的面包问题。不赶着把一本书译完去预支点版税，下月便有绝粮的危险。然而我把《沉郁的梅冷城》过细读了一遍，我暗暗地感着一股惊异。我没想到《德肋撒》竟长成得这么快。他的技巧几乎到了纯熟的地步，幻想和真实的交织，虽然煞费了苦心，但不怎样显露苦心的痕迹。他于化整为零，于暗示，于节省，种种手法之尽量的采用，大有日本的新感觉派的倾向，而于意识明确之点则超过之。我在他的作品中发现了一个新的世代的先影，我觉得中国的作家中似乎还不曾有过这样的人。——自然我在近几年来，对于中国的文坛是很疏远的，说不定这种倾向是很普遍的，或者至少是占有领导地位的。

但我终因为忙，他所要求的详细的批评我没有工夫提出。我只给了他一个简单的明信片，说他的作品"别致"。这个简单的批评大约使他感到失望吧。他大约以为我是蔑视了他，或者无诚意地没有过细读他的作品吧。就和自己的女人被人轻视了而母亲要生气的一样，他回信来便叫我把他的作品（从报纸上剪下的）寄还他，并说假如我只是说那样简单的话，他以后不好再拿作品给我看了。

那是九月到了初头，到海岸去的人应该陆续回东京的时候了。寄还作品的事我拖延了下来，意在等他回东京之后寄还。但没想到他的等待竟异常切迫（后来才知道要赶着寄回上海出版），见我没有立即寄还，竟寄来了一张生气的明信片：

　　焚香三拜请，请你老先生把我的小说寄还吧。

就是这样的简单的两句，我一读了，想起了他那两条浓厚的眉毛。

十月又到了尾上了。

有一天中午时分，东平突然和孟克一道，到了我寓里来。我那时刚好写了一篇小文叫着《七请》，是答复一些朋友对于我们的诘难。《杂文》三号上把我写给《宇宙之歌》的作者的两封信发表了，意外地竟引了同一集体内的类似攻击的反应。《七请》便是那反应的反应。

我的眉毛虽然没有东平的那样粗，但稀疏地也有几根。对于诘难文字之答复，自然也不免要把几根稀疏的眉毛略略颤动一下的。

他们是吃了中饭来的，我让他们看《七请》，各自去吃中饭去了。

《七请》本只是三千字来往的文章，在我把一顿中饭吃完了再回到他们的面前来时，不用说是已经被他们看完了。文中有几处略略过火的地方，东平都劝我删削了。

我到这时又才明白地认识到：东平不仅有一副浓厚的眉毛，也还有一双慈和而有情热的眼睛。

在第三天上，东平没有失信，把他的小说集《沉郁的梅冷城》邮送来了。一共是三篇故事——

《沉郁的梅冷城》，

《麻六甲和神甫》，

《十支手枪的故事》。

我仍然是在面包压迫之下，但这个集子却使我想起了我一位旧时代的犹太人的话：人的生活不是专靠着面包。

晚上，面包先生把我的头脑蹂躏得来就像炎热下的柏油路快要发火的时候，我把他的集子翻来在电光下展阅，奇怪，他的小说竟有了酒水车的功效。

因此我便生出了一个贪心，想看他所已经发表过的一切作品，并同时想知道一些他的学习创作的路径。

我这个贪心得到了充分的满足。

他给了我一封二千多字的长信，叙述他的学习创作的过程（这封信我要替他保存着，等到将来可以发表时替他发表）。原来他受影响最深的是高尔基和巴比塞。此外如王尔德、鲍特莱尔、尼采、莫泊桑、托尔斯泰等人都给予了他不少的影响。我现在把对于他自己的"预期"摘录下来吧：

> 我的作品中应包含着尼采的强者，马克思的辩证，托尔斯泰
> 和《圣经》的宗教，高尔基的正确沉着的描写，鲍特莱尔的暧昧，
> 而最重要的是巴比塞的又正确、又英勇的格调。

单这一句话可见得东平的抱负之不凡，而他的诗人气质是异常浓厚的。

他已经发表过的作品，大都已经给我看了一遍，如《通讯员》《兔子的故事》，如《赌徒》，如《罗平将军的故事》、如《福罗斯基》等，都可以看出有一贯的基调，向着他自己所悬的"预期"在进行。然而距离，不用说是还相当的远。那些骤视俨然是互相矛盾的一批要素，要辩证地、有机地综合起来，非有多方面的努力是难以成功的。

有这样一个伟大的目标，要想达到这个目标的努力所课于东平者的苦闷当然不小。他自己说：

> 我是一把剑，一有残缺便应该抛弃；我是一块玉，一有瑕疵
> 便应该自毁。因此我时时陷在绝望中……我几乎刻刻在准备着自
> 杀。

这是醉心于"不全则无"者所共同的苦痛，我自己觉得很能够了解。

真的，东平啊，我真希望你成为一把无残缺的长剑，而且饰着无瑕疵的玉。假使办不到这步田地而你便精疲力尽了时，我索性希望你——"自杀"。

但这"自杀"，不用说，也要采取强者的态度。

1935年11月17日

《铁　轮》序

　　天虚这部《铁轮》，对于目前在上海市场上泛滥着和野鸡的卖笑相仿佛的所谓"幽默小品"是一个烧荑弹式的抗议。

　　近代的好些青年人，真真是有点岂有此理！几乎什么人都要来"幽默"一下，什么人都要来"小品"一下，把青年人的气概，青年人的雄心，青年人的正义，青年人的努力，通同萎缩了，大家都斜眉吊眼地来倚"少"卖俏！我真是有点怀疑，你们的精神是真正健全的吗？

　　本来"幽默"是一种性格的表现，不是随随便便可以勉强得来，也不是什么人都可以假装得来的。最高阶级的"幽默"是一种超脱了生死毁誉的潜在精神之自然流露。子路赴卫难，冠缨被人斩断，当然颈子也一定断了半边，他说"君子死而冠不免"，便结缨而死。淝水之战，谢安石对敌百万之众，寂然不动，弹棋看书。要这些才是真正的"幽默"。现在的"幽默"专贩，那一位有这样的本领？稍稍被人警告得几句，便要脸红筋胀，"狗娘养的"破口大骂起来，不要让"幽默"笑断了气吧。

　　低级的"幽默"，人人都可以假装出来的，被人误解为滑稽，为俏皮的这种"幽默"，在我们学过医学的人看来，每每是一种精神病的表现。它是逃避现实，畏难怕死的一种低级精神之假面。弄得不好，是有送进疯人院的可能的。大抵这种人的社会欲望本来很强，一切虚荣心，利欲心，好胜心，都是不弱于人的，然而遇着了社会的障碍得不到正常的发泄，便自行由外界的现实遮断起来，封闭于自己的内部。在封闭不甚严密的时候，其被禁压了的欲望，便流而为有意识的"幽默"，那个滑稽的假装行列，有时也会是对于现实的无力的反拨，然而在其本质上不外是对于自己的逃避行为之解嘲，心理学家称之为"合理化"（Rationalization）。但到这种"幽默"成为了无意识的时候，自我和现实之分裂已经完成，社会也生出了有和他隔离的必要来，便是送进疯人院！

现在的"幽默"家们，尤其年青的"幽默"家们哟！你们要当心，该不是患了早发性痴呆症（Dementia praecox）吧？

大凡一种病态成为了社会的流行，那是有它的社会的病根存在的，这种病根一祛除了，病态便自然消灭。现今正有不少的医国医世的大国手在拼命的拔除这种病根，然而患了这种病的人，你们该早早警惕，在未入疯人院之前及早治疗，假使没有本领去拔除社会的病根，至少是拔除自己的心中的病根吧。立在国人的立场上，为救你们自己起见，与其长久地"幽默"，我宁肯劝你们去"发泄"。

不要再假装"幽默"了，不要再苟安于偷懒怕难的"小摆设"了，你们把你们的被禁压了的欲望向积极方面发展吧。譬如天虚的这部《铁轮》，虽然是对于你们的一个无言的抗议，然而也是对于你们的一个对症的药方。你们请把你们的被禁压了的社会欲望向更宏大的分野里去展开，升华而为宏大的硕果。你们的抑郁被扫荡。社会的抑郁也可因而被扫荡，这正是救己救人的大事业。

我这样的叫嚣，怕会是不投你们所好的吧。但请你们不要生气，用力把你们的理智恢复起来，不要成为了感情的奴隶。如你们定要生气，以你们主张"幽默"而破口大骂，你们须要知道那已经是一种病的发作，如不及早回头，你们是很危险的。

疯人也尽可以打医生，然而那个医生会生气呢？

天虚以一个不满二十三岁的青年费了三年的心血，经了几次的打折，写成了这一部五十万字的《铁轮》，这正是我们年轻人的应有的气概，不管他的内容是怎样，已经是我们的一个很好的榜样了。

并不是因为作品的大，我便感服，"大"是不容易藏拙的东西，这部《铁轮》正难免有拙稚之嫌。然而在我看来，拙稚却胜于巧者，年轻人是应该拙稚的。譬如有一位三岁的童子而谈出三十岁般的老成人的话，我们与其佩服他是"天才"，宁可毫无疑虑地断定他是病态，那是早老症，是松果腺的发育受了障碍的。

年轻的朋友们哟，我们来赞美拙稚吧，我们来参加这种精神的膨出运动（Inflation）吧。中国的文艺界应该再来一次"狂飙突进"（Sturm und Drang）把一切巧老的精神病态扫荡得一干二净！！！

至于《铁轮》的内容，有《铁轮》自己在，同时我把天虚写给我的一封长信也退还了他，劝他连同他的《铁轮外话》一篇一并发表在我这序后，以节省我介绍的笔墨。不管是赞奖或贬斥，有愿意来品评《铁轮》的人，至少应该把这《铁轮》来回转一遍。

一九三六年一月十八日

杜　　鹃

　　杜鹃，敝同乡的魂，在文学上所占的地位，恐怕任何鸟都比不上。

　　我们一提起杜鹃，心头眼底便好像有说不尽的诗意。

　　它本身不用说，已经是望帝的化身了。有时又被认为薄命的佳人，忧国的志士；声是满腹乡思，血是遍山踯躅；可怜，哀惋，纯洁，至诚……在人们的心目中成为了爱的象征。这爱的象征似乎已经成为了民族的感情。

　　而且，这种感情还超越了民族的范围，东方诸国大都受到了感染。例如日本，杜鹃在文学上所占的地位，并不亚于中国。

　　然而，这实在是名实不符的一个最大的例证。

　　杜鹃是一种灰黑色的鸟，毛羽并不美，它的习性专横而残忍。

　　杜鹃是不营巢的，也不孵卵哺雏。到了生殖季节，产卵在莺巢中，让莺替它孵卵哺雏。雏鹃比雏莺大，到将长成时，甚至比母莺还大。鹃雏孵化出来之后，每将莺雏挤出巢外，任它啼饥号寒而死，它自己独霸着母莺的哺育。莺受鹃欺而不自知，辛辛苦苦地哺育着比自己还大的鹃雏，真是一件令人不平、令人流泪的情景。

　　想到了这些实际，便觉得杜鹃这种鸟大可以作为欺世盗名者的标本了。然而，杜鹃不能任其咎。杜鹃就只是杜鹃，它并不曾要求人把它认为佳人、志士。

　　人的智慧和莺也相差不远，全凭主观意象而不顾实际，这样的例证多的是。

　　因此，过去和现在都有无数的人面杜鹃被人哺育着。将来会怎样呢？莺虽然不能解答这个问题，人是应该解答而且能够解答的。

1936年春

初出夔门

一九一三年的六月，在"第二革命"的风云酝酿着的时候，天津的陆军军医学校在各省招生，四川招考了六名，我便是其中的一个。

揭晓是在七月中旬，六个人限于八月初十在重庆取齐，我便由成都回到峨眉山下的故乡，向我的父母亲族告别。在七月下旬由嘉定买船东下，直诣重庆。我的五哥翊新有公干要往泸州，他便和我同船，更兼带着照管，要把我送到重庆之后再折回泸州。

在夏天的洪水期，船走得很快。由嘉定解缆，途中只宿了两夜，在第三天的清早便到了宜宾。在这儿我领略一次有生以来的大惊愕。

在未到宜宾之前，江水是带着青色的。江面的宽度和一切的风物与故乡所见的并没有怎样的悬殊。然而一到宜宾，情形便大不同了。宜宾是金沙江和岷江合流的地方。船过宜宾城的时候，远远望见金沙江的红浪由城的东南涌来，在东北角上和比较青色的岷江江水刀截斧断般地平分了江面。江面增宽了一倍，青色的水逐渐吞蚀着红水的面积，不一会终究使红水从江面上消灭了。

青水虽然得着全面的胜利，然而你在船上可以感觉着它的掩藏得煞是费力的恐慌，就像怀着绞肠的痛苦的人，勉强在外面呈示着一个若无其事的面孔的一样。船愈朝前进，突然在横断着江面的一直线上，品排着涌出三两朵血样的红花。奋迅地一面喷涌，一面展开，而随即消灭。愈朝前走，花开得愈多，愈大，愈迅速，愈高声地唱着花啦——花啦——花啦的凯歌。江水逐渐地淡黄了，橙黄了，红黄了，俄顷之间化为了全面的血水。

花已经不再喷涌了，然而在花的位置上却起着巨大骇人的漩涡。横径怕有四五尺，深怕有三四尺。不断地，无秩序地，令人眩晕地，在江面上漩着，漩着，漩着。……但深幸水漩的回旋和前一段的血花和喷涌所取的是反逆的进程。愈朝前走便愈见减少，愈见缩小，愈见徐缓，终于是浩荡的红水获得了它的压倒的平衡。

　　就这样两种水势的冲激在宜宾城下形成着一个惊人的奇迹。这在我的记忆中所留下的印象不怕就隔了二十多年，还和昨天所见的一样新鲜。宜宾北岸骈列着一些红砂崖的浅山，山上多无草木被覆，而崖肤的红色就好像剥了皮的肉色。那也好像是大自然故意地造了出来，作为那个奇迹的背景，以增加效果。

　　更似乎有意要凑趣的一样，是我们所乘的那只木船。那是一只中等大的半头船，载着"油枯"，载子有些不平。尽管我们搭船的两弟兄总是坐在右边，但船身总是略略向左侧倾斜。在未到宜宾之前，因水势平稳，倒还没感觉着什么，但一浮到了金沙江合流后的流域，船便和怕上阵的驽马一样，在水面上罗唣起来。跟着金沙江一道飞来的南风又有意地调侃我们的驽马，当着它拦腰一拍，跛着的左足便落进漩涡里，咕噜噜地打一个风车。刚好出了漩，不让你把提着的一口气放下，接连着又打一个，又打一个，又打一个……全船的水手都惊惶失色，掌舵的艄公连一动也不敢动。五哥，他紧紧地盯着我，一只手指着右侧船舷上的樯桅。我了解了他的意思。那是叫我万一落水时，快把那樯桅抱着。

　　惊异早被打倒，是恐怖抬起头来支配了一切。

　　我实在是没有想出，我们可以安全地渡过那难关。这儿的契机不能不说是偶然。我们偶然搭着了那载子不平的船，使我们受了那样的惊险，也偶然赖那载子还没有跛到使船漩翻的程度，或者是船家偶然得到了我们兄弟两人的乘客减少了他的载子的不平。假使那载子的左边在上载时偶然地多放了几片"油枯"，那满载的人不是早被那跛脚的马驮进了另一个世界里去吗？

　　难关是幸而过了。在年轻的旅行者心中才第一次感觉着自己真真是离开了故乡，真真是窜入了红尘，真真是踱进了另外的一个世界。

　　过了险难之后，那因循苟且的船夫们把载子整理了一次，以后算平稳地到了重庆，在途中记得是只宿了一夜。

　　到重庆的那一天是八月初三，在指定的旅馆里向一位护送员的少将报了到。他同时却向我传达了一个消息，说成都有电来叫我们不要出发。他把电报也给我看了，电报的大意是说：天津来电，言第二次革命爆发，各省学生缓送，俟有后电再策进行。

　　这个意外的消息，其实有一半已经是意料中事。第二次革命在七月中旬已经爆发了，就在四川境内闹得也有点风声鹤唳，在熊克武支配下的重庆，在打箭炉怀着失位之痛的尹昌衡，都有响应的形势。而我们在那样的形势之中到达了重庆那座山城，那就是行将爆发的活火山。

护送员在把消息传达了之后，叫我们各取自由行动，赶快离开重庆，他说重庆的形势十分危险。因此就在到了重庆的第二天——八月初四——清早，和五哥同时起身，他往泸州，我和一位同考上军医的姓胡的人由东大路同返成都。当时的东大路是要经过永川、荣昌、隆昌、内江、资中、资阳、简阳等地的。交通工具是原始的鸡车、肩舆和溜溜马。回到成都要费十天工夫。我们在到了荣昌的时候，便在报上看到重庆独立的消息。原来重庆就在我们离开它的那天晚上便宣布独立了。城内省方派去的官吏多遭拘捕或枪杀，被拘捕者中连护送我们的那位少将也在内。愈朝前走，途上兵马的输送愈见倥偬。永川、荣昌、安岳、遂宁一带不久便成为了战场。

我在考上军医之前是已经进了成都的高等学校的，是临着南校场的王闿运掌教过的旧尊经书院。那儿藏的古书颇多。回到成都以后，学校已经放了暑假，但仍然可以寄宿，便搬进学校里去住着。一天没事便跑向图书室里去翻阅古书。那时是喜欢骈四丽六的文体的，爱读南北朝人的著作，尤其是庾子山的《哀江南赋》——那在《离骚》以后的第一首可以感动人的长诗。我觉得他那"宰衡以干戈为儿戏，缙绅以清淡为庙略"的几句，真真是切中目前的时弊，每天总要讴它几遍。讴起来总不免要一唱三叹地感慨系之。然而一位讴《哀江南赋》的青年也不见得是怎样高华的志士。讴书之余他要和同学们在寝室里打麻将。有一次打输了想捞钞，愈捞愈输，打了三天三夜，把所领得的旅费输得一个精光。没有办法，只好跑到文庙前街的大哥的留守公馆里去和嫂侄们同居。

天津有电来，第二次又由成都出发，已经是九月中旬了。省内的军事刚好告了结束，同县人的王芳舟因镇压革命有功，做了重庆镇守使。他的大哥做着川东省视学的王祚堂，是我在高小时的先生，乘着机会要去看他的弟弟。我的五哥是王芳舟在武备学堂和留东时的同学，当时适好回了成都，他也想去看他。因此我便和两位长者同行。因为军事初停，东大路的匪风甚炽，便选了小川北路，由简阳经过乐至、遂宁、合川等地，乘船由涪江南下以入重庆，也同样费了十天。

在镇守使衙门里住了有五六天的光景，同路的人取齐了，便乘着当时川河里所有的唯一的一只轮船"蜀通号"东下。这次我们几位没有专置的护送员，只由一位护送着一批娇小的清华学生进京的吴老先生，兼带着照拂的责任。就这样，我们，至少是我自己，自有生以来才第一次搭上了火轮之船，而且是在这火轮上当着游神。

在辛亥革命的那一年，承继着"十日都督"的蒲殿俊之后而为四川都督的是尹昌衡。这位好色的英雄尹大将军在成都的皇城里做了半年的"土皇帝"，政绩却不大芬芳。在民国元年的春夏间，受着重庆的压迫，为缓冲而兼卖名起见，便出兵征讨西藏，把都督的位子让给胡景伊将军署理。胡将军的本领却不弱，乘着"土皇帝"把御位移到了打箭炉的期间，他却和北京的袁世凯拉拢了，不久便被实授为四川都督，使"土皇帝"只落得一个川边经略使的虚衔。这把我们的皇帝气得暴跳，从打箭炉率领着大兵回来，在武侯祠的庙门前演过一次《空城计》中的司马懿。那时是在秋冬之间，成都城内并没有兵，我们住在城里的人都在替胡将军危险，以为他如不准备巷战，便只好逃跑。但谁知这位胡将军的本领还在诸葛孔明以上，他不等尹昌衡的兵入城，便轻骑简从地先跑出南门去迎接皇帝。不知道他是用了怎样的按摩术，竟把皇帝肚子里一鼓所作的气，化成了从后门阴消下去的瓦斯。可爱的皇帝下出了御旨，命自己的三军离城十里安营扎寨，自己也轻骑简从地同胡将军并辔进城。据第二天的报纸和官方的告示，原来尹大将军是回来省母的。住了十天，大将军又率领着三军回打箭炉去了。

然而都督的位置之失掉，毕竟是事实，而攻打西藏也本来是枪花，于是乎陷在打箭炉的将军便弄得来进无所往，退无所归。将军之烦闷，将军之愤懑，是谁也可以想象得到的。因此在第二次革命的酝酿、爆发、余波的期间，打箭炉和重庆将同时响应的消息或空气，早就四处传播着。然而省外的革命运动逐次镇定了，重庆的独立也遭了失败，尹将军却始终没有响应。他在革命平定之后，却打了一个电报进京，要面陈方略，袁世凯一个回电也就欢迎他进京。尹大将军于是乎便有北上之行。在将军还未到重庆之前，他有两班人的卫队做开路先锋，已经先到了重庆，而且真是千载一时地竟和我们同船。可怜那"蜀通"轮船安置在中央的汽罐室两旁的廊道上的统舱铺位是有限的，一半的铺位被那两班人占领了。我们的一批和清华学生的一批，便不能不成为了轮船上的游神——游神者四川话之流氓也。

　　但当了游神却不能说不是走了神运。因为我们没有铺位，便可以不陷在那又窄又热的统舱里，并可以自由地登上官舱的甲板上去游览，三峡里的风光便是在那官舱的甲板上享受了的。假如我们是被关在那统舱里，我相信所看见的光景，怕只有从那圆窗眼中所窥出的一圆崖壁吧。中国的地方我走过的可不算少，像三峡那样的风光我实在没有遇见过第二次。那真是自然界一幅伟大的杰作。它的风韵奇而秀，它的气魄雄而长，它的态度矫矫不群而落落大方。印象已经很模棱了，只记得进了瞿塘峡时是清早，我是站在官舱外的最前的甲板上的，在下着微微的雨。有名的艳预堆是一个单独的岩石，在峡口处离北岸不远，并没有怎样的可惊奇，可惊奇的还是那峡的本身。峡的两岸都是陡峭的岩壁，完全和人工削成的一样。峡道在峭壁中蜿蜒着。轮船一入峡后，你只见到四面都是岩壁，江水好像一个无底的礁湖，你后面看不见来程，前面看不见去路。你仰头上望时，可以看到那两岸的山顶都有白云叆叇，而你头上的帽子可以从后头梭落。天只有一小片。但等船一转弯，又是别外的一洞天地。山气是森严缥缈的，烟雨在迷蒙着，轮船所吐出的白色的烟雾随着蜿蜒的峡道，在山半摇曳，宛如一条游龙。这些，自然只是片段的峡道，在某一个情形之下所有的光景，但在隔了二十几年后的今天，所剩下的记忆却是以这些为代表。片段化为了整体，一瞬化为了永恒。

　　在轮船上当游神的人，夜间自然没有地方睡。然而睡得却很特别。川河里的轮船，因为水险不开夜班（近年不知是否如此）。记得离开重庆以后，在未进峡前宿过一夜，在出峡后宿过一夜。在未进峡以前是宿在民船上的，轮船的买办在停轮后替我们雇好了民船，让我们下去过夜，第二天清早又回到轮船。在出峡后是在岸上的一个农村里过夜的，下榻处是一家酒店。听说那儿已经是湖北的秭归县境了。

　　就那样在神韵缥缈中，不知不觉地便出了夔门。

从典型说起[1]
——《豕蹄》的序文

　　"典型论"的声浪近来唱得颇高。典型创造在和造型美术（绘画、雕塑、建筑）相近的小说倒不失为重要的节目。但有人认之为"艺术的本质"，那似乎有点"逐鹿而不见山"。典型创造在小说的范围内倒并不是怎样神秘的事情，任何小说家在描写刻画他的人物上都在创造他的典型，问题只在他所创造出来的东西是否成功，而成功的典型创造是应该采取怎样的方法和具备怎样的条件。

　　大抵典型创造的过程是应该以客观的典型人物为核心，而加以作家的艺术的淘汰，于平常的部分加以控制，于特征的部分加以夸张，结果便可以造出比客观所有的典型人物更为典型的人物。人是有种种不同的气质的，近代的心理学家大别之为内向性与外向性。粗枝大叶地说来，内向性的人，体格瘦削，精神孤独，爱驰骋玄想，宗教的狂信徒及早发性痴呆是这种人物的典型。外向性的人，体格博大，精神豁达，富于社交性，成功的大政治家、大教育家及燥郁狂是这种人物的典型。我们有充分的理由可以相信，孔子一定博大，孟子一定瘦削，秦始皇一定是内向性，楚霸王一定是外向性。具有典型性的人物自然会引起艺术家的注意，他在有心或无心之间便要把他拿来作为自己的胚子。客观的典型人物之"典型度"要看气质与境遇相成的关系如何。两者如有最适当的相成关系，就可以产出比较完整的典型。作家如能选择得这种完整的典型而加以忠实的刻画，这种再现及其成果也不失其为最高级的艺术或艺术品。但客观的完整典型是罕有的，在这儿便需要有作家的积极的活动，作家要凭其艺术的淘汰，以创造出最典型的人物来。要执行这种任务所课于作家的努力是很大的，他须得要有相当的关于人的生理的与心理的各种学识，他须得有丰富的社会经验或各种学识。

　　关于人物之生理的、心理的与社会的、职业的各种特征之抽出与综合是典型创造的秘诀。然而这抽出与综合过程总须得遵循着科学的律令。近世科学的发展便宜了作家不少，往时的作家全凭自己的经验在暗中摸索，我们却有科学的明灯照耀着去掘发而积聚人性的宝藏。

　　这儿所收的几篇说不上典型的创作，只是被火迫出来的"速写"，目的注重在史料的解释和对于现世的讽谕，努力是很不够的。我自己本来是有点历史癖和考证癖的人，在这个集子之前我也做过一些以史事为题材的东西，但我相信聪明的读者，他会知道我始终是站在现实的立场的。我是利用我的一点科学知识对于历史的故事作了新的解释或翻案。我应该说是写实主义者。我所描画的一些古人的面貌，在事前也尽了相当的检查和推理的能事以力求其真容。我并不是故意要把他们漫画化或者胡乱地在他们脸上涂些白粉。任意污蔑古人比任意污蔑今人还要不负责任。古人是不能说话的了。对于封着口的人之信口雌黄，我认为是不道德的行为。但如古人的面貌早经歪曲，或者本是好人而被歪曲成了恶人，或者本是无赖而被粉饰成了英雄，作者为"求真"的信念所迫，他的笔是要采取着反叛的途径的。譬如孔子吧，孔子是"道贯古今"的大圣人，这个观念已经比任何铜像、铁像都还要坚固。然而想到孔子也还是人，过分的庄严化觉得是有点违背真实。《墨子》的《非儒篇》上本来揭发了一些孔子的阴私，《庄子》里面也有一些调皮孔子的地方，有些如《盗跖篇》之类更明明是寓言，这种出于门户之见的揭发与调皮，事实上也有点令人难于相信。但是如《吕氏春秋》的《审分览》《任数》篇中的吃饭的故事，我相信是一定有根据的。

　　　　孔子穷乎陈蔡之间，黎羹不斟，七日不尝粒。昼寝，颜回索米，得而爨之。几熟，孔子望见颜回，攫其甑中而食之。选间，食熟，谒孔子而进食。孔子佯为不见之。孔子起曰"今者梦见先君，食洁而后馈"。颜回对曰"不可，向者煤室入甑中，弃食不祥。回攫而饭之"。孔子叹曰"所信者目也，而目犹不可信。所恃者心也，而心犹不足恃。弟子记之，知人固不易矣"。

　　这段故事既不类有心的揭发，也不类任意的调皮，这把孔子的面貌我觉得传得最为正确。孔子是领袖意识相当旺盛的人，拿现存的一些领袖意识旺盛的人来对照一下，像这种程度的"雄猜"，原是家常茶饭事。

　　以讽谕为职志的作品总要有充分的严肃性才能收到讽谕的效果。所谓严肃性也就是要有现实的立场，客观的根据，科学的性质，不可任意卖弄作者的聪明。尤其是取材于史事，是应该有历史的限制的。以史事来讽谕今事，若根据是在人的气质与人的典型于古今之间无大差异，只要把古人写得逼真便可以反映出与此同一气质、同一典型的今人面目。今事的历程自然可以作为重现古事的线索，事实上讽谕的性质本是先欲制今而后借鉴于古的，但不能太露骨，弄到时代错误的程度。时代错误的巧妙的玩弄可以收到不同的效果，便是滑稽，但玩弄得不太巧妙时是足以令人颦蹙的。我自己在尽力避免着这种毛病，但因努力不够，只是一些"速写"，古人的面貌写得不甚逼真，充分的讽谕的效果恐怕也是难于收得到的吧。

我自己恨我没有相当的物质上的余裕，即是没有从事创作的闲静时间，我假如有得充分的时间，单是"贾长沙"那个典型，我觉得是可以写成所谓"雄篇大作"的。他的悲剧最和我们现今的情形相近。但在目前我只能以这些"速写"而满足了。而这些"速写"我还不得不感谢好些催促我、鼓励我的，比我年轻的一些朋友。这些作品都是被他们催出来的，有些甚至是坐催，如《孔夫子》与《贾长沙》二篇便是。假如没有他们的催生，我相信就连这些"速写"都是会流产的。十年以来，因为政治上的秦始皇主义，文坛上的门罗主义²，出版家的打劫主义，使我这素来号称多产的人竟然成了石女。有些人在责备我的石女化，而他们却忘记了招致这石女化的原因。石女化了的作者不止我一个。政治上的影响，自然要算是重大的原因，然而文坛上的门罗主义与出版家的打劫主义，实在也是不可轻视而又容易轻视的祸根。它们进行得很巧妙，借着政治上的口实为烟幕便把自己的劣迹隐藏下去了。国内的出版家中，有一些不良之徒，竟直可以称之为"文化强盗"。他们榨取作家的血汗、读者的金钱，以饱满自己的兽欲。把作者的著作权、版权，任意蹂躏，私相授受；甚至把作者的姓名任意改换，李代桃僵，偷梁换柱；或则把原稿霸占着，既不出版，又不退还。这种无耻的行为怕是不是别国也有呢？作者的人权没有保障，作家相互间的联合战线也完全缺如。过于炽烈的作家们的俱乐部主义与个人意识，妨害着了这种联合战线的产生。大家都在争夺出版处，"有奶便是娘"，于是便生出了在文化强盗的颐使之下从事文化运动的滑稽现象。这种滑稽和所谓"官民合办"其实是鲁卫之政。在这儿凡是真正拥护文化的人，只好期望着作家的觉醒。就和劳动者的觉醒与团结是完成劳动者解放乃至人类解放的道路一样，作家的觉醒与团结也正是推动文化创造的步骤。

　　最后让我来解释一下本书命名的意义吧。本书所收的东西都是取材于史事，而形式有点像法国的"空托"（Conte）³。我起初便想命名之为"史题空托"。但觉得四字题太累赘，便想缩短为"史题"，又想音变而为"史蒂"。最后因为想到要把这个集子献给我的一位朋友，一匹可尊敬的蚂蚁⁴，于是由这蚂蚁的联想，便决心采用了目前的这个名目——"豕蹄"。这个名目我觉得再合口胃也没有，而且是象征着这些作品的性质的。这些只是皮包骨头的东西，只要火候十足，倒也不失为很平民的家常菜。但我已经告白过，都只是一些"速写"，火候是说不上来的。本来也还想多写一些，但就因为种种的关系，又怕使读者食伤，仅仅成了半打便告了终结。

　　朋友们替我加上了插画和新文字的译文，加上了这么些新鲜的佐料，促进了火候不足的猪蹄花的消化，这是值得感谢的事。

1936年6月1日作

注释：

1．作者原注：《豕蹄》这个集子仅收了《孔夫子吃饭》、《孟夫子出妻》、《秦始皇之死》、《楚霸王自杀》、《司马迁发愤》、《贾长沙痛哭》六篇，附有李柯同志的新文字译文。
2．美国总统门罗为争雄美洲于1823年推行不许欧洲国家插手南北美洲事务的政策。这里指文坛上的关门主义和宗派主义倾向。
3．即小故事、短篇小说、冒险故事之类。
4．指成仿吾。

大山朴

——"大山朴又开了一朵花啦!"

是八月中旬的一天清早,内子在开着窗户的时候,这样愉快地叫着。

我很惊异,连忙跑到她的身边,让眼睛随着她的指头看去,果然有一朵不甚大的洁白的花开在那幼树的中腰处的枝头。

大山朴这种植物,——学名叫 Magnolia grandiflora——是属于木兰科的常绿乔木,据说原产地是北美。这种植物,在日本常见,我很喜欢它。我喜欢它那叶像枇杷而更滑泽,花像白莲而更芬芳。花,通常是在五六月间开的。花轮甚大,直径自五六寸至七八寸。

六年前买了一株树秧来种在庭前的空地里,树枝已经渐次长成了。在今年的五月下旬开过一朵直径八寸的处女花,曾给了我莫大的喜悦。

但是离开花时已经两月以上了,又突然开出了第二朵花来。

这的确是一种惊异。

我自己的童心也和那失了花时的花一样,又复活了。我赶快跑下园子去,想把那开着花的枝头挽下来细看,吟味那花的清香。

然而,不料我的手刚攀着树枝,用力并不猛,那开着花的枝,就从那着干处发出了勃察的一声!——这一声,真好像一枝箭,刺透了我的心。

我连忙把树枝撑着,不让它断折下来,一面又连忙地叫:"树枝断了,赶快拿点绳子来吧!"

内子拿了一条细麻绳来,我用头把树枝顶着,把它套在干上。

内子又寻了一条布片来,敷上些软泥,把那伤处缠缚着了。

自己的心里有种说不出的懊悔。

——"这样热的天气,这条桠枝怕一定会枯的。"我凄切地说。

但最初的惊异仍然从我的口中发出了声音来:"为什么迟了两个月,又开出了这朵花呢?"隐隐有点迷信在我心中荡漾着,我疑是什么吉兆,花枝断了,吉兆也就破了。

　　——"大约是因为树子嫩，这朵花的养分不足，故尔失了花时。"内子这样平明地为我解说。

　　或许怕是吧。今年是特别热的，大约是三伏的暑气过于严烈，把这朵花压迫着了。好容易忍到交秋，又才突破了外压和它所憧憬着的阳光相见。

　　然而，可怜的这受了压迫而失了时的花，刚得到自行解放，便遭了我这个自私自利者的毒手！

1936年12月7日

由日本回来了

七月二十五日

今天是礼拜，最后出走的期日到了。自华北事变发生以来，苦虑了十几天，最后出走的时期终竟到了。

昨夜睡甚不安，今晨四时半起床，将寝衣换上了一件和服，踱进了自己的书斋。为妻及四儿一女写好留白，决心趁他们尚在熟睡中离去。

昨夜由我的暗示，安娜及大的两个儿子，虽然知道我已有走意，但并不知道我今天便要走。我怕通知了他们，使风声伸张了出去，同时也不忍心看见他们知道了后的悲哀。我是把心肠硬下了。

留白写好了，连最小的六岁的鸿儿，我都用"片假名"（日本的楷书字母）替他写了一张纸，我希望他无病息灾地成长起去。

留白写好了，我又踱过寝室，见安娜已醒，开了电灯在枕上看书，自然是因为我的起床把她惊动了的。儿女们纵横地睡着，均甚安熟。

自己禁不住淌下了眼泪。

揭开蚊帐，在安娜额上亲了一吻。作为诀别之礼。她自然不曾知道我的用意，眼，没有离开书卷。

吻后蹑木屐下庭园，花木都静静地立在清晨的有凉意的空气中，尚在安睡。

栀子开着洁白的花，漾着浓重的有甜味的香。

儿们所掘的一个小池中，有两匹金鱼已在碧绿的子午莲叶间浮出了。

我向金鱼诀了别，向栀子花诀了别，向盛开着各色的大莲花诀了别，向园中一切的景物诀了别。心里默祷着妻儿们的和一切的平安，从篱栅缺口处向田陇上走出。正门开在屋后，我避开了正门。家前的篱栅外乃是一片的田畴。稻禾长已三四寸，色作深青。

璧圆的月，离地平线已不甚高，迎头望着我。今天怕是旧历六月十六日吧。

田塍上的草头宿露，湿透了我的木屐。

走上了大道，一步一回首地，望着妻儿们所睡的家。

灯光仍从开着的雨户露出，安娜定然是仍旧在看书。眼泪总是忍耐不住地涌。

走到看不见家的最后的一步了。

我自己毕竟是一个忍人，但我除走这条绝路之外，实在无法忍耐了。

自事变发生以来，宪兵、刑士、正服警察，时时走来监视，作些无聊的话语。这些都已司空见惯，倒也没有什么。但国族临到了垂危的时候了，谁还能安闲地专顾自己一身一家的安全？

处之死地而后生，置之亡地而后存。我自己现在所走的路，我相信正是唯一的生路。

妻儿们为了我的走，恐怕是要受麻烦的吧。这，是使我数日来最悬念的事。

昨晚，安娜知道了我有走意，曾在席上告诫过我。她说：走是可以的，只是我的性格不定，最足担心。只要我是认真地在做人，就有点麻烦，也只好忍受了。

女人哟，你这话是使我下定了最后决心的。

你，苦难的圣母！

沿途的人家都还是关闭着的，街路上的电灯都还朦胧着做着梦的眼睛。

路上只遇着了些配报的人。配报者有的投我以颇含惊异的一瞥。

电车还没有开动。走了两个车站，看见在站口上已有两三人在等车了，我也就走到月台上去等着。

儿们醒来，知道了我已出走，不知道是怎样的惊愕。

顶小的可爱的鸿儿，这是我心上的一把剑。儿，望你容恕你的父亲。我是怀抱着万一的希望的，在不久的将来，总可以再见。电车开来了，决绝地踏上了车去。

　　五点半钟的光景到了东京，又改乘汽车赶赴横滨友人家，在那儿借了套不甚合身的洋服和鞋袜来改了装。九点半钟的时候，友人偕我到车站，同乘"燕号"特别快车，赶赴神户。

　　这位朋友，我现在还不好写出他的姓名，车票、船票、一切等等，都是他替我办的。我不知道应该怎样感谢他。

　　沿途都还在出兵。静冈驿有兵车一驾停着，正待开发。月台上有许多男女，手拿着太阳旗在送行。其中有许多穿着制服的高等学校学生和许多中、小学生。

　　沿途的人家也都插着旗帜表示欢送。有标语横张着，大书"欢送皇军出征"。

　　"燕号"车中也有不少的军人。我们坐的二等，在我旁边便坐着一位步兵少佐，手里拿着一卷油印的军事计划书，时而展阅。我偶在瞥见有"第一作战计划"、"第二作战计划"等字样。

　　太阳正当顶，车中酷热。田里的农人，依然孜孜不息地在耘着稻苗。

　　火车一过身，路线旁拿着小旗的儿童们有的在欢呼"万岁"。

　　下午五时半到达神户，坐汽车直达码头，平安地登上了坎拿大公司的"日本皇后号"（Empress of Japan）的 A Deck（头等舱）——平生第一次坐头等舱，有如身入天堂。但是，家中的儿女，此时怕已堕入地狱吧？假使在这样舒服的地方，得和妻儿们同路，岂不是也使他们不致枉此一生？

　　友人把我送上了船，他告辞先走了。

　　船是九点钟开的，自己因为含悲茹痛便蛰居在舱中，从开着的圆窗孔望出，看着在码头上送行的人们。也有些人在投纸卷，五色的纸带在码头与船间的空中形成着玲珑的缨络。

　　锵琅哑，锵琅哑，锵琅哑……

　　船终竟离岸了。

　　五彩的纸缨络，陆续地，断了，断了。

　　船上的人有的把纸带集成一团投上岸去，岸上的又想把它投上船来，然而在中途坠落了——落在了下面的浮桴上。

　　向住了十年的岛国作了最后的诀别，但有六条眼不能见的纸带，永远和我连系着。

二 十 六 日

今天依然快晴，海上风平浪静。

一个人坐在舱中写了好几封致日本友人的信。对于日本市川市的宪兵分队长和警察署长也各写了一封，道谢他们十年来的"保护"的殷勤；并恳求对于我所留下的室家加以照顾。

寂寞得不能忍耐，想到三等舱里有一位 C 君，他是在二十二日的夜里到我寓里来辞过行的。我们虽然将要同船，但我那时没有告诉他。

要听差的把他叫了来，C 君吃了一惊。

——先生，你一个人吗？

——是的，我一个人。

以后好一会彼此都没有话说，连 C 君都有点泪潸潸了。

想起了十四日那一天，写给横滨友人的那首诗。那是写在明信片上寄给他的，用的不免是隐语。他的来片也是隐语，说青年会有西式房间十八、二十、二十四号等，设备均甚周全。青年会者神户也，西式房间者外国船也，号数者，开船的日期也。日本报虽然天天传着紧张的消息，但要和妻儿们生离，实在有点难忍。因此，我便选定了二十四号那最后的一只。实则二十四乃是横滨出帆的日期。

> 廿四传花信，有鸟志乔迁。
> 缓急劳斟酌，安危费斡旋。
> 托身期泰岱，翘首望尧天。
> 此意轻鹰鹗，群雏剧可怜。

想起了二十四日那一天，预想到回到了上海的那首七律。

> 又当投笔请缨时，别妇抛雏断藕丝。
> 去国十年余泪血，登舟三宿见旌旗。
> 欣将残骨埋诸夏，哭吐精诚赋此诗。
> 四万万人齐蹈厉，同心同德一戎衣。

这是用的鲁迅的韵。鲁迅有一首诗我最喜欢，原文是：

> 惯于长夜过春时，挈妇将雏鬓有丝。
> 梦里依稀慈母泪，城头变幻大王旗。
> 忍看朋辈成新鬼，怒向刀丛觅小诗。
> 吟罢低眉无写处，月光如水照缁衣。

第七句记得有点模糊，恐怕稍微有点错字。

原诗大有唐人风韵，哀切动人，可称绝唱。我的和作是不成气候的，名实相符的效颦而已。但写的时候，自己确有一片真诚，因此工拙也就在所不计了。

细细考虑起来，真的登了岸后，这诗恐怕是做不出来的。民四（一九一五年）"五七"回国时的幻灭感，在兴奋稍稍镇定了的今天，就像亡魂一样，又在脑际飘荡起来。那时因日本下了哀的美敦书，我怆忙地回国，待回到上海而袁世凯已经屈服了。

一只爱用了十几年的派克钢笔，倒的确和着家室一同被抛在日本了。

但是，缨呢？如有地方可以请，该不会是以备吊颈用吧？

有妹子在西湖，妹倩在那儿经商，到了上海后或者就往西湖去看望我二十五年来不曾见过面的骨肉。

离开四川二十五年，母死不曾奔丧，兄逝不曾临葬，有行年九旬的老父，如可能，也想乘着飞机回去看望一次。

四川的旱灾也是该得去踏访的一件重要的事情。

立定大戒：从此不吃酒，不吸烟，不接近一切的逸乐纷华；但要锻炼自己的身体，要有一个拳斗者的体魄，受戒僧的清规。

我在心中高呼千万遍古今中外的志士仁人之名以为鉴证：金石可泐，此志难渝。

自己是很清明的，并没有发狂。

下午在小艇甲板上遇着一位阿富汗斯坦的商人，能操英语、日语。他约余投环作庭球式的戏，应之。

戏可一小时，流了一身大汗。海风吹荡，甚感快慰。

海水碧青，平铺直坦，略有涟漪。

阿富汗人连连说：跳下去游泳吧，跳下去游泳吧！

但怎样上船呢？我问他。

他把头偏了几下。

那人是穆罕默德教的信徒，据说该教中人反对跳舞。

洗了一次澡。

自己随身穿着的一条短裤，已被汗渍，自行浆洗了一次，在电风扇上吹干之。

这短裤和一件布日本服，都是安娜替我手制的，我将要永远保藏着，以为纪念。

傍晚，C君邀了几位朋友来谈话。见我衣不合身，争解装相赠，但是，不是过肥，便是过瘦，不是过短，便是过长。据这样看来，我自己似乎最合乎"中庸"了。我这样说出了，惹得大家好笑。

船上的水手和听差的，几乎全部都是广东人。他们发起了一个"慈善会"，正在募捐。所谓"慈善"者乃是对于抗敌战士之慰劳。因为是在外国人的船上，不好明目张胆地使用救亡抗敌那样的名目。

执事的人到了我房里来，有一位男装的广东女士，普通话说的满好。

她说，他们要捐钱去慰劳华北的抗敌将士，到了上海立刻便要献给政府，请替他们送到前方去。

她说，船上的中国同胞都很关心，很想知道一些详细的情形，关于国际的和国内的，尤其关于日本的。本日晚他们要在三等舱中开一次大会，要请几位从欧美回国的人和从日本回国的人讲话，还有些余兴，要唱广东戏。

听了这些话，感觉着十分的愉快。他们要我捐，我也就捐了五元。这五元的"慈善"，实在是慈他人之善。我出家时，身上只带了五毛钱的电车费。然而我现在的钱包里已有五十块大洋了。这都是那位横滨朋友的慈善事业。

慈善会我没有出席，因为我并没有用本名。三等舱中客人最多，恐有面熟的，反感不便。

二十七日

晨五时起床。

昨夜十时半就寝，睡甚安稳。

吃早餐时，会普通话的广东女士走来报告。

她说，昨晚的会成绩很好，捐了四百块钱的光景。有一位参加了英王加冕礼回来的人最先演说。据说，中国和英国已有协商，中国政府将以最小的牺牲收回全部失地（她在"最小的牺牲"那五个字上说得最用力）上台时备受热烈的鼓掌欢迎，下台时却没有人鼓掌。大约因为听的多是广东人，不懂普通话的原故吧。

这位女士短小精干，而且说话也似乎颇懂得"幽默"。

清晨，在枕上又做了一首诗。

> 此来拼得全家哭，今往还当遍地哀。
>
> 四十六年余一死，鸿毛泰岱早安排。

吃中饭时广东女士又来报告，说下午二点半便要到上海了。

我顾虑到自己的衣履太不合身，问了问她：船上的卖店有没现成的可买？

她说：有是有的，但价钱很贵。他们用的美金，一条裤子买起来也要费你七八十块中国钱，你何苦把钱给外国人赚呢？我看你忍耐一下，到上海买合算多了。

我感谢了她的忠告。

她又问我：中国究竟打不打？

我说：论理呢，早就是应该打的；不过究竟能打不能打，我不得而知。

她有点失望的样子。

在上甲板上又遇着那位阿富汗商人，并排着在甲板上散了一回步。

我问他回教人普通行礼的方法是怎样。他把两手向胸前操着，把上身略略屈了一下。他说，就是这样，和中国的打拱差不多。

我请他唱首阿富汗的歌给我听。

他一面走着，毫不犹豫地便低唱了起来。人是那样的魁梧，歌声却清婉如女子。歌意我是不懂的，他替我用英语翻译了一下：

"I love you, I love you,

You are my sweet-heart……"

盖乃情歌也。

——Have you sweet-heart？

——Yes, I have.

——Chinese or Japanese？

——Chinese and Japanese.

——Oh, have you many, many？

——No, I have only one,because she is Japanese girl and become my wife.

——Oh, so. But I like more Chinese girl than Japanese.

——Why？

——Because Chinese girl is very, very fine.

阿富汗商人很愉快地谈着，但他却没有想到我自己的心里是含着悲戚的。

广东女士又走来了，她说，税关要来检查行李了，请你把行李收拾好，叫听差的提到上甲板来。

我告诉她，我是什么行李也没有的。

她踌蹰了一下，把手中卷着的一本便装书展开来，原来是我的《北伐》。

——好不？——她说，——请你替我签个名？

——你怎么知道我呢？

——我看见过你的相片。昨晚我们来捐钱，我早就认出你了，但我没对别人说。我看见你用的假名叫 Young Pat - ming，我晓得这里一定是有原故的。这《北伐》上也有你的相片，不过是瘦得多。你现在壮了。

我自己没带笔，走进"纱龙"去，在《北伐》的第一面上替她题了两句旧诗句："海内存知己，天涯若比邻"。

自己是壬辰年生的，今年四十六岁。想起了十几年前，在上海城隍庙曾被一位看相的人开过玩笑，说我四十六岁交大运。此事是记在我的一篇杂文《湖心亭》里面的。忽然忆及，顿觉奇验。所谓"大运"者，盖生死大运也。

海水呈着嫩黄的颜色了。

1937年8月1日脱稿

国难声中怀知堂

古人说："闻鼙鼓之声则思将帅之臣"，现在在国难严重，飞机大炮的轰击之中，世间的系念虽然也就多是某某司令，某某抗敌将军，某某民族英雄，然而我自回国以来所时时怀念着的，却是北平苦雨斋中的我们的知堂。

他那娓婉而有内容的文章，近来在《宇宙风》上已有好两期不见了。记得最后一篇文章的末尾，是把苦雨斋记成为"苦住斋"的。苦住在敌人重围中的知堂，目前不知怎样了。

前天王剑三来看我，他是才从青岛回上海的，我问到他，有没有关于知堂的消息？

他说，有人造他的谣言，说他花了九千块钱包了一架飞机，准备南下。

其实这"谣言"，我倒希望它要不是谣言才好。九千块钱算得什么，虽然在鼎沸时期要拿出九千块钱的现金未免也夸张得一点，然而，我们如损失了一个知堂，那损失是不可计量的。

近年来能够在文化界树一风格，撑得起来，对于国际友人可以分庭抗礼，替我们民族争得几分人格的人，并没有好几个。而我们知堂是这没有好几个中的特出一头地者，虽然年青一代的人不见得尽能了解。

"如可赎兮，人百其身"，知堂如真的可以飞到南边来，比如就像我这样的人，为了掉换他，就死上几千百个都是不算一回事的。

日本人信仰知堂的比较多，假使得到他飞回南边来，我想，再用不着要他发表什么言论，那行为对于横暴的日本军部，对于失掉人性的自由而举国为军备狂奔的日本人，怕已就是无上的镇静剂吧。

想写的还多，然而就此切着。

八月二十三日辰

一位广东兵的诗

　　十二月二十三号的晚上，我到前方某地去访问过叶伯芹军长，林林有一篇《月夜战地散记》登在《光明》战时号外第七号上，其中有一段所记的便是那一晚的事。

　　叶军长人很沉着而诚恳，他看见了我去，真是就像见到自己的兄弟骨肉一样，一脸都被笑云遮满了，他领率的广东兵，素来是以勇敢著名的，据说他们一开上火线便遭遇着敌人。这遭遇是不很容易的事。因为敌人总是躲在战壕里的。在战线上只是用飞机大炮来轰，要等到我们的阵地有一角动摇了，他们才偷偷摸摸地赶出来。在十月某日，叶将军所部在某地便刚好遇着这样的机会，于是一上战线便给敌人一个迎头痛击，把敌人杀得一个落花流水。这一遭遇战，在日本报上也登载了出来，自称比日俄战争时的"旅顺之役"还要猛烈。

　　和叶军长一别又已十日了，我连接过他两封信，他希望我再到前方去一趟，说他部下的官长和士兵同志们都愿意和我见面。我自己是很感激的，大约稍微空闲得一下，我是定要再去看望他们的。

　　叶军长的第二封信中附了一首"广东兵"的诗，题目叫《后死感言》，诗后更附有一段跋语，我看了很受感动，现在要把它转录在下边：

后 死 感 言

广东兵

弹雨淋漓转空气，阵前木叶如蝗飞；
同仇敌忾卫祖国，为争生存狮展威。

十月十七日，我军一部在老陆宅新三宅阵地抗战。午后一时，敌用飞机大炮，猛烈轰炸。三时许，一面以机枪扫射我阵地后方，阻我增援，一面以步兵向我第一线冲锋，斯时激战之烈，空气为之改变。弹雨穿过阵前，树叶纷飞如蝗。我将士为祖国争独立生存，为民族争自由平等，敌忾同仇，奋不顾身，辗转肉搏。五时左右，即将敌人击退。双方伤亡枕藉，小卒竟后死。昨闻郭先生沫若驾临军部指导，因赋此，请转斧正！

跋语至佳，诗并不好，但因为是士兵同志做的，而且写的是实感，所以难能可贵。作者要我"斧正"，我现在就老实不客气地把它修改一下。

弹雨淋漓风改色，阵前木叶如蝗飞；
同仇敌忾拼生死，狮吼摇天万里威。

跋语中所说的十月十七日新三宅阵地之战，不知道是否便是叶军长所说的那次遭遇战。下次见面时当问个详细。弹雨淋漓，空气改色，木叶蝗飞，伤亡枕藉，这种壮烈的景况，实在是绝好的文章，绝好的绘画。

1937年11月3日晨

螃蟹的憔悴
——纪念邢桐华君

邢君桐华，寂寞地在桂林长逝了。他的能力相当强，可惜却死得这么快。

我和他认识是在抗战前两年，是在敌国的首都东京。

那时候有一批朋友，在东京组织一个文会团体，想出杂志，曾经出过八期。前三期叫《杂文》，因受日警禁止，后五期便改名为《质文》。桐华君便是这个团体里面的中坚分子。

他在早稻田大学俄国文学系肄业。杂志里面凡有关苏联文学的介绍，大抵是他出任的。

为催稿子，他到我的住处来过好几次，我还向他请教过俄文的发音。有一次他谈到想继续翻译托尔斯泰的《战争与和平》，我曾尽力的怂恿他，把我所有关于这一方面的资料都送给他去了。但他还未曾着手，却为了杂志的事，被日本警察抓去关了几天，结果是遣送回国了。

不久卢沟桥事变发生，我私自逃回了上海，曾经接到过桐华由南京的来信。

又不久知道他进干训团去受军训去了，和着一大批由日本回来的同学。

前年春节，我到武昌参加政治部工作，想到俄文方面需要工作人员便把他调到第三厅服务。我们武昌重见，算是相别一年了。他在离去日本的时候，曾经吐过血。中经折磨，又受军训，显然是把他的症疾促进了。

自武汉搬迁以后，集中桂林，桂林行营成立，政治部将分出一部分人员留桂工作。我们当时也就顾虑到桐华的病体，把他留下了。因为他的憔悴是与时俱进，断不能再经受由桂而黔再蜀的长途远道的跋涉了。

留在桂林，希望他能够得到一些静养，但也于他无补，他终于是把一切都留在桂林了。

桐华的个人生活和他的家庭状况，我都不甚清楚：因为我和他接近的机会，究竟比较少。

　　但我知道他是极端崇拜鲁迅的。

　　他的像貌颇奇特。头发多而有拳曲态，在头上蓬簇着，面部广平而 黄黑，假如年龄容许他的腮下生得一簇络腮胡来，一定可以称为马克思的中国版。

　　还是在日本的时候，记得他有一次独自到千叶的乡下来访我，是才满五岁的鸿儿去应的门。鸿儿转来告诉我说："螃蟹先生来了。"他把两只小手叉在耳旁，形容其面部的横广。我们大家都笑了。

　　但是这螃蟹的形象，在憔悴而且寂化了的桐华，是另外包含了一种意义了。

　　——倔强到底，全身都是骨头

廿九年五月十七日晨

向着乐园前进

孩子剧团的小朋友们和我相识已经快满四年了。

他们这个可爱的小小的团体是"八·一三"以后在上海组织的，那时他们之中，大的不过十六、七岁，小的仅仅七、八岁。他们以那样小小的年纪，却有这样值得佩服的组织力，怎么也表示着我们中国的伟大的将来。

在上海未成孤岛之前，他们在那儿做了不少有益于抗战的工作，尤其对于难民尽了他们的慰劳、宣传，甚至教育的责任。我和他们，就是在租界的一个难民收容所里，第一次见面的。

在上海成了孤岛以后，我是由海路经过香港、广州、长沙，而到达武汉。在武汉又和他们第二次相见了，那是二十七年的正月。他们都是采取陆路，经过镇江、徐州、新郑，而到达武汉的。他们那沿途的经历，时而化整为零，时而集零为整，已经是一部很有趣的小说。

到了武汉以后，他们和我的联系便更加密切了。不久我参加了政治部门的工作，便把他们收编到了政治部来，这一群小朋友于是乎便成了我的朝夕相处的共事者。他们的工作和生活我是知道得比较详细的，他们的存在对于我是莫大的安慰，而同时是莫大的鼓励。

由武汉而长沙而桂林而重庆，他们沿途都留下了不能磨灭的工作成绩。在工作的努力上，在自我教育的有条理上，委实说，有好些地方实在是足以使我们大人们惭愧。政治部有他们这一群小朋友的加入，实在是增加了不少光彩。到了重庆后，他们分头向各地工作，几乎把大后方的各个省份都踏遍了。

这一次他们在重庆开始第一次的大规模的公演，而所演的《乐园进行曲》，事实上就是以他们为粉本而写出来的戏剧。现在都由他们自己把他们的生活搬上了舞台，真正是所谓"现身说法"。我相信是一定可以收到莫大的成功的。

随着抗战的进展，他们的年龄长大了，团体也长大了。在桂林和长沙儿童剧团合并之后，各处都有小朋友参加，他们真真是做到了"精诚团结"的模范。其中有好些团员，严格地说恐怕已经不能算是"孩子"了吧。而我却希望他们永远保持着这个"孩子"的英名。

在精神上永远做孩子吧。永远保持敏感和伸缩自在的可塑性吧。

"孩子是天国中最大者"，有人曾经这样说过。

我是坚决地相信着，就要由这些小朋友们——永远的孩子，把我们中国造成地上乐园。

卅年三月廿三日夜

龙战与鸡鸣

　　昨晚的一阵骤雨，使这炼狱般的山城，突然化为了清凉境地。在敌机连续不断的盲目轰炸，尤其是为纪念"七七"特别流了几天热汗之后，得到了这个境地，加倍地领略着苦尽甘来之感。天像高了一些，大江南岸的连山似乎转青翠了。最难得的是这一阵阵的说强也不算强，然而也并不微弱的风，使人满吃着无限的凉味。

　　十点钟了，阳光带着几分秋意。在前两天约略是在防空洞里瞌闷睡的时候，今天却能坐在裸体的一片片肋骨剥露着的楼房里，就不十分详细的世界地图，查看苏德战争发生以来的形势，真是难得的事。

　　季龙来了，谈了些工作上的话，并就国内国外的情形交换了一些消息和意见，最后他把汪精卫的近作，一首七律，给我看了。——

> 忧患重重到枕边，星光灯影照无眠。
> 梦回龙战玄黄地，坐晓鸡鸣风雨天。
> 不尽波澜思往事，如含瓦石愧先贤。
> 效原仍作青春色，鸩毒山川亦可怜。

　　季龙说：这诗是从衡山先生那里拿来的，题不知道是甚么。并指着"如含瓦石"四字问我，这有甚么典故吗？衡山先生也不知道。

　　但关于这，究竟有没有甚么典故，我自己也委实不知道。要说就是用的精卫含石填海的故事吧，又多了一个"瓦"字，和"愧先贤"的念头也连接不起。要说有甚么错字吧，从字面和韵律看来，也似乎没有。因此我生出了一种解释，便是取其与含珠玉为对的汪记的新感觉。

　　古人的习惯，人死了在口里有含玉的一种礼节，被含的玉就叫作"含玉"，那玉的形式有时候是珠，有时候似乎是蝉。《庄子》上有一段儒以诗礼发冢的故事，一位大儒和一位小儒根据古诗中有"青青之麦，生于陵陂，生不布施，死何含珠为"的提示，便去盗发坟墓，偷那死人嘴里所含的珠。

这习惯的起源大约也不外是尊重货币的意思吧，因为珠玉在古时本有一个时期是货币。但到后来解释是稍稍变了，以为珠玉的精气可以使人不朽，死人口里含了珠，含了玉，他的肉体便可以永远保存。

这习惯不用说是有珠有玉可含，而且有安逸的享受的那种人的习惯。这习惯虽然早已废了。但现今能够发讣告或在报上登哀启的人是依然保存着"亲视含敛"或"不克亲视含敛"的那种字样的。

汪精卫是尽有含珠玉的资格的了，单是最近在倭寇的宫延里去朝觐了一次，便得了三万万元倭币的叩头钱，他要在嘴里含珠玉或率性"玉食"一下，大可不成问题。

然而无论是怎样的卑劣无耻或穷凶极恶的人，似乎也总有天良发现的一个时候。尤其在晚上睡不着觉，在清冷的夜气中横陈在枕席上辗转反侧的那样的情形下边，一线的天良，更具体点说，便是惭愧和悔恨的念头，是有偶然发现的可能的。

汪精卫的这首诗，分明就在这种情形之下做出的了。在枕上翻来覆去地睡不着，无限的往事像波澜一样重重叠叠地涌来，要想不想，也不由你不想，眼睁睁一直坐到天亮——年轻时随孙中山先生奔走革命时的往事，单身赴北京行刺时的往事，在中山先生病榻旁笔录《总理遗嘱》时的往事，在北伐期中以国民政府主席的资格受武汉民众热烈欢迎时的往事……毫不夸张地真真是"不尽（的）波澜"。

但是，现在呢？

他这诗必然是在赴日朝觐以前做的，由那"郊原仍作青春色"句看来，大约是在四五月的时候吧。地点呢，说不定怕就是南京城外中山先生陵寝所在的陵园，汪的公馆在那儿，那时正是汪逆极端受日寇冷视的时候。以被冷落了的心情，睡在那样足以令人发深省的地方，又偏偏睡不着觉，那怎么能够不发生一点惭愧的念头呢？他分明感觉着"愧"了，所"愧"的"先贤"，说不定就是指的中山先生吧。中山先生临终时所说的"我死后，敌人一定要以种种的方法来诱惑你们"的那番警告，当然是会被想起的。

这样追究起来，"如含瓦石"的意思似乎可以充分地了解了。那是汪精卫在那被发觉了的天良一线的光照之下，他自己也明明感觉着是一条朽败的死尸了。他睡在床上，实际如同睡在墓里，但已腐烂透地，恶臭冲天，口里所"含"的当然不是珠，不是玉，而是"瓦"而是"石"。

这天良的发现，其实就是社会的正义对于奸恶小人的一种责罚。奸恶小人无论在肉体上是怎样的安富尊荣，而在精神上总要受无形的鞭挞。汪精卫的诗算又提出了一个证据。

我把这番意见说出了，季龙在大体上表示同意。但他说：汪精卫或许不会有这样的深刻，不过我们是有充分的自由作这样的解释的。他又指着最末一句问："鸩毒山川"四个字也有问题，"山川"是被"鸩毒"了，但把"山川""鸩毒"了的，在汪精卫的心目中不知道指的甚么人。

——他不是在"反共"吗？

——总不免太勉强了吧，这是良心发现时说的话，大约依然指的是日本鬼。

——我看在将来鬼子打算不再要他的时候，尽可以把这四个字来锻炼成文字狱，说他诽谤"皇道"。

——怕难免。季龙笑着回答，接着他又说：我前几天在一位朋友家里看见你写的一副对联。

——是"龙战玄黄弥野血，鸡鸣风雨际天闻"吧？我没有等他说完就接过了来。

——对的，他说。那对联是成句，还是你自己编的？

——是从我的一首旧诗里面摘录下来的。

——我觉得和汪精卫这第三第四两句太巧合了。

——这些是熟的典故，我看是不足怪的，说不定在前已经有人用过。我的诗是两年前做的，并不曾发表过，只是爱把那两句摘下来替朋友们写对联，两年来怕写过好几十副。

——你那全诗是怎样，索性请你抄出来看看。

我顺手把案头的一张信笺拉过来写着：

依旧危台压紫云，青衣江上水殷殷。

归来我独怀三楚，叱咤谁当冠九军？

龙战玄黄弥野血，鸡鸣风雨际天闻。

会师鸭绿期何日，翘首嵩高苦忆君。

　　我一面写着，一面说：我这诗是前年三月回乐山的时候做的。乐山城的东北角上，大渡河同岷江合流，顺流而下，有凌云山、乌尤山、马鞍山，在江的北岸骈列着。乌尤山的景致最好，据说就是秦时的蜀郡太守李冰"凿离堆以御蒙水之患"的离堆，蒙水就是沫水，就是大渡河了，现今一般是称为铜河，因为上游有铜山，就是邓通铸钱富埒天子的资源地。乌尤山的绝顶，临江有一座尔雅台，是汉武帝时的犍为舍人郭氏注《尔雅》的地方，失掉了他的名字，后人误传为郭璞，其实郭璞是没有到过乐山的。我这诗就是登尔雅台的时候做的。诗意侧重在感事怀人，对于当前的风物差不多没有说到。我后来又做过一首"寺字韵"的诗，那就侧重在风物上了，我索性一并把它写出：

　　　　雨余独上乌尤寺，遍山尽见赵熙字。
　　　　凤苟如鸡麟如羊，毛角寻常何足异？
　　　　树间隐隐见来岷，水光山色香阊阊。
　　　　李冰功德逾海通，竟使濛水为之驯。
　　　　尔来已越二千载，堆趺犹有凿痕在。
　　　　江流万古泣鬼工，鞭挞鼋鼍入沧海。
　　　　汉代子云与长卿，谅曾骨拆并心惊。
　　　　只今尔雅高台古，无人能道舍人名。

　　——两首诗都很有意思，季龙说。这赵熙，就是前一向到重庆来曾蒙党国要人欢迎过的那位老先生吗？

　　——是的，在前清翰林。曾经做过御史，诗和字都很好。不过他的字在乌尤山上却是刻得太多了，多则未能免俗。

　　——你这登尔雅台怀人的一首是寄怀北边的朋友吧？

　　——是的，是寄怀第十八集团军朱总司令玉阶。十五年北伐的时候，我们第一次在汉口相见，那时候朱总才从德国回来，到政治部来访我，穿着一件毛蓝布大褂。他给我的第一印象就像一位乡下的村长。最近的一次分别也在汉口，是大前年武汉撤退时仅仅两天前的事，那时候恩来和我同住在鄱阳街，朱总乘飞机来武汉，便在我们的寓里住宿过一夜。在他临走那天，是十二月二十三日，出乎意外地他竟写了一首白话诗给我留别。诗题叫《重逢》，内容是：

别后十有一年，

大革命失败，东江握别，

抗日战酣，又在汉皋重见。

你自敌国归来，敌情详细贡献；

我自敌后归来，胜利也说不完。

敌深入我腹地，

我还须支持华北抗战，

并须收复中原；

你去支持南天。

重逢又别，相见——

必期在鸭绿江边。

——很有点气魄啦。季龙称赞着。

——真是有点气魄。他这诗是用墨笔写的，我替他裱背了起来，此刻放在乡下，将来有机会时我可以给你看。

——这个是值得保存的纪念品。

——我对于武汉有一种特别的怀念，大约北伐时主要的工作地点是在武汉，抗战以来也是在武汉比较的做了一些工作的原故吧。我觉得它比我的故乡乐山，尤其值得令人怀念。珞珈山你是到过的，就拿东湖来说，我觉得是远胜于杭州的西湖。

——那儿暑天特别好。特别是鱼多。

——可惜西湖东湖，现在都是日本鬼子在那儿享福。

有不相熟的朋友来访，我们的话便中断了。

窗外突然有小孩子的声音在合唱《义勇军进行曲》。由楼头望去，看见街上有十来个小朋友在作行军的游戏。

1941年7月27日

历史·史剧·现实

一

我是喜欢研究历史的人，我也喜欢用历史的题材来写剧本或者小说。这两项活动，据我自己的经验，并不完全一致。

历史的研究是力求其真实而不怕伤乎零碎，愈零碎才愈逼近真实。史剧的创作是注重在构成而务求其完整，愈完整才愈算得是构成。

说得滑稽一点的话，历史研究是"实事求是"，史剧创作是"失事求似"。

史学家是发掘历史的精神，史剧家是发展历史的精神。

史学家是凸面镜，汇集无数的光线，凝结起来，制造一个实的焦点。史剧家是凹面镜，汇集无数的光线，扩展出去，制造一个虚的焦点。

史有佚文[1]，史学家只能够找，找不到也就只好存疑。史有佚文，史剧家却需要造，造不好那就等于多事。

古人的心理，史书多缺而不传，在这史学家搁笔的地方，便须得史剧家来发展。

历史并非绝对真实，实多舞文弄墨，颠倒是非，在这史学家只能纠正的地方，史剧家还须得还它一个真面目。

史学家和史剧家的任务毕竟不同，这是科学与艺术之别。

二

自然，史剧既以历史为题材，也不能完全违背历史的事实。

大抵在大关节目上，非有正确的研究，不能把既成的史案推翻。但因有正确的研究而要推翻重要的史案，却是一个史剧创作的主要动机。

故尔，创作之前必须有研究，史剧家对于所处理的题材范围内，必须是研究的权威。

关于人物的性格、心理、习惯，时代的风俗、制度、精神，总要尽可能地收集材料，务求其无瑕可击。

优秀的史剧家必须得是优秀的史学家，反过来说，便不必正确。

三

然而有好些史学专家或非专家，对于史剧的创作每每不大了解，甚至连有些戏剧专家或非戏剧专家，也有些似是而非的妙论。

他们以为史剧第一要不违背史实，但他们却没有更进一步去追求：所谓史实究竟是不是真实。

对于史剧的批评，应该在那剧本的范围内，问它是不是完整。全剧的结构，人物的刻画，事件的进展，文辞的锤炼，是不是构成了一个天地。

假使它是对于历史的翻案，那就要看它翻案的理由，你不能一开口便咬定它不合乎史实。

譬如我们写杨秀清，作为叛逆见于清人纪录或稗官野史上的是一回事，作为革命家在他的本质上又另外是一回事。在这儿便可以写成两个面貌。

你如看见有人把他作为革命家在描写，你却不能说这就是违背史实。

或者你看见两个人写杨秀清，一个把他写成坏蛋，一个把他写成好人，你便以为"不妥"。

先要看作家是怎样在写，写得怎样，再说自己的意见：得该怎样写，写得该怎样。

写成坏也好，写成好也好，先要看在这个剧本里面究竟写得好不好。

应该写成好还是坏，你再要拿出正见来，然后才能下出一个"不妥"。

批评家应该是公平的审判官，不是刽子手呀！

写历史剧就老老实实的写历史，不要去创造历史，不要随自己的意欲去支使古人。

这样根本的外行话，最好是少施教训为妙。

究竟还是亚里士多德不可及，他在两千多年前说过的话比现代的说教者们高明得无算：

诗人的任务不在叙述实在的事件，而在叙述可能的——依据真实性、必然性可能发生的事件。史家和诗家不同！

史剧家在创造剧本，并没有创造"历史"，谁要你把它当成历史呢？

四

史剧这个名称，也只是一个通俗的说法。认真说凡是世间上的事无一非史，因而所有的戏剧也无一非史剧。

"现在"，究竟在那儿？

刚动一念，刚写一字，已经成了过去。

然而有好些专家或非专家却爱把史剧和现实对立，写史剧的便被斥责为"逃避现实"或"不敢正视现实"。

"现实"这个字我们用得似乎太随便了一点。现在的事实固可以称为现实，表现的真实性也正是现实。我们现在所称道的"现实主义"无疑是指后者。

假使写作品非写现成事实不可，那么中国的几大部小说《水浒》、《西游》、《三国》等等都应该丢进茅坑。《元曲》全部该烧。但丁、莎士比亚、歌德、托尔斯泰都是些混蛋。

大家都在称赞托尔斯泰的《战争与和平》，说是现实现实，但人们却忘记了他所写的是拿破仑侵略俄罗斯的"历史"。

请不要只是把脚后跟当成前脑。

五

史剧的用语有一个时期也成过问题。

有的人说应该用绝对的历史语言，这简直是有点滑稽。

谁能懂得绝对的历史语言？绝对的历史语言又从什么地方去找？

我们现代的言语在几百、千年后一部分倒是可以流传下去的。因为我们已经有录音的工具。但几百、千年前的言语呢？不要说几百、千年，就是几十、百年前也就无法恢复。

但史剧用语多少也有限制，这和任何戏剧用语都有限制是一样。

根干是现代语，不然便不能成为话剧。但是现代的新名词和语汇，则绝对不能使用。

　　在现代人能懂得的范围内，应该要掺进一些古语或文言，这也和写现代剧要在能懂的范围内使用一些俗语或地方语一样。不同的只是前者在表示时代性，后者在表示社会性或地方性。

　　写外国题材的剧或翻译，不曾听见人说过剧中人非得使用外国语不可，而写历史剧须得用历史语，真是不可思议的一种奇谈。

1942年4月19日

注释

1. 指失传或散存于古籍中的文章。

芍药及其他

芍　　药

昨晚往国泰后台去慰问表演《屈原》的朋友们，看见一枝芍药被抛弃在化妆桌下，觉得可惜，我把它拣了起来。

枝头有两朵骨朵，都还没有开；这一定是为屈原制花环的时候被人抛弃了的。

在那样杂沓的地方，幸好是被抛在桌下没有被人践踏呀。

拿回寓里来，剪去了一节长梗，在菜油灯上把切口烧了一会，便插在我书桌上的一个小巧的白磁瓶里。

清晨起来，看见芍药在瓶子里面开了。花是粉红，叶是碧绿，颤葳葳地向着我微笑。

4月12日

水　　石

水里的小石子，我觉得，是最美妙的艺术品。

那圆融，滑泽，和那多种多样的形态，花纹，色彩，恐怕是人力以上的东西吧。

这不必一定要雨花台的文石，就是随处的河流边上的石碛都值得你玩味。

你如蹲在那有石碛的流水边上，肯留心向水里注视，你可以发现一个光怪陆离的世界。

那个世界实在是绚烂，新奇，然而却又素朴，谦抑，是一种极有内涵的美。

不过那些石子却不好从水里取出。

从水里取出，水还没有干时，多少还保存着它的美妙。待水分一干，那美妙便要失去。

我感觉着，多少体会了艺术的秘密。

4月12日

石 池

张家花园的怡园前面有一个大石池，池底倾斜，有可供人上下的石阶，在初必然是凿来做游泳池的。但里面一珠水也没有。因为石缝砌得严密，也没有迸出一株青草，蒸出一钱苔痕。

我以前住在那附近，偶尔去散散步，看见邻近驻扎的军队有时也就在池底上操练。这些要算是这石池中的暂时飞来的生命的流星了。

有一次敌机来袭，公然投了一个燃烧弹在这石池里面，炸碎几面石板，烧焦了一些碎石。

弹坑并不大，不久便被人用那被炸碎了的碎石填塞了。石池自然是受了伤，带上了一个瘢痕。

再隔不许久，那个瘢痕却被一片片青青的野草遮遍了。

石池中竟透出了一片生命的幻洲。

4月26日晨

母 爱

这幅悲惨的画面，我是永远也不会忘记的。

是三年前的"五三"那一晚，敌机大轰炸，烧死了不少的人。

第二天清早我从观音岩上坡，看见两位防护团员扛着一架成了焦炭的女人尸首。

但过细看，那才不止一个人，而是母子三人焦结在一道的。

胸前抱着的是一个还在吃奶的婴儿，腹前拳伏着的又是一个，怕有三岁光景吧。

　　母子三人都成了骸炭，完全焦结在一道。

　　但这只是骸炭吗？

1942年4月30日晨

小麻猫

一

我素来是不大喜欢猫的。

原因是在很小的时候，有一天清早醒来，一伸手便抓着枕边的一小堆猫粪。

猫粪的那种怪酸味，已经是难闻的；让我的手抓着了，更使得我恶心。

但我现在，在生涯已经走过了半途的目前，却发生了一个心理转变。

二

重庆这座山城老鼠多而且大，有的朋友说：其大如象。

去年暑间，我们住在金刚坡下面的时候，便买了一只小麻猫。

雾期到了，我们把它带进了城来。

小麻猫虽然稚小，却很矫健。

夜间关在房里，因为进出无路，它爱跳到窗棂上去，穿破纸窗出入。破了又糊，糊了又破，不知道费了多少事。但因它爱干净，捉鼠的本领也不弱，人反而迁就了它，在一个窗格上特别不糊纸，替它设下布帘。然而小麻猫却不喜欢从布帘出入，总爱破纸。

在城里相处了一个月，周围的鼠类已被肃清，而小麻猫突然不见了。

大家都觉得可惜，我也微微有些惜意：因为恨猫究竟没有恨老鼠厉害。

三

小麻猫失掉，隔不一星期光景，老鼠又猖獗了起来，只得又在城里花了十五块钱买了一只白花猫。

这只猫子颇臃肿，背是弓的。说是兔子倒像些，却又非常的濡滞。

这白花猫倒有一种特长，便是喜欢吃馒头，因此我们呼之为"北京人"。

"北京人"对于老鼠取的是互不侵犯主义。我甚至有点替它担心，怕的是老鼠有一天要不客气起来，竟会侵犯到它的身上去的。

四

就在我开始替"北京人"担心的时候，大约也就是小麻猫失掉后已经有 一个月的光景，一天清早我下床后，小麻猫突然在我脚下缠绵起来了。

——啊，小麻猫回来了！它不知道是什么时候回来的。

家里人很高兴，小麻猫也很高兴，它差不多对于每一个人都要去缠绵一下，对于以前它睡过的地方也要去缠绵一下。

它是瘦了，颈上和背上都拴出了一条绳痕，左侧腹的毛烧黄了一大片。

使小麻猫受了这样委屈的一定是邻近的人家，拴了一月，以为可以解放了，但它一被解放，却又跑回了老家。

五

小麻猫虽然瘦了，威风却还在。它一回到老家来依然觉得自己是主人，把"北京人"看成了侵入者。

"北京人"起初和它也有点敌忾，但没几秒钟就败北了，反而怕起它来。

相处日久之后，小麻猫和"北京人"也和睦了，简直就跟兄弟一样——我说它们是兄弟，因为两只都是雄猫。

它们戏玩的时候，真是天真，相抱，相咬，相追逐，真比一对小人儿还要灵活。

就这样使那濡滞的"北京人"也活跃起来了，渐渐地失掉了它的兔形，即恢复了猫的原状。

跳窗的习惯，小麻猫依然是保存着的。经它这一领导，"北京人"也要跟着来，起先试练了多少次，便失败了多少次，不久公然也跳成功了。

三间居室的纸窗，被这两位选手跳进跳出，跳得大框小洞，冬风也和它们在比赛，实在有些应接不暇。

人是更会让步的，索性在各间居室的门脚下剜了一个方洞，以便于猫们进出。这事情我起初很不高兴，因为既不雅观，又不免依然替冷风开了路，不过我的抗议是在洞已剜成之后，自然是枉然的。

六

小麻猫回来之后，又相处了有一个月的光景，然而又失掉了。

但也奇怪，这一次大家似乎没有前一次那样地觉得可惜。

大约是因为它的回来是一种意外的收获，失掉也就只好听其自然了吧。

更好在"北京人"已被训练成为了真正的猫，而不再是兔子了。

老鼠已经不再跋扈，这更减少了人们对于小麻猫的思慕。小麻猫大概已被人带到很远很远的地方去了吧，他是怎么也不会回来的了。——人们也偶尔淡淡地这样追忆，或谈说着。

七

可真是出人意外，小麻猫的再度失去已经六七十天了，山城一遇着晴天便感觉着炎暑的五月，而它突然又回来了。

这次的回来是在晚上，因为相离得太久，对人已经略略有点胆怯。

但人们喜欢过望，特别的爱抚它。我呢？我是把几十年来对猫厌恶的心理，完全克服了。

我感觉着，我深切的感觉着：我接触着了自然的最美的一面。

我实在是受了感动。

回来时我们正在吃晚饭，我拈了一些肉皮来喂它，这假充鱼肚的肉皮，小麻猫也很欢喜吃。我把它的背脊抚摩了好些次。

我却发现了它的两只前腿的胁下都受了伤。前腿被人用麻绳之类的东西套着，把双方胁部的皮都套破了，伤口有两寸来往长，深到使皮下的肉猩红地露出。

我真禁不住要对残忍无耻的两脚兽提出抗议。盗取别人的猫已经是罪恶，对于无抵抗的小动物加以这样无情的虐待，更是使人愤恨。

八

盗猫的断然是我们的邻居：因为小麻猫失去了两次都能够回来，就在这第二次的回来之后都不安定，接连有两晚上不见踪影，很可能是它把两处都当成了它的家。

今天是第二次回来的第四天了，此刻我看见它很平安地睡在我常坐的一个有坐褥的藤椅上。我不忍惊动它。

昨天晚上我看见它也是在家里的，大约它总不会再回到那虐待它的盗窟里去了吧。

九

我实在感触着了自然的最美的一面，我实在消除了我几十年来的厌猫的心理。

我也知道，食物的好坏一定有很大的关系，盗猫的人家一定吃得不大好，而我们吃的要比较好一些——至少时而有些假充鱼肚骗骗肠胃。

待遇的自由与否自然也有关系。

但我仍然感觉着，这里有令人感动的超乎物质的美存在。

猫子失了本不容易回来，小麻猫失了两次都回来了，而它那前次的依依，后次的惆怅都是那么的通乎人性。而且——似乎更人性。

我现在很关心它，只希望它的伤早好，更希望它不要再被人捉去。

连"北京人"我也感觉着一样的可爱了。

我要平等的爱护它们，多多让它们吃些假充鱼肚。

1942年5月6日

银　杏

　　银杏,我思念你,我不知道你为什么又叫公孙树。但一般人叫你是白果,那是容易了解的。

　　我知道,你的特征并不专在乎你有这和杏相仿佛的果实,核皮是纯白如银,核仁是富于营养——这不用说已经就足以为你的特征了。

　　但一般人并不知道你是有花植物中最古的先进,你的花粉和胚珠具有动物般的性态,你是完全由人力保存了下来的奇珍。

　　自然界中已经是不能有你的存在了,但你依然挺立着,在太空中高唱着人间胜利的凯歌。

　　你这东方的圣者,你这中国人文的有生命的纪念塔,你是只有中国才有呀,一般人似乎也并不知道。

　　我到过日本,日本也有你,但你分明是日本的华侨,你侨居在日本大约已有中国的文化侨居在日本的那样久远了吧。

　　你是真应该称为中国的国树的呀,我是喜欢你,我特别的喜欢你。

　　但也并不是因为你是中国的特产,我才特别的喜欢,是因为你美,你真,你善。

　　你的株干是多么的端直,你的枝条是多么的蓬勃,你那折扇形的叶片是多么的青翠,多么的莹洁,多么的精巧呀!

　　在暑天你为多少的庙宇戴上了巍峨的云冠,你也为多少的劳苦人撑出了清凉的华盖。

　　梧桐虽有你的端直而没有你的坚牢;

　　白杨虽有你的葱茏而没有你的庄重。

　　熏风会媚妩你,群鸟时来为你欢歌;上帝百神——假如是有上帝百神,我相信每当皓月流空,他们会在你脚下来聚会。

　　秋天到来,蝴蝶已经死了的时候,你的碧叶要翻成金黄,而且又会飞出满园的蝴蝶。

你不是一位巧妙的魔术师吗？但你丝毫也没有令人掩鼻的那种的江湖气息。

当你那解脱了一切，你那槎枒的枝干挺撑在太空中的时候，你对于寒风霜雪毫不避易。

那是多么的嶙峋而又洒脱呀，恐怕自有佛法以来再也不曾产生过像你这样的高僧。

你没有丝毫依阿取容的姿态，但你也并不荒伧；你的美德像音乐一样洋溢八荒，但你也并不骄傲；你的名讳似乎就是"超然"，你超在乎一切的草木之上，你超在乎一切之上，但你并不隐遁。

你的果实不是可以滋养人，你的木质不是坚实的器材，就是你的落叶不也是绝好的引火的燃料吗？

可是我真有点奇怪了：奇怪的是中国人似乎大家都忘记了你，而且忘记得很久远，似乎是从古以来。

我在中国的经典中找不出你的名字，我很少看到中国的诗人咏赞你的诗，也很少看到中国的画家描写你的画。

这究竟是怎么一回事呀，你是随中国文化以俱来的亘古的证人，你不也是以为奇怪吗？

银杏，中国人是忘记了你呀，大家虽然都在吃你的白果，都喜欢吃你的白果，但的确是忘记了你呀。

世间上也尽有不辨菽麦的人，但把你忘记得这样普遍，这样久远的例子，从来也不曾有过。

真的啦，陪都不是首善之区吗？但我就很少看见你的影子；为什么遍街都是洋槐，满园都是幽加里树[1]呢？

我是怎样的思念你呀，银杏！我可希望你不要把中国忘记吧。

这事情是有点危险的，我怕你一不高兴，会从中国的地面上隐遁下去。

在中国的领空中会永远听不着你赞美生命的欢歌。

银杏，我真希望呀，希望中国人单为能更多吃你的白果，总有能更加爱慕你的一天。

1942年5月23日

注释

1．即桉树（eucalyptus）。

雨

六月二十七日《屈原》决定在北碚上演，朋友们要我去看，并把婵娟所抱的一个瓶子抱去。这个烧卖形的古铜色的大磁瓶，是我书斋里的一个主要的陈设，平时是用来插花的。

《屈原》的演出我在陪都已经看了很多回，其实是用不着再往北碚去看的，但是朋友们的劳苦非得去慰问一下不可，于是在二十六日的拂晓我便由千厮门赶船坐往北碚，顺便把那个瓶子带了去。

今天延绵下来了的梅雨季，老是不容易开朗，已经断续地下了好几天的雨，到了二十七日依然下着，而且是愈下愈大。

二十七是星期六，是最好卖座的日期。雨大了，看戏的人便不会来。北碚的戏场又是半露天的篷厂，雨大了，戏根本也就不能上演，因此，朋友们都很焦愁。

清早我冒着雨，到剧社里去看望他们，我看到每一个人的表情都沉闷闷地，就像那梅雨太空一样稠云层迭。

有的在说："这北碚的天气真是怪，一演戏就要下雨。听说前次演《天国春秋》和《大地回春》的时候，也是差不多天天都在下着微雨的。"

有的更幽默一些，说："假使将来要求雨的时候，最好是找我们来演戏了。"

我感觉着靠天吃食者的不自由上来，但同是一样的雨对于剧人是悲哀，对于农人却是欢喜。听说今年的雨水好，小麦和玉蜀黍都告丰收，稻田也突破了纪录，完全栽种遍了。

不过百多人吃着大锅饭的剧人团体，在目前米珠薪桂的时节，演不成戏便没有收入，的确也是一个伟大的威胁。

办公室里面云卫的太太程梦莲坐在一条破旧的台桌旁，没精打采地在戏票上盖数目字。

桌上放着我所抱去的那个瓶子，呈着它那黝绿的古铜色，似乎也沉潜在一种不可名状的焦愁里面了。

突然在我心里浮出了一首诗。

——"我做了一首打油诗啦。"我这样对梦莲说。

梦莲立即在台桌上把一个旧信封翻过来，拿起笔便道："你念吧，我写。"

我便开始念出：

> 不辞千里抱瓶来，此日沉阴竟未开。
> 敢是抱瓶成大错？梅霖怒洒北碚苔。

梦莲是会做诗的，写好之后她沉吟了一会，说："两个'抱瓶'字重复了，不大好。"说着她便把第三句改为了："敢是热情惊大士。"她说："是你把观音大士惊动了，所以下雨啦。"

——"那吗，索性把'梅霖'改成杨枝吧。"我接着说。

于是诗便改变了一番面貌。

邻室早在开始排戏，因为有两位演员临时因故不出场，急于要用新人来代替，正在赶着排练。

梦莲和我把诗改好之后走出去看排戏。

临着天井的一座大厢房，用布景的道具隔为了两半，后半是寝室，做着食堂的前半作为了临时的排演场。有三尺来往高的半壁作为栏杆和天井隔着，左右有门出入。

在左手的门道上，靠壁有一条板凳，饰婵娟的瑞芳正坐在那儿。

梦莲把手里拿着的诗给她看。

——"这'怒'字太凶了一点。"瑞芳看了一会之后指着第四句说。

——"我觉得是观音菩萨生了气啦，"我这样说，"今天老是不晴，戏会演不成的。"

——"其实倒应该感谢这雨。"瑞芳说，"你看，演得这样生，怎么能够上场呢？"

我为她这一问略略起了一番深省。做艺术家的人能有这样的责任心，实在是值得宝贵；也唯其有这样的责任心，所以才能够保证得艺术的精进吧。

——"好的，我要另外想一个字来改正。"我回答着。

——"婵娟出场了！婵娟！"导演的陈鲤庭在叫，已经在开始排第四幕，正该瑞芳出场的时候。

瑞芳应声着，匆匆忙忙地跑去参加排演去了。我便坐到她的座位上靠着壁思索。我先想改成"遍"字。写上去了，又勾倒过来，想了一会又勾倒过去；但是觉得仍旧不妥帖，便又改为"透"字。"杨枝透洒北碚苔"，然而也不好。最后我改成了"惠"字。

刚刚改定，瑞芳的节目演完了，又匆匆忙忙地跑了过来。

——"改好了吗？"她问。

我把改的"惠"字给她看。

——"对啦，这个字改得满好，这个字改得满好。"她接连着说，满愉快而天真地。

梦莲在旁边似乎也在思索，到这时她说："那吗'惊'字恐怕也要改一下才好了。"

——"用不着吧？惊动了的话是常说的。"瑞芳接着说，依然是那么明朗而率真。

雨到傍晚时分虽然住了，但戏是没有方法演出的。有不少冒着雨从远方来看戏的人，晚上不能回家，结果是使北碚的旅馆，一时呈出了人满之状，"大士"的"惠"，毫无疑问地，是普济到了一般的小商人了。

第二天，二十八日，星期。清早九点钟的时候，雨又下起来了。四处的屋檐都垂起了雨帘。

同住在兼善公寓一院里面的王瑞麟，把鲤庭和瑞芳约了来，在我的房间里同用早点。

瑞芳突然笑着向我说："那一个字又应该改回去了。"

我觉得这话满有风趣。我回答道："真的，实在是生了气。"

瑞麟和鲤庭都有些诧异，不知道我们所说的是什么。

我把故事告诉他们。同时背出了那首诗：

不辞千里抱瓶来，此日沉阴竟未开。

　　敢是热情惊大士？杨枝惠洒北碚苔。

　　不过这个字终究没有改回去。因为不一会雨就住了，痛痛快快地接连又晴了好几天。好些人在看肖神，以为《屈原》一定无法演出的，而终于顺畅地演了五场。听说场场客满，打破纪录，农人剧人皆大欢喜。惠哉，惠哉。

1942年7月8日

驴猪鹿马

孝武未尝见驴。

谢太傅问曰："陛下想其形，当何所似？"

孝武笑云："正当如猪。"

——见《世说新语》

这位东晋皇帝所闹的笑话，和西晋惠帝问蛤蟆的叫声是为公还为私的真真是无独有偶。

但在孝武帝公然还知道"猪"，也可以说是一件了不起的事。不过他所认识的猪或许是祭祀时远远望见的陈在牲架上的猪吧。猪去了毛，平滑而净白，看来并不怎么恶心；再加上牲架的高度自然也就可以骑了。

这个笑话也证明全凭主观的想象是怎样的靠不住。这是一种主观主义。但另外还有一种主观主义，却是有意的歪曲客观。顶有名的故事，便是赵高的"指鹿为马"了。

认驴似猪是出于无智，指鹿为马是出于知识的误用。前一种的主观主义，可以用科学的方法以疗治其愚昧，后一种的主观主义愈知道得一些科学方法，愈足以增其诡诈。同一科学，人道主义者用之以增加人类的幸福，法西斯蒂用之以歼灭幸福的人类。在这儿除掉科学的方法之外，显然还须得有道德的力量或政治的力量以为后盾。

要克服主观主义，全靠个人的主观的努力依然是不够的。

赵高在作怪，天下的鹿子都会成为马儿。

法西斯细菌不绝灭，一切的科学都会成为杀人的利器了。

驴乎？猪乎？尚其次焉者矣。

1942年10月23日

丁东草（三章）

丁　　东

我思慕着丁东——

可是并不是那环佩的丁东，铁马的丁东，而是清冽的泉水滴下深邃的井里的那种丁东。

清冽的泉水滴下深邃的井里，井上有大树罩荫，让你在那树下盘旋，倾听着那有节奏的一点一滴，那是多么清永的凉味呀！

古时候深宫里的铜壶滴漏在那夜境的森严中必然曾引起过同样的感觉，可我不曾领略过。

在深山里，崖壑幽静的泉水边，或许也更有一番逸韵沁人心脾，但我小时并未生在山中，也从不曾想过要在深山里当一个隐者。

因此我一思慕着丁东，便不免要想到井水，更不免要想到嘉定的一眼井水。

住在嘉定城里的人，怕谁都知道月儿塘前面有一眼丁东井的吧。井旁有榕树罩荫，清冽的水不断地在井里丁东。

诗人王渔洋曾经到过嘉定，似乎便是他把它改为了方响洞的。是因为井眼呈方形？还是因为井水的声音有类古代的乐器"方响"？或许是双关二意吧？

但那样的名称，哪有丁东来得动人呢？

我一思慕着丁东，便不免要回想着这丁东井。

小时候我在嘉定城外的草堂寺读过小学。我有一位极亲密的学友就住在丁东井近旁的丁东巷内。每逢星期六，城里的学生是照例回家过夜的，傍晚我送学友回家，他必然要转送我一程；待我再转送他，他必然又要转送。像这样的辗转相送，在那昏黄的街道上也可以听得出那丁东的声音。

那是多么隽永的回忆呀，但不知不觉地也就快满四十年了。相送的友人已在三十年前去世，自己的听觉也在三十年前早就半聋了。

无昼无夜地我只听见有苍蝇在我耳畔嗡营，无昼无夜地我只感觉有风车在我脑中旋转，丁东的清彻已经被友人带进坟墓里去了。

四年前我曾经回过嘉定，却失悔不应该也到过月儿塘，那儿是完全变了。方响洞依然还存在，但已阴晦得不堪。我不敢挨近它去，我相信它是已经死了。

我愿意谁在我的两耳里注进铁汁，让这无昼无夜嗡营着的苍蝇，无昼无夜旋转着的风车都一道死去。

然而清冽的泉水滴下深邃的井里，井上有大树罩荫；你能在那树下盘旋，倾听着那一点一滴的声音，那是多么清永的凉味呀！

我永远思慕着丁东。

1942年10月30日

白　鹭

白鹭是一首精巧的诗。

色素的配合，身段的大小，一切都很适宜。

白鹤太大而嫌生硬，即如粉红的朱鹭或灰色的苍鹭也觉得大了一些，而且太不寻常了。

然而白鹭却因为它的常见，而被人忘却了它的美。

那雪白的蓑毛，那全身的流线型结构，那铁色的长喙，那青色的脚，增之一分则嫌长，减之一分则嫌短，素之一忽则嫌白，黛之一忽则嫌黑。

在清水田里时有一只两只站着钓鱼，整个的田便成了一幅嵌在琉璃框里的画面。田的大小好像是有心人为白鹭设计出的镜匣。

晴天的清晨每每看见它孤独地站立在小树的绝顶，看来不像是安稳，而它却很悠然。这是别的鸟很难表现的一种嗜好。人们说它是在望哨，可它真是在望哨吗？

黄昏的空中偶见白鹭的低飞，更是乡居生活中的一种恩惠。那是清澄的形象化，而且具有了生命了。

或许有人会感着美中的不足，白鹭不会唱歌。但是白鹭的本身不就是一首很优美的歌吗？——不，歌未免太铿锵了。

白鹭实在是一首诗，一首韵在骨子里的散文诗。

1942年10月31日

石　榴

五月过了，太阳增加了它的威力，树木都把各自的伞盖伸张了起来，不想再争妍斗艳的时候；有少数的树木却在这时开起了花来。石榴树便是这多数树木中的最可爱的一种。

石榴有梅树的枝干，有杨柳的叶片，奇崛而不枯瘠，清新而不柔媚，这风度实兼备了梅柳之长，而舍去了梅柳之短。

最可爱的是它的花，那对于炎阳的直射毫不避易的深红色的花。单瓣的已够陆离，双瓣的更为华贵，那可不是夏季的心脏吗？

单那小茄形的骨朵已经就是一种奇迹了。你看它逐渐翻红，逐渐从顶端整裂为四瓣，任你用怎样犀利的劈刀也都劈不出那样的匀称，可是谁用红玛瑙琢成了那样多的花瓶儿，而且还精巧地插上了花？

单瓣的花虽没有双瓣者的豪华，但它却更有一段妙幻的演艺，红玛瑙的花瓶儿由希腊式的安普剌[1]变为中国式的金罍，殷、周时古味盎然的一种青铜器。博古家所命名的各种锈彩，它都是具备着的。

你以为它真是盛酒的金罍吗？它会笑你呢。秋天来了，它对于自己的戏法好像忍俊不禁地，破口大笑起来，露出一口的皓齿。那样透明光嫩的皓齿你在别的地方还看见过吗？

我本来就喜欢夏天。夏天是整个宇宙向上的一个阶段，在这时使人的身心解脱尽重重的束缚。因而我更喜欢这夏天的心脏。

有朋友从昆明回来，说昆明石榴特别大，子粒特别丰腴，有酸甜两种，酸者味更美。

禁不住唾津的潜溢了。

1942年10月31日

注释

1．作者原注：是英文ampulla的音译，即一种尖底胆瓶。

追怀博多

日本的几座国立大学，以成立的早晚来说，九州帝大算是第三位，但以正式毕业的中国同学的数目来说，九大怕要算是第一位了。

九大在九州岛的博多湾上，气候很暖和，樱花之类比东京、西京要早开一个月。那平如明镜的博多湾，被一条极细长的土股——海中道，与外海相间隔，就像一个大湖。沿岸除去一带福冈市的市廛之外，有莹洁的白砂，青翠的十里松原，风景颇不恶。

这儿是元兵征日本时的古战场。日本沿海每当夏秋之际必有飓风，平时平静如砥的博多湾，届时亦轩然大波，如同鼎沸。元兵适于此时征倭，泊舟博多湾，遂致全师覆没。岸头战垒尚有留存之处。

离福冈不远有大宰府，名见中国史乘，即因元兵东征而得名。颇多梅花，乃一游览胜地。

大约就因为有这些好处，所以中国留学生进九大的特别多吧？我自己便是因为有元时战迹而选入九大的。

我本来学的是医科，医科在各科中年限最长，我前后在福冈住了五年。医科虽然毕了业，但终竟跑到文学的道路上来了。所以致此的原因，我的听觉不敏固然是一个，但博多的风光富有诗味，怕是更重要的一个吧。

在学生时代对着博多湾时常发些诗思，我的《女神》和《星空》两个集子，都是在博多湾上写的。在用白话写诗之外，也写过一些文言诗，录一首以志慨。

> 博多湾水碧琉璃，
> 银帆片片随风飞。
> 愿作舟中人，
> 载酒醉明晖。

1942年12月6日

飞雪崖

重九已经过去了足足七天，绵延了半个月的秋霖，今天算确实晴定了。

阳光发射着新鲜的诱力，似乎在对人说：把你们的脑细胞，也翻箱倒箧地，拿出来晒晒吧，快发霉了。

文委会留乡的朋友们，有一部分还有登高的佳兴，约我去游飞雪崖，但因我脚生湿气，行路不自由，更替我雇了一乘滑竿，真是很可感激的事，虽然也有些难乎为情。

同行者二十余人，士女相偕，少长咸集，大家的姿态都显得秋高气爽，真是很难得的日子呵，何况又是星期！

想起了煤烟与雾气所涵浸着的山城中的朋友们。朋友们，我们当然仅有咫尺之隔，但至少在今天却处的是两个世界。你们也有愿意到飞雪崖去的吗？我甘愿为你们作个向导啦。

你们请趁早搭乘成渝公路的汽车。汽车经过老鹰崖的盘旋，再翻下金刚坡的屈折，从山城出发后，要不到两个钟头的光景，便可以到达赖家桥。在这儿，请下车，沿着一条在田畴中流泻着的小河向下游走去。只消说要到土主场，沿途有不少朴实的农人，便会为你们指示路径的。

走得八九里路的光景便要到达一个乡镇，可有三四百户人家。假使是逢着集期，人是肩摩踵接，比重庆还要热闹。假使不是，尤其在目前天气好的日子，那就苍蝇多过于人了。——这是一切乡镇所通有的现象，倒不仅限于这儿，但这儿就是土主场了。

到了这儿，穿过场，还得朝西北走去。平坦的石板路，蜿蜒得三四里的光景，便引到一条相当壮丽的高滩桥，所谓高滩桥就是飞雪崖的俗名了。

桥下小河阔可五丈，也就是赖家桥下的那条小河——这河同乡下人一样是没有名字的。河水并不清洁，有时完全是泥水，但奇异的是，小河经过高滩桥后，河床纯是一片岩石，因此河水也就顿然显得清洁了起来。

更奇异的是，岩石的河床过桥可有千步左右突然斩切地断折，上层的河床和下层相差至四五丈。河水由四五丈高的上层，形成抛物线倾泻而下，飞沫四溅，惊雷远震，在水大的时候，的确是一个壮观。这便是所谓飞雪崖了。

到了高滩桥，大抵是沿着河的左岸再走到这飞雪崖。岸侧有屈折的小径走下水边，几条飞奔的瀑布，一个沸腾着的深潭，两岸及溪中巨石磊磊，嶙峋历落，可供人伫立眺望。唯伫立过久，水沫湿衣，虽烈日当空，亦犹滭雨其蒙也。

河床断面并不整齐，靠近左岸处有岩石突出，颇类龙头，水量遍汇于此，为岩头析裂，分崩而下，譬之龙涎，特过猛烈。断床之下及左侧岩岸均洼入成一大岩穴，俨如整个河流乃一宏大爬虫，张其巨口。口中乱石如齿，沿绕齿床，可潜过水帘渡至彼岸，苔多石滑，真如在活物口中潜行，稍一不慎，便至失足。

右岸颇多乱草，受水气润泽，特为滋荣。岩头有清代及南宋人题壁。喜欢访古的人，仅这南宋人的题壁，或许已足诱发游兴的吧。

我们的一群，在午前十时左右，也走到了这儿。在我要算是第五次的来游了。虽久雨新晴，但雨量不多，因而水量也不甚大，在水帘后潜渡时遂无多大险厄。是抗战的恩惠，使我们在赖家桥的附近住上了四个夏天和秋天，而我是每年都要来游一次，去年还是来过两次的；可每次来都感觉着就和新来的一样。

我记得第一次来的时候便看到清代的一位翰林李为栋所做的《飞雪崖赋》，赋文相当绮丽，是他的学生们所代题代刊在岩壁上的，上石的时期是乾隆五年。当年曾有一书院在这侧近，现在是连废址都不可考了。李翰林掌教于此，对这飞雪崖极其心醉。赋文过长，字有残泐，赋首有序，其文云：

> 崖去渝郡六十里，相传太白、东坡皆题诗崖间，风雨残蚀，泯然无存。明巡按詹公朝用，阁部王公飞熊，里中人也。凿九曲池，修九层阁，极一时之盛游。而披读残碣，无一留题。

的确，九曲池的遗迹是还存在，就在那河床上层的正中，在断折处与高滩桥之间，其形颇类亚字而较复杂。周围有础穴残存，大约就是九层阁的遗址吧。

　　但谓"披读残碣，无一留题"，却是出人意外。就在那《飞雪崖赋》的更上一层，我在第二次去游览的时候，已就发现了两则南宋人的留题。一题"淳熙八年正月廿七日"，署名处有"李沂"字样。这一则的右下隅新近修一观音龛，善男善女们的捐款题名把岩石剜去了一大半，遂使全文不能属读，但残文里面有"曲水流觞"及"西南夷侵边"字样，则上层河床的亚字形九曲池，是不是明人所凿，便成问题了。另一则，文亦残泐，然其大半以上尚能属读：

　　　　（飞）雪崖自二冯而后，未有名胜之
　　　　（游），（蜀）难以来，罕修褉事之典。
　　　　（大帅）余公镇蜀之九年，岁淳祐辛亥，太
　　　　（平）有象，民物熙然。灯前三日，何东叔，
　　　　（季）和，侯彦正，会亲朋，集少长，而游
　　　　（其）下。酒酣笔纵，摩崖大书，以识
　　　　岁月。……
　　　　……

　　末尾尚有两三行之谱，仅有字画残余，无法辨认。考"淳祐辛亥"乃南宋理宗淳祐十一年（西纪一二五一年），所谓"余公镇蜀"者，系指当时四川制置使兼知重庆府事之余玠。余玠字义夫，蕲州人，《宋史》中有传。蕲州者，今之湖北蕲春县。余玠治蜀，大有作为，合川之钓鱼城，即其所筑；当时蒙古势力已异常庞大，南宋岌岌乎其危，而川局赖以粗安。游飞雪崖者谓为"太平有象，民物熙然"，足证人民爱戴之殷。乃余玠本人即于辛亥后二年（宝祐元年癸丑）受谗被调，六月仰毒而死，史称"蜀之人莫不悲慕如失父母"，盖有以也。

　　这两则南宋题壁，颇可宝贵，手中无《重庆府志》，不知道是否曾经著录，所谓"二冯"亦不知何许人。在乾隆初年做《飞雪崖赋》的翰林对此已不经意，大约是未经著录的吧。我很想把它们捶搨下来，但可惜没有这样的方便。再隔一些年辰，即使不被风雨剥蚀，也要被信男信女们剜除干净了。

　　在题壁下留连了好一会，同行的三十余人，士女长幼，都渡过了岸来，正想要踏寻归路了，兴致勃勃的应对我说："下面不远还有一段很平静的

水面，和这儿的情景完全不同。值得去看看。"

我几次来游都不曾往下游去过，这一新的劝诱，虽然两只脚有些反对的意思，结果是把它们镇压了。

沿着右岸再往下走，有时路径中断，向草间或番薯地段踏去，路随溪转，飞泉于瞬息之间已不可见。前面果然展开出一片极平静的水面，清洁可鉴，略泛涟漪，淡淡秋阳，爱抚其上。水中岩床有一尺见方的孔穴二十有八个，整齐排列，间隔尺余，直达对岸，盖旧时堰砌之废址。农人三五，点缀岸头，毫无惊扰地手把锄犁，从事耘植。

溪面复将屈折处，左右各控水碾一座，作业有声。水被堰截，河床裸出。践石而过，不湿步履。

一中年妇人，头蒙白花蓝布巾，手捧番薯一篮，由左岸的碾坊中走出，踏阶而下，步至河心，就岩隙流渐洗刷番薯。见之颇动食兴。

——"早晓得有这样清静的地方，应该带些食物来在这儿'辟克涅克'了。"

我正对着并肩而行的应这样说。高原已走近妇人身边，似曾略作数语，一个洗干净了的番薯，慷慨地被授予在了她的手中。高原短发垂肩，下着阴丹布工装裤，上着白色绒线短衣，两相对照，颇似画图。

过溪，走进了左岸的碾坊。由石阶而上，穿过一层楼房，再由石阶而下便到了水磨所在的地方。碾的是麦面。下面的水伞和上面的磨石都运转得相当纤徐。有一位朋友说：这水力怕只有一个马力。

立着看了一会，又由原道折回右岸。是应该赶回土主场吃中饭的时候了，但大家都不免有些依依的留恋。

——"两岸的树木可惜太少。"

——"地方也太偏僻了。"

——"假使再和陪都接近得一点，更加些人工的培植，那一定是大有可观的。"

——"四年前政治部有一位秘书，山东人姓高的，平生最喜欢屈原，就在五月端午那一天，在飞雪岩下淹死了。"

——"那真是'山东屈原'啦！"

大家轰笑了起来：因为同行中有山东诗人臧云远，平时是被朋侪间戏呼为"山东屈原"的。

——"这儿比歇马场的飞泉如何?"

——"水量不敌,下游远胜。"

一片的笑语声在飞泉的伴奏中唱和着。

路由田畴中经过,荞麦正开着花,青豆时见残株,农人们多在收获番薯。

皜皜的秋阳使全身的脉络都透着新鲜的暖意了。

1942年10月25日夜

附:补记

《巴县志》(民国二十八年向楚新修),关于飞雪崖已有比较详细的纪录,今一一揭之如次。

一、《飞雪崖石壁文》(卷二十《金石》)

"里中民毛安节,李沂,冉星×,×舒史,丁东耶,同游者何肃,异其形势凛然,故更其名为飞雪崖(原误为岂)××××而不可得。崖涵数百丈,飞溅××,'题'识岁月,可谓阙无。因是(原误为之)沂×欲×××滩之曲水流觞,前人之好事者×××游之后人不忘再世之旧,相×××高宿名英,邑乡之俊彦,皆先×交云后人林相肴送于栖真洞,回州,以西南夷侵边故也。冯晋粹父自霜台移节'西×'。

淳熙八年正月二十七日录。

(上缺)李沂欲相大书×××而沂深刻之,亦可谓好事也。"

"飞雪崖自二冯而后未有名胜之游。蜀难以来,罕修禊事之典。大帅余公镇蜀之九年,岁淳祐辛亥,太平有象,民物熙然。灯前三日,何东叔,季和,侯彦正,会亲朋,集少长而游其下。酒酣纵笔,摩崖大书,以识岁月。时何明甫、原履、君惠、老×正×杰,侯安道,征官鱼梁剂智叔,酒官古汾何君玉,同游。何祥麟时老,侯坤文侍行。"

(原注)"按《王志》古迹载淳熙八年状元冯时行纪游,里人李沂为之刻壁,日久残蚀,清李为栋有赋,叙云'崖去渝城六十里,相传太白、东坡皆题诗崖间,风雨残蚀,泯然无存'(互见《水道》)。今据《王志》录淳熙淳祐碑文。"

二、《梁滩河》（卷一《下水道溪流》）

"县西梁滩河为东西两山岗之一大干流……迤西流数里至土主乡，达王家坝，又折而北，趋至圆塘高滩桥。……水势浸壮大。穿高滩桥出，约半里许，至飞雪崖。《王志》载崖在梁滩坝高滩桥下。石涧断截，河水陡泻数十丈，望若飞雪，相传太白、东坡皆题诗崖间，风雨残蚀，泯然无存。"

三、《流杯池》（卷三《古迹》）

"《王志》云：在飞雪崖上，溪中有平石丈余。宋淳熙间状元冯时行修层阁于崖畔，复于溪上凿九曲池，引水流觞，以资胜赏。明大学士王飞熊、巡按詹朝用等，重游于此，复识流风。今阁圮，池犹存。"

据此可知赖家桥下之小河实为梁滩河。淳祐刻石中所谓"二冯"即冯时行与冯晋（粹甫）也。

时行在志中有传，乃宣和六年（一一二四）进士，授外职。后因不附秦桧和议被敕免官，"坐废者十八年"。于绍兴二十七年复被起用，后"擢右朝请大夫，提点成都府路刑狱。经划边事，井井有条……民庆更生。隆兴元年（一一六三年）卒于任。民立祠祀之（祠在雅州，古城）。"

今案隆兴元年下距淳熙八年（一一八一）已十有八年，《向志》中两引《王志》（案乃前清乾隆年间王尔鉴所修旧志），称"淳熙八年状元冯时行纪游"，"宋淳熙间状元冯时行修层阁……凿九曲池"云云，实为失考。

淳熙刻石所标志之"淳熙八年"，应为李沂录刻之年月，又当为时行纪游文，细绎之，燕游在前而补刻在后。二冯之游当在时行"坐废者十八年"之里居期间，即宋高宗绍兴十年至二十七年之期间。九曲池似尚为"前人之好事者"所凿，并非成于二冯手。

1942年12月13日

甲申三百年祭

甲申轮到它的第五个周期，今年是明朝灭亡的第三百周年纪念了。

明朝的灭亡认真说并不好就规定在三百年前的甲申。甲申三月十九日崇祯死难之后，还有南京的弘光，福州的隆武，肇庆的永历，直至前清康熙元年（一六六二）永历帝为清吏所杀，还经历了一十八年。台湾的抗清，三藩的反正，姑且不算在里面。但在一般史家的习惯上是把甲申年认为是明亡之年的，这倒也是无可无不可的事情。因为要限于明室来说吧，事实上它久已失掉民心，不等到甲申年，早就是仅存形式的了。要就中国来说吧，就在清朝统治的二百六十年间一直都没有亡，抗清的民族解放斗争一直都是没有停止过的。

然而甲申年总不失为一个值得纪念的历史年。规模宏大而经历长久的农民革命，在这一年使明朝最专制的王权统治崩溃了，而由于种种的错误却不幸换来了清朝的入主，人民的血泪更潜流了二百六十余年。这无论怎样说也是值得我们回味的事。

在历代改朝换姓的时候，亡国的君主每每是被人责骂的。崇祯帝可要算是一个例外，他很博得后人的同情。就是李自成《登极诏》里面也说："君非甚暗，孤立而炀灶[1]恒多；臣尽行私，比党而公忠绝少。"不用说也就是"君非亡国之君，臣皆亡国之臣"的雅化了。其实崇祯这位皇帝倒是很有问题的。他仿佛是很想有为，然而他的办法始终是沿走着错误的路径。他在初即位的时候，曾经发挥了他的"当机独断"，除去了魏忠贤与客氏，是他最有光辉的时期。但一转眼间依赖宦官，对于军国大事的处理，枢要人物的升降，时常是朝四暮三，轻信妄断。十七年不能算是短促的岁月，但只看见他今天在削籍大臣，明天在大辟疆吏，弄得大家都手足无所措。对于老百姓呢？虽然屡次在下《罪己诏》，申说爱民，但都是口惠而实不至。《明史》批评他"性多疑而任察，好刚而尚气。任察则苛刻寡恩，尚气则急剧失措"（《流贼传》）。这个论断确是一点也不苛刻的。

自然崇祯的运气也实在太坏，承万历、天启之后做了皇帝，内部已腐败不堪，东北的边患又已经养成，而在这上面更加以年年岁岁差不多遍地都是旱灾、蝗灾。二年四月二十六日，有马懋才《备陈大饥疏》，把当时陕西的灾情叙述得甚为详细，就是现在读起来，都觉得有点令人不寒而栗：

"臣乡延安府，自去岁一年无雨，草木枯焦。八九月间，民争采山间蓬草而食。其粒类糠皮，其味苦而涩。食之，仅可延以不死。至十月以后而蓬尽矣，则剥树皮而食。诸树惟榆皮差善，杂他树皮以为食，亦可稍缓其死。迨年终而树皮又尽矣，则又掘其山中石块而食。石性冷而味腥，少食辄饱，不数日则腹胀下坠而死。

民有不甘于食石而死者，始相聚为盗，而一二稍有积贮之民遂为所劫，而抢掠无遗矣。……

最可悯者，如安塞城西有冀城之处，每日必弃一二婴儿于其中。有号泣者，有呼其父母者，有食其粪土者。至次晨，所弃之子已无一生，而又有弃子者矣。

更可异者，童稚辈及独行者，一出城外便无踪迹。后见门外之人，炊人骨以为薪，煮人肉以为食，始知前之人皆为其所食。而食人之人，亦不免数日后面目赤肿，内发燥热而死矣。于是死者枕藉，臭气熏天，县城外掘数坑，每坑可容数百人，用以掩其遗骸。臣来之时已满三坑有余，而数里以外不及掩者，又不知其几许矣。……有司束于功令之严，不得不严为催科。仅存之遗黎，止有一逃耳。此处逃之于彼，彼处复逃之于此。转相逃则转相为盗，此盗之所以遍秦中也。

总秦地而言，庆阳、延安以北，饥荒至十分之极，而盗则稍次之；西安、汉中以下，盗贼至十分之极，而饥荒则稍次之。"（见《明季北略》卷五）

这的确是很有历史价值的文献，很扼要地说明了明末的所谓"流寇"的起源，同隶延安府籍的李自成和张献忠就是在这样的情形之下先后起来了的。

饥荒诚然是严重，但也并不是没有方法救济。饥荒之极，流而为盗，可知在一方面有不甘饿死、铤而走险的人，而在另一方面也有不能饿死、足有诲盗的物资积蓄着。假使政治是休明的，那么挹彼注此，损有余以补不足，尽可以用人力来和天灾抗衡，然而却是"有司束于功令之严，不得不严为催科"。这一句话已经足够说明：无论是饥荒或盗贼，事实上都是政治所促成的。

这层在崇祯帝自己也很明白，十年闰四月大旱，久祈不雨时的《罪己诏》上又说得多么的痛切呀：

"……张官设吏，原为治国安民。今出仕专为身谋，居官有同贸易。催钱粮先比火耗，完正额又欲羡余。甚至已经蠲免，亦悖旨私征；才议缮修，（辄）乘机自润。或召买不给价值，或驿路诡名轿抬。或差派则卖富殊贫，或理谳则以直为枉。阿堵违心，则敲扑任意。囊橐既富，则奸慝可容。抚按之荐劾失真，要津之毁誉倒置。又如勋戚不知厌足，纵贪横于京畿。乡官灭弃防维，肆侵凌于闾里。纳无赖为爪牙，受奸民之投献。不肖官吏，畏势而曲承。积恶衔蠹，生端而勾引。嗟此小民，谁能安枕！"（《明季北略》卷十三）

这虽不是崇祯帝自己的手笔，但总是经过他认可后的文章，而且只有在他的名义下才敢于有这样的文章。文章的确是很好的。但对于当时政治的腐败认识得既已如此明了，为什么不加以彻底的改革呢？要说是没有人想出办法来吧，其实就在这下《罪己诏》的前一年（崇祯九年），早就有一位武生提出了一项相当合理的办法，然而却遭了大学士们的反对，便寝而不行了。《明季北略》卷十二载有《钱士升论李琎搜括之议》，便是这件事情：

"四月，武生李琎奏致治在足国，请搜括臣宰助饷。大学士钱士升拟下之法司，不听。士升上言：'比者借端幸进，实繁有徒。而李琎者乃倡为缙绅豪右报名输官，欲行手实籍没之法[2]。此皆衰世乱政，而敢陈于圣人之前，小人无忌惮一至于此！且所恶于富者兼并小民耳，郡邑之有富家，亦贫民衣食之源也。以兵荒之故归罪富家而籍没之，此秦始皇所不行于巴清[3]，汉武帝所不行于卜式⁴者也。此议一倡，亡命无赖之徒，相率而与富家为难，大乱自此始矣。'已而温体仁以上欲通言路，竟改拟。上仍切责士升，以密勿大臣，即欲要誉，放之已足，毋庸汲汲。……"

这位李珏，在《明亡述略》作为李琏，言"李琏者，江南武生也，上书请令江南富家报名助饷"，大学士钱士升加以驳斥。这位武生其实倒是很有政治的头脑，可惜他所上的"书"全文不可见，照钱士升的驳议看来，明显地他恨"富者兼并小民"，而"以兵荒之故归罪富家"。这见解倒是十分正确的，但当时一般的士大夫都左袒钱士升。钱受"切责"反而博得同情，如御史詹尔选为他抗辩，认为"辅臣不过偶因一事代天下请命"。他所代的"天下"岂不只是富家的天下，所请的"命"岂不只是富者的命吗？已经亡了国了，而撰述《明季北略》与《明亡述略》的人，依然也还是同情钱士升的。但也幸而有他们这一片同情，连带着使李武生的言论还能有这少许的保存，直到现在。

"搜括臣宰"的目的，在李武生的原书，或者不仅限于"助饷"吧。因为既言到兵与荒，则除足兵之外尚须救荒。灾民得救，兵食有着，"寇乱"决不会蔓延。结合明朝全力以对付外患，清朝入主的惨剧也绝不会出现了。然而大学士驳斥，大皇帝搁置，小武生仅落得保全首领而已。看崇祯"切责士升"，浅识者或许会以为他很有志于采纳李武生的进言，但其实做皇帝的也不过采取的另一种"要誉"方式，"放之已足"而已。

崇祯帝，公平地评判起来，实在是一位十分"汲汲"的"要誉"专家。他是最爱下《罪己诏》的，也时时爱闹减膳、撤乐的玩艺。但当李自成离开北京的时候，却发现皇库扃钥如故，其"旧有镇库金积年不用者三千七百万锭，锭皆五百（十？）两，镌有永乐字"（《明季北略》卷二十）。皇家究竟不愧是最大的富家，这样大的积余，如能为天下富家先，施发出来助赈、助饷，尽可以少下两次《罪己诏》，少减两次御膳，少撤两次天乐，也不至于闹出悲剧来了。然而毕竟是叫文臣做文章容易，而叫皇库出钱困难，不容情的天灾却又好像有意开玩笑的一样，执拗地和要誉者调皮。

所谓"流寇"，是以旱灾为近因而发生的，在崇祯元二年间便已蹶起了。到李自成和张献忠执牛耳的时代，已经有了十年的历史。"流寇"都是铤而走险的饥民，这些没有受过训练的乌合之众，在初，当然抵不过官兵，就在奸淫掳掠、焚烧残杀的一点上比起当时的官兵来更是大有愧色的。

十六年，当李、张已经势成燎原的时候，崇祯帝不时召对群臣，马世奇的《廷对》最有意思：

> "今闯、献并负滔天之逆，而治献易，治闯难。盖献，人之所畏；闯，人之所附。非附闯也，苦兵也。一苦于杨嗣昌之兵，而人不得守其城垒。再苦于宋一鹤之兵，而人不得有其室家。三苦于左良玉之兵，而人之居者、行者，俱不得安保其身命矣。贼知人心之所苦，特借"剿兵安民"为辞。一时愚民被欺，望风投降。而贼又为散财赈贫，发粟赈饥，以结其志。遂至视贼如归，人忘忠义。其实贼何能破各州县，各州县自甘心从贼耳。故目前胜着，须从收拾人心始。收拾人心，须从督抚镇将约束部位，令兵不虐民，民不苦兵始。"（《北略》卷十九）

这也实在是一篇极有价值的历史文献，《明史·马世奇传》竟把它的要点删削了。当时的朝廷是在用兵剿寇，而当时的民间却是在望寇"剿兵"。在这剿的比赛上，起初寇是剿不过兵的，然而有一点占了绝对的优势，便是寇比兵多，事实上也就是民比兵多。在十年的经过当中，杀了不少的寇，但却增加了无数的寇。寇在比剿中也渐渐受到了训练，无论是在战略上或政略上。官家在征比搜括，寇家在散财发粟，战斗力也渐渐优劣易位了。到了十六年再来喊"收拾人心"，其实已经迟了，而迟到了这时，却依然没有从事"收拾"。

李自成的为人，在本质上和张献忠不大相同，就是官书的《明史》都称赞他"不好酒色，脱粟粗粝，与其下共甘苦"。看他的很能收揽民心，礼贤下士，而又能敢作敢为的那一贯作风，和刘邦、朱元璋辈起于草泽的英雄们比较起来，很有过之而无不及的气概。自然，也是艰难玉成了他。他在初发难的十几年间，只是高迎祥部下的一支别动队而已。时胜时败，连企图自杀都有过好几次。特别在崇祯十一二年间是他最危厄的时候。直到十三年，在他才来了一个转机，从此一帆风顺，便使他陷北京，覆明室，几乎完成了他的大顺朝的统治。

这一个转机也是由于大灾荒所促成的。

自成在十一年大败于梓潼之后，仅偕十八骑溃围而出，潜伏于商洛山中。在这时张献忠已投降于熊文灿的麾下。待到第二年张献忠回复旧态，自成赶到谷城（湖北西北境）去投奔他，险些儿遭了张的暗算，弄得一个人骑着骡子逃脱了。接着自成又被官兵围困在巴西鱼腹诸山中，逼得几乎上吊。但他依然从重围中轻骑逃出，经过郧县、均县等地方，逃入了河南。

这已经是十三年的事。在这时河南继十年、十一年、十二年的蝗旱之后，又来一次蝗旱，闹到"人相食，草木俱尽，土寇并起"（《烈皇小识》）。但你要说真的没有米谷吗？假使是那样，那就没有"土寇"了。"土寇"之所以并起，是因为没有金钱去掉换高贵的米谷，而又不甘心饿死，便只得用生命去掉换而已。——"斛谷万钱，饥民从自成者数万"（《明史·李自成传》），就这样李自成便又死灰复燃了。

这儿是李自成势力上的一个转机，而在作风上也来了一个划时期的改变。十三年后的李自成与十三年前的不甚相同，与其他"流寇"首领们也大有悬异。上引马世奇的《廷对》，是绝好的证明。势力的转变固由于多数饥民之参加，而作风的转变在各种史籍上是认为由于一位"杞县举人李信"的参加。这个人在《李自成传》和其他的文献差不多都是以同情的态度被叙述着的，想来不必一定是因为他是读书人吧。同样的读书人跟着自成的很不少，然而却没有受到同样的同情。我现在且把《李自成传》上所附见的李信入伙的事迹摘录在下边。

> "杞县举人李信者，逆案中尚书李精白子也。尝出粟赈饥民，民德之。曰：'李公子活我。'会绳伎红娘子反，掳信，强委身焉。信逃归。官以为贼，囚狱中。红娘子来救，饥民应之，共出信。
>
> 卢氏举人牛金星，磨勘被斥。私入自成军，为主谋。潜归，事泄，坐斩；已，得末减。二人皆往投自成，自成大喜，改信名曰岩。金星又荐卜者宋献策，长三尺余。上谶记云：'十八子主神器'，自成大悦。
>
> 岩因说曰：'取天下以人心为本，请勿杀人，收天下心。'自成从之，屠戮为减。又散所掠财物赈饥民，民受饷者不辨岩、自成也。杂呼曰：'李公子活我。'岩复造谣词曰：'迎闯王，不纳粮，'

使儿童歌以相煽。从自成者日众。"

这节文字叙述在十三年与十四年之间,在《明史》的纂述者大约认为李、牛、宋之归自成是同在十三年。《明亡述略》的作者也同此见解,此书或许即为《明史》所本。

> "当是时(十三年)河南大旱,其饥民多从自成。举人李信、牛金星皆归焉。金星荐卜者宋献策陈图谶,言'十八子当主神器'。李信因说自成曰:'取天下以人心为本,请勿杀人,收天下心。'自成大悦,为更名曰岩,甚信任之。"

然而牛、宋的归自成其实是在十四年四月,《烈皇小识》和《明季北略》,叙述得较为详细。《烈皇小识》是这样叙述着的:

> "(十四年)四月……自成屯卢氏。卢氏举人牛金星迎降。又荐卜者宋献策,献策长不满三尺。见自成,首陈图谶云:'十八孩儿兑上坐,当从陕西起兵以得天下。'[5]。自成大喜,奉为军师。"

《明季北略》叙述得更详细,卷十七《牛宋降自成》条下云:

> "辛巳(十四年)四月,河南卢氏县贡生牛金星,向有罪,当戍边。李岩荐其有计略,金星遂归自成。自成以女妻之,授以右相。或云:'金星天启丁卯举人,与岩同年,故荐之。'金星引故知刘宗敏为将军,又荐术士宋献策。献策,河南永城人,善河洛数。初见自成,袖出一数进曰:'十八孩儿当主神器。'自成大喜,拜军师。献策面狭而长,身不满三尺,其形如鬼,右足跛,出入以杖自扶。军中呼为宋孩儿。一云浙人,精于六壬奇门遁法,及图谶诸数学。自成信之如神。余如拔贡顾君恩等亦归自成,贼之羽翼益众矣。"

牛、宋归自成之年月与《烈皇小识》所述同,宋出牛荐,牛出李荐,则李之入伙自当在宋之前。惟关于李岩入伙，《北略》叙在崇祯十年，未免为时过早。

"李岩开封府杞县人。天启七年丁卯孝廉，有文武才。弟年，庠士。父某，进士。世称岩为'李公子'。家富而豪，好施尚义。

时频年旱饥，邑令宋某催科不息，百姓苦之。岩进白，劝宋暂休征比，设法赈给。宋令曰：'杨阁部（按指兵部杨嗣昌）飞檄雨下，若不征比，将何以应？至于赈济饥民，本县钱粮匮乏，只有分派富户耳。'岩退，捐米二百余石。无赖子闻之，遂纠众数十人哗于富室，引李公子为例。不从，辄焚掠。有力者白宋令出示禁戢。宋方不悦岩，即发牒传谕：'速速解散，各图生理，不许借名求赈，恃众要挟。如违，即系乱民，严拿究罪。'饥民击碎令牌，群集署前，大呼曰：'吾辈终须饿死，不如共掠。'

宋令急邀岩议。岩曰：'速谕暂免征催，并劝富室出米，减价官粜，则犹可及止也。'宋从之。众曰：'吾等姑去，如无米，当再至耳。'宋闻之而惧，谓若发粟市恩，以致众叛，倘异日复至，其奈之何？遂申报按察司云：'举人李岩谋为不轨，私散家财，买众心以图大举。打差辱官，不容比较。恐滋蔓难图，祸生不测，乞申抚按，以戢奸究，以靖地方。'按察司据县申文抚按，即批宋密拿李岩监禁，毋得轻纵。宋遂拘李岩下狱。

百姓共怒曰：'为我而累李公子，忍乎？'群赴县杀宋，劫岩出狱。重犯具释，仓库一空。岩谓众曰：'汝等救我，诚为厚意。然事甚大，罪在不赦。不如归李闯王，可以免祸而致富贵。'众从之。岩遣弟年率家先行，随一炬而去。城中止余衙役数十人及居民二三百而已。

岩走自成，即劝假行仁义，禁兵淫杀，收人心以图大事。自成深然之。岩复荐同年牛金星，归者甚众，自成兵势益强。岩遣党伪为商贾，广布流言，称自成仁义之帅，不杀不掠，又不纳粮。愚民信之，唯恐自成不至，望风思降矣。

予幼时闻贼信急，咸云：'李公子乱'，而不知有李自成。及自成入京，世犹疑即李公子，而不知李公子为李岩也。故详志之。"

　　这是卷十三《李岩归自成》条下所述，凡第十三卷所述均崇祯十年事，在作者的计六奇自以李岩之归自成是在这一年了。但既言"频年旱饥"，与十年情事不相合。宋令所称"杨阁部飞檄雨下"亦当在杨嗣昌于十二年十月"督师讨贼"以后。至其卷二十三《李岩作劝赈歌》条下云：

　　　　"李岩劝县令出谕停征；崇祯八年七月初四日事。又作《劝赈歌》，各家劝勉赈济，歌曰：

　　　　　'年来蝗旱苦频仍，嚼啮禾苗岁不登。米价升腾增数倍，黎民处处不聊生。草根木叶权充腹，儿女呱呱相向哭。釜甑尘飞炊烟绝，数日难求一餐粥。官府征粮纵虎差，豪家索债如狼豺。可怜残喘存呼吸，魂魄先归泉壤埋。骷髅遍地积如山，业重难过饥饿关。能不教人数行泪，泪洒还成点血斑？奉劝富家同赈济，太仓一粒恩无既。枯骨重教得再生，好生一念感天地。天地无私佑善人，善人德厚福长臻。助贫救乏功勋大，德厚流光裕子孙。'"

　　看这开首一句"年来蝗旱苦频仍"，便已经充分地表现了作品的年代。河南蝗旱始于十年，接着十一年、十二年、十三年均蝗旱并发。八年以前，河南并无蝗旱的记载。因此所谓"崇祯八年"断然是错误，据我揣想，大约是"庚辰年"的蠹蚀坏字，由抄者以意补成的吧。劝宋令劝赈既在庚辰年七月初四，入狱自在其后，被红娘子和饥民的劫救，更进而与自成合伙，自当得在十月左右了。同书卷十六《李自成败而复振》条下云："庚辰（十三年）……十二月自成攻永宁陷之。杀万安王朱（应为朱采），连破四十八寨，遂陷宜阳，众至数十万。李岩为之谋主。贼每剽掠所获，散济饥民，故所至咸附之，势益盛。"在十三年底，李岩在做自成的谋主，这倒是可能的事。

　　李岩无疑早就是同情于"流寇"的人，我们单从这《劝赈歌》里面便可以看出他的思想倾向。首先值得注意的是他说到"官府征粮纵虎差，豪家索债如狼豺"，而却没有说到当时的"寇贼"怎样怎样。他这歌是拿去"各家劝勉"的。受了骂的那些官府豪家的虎豹豺狼，一定是忍受不了。宋令要申报他"图谋不轨"，一定也是曾经把这歌拿去做了供状的。

　　红娘子的一段插话最为动人，但可惜除《明史》以外目前尚无考见。

最近得见一种《剿闯小史》，是乾隆年间的抄本，不久将由说文社印行[6]。那是一种演义式的小说，共十卷，一开始便写《李公子民变聚众》，最后是写到《吴平西孤忠受封拜》为止的。作者对于李岩也颇表同情，所叙事迹和《明季北略》相近，有些地方据我看来还是《北略》抄袭了它。《小史》本系稗官小说，不一定全据事实，但如红娘子的故事是极好的小说材料，而《小史》中也没有提到。《明史》自必确有根据，可惜目前书少，无从查考出别的资料。

其次乾隆年间董恒岩所写的《芝龛记》，以秦良玉和沈云英为主人翁的院本，其中的第四十出《私奔》也处理着李、牛奔自成的故事。这位作者却未免太忍心了，竟把李岩作为丑角，红娘子作为彩旦，李岩的"出粟赈饥"，被解释为"勉作散财之举，聊博好义之名"。正史所不敢加以诬蔑的事，由私家的曲笔，歪解得不成名器了。且作者所据也只是《李自成传》，把牛、李入伙写在一起。又写牛金星携女同逃，此女后为李自成妻，更是完全胡诌。牛金星归自成时，有他儿子生员牛诠同行，倒是事实，可见作者是连《甲申传信录》都没有参考过的。至《北略》所言自成以女妻金星，亦不可信。盖自成当时年仅三十四岁，应该比金星还要年青，以女妻牛诠，倒有可能。

李岩本人虽然有"好施尚义"的性格，但他并不甘心造反，倒也是同样明了的事实。你看，红娘子那样爱他，"强委身焉"了，而他终竟脱逃了，不是他在初还不肯甘心放下他举人公子的身份的证据吗？他在指斥官吏，责骂豪家，要求县令暂停征比，开仓赈饥，比起上述的江南武生李琏上书搜括助饷的主张要温和得多。崇祯御宇已经十三年了，天天都说在励精图治，而征比勒索仍然加在小民身上，竟有那样糊涂的县令，那样糊涂的巡按，袒庇豪家，把一位认真在"公忠体国"的好人和无数残喘仅存的饥民都逼成了"匪贼"。这还不够说明崇祯究竟是怎样励精图治的吗？这不过是整个明末社会的一个局部的反映而已。明朝统治之当得颠覆，崇祯帝实在不能说毫无责任。

但李岩终竟被逼上了梁山。有了他的入伙，明末的农民革命运动才走上了正轨。这儿是有历史的必然性。因为既有大批饥饿农民参加了，作风自然不能不改变，但也有点所谓云龙风虎的作用在里面，是不能否认的。当时的"流寇"领袖并不只自成一人，李岩不投奔张献忠、罗汝才之流，而却归服自成，倒不一定如《剿闯小史》托辞于李岩所说的"今闯王强盛，现在本省邻府"的原故。《北略》卷二十三叙有一段《李岩归自成》时的对话，虽然有点像旧戏中的科白，想亦不尽子虚。

> "岩初见自成，自成礼之。
> 岩曰：'久钦帐下宏猷，岩恨谒见之晚。'
> 自成曰：'草莽无知，自惭菲德，乃承不远千里而至，益增孤陋兢惕之衷。'
> 岩曰：'将军恩德在人，莫不欣然鼓舞。是以谨率众数千，愿效前驱。'
> 自成曰：'足下龙虎鸿韬，英雄伟略，必能与孤共图义举，创业开基者也。'
> 遂相得甚欢。"

二李相见，写得大有英雄识英雄，惺惺惜惺惺之概。虽然在词句间一定不免加了些粉饰，而两人都有知人之明，在岩要算是明珠并非暗投，在自成却真乃如鱼得水，倒也并非违背事实。在李岩入伙之后，接着便有牛金星、宋献策、刘宗敏、顾君恩等的参加，这几位都是闯王部下的要角。从此设官分治，守土不流，气象便迥然不同了。全部策划自不会都出于李岩，但，李岩总不失为一个触媒，一个引线，一个黄金台上的郭隗吧。《北略》卷二十三记《李岩劝自成假行仁义》，比《明史》及其他更为详细。

> "自成既定伪官，即令谷大成、祖有光等率众十万攻取河南。
> 李岩进曰：'欲图大事，必先尊贤礼士，除暴恤民。今虽朝廷失政，然先世恩泽在民已久，近缘岁饥赋重，官贪吏猾，是以百姓如陷汤火，所在思乱。我等欲收民心，须托仁义。扬言大兵到处，开门纳降者秋毫无犯。在任好官，仍前任事。若酷虐人民者，即行斩首。一应钱粮，比原额只征一半，则百姓自乐归矣。'
> 自成悉从之。
> 岩密遣党作商贾，四出传言：'闯王仁义之师，不杀不掠。'又编口号使小儿歌曰：'吃他娘，穿他娘，开了大门迎闯王。闯王

来时不纳粮。'

又云：'朝求升，暮求合，近来贫汉难求活。早早开门拜闯王，管教大小都欢悦。'

时比年饥旱，官府复严刑厚敛。一闻童谣，咸望李公子至矣。……其父精白尚书也，故人呼岩为'李公子'。"

巡抚尚书李精白，其名见《明史·崔呈秀传》，乃崇祯初年所定逆案中"交结近侍，又次等论，徒三年，输赎为民者"一百二十九人中之一。他和客、魏"交结"的详细情形不明。明末门户之见甚深，而崇祯自己也就是自立门户的好手。除去客、魏和他们的心腹爪牙固然是应该的，但政治不从根本上去澄清，一定要罗致内外臣工数百人而尽纳诸"逆"中，而自己却仍然倚仗近侍，分明是不合道理的事。而李岩在《芝龛记》中即因父属"逆案"乃更蒙曲笔，这诛戮可谓罪及九族了。

李岩既与自成合伙，可注意的是：他虽然是举人，而所任的却是武职。他被任为"制将军"。史家说他"有文武才"，倒似乎确是事实。他究竟立过些什么军功，打过些什么得意的硬战，史籍上没有记载。但他对于宣传工作做得特别高妙，把军事与人民打成了一片，却是有笔共书的。自十三年以后至自成入北京，三四年间虽然也有过几次大战，如围开封、破潼关几役，但大抵都是"所至风靡"。可知李岩的收揽民意，瓦解官兵的宣传，千真万确地是收了很大的效果。

不过另外有一件事情也值得注意，便是李岩在牛金星加入了以后似乎已不被十分重视。牛本李岩所荐引，被拜为"天祐阁大学士"，官居丞相之职，金星所荐引的宋献策被倚为"开国大军师"，又所荐引的刘宗敏任一品的权将军，而李岩的制将军，只是二品。（此品秩系据《北略》，《甲申传信录》则谓"二品为副权将军，三品为制将军，四品为果毅将军"云云。）看这待遇显然是有亲有疏的。

关于刘宗敏的来历有种种说法，据上引《北略》认为是牛金星的"故知"，他的加入是由牛金星的引荐，并以为山西人（见卷二十三《宋献策及众贼归自成》条下）。《甲申传信录》则谓"攻荆楚，得伪将刘宗敏"（见《疆场裹革李闯纠众》条下）。而《明史·李自成传》却以为："刘宗敏者蓝田锻工也"，其归附在牛、李之前。自成被围于巴西鱼腹山中时，二人曾共

患难,竟至杀妻相从。但《明史》恐怕是错误了的。《北略》卷五《李自成起》条下引:

> "一云:自成多力善射,少与衙卒李固,铁冶刘敏政结好,暴于乡里。后随众作贼,其兵尝云:我王原是个打铁的。"

以刘宗敏为锻工,恐怕就是由于有这位"铁冶刘敏政"致误(假如《北略》不是讹字)。因为姓既相同,名同一字,是很容易引起误会的。

刘宗敏是自成部下的第一员骁将,位阶既崇,兵权最重,由入京以后事迹看来,自成对于他的依赖是不亚于牛金星的。文臣以牛金星为首,武臣以刘宗敏为首,他们可以说是自成的左右二膀。但终竟误了大事的,主要的也就是这两位巨头。

自成善骑射,既百发百中,他自己在十多年的实地经验中也获得了相当优秀的战术。《明史》称赞他"善攻",当然不会是阿谀了。他的军法也很严。例如:"军令不得藏白金,过城邑不得室处,妻子外不得携他妇人,寝兴悉用单布幕绵。……军止,即出校骑射。日站队,夜四鼓蓐食以听令。"甚至"马腾入田苗者斩之"(《明史·李自成传》)。真可以说是极端的纪律之师。别的书上也说:"军令有犯淫劫者立时枭磔,或割掌,或割势"(《甲申传信录》),严格的程度的确是很可观的。自成自己更很能够身体力行。他不好色,不饮酒,不贪财利,而且十分朴素。当他进北京的时候,是"毡笠缥衣,乘乌驳马"(《李自成传》);在京殿上朝见百官的时候,"戴尖顶白毡帽,蓝布上马衣,蹑韐靴"(《北略》卷二十)。他亲自领兵去抵御吴三桂和满洲兵的时候,是"绒帽蓝布箭衣"(《甲申传信录》);而在他已经称帝,退出北京的时候,"仍穿箭衣,但多一黄盖"(《北略》)。这虽然仅是四十天以内的事,而是天翻地覆的四十天。客观上的变化尽管是怎样剧烈,而他的服装却丝毫也没有变化。史称他"与其下共甘苦",可见也并不是不实在的情形。最有趣的当他在崇祯九年还没有十分得势的时候,"西掠米脂,呼知县边大绶曰:'此吾故乡也,勿虐我父老。'遗之金,令修文庙"(《李自成传》)。十六年占领了西安,他自己还是"每三日亲赴教场校射"(同上)。这作风也实在非同小可。他之所以能够得到民心,得到不少的人才归附,可见也绝不是偶然的了。

在这样的人物和作风之下，势力自然会日见增加，而实现到天下无敌的地步。在十四、十五两年间把河南、湖北几乎全部收入掌中之后，自成听从了顾君恩的划策，进窥关中，终于在十六年十月攻破潼关，使孙传庭阵亡了。转瞬之间，全陕披靡。十七年二月出兵山西，不到两个月便打到北京，没三天工夫便把北京城打下了。这军事，真如有摧枯拉朽的急风暴雨的力量。自然，假如从整个的运动历史来看，经历了十六七年才达到这最后的阶段，要说难也未尝不是难。但在达到这最后阶段的突变上，有类于河堤决裂，系由积年累月的浸渐而溃迸，要说容易也实在显得太容易了。在过短的时期之内获得了过大的成功，这却使自成以下如牛金星、刘宗敏之流，似乎都沉沦进了过分的陶醉里去了。进了北京以后，自成便进了皇宫。丞相牛金星所忙的是筹备登极大典，招揽门生，开科选举。将军刘宗敏所忙的是拶夹降官，搜括赃款，严刑杀人。纷纷然，昏昏然，大家都像以为天下就已经太平了的一样。近在肘腋的关外大敌，他们似乎全不在意。山海关仅仅派了几千兵去镇守，而几十万的士兵却屯积在京城里面享乐。尽管平时的军令是怎样严，在大家都陶醉了的时候，竟弄得刘将军"杀人无虚日，大抵兵丁掠抢民财者也"（《甲申传信录》）了。而且把吴三桂的父亲吴襄绑了来，追求三桂的爱姬陈圆圆，"不得，拷掠酷甚"（《北略》卷二十《吴三桂请兵始末》）；虽然得到了陈圆圆，而终于把吴三桂逼反了的，却也就是这位刘将军。这关系实在是并非浅鲜。

在过分的胜利陶醉当中，但也有一二位清醒的人，而李岩便是这其中的一个。《剿闯小史》是比较同情李岩的，对于李岩的动静时有叙述。"贼将二十余人皆领兵在京，横行惨虐。惟制将军李岩、弘将军李牟兄弟二人，不喜声色。部下兵马三千，俱屯扎城外，只带家丁三四十名跟随，并不在外生事。百姓受他贼害者，闻其公明，往起禀，颇为申究。凡贼兵闻李将军名，便稍收敛。岩每出私行，即访问民间情弊，如遇冤屈必予安抚。每劝闯贼申禁将士，宽恤民力，以收人心。闯贼毫不介意。"

这所述的大概也是事实吧。最要紧的是他曾谏自成四事，《小史》叙述到，《北略》也有记载，内容大抵相同，兹录从《北略》。

"制将军李岩上疏谏贼四事，其略曰：

一、扫清大内后，请主上退居公厂。俟工政府修葺洒扫，礼政府择日率百官迎请（进）大内。决议登极大礼，选定吉期，先命礼政府定仪制，颁示群臣演礼。

　　二、文官追赃，除死难归降外，宜分三等。有贪污者发刑官严追，尽产入官。抗命不降者，刑官追赃既完，仍定其罪。其清廉者免刑，听其自输助饷。

　　三、各营兵马仍令退居城外守寨，听候调遣出征。今主上方登大宝，愿以尧舜之仁自爱其身，即以尧舜之德爱及天下。京师百姓熙熙皞皞，方成帝王之治。一切军兵不宜借住民房，恐失民望。

　　四、吴镇（原作'各镇'，据《小史》改，下同）兴兵复仇，边报甚急。国不可一日无君，今择吉已定，官民仰望登极，若大旱之望云霓。主上不必兴师，但遣官招抚吴镇，许以侯封吴镇父子，仍以大国封明太子，令其奉祀宗庙，俾世世朝贡与国同休，则一统之基可成，而干戈之乱可息矣。

　　自成见疏，不甚喜，既批疏后'知道了'，并不行。"

　　后两项似乎特别重要；一是严肃军纪的问题，一是用政略解决吴三桂的问题。他上书的旨趣似乎是针对着刘宗敏的态度而说。刘非刑官，而他的追赃也有些不分青红皂白，虽然为整顿军纪——"杀人无虚日"，而军纪已失掉了平常的秩序。特别是他绑吴襄而追求陈圆圆，拷掠酷甚的章法，实在是太不通政略了。后来失败的大漏洞也就发生在这儿，足见李岩的见识究竟是有些过人的地方的。

　　《剿闯小史》还载有李岩入京后的几段逸事，具体地表现他的和牛、刘辈的作风确实是有些不同。第一件是他保护懿安太后的事。

　　"张太后，河南人。闻先帝已崩，将自缢，贼众已入。伪将军李岩亦河南人，入宫见之，知是太后，戒众不得侵犯。随差贼兵同老宫人以肩舆送归其母家。至是，又缢死。"

　　这张太后据《明史·后传》，是河南祥符县人，她是天启帝的皇后，崇祯帝的皇嫂，所谓懿安后或懿安皇后的便是。她具有"严正"的性格，与魏忠贤和客氏对立，崇祯得承大统也是出于她的力量。此外贺宿有《懿安后事略》，又纪昀有《明懿安皇后外传》。目前手中无书，无从引证。

第二件是派兵护卫刘理顺的事：

> "中允刘理顺，贼差令箭传觅，闭门不应，具酒题诗。妻妾阖门殉节。少顷，贼兵持令箭至，数十人踵其门。曰：'此吾河南杞县绅也，居乡极善，里人无不沐其德者。奉辛公子将令正来护卫，以报厚德。不料早已全家尽节矣。'乃下马罗拜，痛哭而去。"

《北略》有《刘理顺传》载其生平事迹甚详，晚年中状元（崇祯七年），死时年六十三岁。亦载李岩派兵护卫事，《明史·刘理顺传》（《列传》一五四）则仅言"群盗多中州人，人喑曰：'此吾乡杞县刘状元也，居乡厚德，何遽死！'罗拜号泣而去"。李岩护卫的一节却被抹杀了。这正是所谓"史笔"，假使让"盗"或"贼"附骥尾而名益显的时候，岂不糟糕！

第三件是一件打抱不平的事：

> "河南有恩生官周某，与同乡范孝廉儿女姻家。孝廉以癸未下第，在京候选，日久资斧罄然。值贼兵攻城，米珠薪桂，孝廉郁郁成疾。及城陷驾崩，闻姻家周某以宝物贿王旗鼓求选伪职，孝廉遂愤闷而死。其子以穷不能殡殓，泣告于岳翁周某。某呵叱之，且悔其亲事。贼将制将军李岩缉知，缚周某于营房，拷打三日而死。"

这样的事是不会上正史的，然毫无疑问绝不会是虚构。看来李岩也是在"拷打"人，但他所"拷打"的是为富不仁的人，而且不是以敛钱为目的。

他和军师宋献策的见解比较要接近些。《小史》有一段宋、李两人品评明政和佛教的话极有意思，足以考见他们两人的思想。同样的话亦为《北略》所收录，但文字多夺佚，不及《小史》完整。今从《小史》摘录：

> "伪军师宋矮子同制将军李岩私步长安门外，见先帝枢前有二僧人在旁诵经，我明旧臣选伪职者皆锦衣跨马，呵道经过。
>
> 岩谓宋曰：'何以纱帽反不如和尚？'
>
> 宋曰：'彼等纱帽原是陋品，非和尚之品能超于若辈也。'

岩曰：'明朝选士，由乡试而会试，由会试而廷试，然后观政候选，可谓严格之至矣。何以国家有事，报效之人不能多见也？'

宋曰：'明朝国政，误在重制科，循资格。是以国破君亡，鲜见忠义。满朝公卿谁不享朝廷高爵厚禄？一旦君父有难，皆各思自保。其新进者盖曰："我功名实非容易，二十年灯窗辛苦，才博得一纱帽上头。一事未成，焉有即死之理？"此制科之不得人也。其旧任老臣又曰："我官居极品，亦非容易。二十年仕途小心，方得到这地位，大臣非止一人，我即独死无益。"此资格之不得人也。二者皆谓功名是自家挣来的，所以全无感戴朝廷之意，无怪其弃旧事新，而漫不相关也。可见如此用人，原不显朝廷待士之恩，乃欲责其报效，不亦愚哉！其间更有权势之家，循情而进者，养成骄慢，一味贪痴，不知孝悌，焉能忠烈？又有富豪之族，从夤缘而进者，既费白镪，思权子母，未习文章，焉知忠义？此迩来取士之大弊也。当事者若能矫其弊而反其政，则朝无幸位，而野无遗贤矣。'

岩曰：'适见僧人敬礼旧主，足见其良心不泯，然则释教亦所当崇欤？'

宋曰：'释氏本夷狄之裔，异端之教，邪说诬民，充塞仁义。不惟愚夫俗子惑于其术，乃至学士大夫亦皆尊其教而趋习之。偶有愤激，则甘披剃而避是非；忽值患难，则入空门而忘君父。丛林宝刹之区，悉为藏奸纳叛之薮。君不得而臣，父不得而子。以布衣而抗王侯，以异端而淆政教。惰慢之风，莫此为甚！若说诵经有益，则兵临城下之时，何不诵经退敌？若云礼忏有功，则君死社稷之日，何不礼忏延年？此释教之荒谬无稽，而徒费百姓之脂膏以奉之也。故当人其人而火其书，驱天下之游惰以惜天下之财费，则国用自足而野无游民矣。'

岩大以为是，遂与宋成莫逆之交。"

当牛金星和宋企郊辈正在大考举人的时候，而宋献策、李岩两人却在反对制科。这些议论是不是稗官小说的作者所假托的，不得而知，但即使作为假托，而作者托之于献策与李岩，至少在两人的行事和主张上应该多少有些根据。宋献策这位策士虽然被正派的史家把他充分漫画化了，说他像猴子，又说他像鬼。——"宋献策面如猿猴"，"宋献策面狭而长，身不满三尺，其形如鬼。右足跛，出入以杖自扶，军中呼为宋孩儿"，俱见《北略》。通天文，解图谶，写得颇有点神出鬼没，但其实这人是很有点道理的。《甲申传信录》载有下列事项：

> "甲申四月初一日，伪军师宋献策奏。……天象惨烈，日色无光，亟应停刑。"

接着在初九日又载：

> "是时闯就宗敏署议事，见伪署中三院，每夹百余人，有哀号者，有不能哀号者，惨不可状。因问宗敏，凡追银若干？宗敏以数对。闯曰：天象示警，宋军师言当省刑狱。此辈夹久，宜酌量放之。敏诺。次日诸将系者不论输银多寡，尽释之。"

据这事看来，宋献策明明是看不惯牛金星、刘宗敏诸人的行动，故而一方面私作讥评，一方面又借天象示警，以为进言的方便。他的作为阴阳家的姿态出现，怕也只是一种烟幕吧。

李自成本不是刚愎自用的人，他对于明室的待遇也非常宽大。在未入北京前，诸王归顺者多受封。在入北京后，帝与后也得到礼殡，太子和永、定二王也并未遭杀戮。当他入宫时，看见长公主被崇祯砍得半死，闷倒在地，还曾叹息说道："上太忍，令扶还本宫调理。"（《甲申传信录》）他很能纳人善言，而且平常所采取的还是民主式的合议制。《北略》卷二十载："内官降贼者自宫中出，皆云，李贼虽为首，然总有二十余人，俱抗衡不相下，凡事皆众共谋之。"这确是很重要的一项史料。据此我们可以知道，后来李自成的失败，自成自己实在不能负专责，而牛金星和刘宗敏倒要负差不多全部的责任。

像吴三桂那样标准的机会主义者，在初对于自成本有归顺之心，只是尚在踌躇观望而已。这差不多是为一般的史家所公认的事。假使李岩的谏言被采纳，先给其父子以高爵厚禄，而不是刘宗敏式的敲索绑票，三桂谅不至于"为红颜"而"冲冠一怒"。即使对于吴三桂要不客气，像刘宗敏那样的一等大将应该亲领人马去镇守山海关，以防三桂的叛变和清朝的侵袭，而把追赃的事让给刑官去干也尽可以胜任了。然而事实却恰得其反。防山海关的只有几千人，庞大的人马都在京城里享乐。起初派去和吴三桂接触的是降将唐通，更不免有点类似儿戏。就这样在京城里忙了足足一个月，到吴三桂已经降清，并诱引清兵入关之后，四月十九日才由自成亲自出征，仓惶而去，仓惶而败，仓惶而返。而在这期间留守京都的丞相牛金星是怎样的生活呢？"大轿门棍，洒金扇上贴内阁字，玉带蓝袍圆领，往来拜客，遍请同乡"（《甲申传信录》），太平宰相的风度俨然矣。

自成以四月十九日亲征，二十六日败归，二十九日离开北京，首途向西安进发，后面却被吴三桂紧紧地追着，一败于定州，再败于真定，损兵折将，连自成自己也带了箭伤。在这时河南州县多被南京的武力收复了，而悲剧人物李岩，也到了他完成悲剧的时候。

> "李岩者，故劝自成以不杀收人心者也。及陷京师、保护懿安皇后，令自尽。又独于士大夫无所拷掠，金星等大忌之。定州之败，河南州县多反正。自成召诸将议，岩请率兵往。金星阴告自成曰：'岩雄武有大略，非能久下人者。河南，岩故乡，假以大兵，必不可制。十八子之谶得非岩乎？'因谮其欲反。自成令金星与岩饮，杀之。贼众俱解体。"（《明史·李自成传》）

《明亡述略》《明季北略》及《剿闯小史》都同样叙述到这件事。唯后二种言李岩与李牟兄弟二人同时被杀，而在二李被杀之后，还说到宋献策和刘宗敏的反应。

> "宋献策素善李岩，遂往见刘宗敏，以辞激之。宗敏怒曰：'彼（指牛）无一箭功，敢擅杀两大将，须诛之。'由是自成将相离心，献策他往，宗敏率众赴河南。"（《北略》卷二十三）

真正是呈现出了"解体"的形势。李岩与李牟究竟是不是兄弟，史料上有些出入，在此不愿涉及。献策与宗敏，据《李自成传》，后为清兵所擒，遭了杀戮。自成虽然回到了西安，但在第二年二月潼关失守，于是又恢复了从前"流寇"的姿态，窜入河南湖北，为清兵所穷追，竟于九月牺牲于湖北通山之九宫山，死时年仅三十九岁（一六〇六——一六四五）。余部归降何腾蛟，加入了南明抗清的队伍。牛金星不知所终。

这无论怎么说都是一场大悲剧。李自成自然是一位悲剧的主人，而从李岩方面来看，悲剧的意义尤其深刻。假使初进北京时，自成听了李岩的话，使士卒不要懈怠而败了军纪，对于吴三桂等及早采取了牢笼政策，清人断不至于那样快的便入了关。又假使李岩收复河南之议得到实现，以李岩的深得人心，必能独当一面，把农民解放的战斗转化而为种族之间的战争。假使形成了那样的局势，清兵在第二年绝不敢轻易冒险去攻潼关，而在潼关失守之后也绝不敢那样劳师穷追，使自成陷于绝地。假使免掉了这些错误，在种族方面岂不也就可以免掉了二百六十年间为清朝所宰治的命运了吗？就这样，个人的悲剧扩大而成为了种族的悲剧，这意义不能说是不够深刻的。

大凡一位开国的雄略之主，在统治一固定了之后，便要屠戮功臣，这差不多是自汉以来每次改朝换代的公例。自成的大顺朝即使成功了（假使没有外患，他必然是成功了的），他的代表农民利益的运动早迟也会变质，而他必然也会做到汉高祖、明太祖的藏弓烹狗的"德政"，可以说是断无例外。然而对于李岩们的诛戮却也未免太早了。假使李岩真有背叛的举动，或拟投南明，或拟投清廷，那杀之也无可惜，但就是谗害他的牛金星也不过说他不愿久居人下而已，实在是杀得没有道理。但这责任与其让李自成来负，毋宁是应该让卖友的丞相牛金星来负。

三百年了，种族的遗恨幸已消除，而三百年前当事者的功罪早是应该明白判断的时候。从种族的立场上来说，崇祯帝和牛金星所犯的过失最大，他们都可以说是两位种族的罪人。而李岩的悲剧是永远值得回味的。

1944年3月10日脱稿

（附识）此文以1944年3月19日在重庆《新华日报》上刊出，连载四日。24日国民党《中央日报》专门写一社论，对我抨击。国民党反动派的尴尬相是很可悯笑的。

注释

1．作者原注："炀灶"是说人君受蒙蔽。譬之如灶，一人在灶前炀火遮蔽灶门，则余人不得炀，亦无由见火光。出处见《韩非子·难四》及《战国策·赵策》。

2．作者原注：手实法，唐代曾施行，限人民于岁暮自陈其田产以定租额。宋神宗时吕惠卿亦行此法，甚为豪绅地主等所反对。

3．作者原注：巴寡妇清以丹穴致富，始皇曾为筑女怀清台。见《史记·货殖列传》。

4．作者原注：卜式以牧畜致富，汉武帝有事于匈奴，卜式输助军饷，武帝曾奖励之。事见《史记·平准书》。

5．作者原注："十八孩儿兑上坐，当从陕西起兵以得天下"；"十八孩儿"或"十八子"切李字。"兑"在八卦方位图中是正西方的卦，其上为乾，乾是西北方的卦。李自成崛起于陕西，陕西地处西北，当于乾位，故言"兑上坐"。又"乾为君"，故言"得天下"。

6．说文社于1944年出版此书，封面的书名为《李闯王》。按：《剿闯小史》其书，名称不一，据今见到的说文社一九四四年初版和一九四六年再版，封面为《李闯王》；张继《叙》却标名为《李闯贼史》；无竞氏《叙》又标名为《剿闯小史》；各卷标名也不一致，第一卷至五卷为《剿闯小史》，第六卷至十卷为《馘闯小史》。

谢陈代新

一

文化是随着人类的生产力而进展的，它的地方性少，而时代性大。

拿自然科学来说，同盟国的和轴心国的没有什么不同，社会主义国家的和资本主义国家的也还没有什么多大的悬异。因为是在同一时代里面差不多具有同一面貌。

但如时代不同，即在同一国家、同一民族里面，也就有天渊的悬别。欧洲中世纪的点金术和近代的化学是怎样的不同，那几乎就像是在不同的星球上所有的现象了。

准此，我们可以决定接受文化遗产的一个主要方针，便是对于古代的东西，不怕就是本国的，应该批判地扬弃；对于现代的东西，不怕就是敌国的，应该批判地摄取。

二

一切进展都呈出曲线形，它有上行阶段，有下行阶段。

在上行阶段的文化活动，大抵上是以人民幸福为本位的；在下行阶段的时候便被歪曲利用而起了质变，变为了以牺牲人民幸福为本位了。

然而以人民幸福为本位的思想并未消灭，它永远是文化进展的基流，不过它有的时候是洪水期，有的时候是伏流期而已。

准此，我们在从事批判的时候，应该把对象的时代性分析清楚，而把握着它的中心思想：合乎人民本位的应该阐扬，反乎人民本位的便要扫荡。

三

对于古代的批判应该要有一个整套的看法。尽可能据有一切的资料，还原出对象的本来面目。是什么还它个什么,是最严正的批判。"疯狗过街,人人喊打"。只要你把疯狗的姿态刻画出来,你就不喊一声打,别人自然要打它了。

歪曲了的矫正过来,粉饰着的把粉给它剥掉。但用不着矫枉过正,用不着分外涂乌。矫枉过正,分外涂乌,反授敌对者以口实,会使全部努力化为乌有,甚至生出反效果。

对于意见不同者是在说服,除别有用心的顽固派之外,只要有公平的正确的见解,人是可以说服的。说服多数的人便减少顽固派的力量。

我们应该要比专家还要专家,比内行还要内行,因此不可掉以轻心,随便地感情用事。不要让感情跑到了理智的前头,不要强不知以为知。一切的虚矫、武断、偷巧、模棱、诡辩、谩骂,都不是办法。研究没有到家最好不要说话。说了一句外行话,敌对者会推翻你九仞的高山。

四

应该分工合作,让一部分的朋友专门去研究陈古货色,大规模地、有组织地、细心地整理出一些头绪来。戳破神秘,让人们少走冤路。

我们希望有一部新的中国通史,中国思想史,和艺术各部门、文化各部门的专史。就是史纲也好,但要货真价实,一言九鼎,一字千钧,使专家们也要心悦诚服。

这工作是相当艰苦的,非奖励扶翼不能成功,但每每有些一知半解的人常常对这些艰苦工作者奚落嘲笑。毫无研究,胡乱发言,未免太不负责。

知其然,还要知其所以然。况所谓知其然者,未必真正知,也未必真正然。道听途说,人云亦云,公式主义的号筒而已。

五

新儒家、新墨家、新名家、新道家,凡把过去了的死尸复活到现代来的一切企图,都是时代错误。我们现代所有的东西比一切什么"家"都进步到不可以道里计了。

我们现在是清算古董的时代,不仅不迷恋古董,宁是要打破对于古董的迷恋。

我们要以公证人的态度来判决悬案，并不希望以宣教师的态度来宣讲"福音"。

为了接近那一"家"，便把那一"家"视为图腾，神圣不可侵犯，那是最不科学的态度。例如喜欢墨家，便连墨家崇拜鬼神都要替它辩解，或说出一番民主的意义出来，那未免近于嗜痂成癖了。

墨家在汉以后并没有亡，它是统归在儒里面去了。尤其是自宋以来的道学家者流，他们的极端轻视文化，菲薄文艺，是充分地含有墨子的非乐精神的。这些地方我们不要轻忽看过，过分地同情了。

要打倒孔家店，并不希望要建设墨家店。

六

新的东西我们大有应接不暇之势，我们自应当尽量摄取，但除以人民本位为原则之外，还须以切合实际为副次的原则。

我们不是拿文化来做装饰品，而是用文化来作为策进人民幸福的工具。

高视阔步的空谈理论，和现实脱节的浮夸子，他们的毒害并不亚于别有用心的顽固派。

现代学识的中国化或民族化，是绝对的必要。要使学问和实际打成一片，不能分为两截。使现代学识在中国的实生活里生根，再从这实生活里求现代学识的茁发。

七

切切实实地把欧美近百年来的一些典型著作翻译过来是绝对必要的。

通史、专史、作家传记的负责介绍也同样必要。

青年实在苦于找不到书读，而出版界中不负责任的包含毒素的书籍又太多了。最近看到了一段妙文，我不妨把它转录在下边：

"莎士比亚不仅是英国最大的诗人，也是世界最杰出的天才。但我们知道，天才不是由天生成，而是由不断的努力磨炼而成的。

　　莎士比亚之所以成为伟大的诗人，成为杰出的天才，实由他刻苦精励、努力学习所致。他遍读古今世界有名的诗篇，尤嗜拜伦、海涅、歌德、普希金诸浪漫诗人之诗，然时代影响亦为培育莎士比亚之主要条件，设非维多利亚女王之爱好文学，对他优渥有加，养成重文风气，则莎士比亚决不能跻于若是之高之地位，又倘非马克思之《资本论》对莎氏提供现代资本主义之种种知识，则《威尼斯商人》、《马克柏司》、《哈姆来特》、《第十二夜》中所描写之现代资本主义之罪恶，决不致如彼其深刻动人。……"（见胡雪著《帮闲文学》第二一页所引，原书未揭出作者姓名。）

　　这样一片不负责任的胡诌，不是可以惊愕的吗？诸人名，拜伦、海涅、歌德、普希金、维多利亚女王、马克思，均后于莎士比亚，莎氏作品中也并未描写现代资本主义之罪恶。但他却是畅所欲言地说得像煞有介事，年轻人读了有几位会知道它是胡诌？又谁能保证这样的胡诌不会流传呢？

　　这也不过是矫伪的一例而已。世间上存心歪曲历史、存心歪曲别人的思想和著作的所谓著作正是汗牛充栋，不把原有的本来面貌忠实地介绍些出来，实在是辨不胜辨。

　　翻译是极端艰苦的工作，不仅需要有玄奘和马丁·路德[1]的那种虔敬精神，而且需要有社会上的充分的物质保障。有良心的出版家在目前也是绝对地需要的。

1944年5月29日

注释

1．马丁·路德（Martin Luther，1483—1546），德国宗教改革运动倡导者，基督教（新教）路德派创始人。曾将《圣经》译成德文。

竹荫读画

　　傅抱石的名字，近年早为爱好国画、爱好美术的人所知道了的。

　　我的书房里挂着他的一幅《桐阴读画》，是去年十月十七日，我到金刚坡下他的寓所中去访问的时候，他送给我的。七株大梧桐树参差的挺在一幅长条中，前面一条小溪，溪中有桥，桥上有一扶杖者，向桐阴中的人家走去。家中轩豁，有四人正展观画图。其上仿佛书斋，有童子一人抱画而入。屋后山势壮拔，有瀑布下流。桐树之间，补以绿竹。

　　图中白地甚少，但只觉一望空阔，气势苍沛。

　　来访问我的人，看见这幅画都说很好，我相信这不会是对于我的谀辞。但别的朋友，尽管在美术的修养上，比我更能够鉴赏抱石的作品，而我在这幅画上却享有任何人所不能得到的画外的情味。

　　　三十二年十月十七日沫若先生惠临金刚坡下山斋，入蜀后最上光辉也。……

　　抱石在画上附题了几行以为纪念，这才真是给予了我"最上光辉"。我这一天日记是这样记着的：

十月十七日，星期日。

　　早微雨，未几而霁，终日晷。因睡眠不足，意趣颇郁塞。……

　　十时顷应抱石之约，往访之，中途遇杜老，邀与同往。抱石寓金刚坡下，乃一农家古屋，四围竹丛稠密，颇饶幽趣。展示所作画多幅，意思渐就豁然。更蒙赠《桐阴读画图》一帧，美意可感。

　　夫人时慧女士享以丰盛之午餐。食时谈及北伐时在南昌城故事。时慧女士时在中学肄业，曾屡次听余讲演云。

　　立群偕子女亦被大世兄亲往邀来，直至午后三时，始怡然告别。……

记得过于简单，但当天的情形是还活鲜鲜地刻印在我的脑子里面的。

　　我自抗战还国以后，在武汉时代特别邀了抱石来参加政治部的工作，得到了他不少的帮助。武汉撤守后，由长沙而衡阳，而桂林，而重庆，抱石一直都是为抗战工作孜孜不息的。回重庆以后，政治部分驻城乡两地，乡部在金刚坡下，因而抱石的寓所也就定在了那儿。后来抱石回到教育界去了，但他依然舍不得金刚坡下的环境，没有迁徙。据我所知，他在中大或艺专任课，来往差不多都是步行的。

　　我是一向像候鸟一样，来去于城乡两地的人，大抵暑期在乡下的时候多，雾季则多住在城里。在乡时，抱石虽常相过从，但我一直没有到他寓里去访问过，去年的十月十七日是唯一的一次。

　　我初以为相隔得太远，又加以路径不熟，要找人领路未免有点麻烦；待到走动起来，才晓得并不那么远。在中途遇着杜老，邀他同行；他是识路的，便把领路的公役遣回去了。

　　杜老抱着一部《淮南子》，正准备去找我，因为我想要查一下《淮南子》里面关于秦始皇筑驰道的一段文字。

　　我们在田埂上走着，走向一个村落。金刚坡的一带山脉，在右手绵亘着，蜿蜒而下的公路，历历可见。我们是在山麓的余势中走着的。

　　走不上十分钟光景吧，已经到了村落的南头。这儿我在前是走到过的，但到这一次杜老告诉我，我才知道村落也就叫金刚坡。有溪流一道，水颇湍急，溪畔有一二家面坊，作业有声。溪自村的两侧流绕至村的南端，其上有石桥，名龙凤桥。过桥，再沿溪西南行，不及百步，便有农家一座，为丛竹所拥护，葱茏于右侧。杜老指出道，那便是抱石的寓所了。

　　相隔得这样近，我真是没有想到。而且我在几天前的重九登高的时候，分明是从这儿经过的，那真可算是"过门而不入"了。

　　竹丛甚为稠密，家屋由外面几乎不能看出。走入竹丛后照例有一带广场，是晒稻子的地方，横长而纵狭。屋颇简陋并已朽败。背着金刚坡的山脉，面临着广场，好像是受尽了折磨的一位老人一样。

　　抱石自屋内笑迎出来了，他那苍白的脸上涨漾着衷心的喜悦。他把我们引进了屋内。就是面临着广场的一进厅堂，为方便起见，用篱壁隔成了三间。中间便是客厅，而兼着过道的使用，实在不免有些逼窄。这固然是抗战时期的生活风味，然而中国艺术家的享受就在和平时期似乎和这也不能够相差得很远。

　　我们中国人的嗜好颇有点奇怪，画一定要古画才值钱，人一定要死人才贵重。对于活着的艺术家的优待，大约就是促成他穷死，饿死，病死，愁死，这样使得他的人早点更贵重些，使得他的画早点更值钱些的吧？精神胜于物质的啦，可不是！

　　抱石，我看是一位标准的中国艺术家，他多才多艺，会篆刻，又会书画，长于文事，好饮酒，然而最典型的，却是穷，穷，第三个字还是穷。我认识他已经十几年了，他的艺术虽然已经进步得惊人，而他的生活却丝毫也没有改进。"穷而后工"的话，大约在绘事上也是适用的吧？

　　抱石把他所有的制作都抱出来给我看了，有的还详细的为我说明。我不是鉴赏的事，只是惊叹的事。的确也是精神胜于物质，那样苍白色的显然是营养不良的抱石，那来这样绝伦的精力呵？几十张的画图在我眼前就像电光一样闪耀，我感觉着那矮小的农家屋似乎就要爆炸。

　　抱石有两位世兄，一位才满两岁的小姐。大世兄已经十岁了，很秀气，但相当孱弱，听说专爱读书，学校里的先生在担心他过于勤鱼了。他也喜欢作画，我打算看他的画，但他本人却不见了。隔了一会他回来了，接着，立群携带着子女也走进来了，我才知道大世兄看见我一个人来寓，他又跑到我家里去把他们接来了的。

　　时慧夫人做了很多的菜来款待，喝了一些酒，谈了一些往事。我们谈到在日本东京时的情形。我记得有一次在东京中野留学生监督周慧文家里晚餐，酒喝得很多，是抱石亲自把我送到田端驿才分手的。抱石却把年月日都记得很清楚，他说是："二十三年二月三日，是旧历的大除夕。"

　　抱石在东京时曾举行过一次展览会，是在银座的松坂屋，开了五天，把东京的名人流辈差不多都动员了。有名的篆刻家河井仙郎，画家横山大观，书家中村不折，帝国美术院院长正木直彦，文士佐藤春夫辈，都到了场，有的买了他的图章，有了买了他的字，有的买了他的画。虽然收入并不怎么可观，但替中国人确实是吐了一口气。

　　我去看他的个展时是第二天，正遇着横山大观在场，有好些随员簇拥着他，那种飘飘然的傲岸神气，大有王侯的风度。这些地方，日本人的习尚和我们有些不同。横山大观也不过是一位画家而已。他是东京人，自成一派，和西京的巨头竹内栖凤对立，标榜着"国粹"，曾经到过意大利，和墨索里尼拉手。他在日本画坛的地位真是有点煊赫。自然，日本也有的是穷画家，但画家的社会比重要来得高些，一般是称为"画伯"的。

　　抱石在东京个展上摄了一些照片，其中有几张我题的诗，有一张我自己在看画时的背影。他拿出来给我们看了，十年前的往事活呈到了眼前，颇有一种难以言喻的情趣。

　　我劝抱石再开一次个展，他说他有这个意思，但能卖出多少却没有一定的把握。是的，这是谁也不敢保险的。不过我倒有胆量向一般有购买力的社会人士推荐；因为毫无问题，在将来抱石的画是会更值钱的。

　　午饭过后杂谈了一些，李可染和高龙生也来了，可染抱了他一些近作来求抱石品评。抱石又把自己的画拿出来，也让二位鉴赏了。在我告辞的时候，他检出三张画来，要我自己选一张，他决意送我，我有点惶恐起来。别人的宝贵制作，我怎好一个人据为私有呢？我也想到在日本时，抱石也曾经送过我一张，然而那一张是被抛弃在日本的。旧的我都不能保有，新的我又怎能长久享受呢？我不敢要，因而我也就不敢选。然而抱石自己终把这《桐阴读画》选出来，题上了字，给了我。

　　真是值得纪念的"三十二年十月十七日"！

　　抱石送我们出了他的家，他指着眼前的金刚坡对我说："四川的山水四处都是画材，我大胆地把它采入了我的画面，不到四川来，这样雄壮的山脉我是不敢画的。"

　　——"今天的事情，你可以画一幅'竹阴读画'图啦，读画的人不是古装的，而是穿中山装的高龙生、李可染、杜守素、郭沫若，还有夫人和小儿女。"我这样说着。

　　大家都笑了。大家也送着我们一直走出了竹林外来。

　　当到分手的时候，抱石指着时慧夫人所抱的二岁的小姐对我们说："这小女儿最有趣，她左边的脸上有一个很深的笑窝，你只要说她好看，她非常高兴。"

　　真的，小姑娘一听到父亲这样说，她便自行指着她的笑窝了，真是美，真是可爱得很。

　　时间很快的便过去了，在十月十七日后不久，我们便进了城；虽然住在被煤烟四袭的破楼房里，但抱石的《桐阴读画》却万分超然的挂在我的壁上。任何人看了都说这幅画很好，但这十月十七日一天的情景，非是身受者是不能从这画中读出来的。因而我感觉着值得夸耀，我每天都接受着"最上光辉"。

叶挺将军的诗

那是新四军事变后的第二年（一九四二），希夷被囚在陪都郊外的某一地点。秋冬快要完的时候了，他的夫人由广东携带着一位八岁的女儿扬眉来看他。他们在狱中曾经会过几次面。我在这时却也得到了极可宝贵的一些意外的收获。

十一月十六日，希夷夫人带着扬眉到赖家桥的寓所来访问我们，她把希夷手制的一枚"文虎章"送给我，作为他给我祝寿的礼物。那是由香烟罐的圆纸片制成的，正面正中用钢笔横写着"文虎章"三个字，周围环绕着"寿强萧伯纳，骏逸人中龙"十个字。背面写着"祝沫若兄五十大庆，叶挺"。在这之上，希夷夫人用红丝线来订上了佩绶，还用红墨水来加上了边沿。

这样一个宝贵的礼物，实在是使我怀着深厚的谢意和感激。我感激得噙着了眼泪。

不久我们从乡下搬进了城，又从希夷夫人手里得到希夷给我的一封信，这里面还附有一首诗。

沫若兄：

在囚禁中与内子第二次聚会，彻夜长谈二十四小时，曾说及十五日将往祝郭沫若兄五十大庆，戏以香烟罐内圆纸片制一"文虎章"，上写"寿强萧伯纳，骏逸人中龙"两句以祝。别后自思，不如改为下二句为佳：

寿比萧伯纳

功追高尔基

叶挺　卅一，十一，十四，

在渝郊红炉厂囚室中

为人进出的门紧锁着，

为狗爬出的洞敞开着，
一个声音高叫着：
——爬出来呵，给尔自由！
我渴望着自己，但也深知道
人的躯体哪能由狗的洞子爬出！
我只能期待着，那一天
地下的火冲腾
把这活棺材和我一齐烧掉，
我应该在烈火和热血中
得到永生。

六面碰壁居士卅一，十一，廿一

这里燃烧着无限的愤激，但也辐射着明澈的光辉，要这才是真正的诗。假使有青年朋友要学写诗的话，我希望他就从这样的诗里学。我敬仰希夷，事实上他就是我的一位精神上的老师。他有峻烈的正义感，使他对于横逆永不屈服；而同时又有透辟的人生观，使他自己超越在一切的苦难之上，五年的囚禁生活；假使没有这样的精神是不能够忍耐的。假使没有这样的精神，一个人不被软化，成为性格破产者，也要被瘫化，成为精神病患者。然而希夷征服了这一切，现在果真是"地下的火冲腾，把活棺材烧掉"，而他"在烈火和热血中得到永生"了。

他的诗是用生命和血写成的，他的诗就是他自己。

一九四六年三月四日，希夷在五年囚禁之后恢复自由，晚上在中共代表团看了他回来，又在电火光中反复读着他这首诗。

梅园新村之行

梅园新村也在国府路上，我现在要到那儿去访问。

从美术陈列馆走出，折往东走，走不好远便要从国民政府门前经过。国府也是坐北向南的，

从门口望进去，相当深远，但比起别的机关来，倒反而觉得没有那么宫殿式的外表。门前也有一对石狮子，形体太小，并不威武。虽然有点近代化的写实味，也并不敢恭维为艺术品。能够没有，应该不会是一种缺陷。

从国府门前经过，再往东走，要踱过一段铁路。铁路就在国府的墙下，起初觉得似乎有损宁静，但从另一方面想了一下，真的能够这样更和市井生活接近，似乎也好。

再横过铁路和一条横街之后，走不好远，同在左侧的街道上有一条侧巷，那便是梅园新村的所在处了。

梅园新村的名字很好听，大有诗的意味。然而实地的情形却和名称完全两样。不仅没有梅花的园子，也不自成村落。这是和《百家姓》一样的散文中的散文。街道是崎岖不平，听说特种任务的机关林立，仿佛在空气里面四处都闪耀着狼犬那样的眼睛，眼睛，眼睛。

三十号的周公馆，应该是这儿的一座绿洲了。

小巧玲珑的一座公馆。庭园有些日本风味，听说本是日本人住过的地方。园里在动土木，在右手一边堆积了些砖木器材，几位木匠师傅在加紧动工。看这情形，周公似乎有久居之意，而且似乎有这样的存心——在这个小天地里面，对于周围的眼睛，示以和平建设的轨范。

的确，我进南京城的第一个感觉，便是南京城还是一篇粗杂的草稿。别的什么扬子江水闸，钱塘江水闸，那些庞大得惊人的计划暂且不忙说，单为重观瞻起见，这座首都的建设似乎是刻不容缓了。然而专爱讲体统的先生们却把所有的兴趣集中在内战的赌博上，而让这篇粗杂的草稿老是不成体统。

　　客厅也很小巧，没有什么装饰。除掉好些梭发之外，正中一个小圆桌，陈着一盆雨花台的文石。这文石的宁静、明朗、坚实、无我，似乎也就象征着主人的精神。西侧的壁炉两旁，北面与食厅相隔的左右腰壁上，都有书架式的壁橱，在前应该是有书籍或小摆设陈列的，现在是空着。有绛色的帷幕掩蔽着食厅。

　　仅仅两个月不见，周公比在重庆时瘦多了。大约因为过于忙碌，没有理发的闲暇吧，稍嫌过长的头发愈见显得他的脸色苍白。他的境遇是最难处的，责任那么重大，事务那么繁剧，环境又那么拂逆。许多事情明明是知其不可为而为，但却丝毫也不敢放松，不能放松，不肯放松。他的工作差不多经常要搞个通夜，只有清早一段时间供他睡眠，有时竟至有终日不睡的时候。他曾经叹息过，他的生命有三分之一是在"无益的谈判"里继续不断地消耗了。谈判也不一定真是"无益"，他所参与的谈判每每是关系着民族的生死存亡，只是和他所花费的精力比较起来，成就究竟是显得那么微末。这是一个深刻的民族的悲哀，这样一位才干出类的人才，却没有更积极性的建设工作给他做。

　　但是，轩昂的眉宇，炯炯的眼光，清朗的谈吐，依然是那样的有神。对于任何的艰难困苦都不会避易的精神，放射着令人镇定、也令人乐观的毅力。我在心坎里，深深地为人民，祝祷他的健康。

　　我自己的肠胃有点失调，周公也不大舒服，中饭时被留着同他吃了一餐面食。食后他又匆匆忙忙地外出，去参加什么会议去了。

　　借了办事处的一辆吉普车，我们先去拜访了莫德惠和青年党的代表们。恰巧，两处都不在家，我们便回到了中央饭店。

鲁迅与王国维

在近代学人中我最钦佩的是鲁迅与王国维。但我很抱歉，在两位先生生前我都不曾见过面，在他们的死后，我才认识了他们的卓越贡献。毫无疑问，我是一位后知后觉的人。

我第一次接触鲁迅先生的著作是在一九二〇年《时事新报·学灯》的《双十节增刊》上。文艺栏里面收了四篇东西，第一篇是周作人译的日本小说，作者和作品的题目都不记得了。第二篇是鲁迅的《头发的故事》。第三篇是我的《棠棣之花》（第一幕）。第四篇是沈雁冰（那时候雁冰先生还没有茅盾的笔名）译的爱尔兰作家的独幕剧。《头发的故事》给予我的铭感很深。那时候我是日本九州帝国大学的医科二年生，我还不知道鲁迅是谁，我只是为作品抱了不平。为什么好的创作反屈居在日本小说的译文的次位去了？那时候编《学灯》栏的是李石岑，我为此曾写信给他，说创作是处女，应该尊重，翻译是媒婆，应该客气一点。这信在他所主编的《民铎杂志》发表了。我却没有料到，这几句话反而惹起了鲁迅先生和其他朋友们的不愉快，屡次被引用来作为我乃至创造社同人们藐视翻译的罪状。其实我写那封信的时候，创造社根本还没有成形的。

有好些文坛上的纠纷，大体上就是由这些小小的误会引起来了。但我自己也委实傲慢，我对于鲁迅的作品一向很少阅读。记得《呐喊》初出版时，我只读了三分之一的光景便搁置了。一直到鲁迅死后，那时我还在日本亡命，才由友人的帮助，把所能搜集到的单行本，搜集了来饱读了一遍。像《中国小说史略》一书，我只读过增田涉的日译本，一直到现在还没有读过原文。自己实在有点后悔，不该增上傲慢，和这样一位值得请教的大师，在生前竟失掉了见面的机会。

事实上我们是有过一次可以见面的机会的。那是在大革命失败后的一九二七年年底，鲁迅已经辞卸广州中山大学教务主任回到了上海，我也从汕头、香港逃回到上海来了。在这时，经由郑伯奇、蒋光慈诸兄的中介曾经酝酿过一次切实的合作。我们打算恢复《创造周报》，适应着当时的革命挫折期，想以青年为对象，培植并维系青年们的革命信仰。我们邀请鲁迅合作，竟获得了同意，并曾经在报上登出过《周报》复刊的广告。鲁迅先生列第一名，我以麦克昂的假名列在第二，其次是仿吾、光慈、伯奇诸人。那时本来可以和鲁迅见面的，但因为我是失掉了自由的人，怕惹出意外的牵累，不免有些踌躇。而正在我这踌躇的时候，后期创造社的几位朋友回国了，他们以新进气锐的姿态加入阵线，首先便不同意我那种"退撄"的办法，认为《创造周报》的使命已经过去了，没有恢复的必要，要重新另起炉灶。结果我退让了。接着又生了一场大病，几乎死掉。病后我亡命到日本，创造社的事情以后我就没有积极过问了。和鲁迅的合作，就这样不仅半途而废，而且不幸的是更引起了猛烈的论战，几乎弄得来不及收拾。这些往事，我今天来重提，只是表明我自己的遗憾。我与鲁迅的见面，真正可以说是失之交臂。

关于王国维的著作，我在一九二一年的夏天，读过他的《宋元戏曲史》。那是商务印书馆出版的一种小本子。我那时住在泰东书局的编辑所里面，为了换取食宿费，答应了书局的要求，着手编印《西厢》。就因为有这样的必要，我参考过《宋元戏曲史》。读后，认为是有价值的一部好书。但我也并没有更进一步去追求王国维的其它著作，甚至王国维究竟是什么人，我也没有十分过问。那时候王国维在担任哈同[1]办的仓圣明智大学的教授，大约他就住在哈同花园里面的吧。而我自己在哈同路的民厚南里也住过一些时候，可以说居处近在咫尺。但这些都是后来才知道的。假使当年我知道了王国维在担任那个大学的教授，说不定我从心里便把他鄙弃了。我住在民厚南里的时候，哈同花园的本身在我便是一个憎恨。连那什么"仓圣明智"等字样只觉得是可以令人作呕的狗粪上的微菌。

真正认识了王国维，也是在我亡命日本的时候。那是一九二八年的下半年，我已经开始作中国古代社会的研究，和甲骨文、金文发生了接触。就在这时候，我在东京的一个私人图书馆东洋文库里面，才读到了《观堂集林》，王国维自己编订的第一个全集（《王国维全集》一共有三种）。他在史学上的划时代的成就使我震惊了。然而这已经是王国维去世后一年多的事。

这两位大师，鲁迅和王国维，在生前都有可能见面的机会，而我没有见到，而在死后却同样以他们的遗著吸引了我的几乎全部的注意。就因为这样，我每每总要把他们两位的名字和业绩联想起来。我时常这样作想：假使能够有人细心地把这两位大师作比较研究，考核他们的精神发展的路径，和成就上的异同，那应该不会是无益的工作。可惜我对于两位的生前都不曾接近，著作以外的生活态度，思想历程，及一切的客观环境，我都缺乏直接的亲炙。因此我对于这项工作虽然感觉兴趣，而要让我来做，却自认为甚不适当。六年前，在鲁迅逝世第四周年纪念会上，我在重庆曾经作过一次讲演，简单地把两位先生作过一番比较。我的意思是想引起更适当的人来从事研究，但六年以来，影响却依然是沉寂的。有一次许寿裳先生问过我，我那一次的讲演，究竟有没有底稿。可见许先生对于这事很注意。底稿我是没有的，我倒感觉着：假使让许先生来写这样的题目，那必然是更适当了。许先生是鲁迅的挚友，关于鲁迅的一切知道得很详，而同王国维想来也必定相识，他们在北京城的学术氛围里同处了五年，以许先生的学力和衡鉴必然更能够对王国维作正确的批判。但我不知道许先生自己有没有这样的兴趣。

　　首先我所感觉着的，是王国维和鲁迅相同的地方太多。王国维生于一八七七年，长鲁迅五岁，死于一九二七年，比鲁迅早死九年，他们可以说是真正同时代的人。王国维生于浙江海宁，鲁迅生于浙江绍兴，自然要算是同乡。他们两人幼年时家况都很不好。王国维经过上海的东文学社，以一九〇一年赴日本留学，进过东京的物理学校。鲁迅则经过南京的水师学堂，路矿学堂，以一九〇二年赴日本留学，进过东京的弘文学院，两年后又进过仙台的医学专门学校。王国维研究物理学只有一年，没有继续，而鲁迅研究医学也只有一年。两位都是受过相当严格的科学训练的。两位都喜欢文艺和哲学，而尤其有趣的是都曾醉心过尼采。这理由是容易说明的，因为在本世纪初期，尼采思想乃至德意志哲学，在日本学术界是磅礴着的。两位回国后都曾从事于教育工作。王国维以一九〇三年曾任南通师范学堂教习。讲授心理、伦理、哲学，一九〇四年转任苏州师范学堂教习，除心理、伦理、哲学之外，更曾担任过社会学的讲座。鲁迅则以一九〇九年担任浙江两级师范学堂的生理和化学的教员，第二年曾经短期担任过绍兴中学的教员兼监学，又第二年即辛亥革命的一九一一年，担任了绍兴师范学校的校长。就这样在同样担任过师范教育之后，更有趣的是，复同样进了教育部，参加了教育行政工作。王国维是以一九〇六年在当时的学部（即后来的教育部）总务司行走，其后改充京师图书馆的编译，旋复充任名词馆的协调。都是属于学部的，任职至辛亥革命而止。鲁迅则以一九一二年任南京临时政府教育部的部员，初任社会教育司第一科科长，后迁北京，又改为佥事，任职直至一九二六年。而到晚年来，又同样从事大学教育，王国维担任过北京大学的通信导师，清华大学研究院教授，鲁迅则担任过北大、北京师大、北京女子师大、厦门大学、中山大学等的讲师或教授。

两位的履历，就这样，相似到实在可以令人惊异的地步。而两位的思想历程和治学的方法及态度，也差不多有同样令人惊异的相似。他们两位都处在新旧交替的时代，对于旧学都在幼年已经储备了相当的积蓄，而又同受了相当严格的科学训练。他们想要成为物理学家或医学家的志望虽然没有达到，但他们用科学的方法来回治旧学或创作，却同样获得了辉煌的成就。王国维的《宋元戏曲史》和鲁迅的《中国小说史略》，毫无疑问，是中国文艺史研究上的双璧。不仅是拓荒的工作，前无古人，而且是权威的成就，一直领导着百万的后学。王国维的力量后来多多用在史学研究方面去了，他的甲骨文字的研究，殷周金文的研究，汉晋竹简和封泥等的研究，是划时代的工作。西北地理和蒙古史料的研究也有些惊人的成绩。鲁迅对于先秦古物虽然不大致力，而对于秦以后的金石铭刻，尤其北朝的造像与隋唐的墓志等，听说都有丰富的搜罗，但可惜关于这方面的成绩，我们在《全集》中不能够见到。大抵两位在研究国故上，除运用科学方法之外，都同样承继了清代乾嘉学派的遗烈。他们爱搜罗古物，辑录逸书，校订典集，严格地遵守着实事求是的态度。鲁迅的力量则多多用在文艺创作方面，在这方面的伟大的成就差不多掩盖了他的学术研究方面的业绩，一般人所了解的鲁迅大抵是这一方面。就和王国维是新史学的开山一样，鲁迅是新文艺的开山。但王国维初年也同样是对于文学感觉兴趣的人。他曾经介绍过歌德的《浮士德》，根据叔本华的美学思想写过《红楼梦评论》，尽力赞美元曲,而在词曲的意境中提倡"不隔"的理论（"不隔"是直观自然，不假修饰）。自己对于诗词的写作，尤其词，很有自信，而且曾经有过这样的志愿，想写戏曲。据这些看来，三十岁以前，王国维分明是一位文学家。假如这个志趣不中断，照着他的理论和素养发展下去，他在文学上的建树必然更有可观，而且说不定也能打破旧有的窠臼，而成为新时代的一位前驱者的。

　　两位都富于理性，养成了科学的头脑，这很容易得到公认。但他们的生活也并不偏枯，他们是厚于感情，而特别是笃于友谊的。和王国维"相识将近三十年"的殷南先生所写的《我所知道的王静安先生》里面有这样的一节话："他平生的交游很少，而且沉默寡言，见了不甚相熟的朋友是不愿意多说话的，所以有许多的人都以为他是个孤僻冷酷的人。但是其实不然，他对于熟人很爱谈天，不但是谈学问，尤其爱谈国内外的时事。他对于质疑问难的人是知无不言，言无不尽。偶尔遇到辩难的时候，他也不坚持他的主观的见解，有时也可以抛弃他的主张。真不失真正学者的态度。"（见述学社《国学月报·王静安先生专号》，一九二七年十月三十一日出版。）这样的态度，据我从鲁迅的亲近者所得来的认识，似乎和鲁迅的态度也很类似。据说鲁迅对于不甚相熟的朋友也不愿意多说话，因此有好些人也似乎以为鲁迅是一位孤僻冷酷的人。但他对于熟人或质疑问难的人，却一样是知无不言，言无不尽的。两位都获得了许多青年的爱戴，即此也可以证明，他们的性格是博爱容众的。

　　但在这相同的种种迹象之外，却有不能混淆的断然不同的大节所在之处。那便是鲁迅随着时代的进展而进展，并且领导了时代的前进；而王国维却中止在了一个阶段上，竟成为了时代的牺牲。王国维很不幸地早生了几年，做了几年清朝的官；到了一九二三年更不幸地受了废帝溥仪的征召，任清宫南书房行走，食五品俸。这样的一个菲薄的蜘蛛网，却把他紧紧套着了。在一九二七年的夏间，国民革命军在河南打败了张作霖，一部分人正在兴高采烈的时候，而他却在六月二日（农历五月三日）跳进颐和园的湖水里面淹死了。在表面上看来，他的一生好像很眷念着旧朝，入了民国之后虽然已经十六年，而他始终不曾剪去发辫，俨然以清室遗臣自居。这是和鲁迅迥然不同的地方，而且也是一件很稀奇的事。他是很有科学头脑的人，做学问是实事求是，丝毫不为成见所囿，并且异常胆大，能发前人所未能发，言腐儒所不敢言，而独于在这生活实践上却呈出了极大的矛盾。清朝的遗老们在王国维死了之后，曾谥之为忠悫公，这谥号与其说在尊敬他，毋宁是在骂他。忠而悫，不是骂他是愚忠吗？真正受了清朝的深恩厚泽的大遗老们，在清朝灭亡时不曾有人死节，就连身居太师太傅之职的徐世昌，后来不是都做过民国的总统吗？而一个小小的亡国后的五品官，到了民国十六年却还要"殉节"，不真是愚而不可救吗？遗老们在下意识中实在流露了对于他的嘲悯。不过问题有点蹊跷，知道底里的人能够为王国维辩白。据说他并不是忠于前朝，而是别有死因的。他临死前写好了的遗书，重要的几句是"五十之年，只欠一死，经此世变，义无再辱"。没有一字一句提到了前朝或者逊帝来。这样要说他是"殉节"，实在是有点说不过去。况且当时时局即使危迫，而逊帝溥仪还安然无恙。他假如真是一位愚忠，也应该等溥仪有了三长两短之后，再来死难不迟。他为什么要那样着急？所以他的自杀，我倒也同意不能把它作为"殉节"看待。据说他的死，实际上是受了罗振玉的逼迫。详细的情形虽然不十分知道，大体的经过是这样的。罗在天津开书店，王氏之子参与其事，大折其本。罗竟大不满于王，王之媳乃罗之女，竟因而大归。这很伤了王国维的情谊，所以逼得他竟走上了自杀的路。前举殷南先生的文字里面也有这样的话："偏偏去年秋天，既有长子之丧，又遭挚友之绝，愤世嫉俗，而有今日之自杀。"所谓"挚友之绝"，所指的应该就是这件事。伪君子罗振玉，后来出仕伪满，可以说已经沦为了真小人，我们今天丝毫也没有替他隐讳的必要了。我很希望深知王国维的身世的人，把这一段隐事更详细地表露出来，替王国维洗冤，并彰明罗振玉的罪恶。

但我在这儿，主要的目的是想提说一项重要的关系，就是朋友或者师友。这项关系在古时也很知道重视，把它作为五伦之一，而要在今天看来，它的重要性更是有增无已了。这也就是一种重要的社会关系，在一个人的成就上，是一个极其重要的因数。王国维和鲁迅的主要不同处，差不多就判别在他们所有的这个朋友关系上面。王国维之所以划然止步，甚至遭到牺牲，主要的也就是朋友害了他。而鲁迅之所以始终前进，一直在时代的前头，未始也不是得到了朋友的帮助。且让我更就两位的这一项关系来叙述一下吧。

罗振玉对于王国维的一生最关系最密切的一个人，王国维受了他不少的帮助是事实，然而也受了他不少的束缚更是难移的铁案。王国维少年时代是很贫寒的。二十二岁时到上海入东文学社的时候，是半工半读的性质，在那个时候为罗振玉所赏识，便一直受到了他的帮助。后来他们两个人差不多始终没有分离过。罗振玉办《农学报》，办《教育世界》，都靠着王国维帮忙，王国维进学部做官也是出于罗的引荐。辛亥革命以后，罗到日本亡命，王也跟着他。罗是一位收藏家，所藏的古器物、拓本、书籍，甚为丰富。在亡命生活中，让王得到了静心研究的机会，于是便规范了三十以后的学术的成就。王对于罗似乎始终是感恩怀德的。他为了要报答他，竟不惜把自己的精心研究都奉献了给罗，而使罗坐享盛名。例如《殷墟书契考释》一书，实际上是王的著作，而署的却是罗振玉的名字。这本是学界周知的秘密。单只这一事也足证罗之卑劣无耻，而王是怎样的克己无私，报人以德了。同样的事情尚有《戬寿堂所藏殷墟文字》和《重辑仓颉篇》等书，都本是王所编次的，而书上却署的是姬觉弥的名字。这也和鲁迅辑成的《会稽郡故书杂集》，而用乃弟周作人名字印行的相仿佛。就因为这样的关系，王更得与一批遗老或准遗老沈曾植、柯绍忞之伦相识，更因缘而被征召入清宫，一层层封建的网便把王封锁着了。厚于情谊的王国维不能自拔，便逐渐逐渐地被强迫成为了一位"遗臣"。我想他自己不一定是心甘情愿的。罗振玉是一位极端的伪君子，他以假古董骗日本人的钱，日本人类能言之。他的自充遗老，其实也是一片虚伪，聊借此以沽誉钓名而已。王国维的一生受了这样一位伪君子的束缚，实在是莫大的遗憾。假使王国维初年所遇到的不是这样一位落伍的虚伪者，又或者这位虚伪者比王国维早死若干年，王的晚年或许不会落到那样悲剧的结局吧。王的自杀，无疑是学术界的一个损失。

　　鲁迅的朋友关系便幸运得多。鲁迅在留学日本的期中便师事过章太炎。章太炎的晚年虽然不一定为鲁迅所悦服，但早年的革命精神和治学态度，无疑是给了鲁迅以深厚的影响的。在章太炎之外，影响到鲁迅生活颇深的人应该推数蔡元培吧？这位有名的自由主义者，对于中国的文化教育界的贡献相当大，而他对于鲁迅始终是刮目相看的。鲁迅的进教育部乃至进入北京教育界都是由于蔡元培的援引。一直到鲁迅的病殁，蔡元培是尽了没世不渝的友谊的。蔡、鲁之间的关系，在我看来差不多有点像罗、王之间的关系。或许不正确吧？然而他们相互间的影响却恰恰相反。鲁迅此外的朋友，年辈相同的如许寿裳、钱玄同，年轻一些的如瞿秋白、茅盾，以及成为了终身伴侣的许广平，这些先生们在接受了鲁迅的影响之一面，应该对于鲁迅也发生了回报的影响。就连有一个时期曾经和鲁迅笔战过的后期创造社的几位朋友，鲁迅也明明说过是被他们逼着阅读了好些关于唯物辩证法的文艺理论的书籍的。我这样说，但请读者不要误会，以为我有意抹杀鲁迅的主观上的努力。我丝毫也没有那样的意思。我认为朋友的关系是相互的，这是一种社会关系，同时也就是一种阶级关系，我们固然谁也不能够脱离这种关系的影响，然而单靠这种关系，也不一定会收获到如愿的成就。例如岂明老人[2]的环境和社会关系应该和鲁迅的是大同小异的吧，然而成就却相反。这也就足以证明主观努力是断然不能抹杀的了。

准上所述，王国维和鲁迅的精神发展过程，确实是有很多地方相同，然而在很多重要的地方也确实是有很大的相异。在大体上两位在幼年乃至少年时代都受过封建社会的影响。他们从这里蜕变了出来，不可忽视地，两位都曾经经历过一段浪漫主义的时期。王国维喜欢德国浪漫派的哲学和文艺，鲁迅也喜欢尼采，尼采根本就是一位浪漫派。鲁迅的早年译著都浓厚地带着浪漫派的风味。这层我们不要忽略。经过了这个阶段之后，两位都走了写实主义的道路，虽然发展的方向各有不同，一位偏重于学术研究，一位偏重于文艺创作，然而方法和态度却是相同的。到这儿，两位所经历的是同样的过程，但从这儿以往便生出了悬隔。王国维停顿在旧写实主义的阶段上，受着重重束缚不能自拔，最后只好以死来解决自己的苦闷，事实上是成了苦闷的俘虏。鲁迅则从此骎骎日进了。他从旧写实主义突进到新现实主义的阶段，解脱了一切旧时代的桎梏，而认定了为人民大众服务的神圣任务。他扫荡了敌人，也扫荡了苦闷。虽然他是为肺结核的亢进而终止了战斗，事实上他是克服了死而大踏步地前进了。

就这样，对于王国维的死我们至今感觉着惋惜，而对于鲁迅的死我们却始终感觉着庄严。王国维好像还是一个伟大的未成品，而鲁迅则是一个伟大的完成。

我要再说一遍，两位都是我所钦佩的，他们的影响都会永垂不朽。在这儿我倒可以负责推荐，并补充一项两位完全相同的地方，那便是他们都有很好的《全集》传世。《王国维遗书全集》(商务版，其中包括《观堂集林》)和《鲁迅全集》这两部书，倒真是"虽与日月争光可也"的一对现代文化上的金字塔呵！

但我有点惶恐，我目前写着这篇小论时，两个《全集》都不在我的手边，而我仅凭着一本《国学月报》和《王静安先生专号》和许广平先生借给我的一份《鲁迅先生年谱》的校样；因此我只能写出这么一点白描式的轮廓，我是应该向读者告罪的。

再还有一点余波也让它在这儿摇曳一下吧。我听说两位都喜欢吸香烟，而且都是连珠炮式的吸法。两位也都患着肺结核，然而他们的精神却没有被这种痼疾所征服。特别是这后一项，对于不幸而患了同样病症的朋友，或许不失为一种精神上的安慰和鼓励吧。

1946年9月14日

注释

1．哈同（S.A.Hardoon,1847—1931），英国籍犹太人。
2．即周作人。

鲁迅和我们同在

鲁迅离开我们整整十年了。在这十年当中世界起了很大的变化，我们中国也起了很大的变化。鲁迅所诅咒的法西斯蒂，遭受了很大的打击，鲁迅所颂扬的人民的力量赢得了辉煌的胜利。我们中国经过了八年的抗战，终竟把日本帝国主义赶走了。当然这胜利在我们有一大部分是侥幸得来，但我们敢于说：凡是崇敬鲁迅的人是以不屈不挠的精神，尽了至善的努力来赢得的。

毛泽东主席说过："鲁迅的方向，就是中华民族新文化的方向。"这是最有斤两的话。鲁迅的方向是什么呢？就是为人民服务的方向，对于反人民的恶势力死不妥协的方向。

就拿我自己来说吧，我今天有资格能够站在鲁迅的面前来向着大家说话，也就是因为我遵照了鲁迅所指示给我的正确方向。一九二七年大革命遭了挫折，我逃亡到日本一直待了十年。在"七七"事变发生之后，我终于单身地跑回中国来了。是什么人把我呼唤回来的呢？我要坦白地说是我们的鲁迅先生。

这在我是有诗为证的。

卢沟桥事变发生后的七月二十五日，我乘着一只外国的商船离开日本，快到上海的时候，我在船上曾经做过一首旧诗，我相信在座的各位或许还有人记得的吧，我自己是还记得的，我现在想向各位朗诵它一遍。

又当投笔请缨时，别妇抛雏断藕丝。
去国十年余泪血，登舟三宿见旌旗。
欣将残骨埋诸夏，哭吐精诚赋此诗。
四万万人齐蹈厉，同心同德一戎衣。

我在当时的确是把我全部的赤诚倾泻了出来，我是流着眼泪把诗吐出的；虽然并不是什么了不起的东西，但它在我的生命史上的确是一个里程碑。但这诗所用的韵是什么人的韵呢？就是鲁迅的一首旧诗的原韵。这的的确确是可以证明我在回国的当时是有鲁迅的精神把我笼罩着的。假如没有鲁迅这座精神上的灯塔，假使鲁迅不曾给过我一些鞭挞，我可能永远在日本陷没下去，说不定我今天是会在南京和周作人做伴的吧？

这十年当中，鲁迅的肉体虽然离开了我们，但他的精神是始终领导着我们的。他那种实事求是地为人民服务的精神，他那种坚忍不拔地向一切反人民的恶势力顽强作战的精神，始终领导着我们，我们追随着他的时候便可以保证我们的进步，我们违背了他的时候便一定证明我们的堕落。

周作人是堕落了，因为他违背了他。闻一多是进步了，因为他追随了他。闻一多说过："鲁迅是对的，我们从前是错了。"这是把生命拿来做了抵押品的严烈的自我批判，像闻一多正是鲁迅精神的最优秀的继承者。鲁迅精神在这十年间所发生的领导作用，闻一多就是最明显的一个指标。

我现在真切地感觉着，我们今天每一个人都应该加倍的警惕，我们到底还是做闻一多，还是做周作人，只在我们的一念之差。周作人固然还活着，但他是活着的吗？闻一多固然是死了，但他是死了的吗？在这对于我们是永远的生和死的关头，就要凭着自己的一念的转移，看我们究竟朝着什么方向走！假使我们实事求是地勤勤恳恳地为人民服务，我们坚忍不拔地死不妥协地向一切反人民的恶势力顽强战斗到底，那便是鲁迅的信徒，我们便可以走向永生。假使我们是反其道而行，那便是鲁迅的敌人，我们便走向万劫不复的死路。

我们中国的近代史差不多是以十年为一周期的。内战了十年，外战了十年，今后的十年工夫可能是在内外交迫之下的坚苦建设的局面。但我们不应该悲观，毋宁是应该加倍的振作起精神来应付我们当前的任务，来缩短人民的痛苦。

因此我们更应该加倍的认识鲁迅，加倍的体验鲁迅精神。"横眉冷对千夫指，俯首甘为孺子牛"，要有甘心做牛的精神，然后才有"横眉冷对"的胆量。

把我们的一切浮躁、苦闷、侥幸、彷徨的情趣镇定下去，我们要定着心，老老实实地来做水牛或黄牛的工作。虔诚地替老百姓耕田，拉车，出牛奶，服务到死还要把自己的皮、肉、骨头、角、蹄子、心肝五脏都奉献出来，一点也没有保留。

　　这种做牛的态度也就是鲁迅精神的绝好的象征。我们今天一个人应该要变成两条牛，然后才能够完成我们的使命。

　　或许会有朋友会说，光是做牛，抵得什么事？老虎当前一下把你吃光了。不过我们不要忘记，老虎是只能够吃孤单的一条牛，而没有胆量干犯一群牛的。就是单独的一条母牛，为了要从虎口中救出它的小牛儿，它终竟把老虎撞死了的故事，各位想来是知道的吧？我们不要把牛的力量轻视了，假如我们为老百姓服务的精神，真是把他当成自己的"孺子"一样，真是像一条母牛为它自己养的小牛儿诚心诚意地甘愿牺牲的那样，我们自然会有力量把那横暴的老虎撞死！

　　前途尽管有怎样的艰难，人民终竟是要翻身的！民主必然是要实现的！法西斯蒂必然是要垮台的！——这是历史必然的法则！

　　我们要七十二行，行行出鲁迅！

　　鲁迅精神永远和我们同在！

1946年10月18日

人所豢畜者

狗

我是中国人，很不喜欢狗。这情绪似乎是一种国民的情绪。

请看，"狗东西"，这一骂不是超越了阶级，无分贫富，不问主奴？足见狗即有功，终归无赖。

外国人看狗似乎两样，他们称之为"忠实"。这是站在人类自私的立场。其在我们，则正以其"忠实"，故不足齿数。

中国人亦有自甘为犬马者，但终属自谦之辞。自谦即是认明犬马终属下等。故只闻"犬子"而不闻犬郎之称，遑论犬翁犬母矣。

猫

可惜你太小了。

不然你应该能吃更伟大的老鼠。

猪

呜呼超然。和光同尘，有寿者相。

我佛如来苦心修行，困而得之者，而我公则出自天授。

是无我三昧[1]，是至上涅槃[2]，玄之又玄，圆之又圆，最后多了一声"呜呼"，有损渊默。

骆　　驼

昂头天外，意则深矣远矣而忘浅近矣。

可惜不能化而为鸟，其名为鹏。

兔

我能原谅你，你要那样神经过敏。
我也能原谅你，你是那样的多产作家。

鸭

板鸭是鸭子典型的最高的形象化。
这形象虽然出自人为，然而内容终是鸭子。可知内容实决定形式也。

鸡　公

义务宣传家的末路。

鸡　　婆

过火的贤妻良母主义者。
共夫而不妒，而且还要讲究贞操。
多产而不辞劳，公然还要孵化鹅鸭。

鹅

只有这一点好处——在池塘里面浮着，可以假充白鸟（鸿）。

牛

你的力量大，我佩服你。
你替老百姓服务，我赞美你。
但你的肉为什么要那样好吃？

我等待着你的回答。

马

你的脚据说也是从五个指（趾）头进化来的，而今只剩下一个指头了。
我看只有一条进化的路在等待着你：便是最后的四个指头一齐消灭。

象

是一位极端主义者。一切极端的东西都集中在自己的身上。太长，太大，
太厚，太粗，太小，太细，太猛，太驯，太笨，太灵，太不调和而又太调和。
万象一如，是大宇宙，象哉，象哉。

金　　鱼

她是不会害羞的。

蛔　　虫

我代表我们寄生虫同志发言：
我们共同认为寄生虫这个徽号很可以满足。

蚕　　子

说我"作茧自缚"吗？笑话！我是作茧来束缚你们。——蚕蛹在锅里
这样说。

蜂

须要知道，甜蜜的家庭是一团团蜡的网子。

臭　虫

我是信仰孔夫子的，时止则止，时行则行，泛爱众而亲仁。

孔夫子的信仰存在一天，我总存在一天。

孔夫子的声名施及蛮貊[3]，故如今外国也有我的族类了。

为什么不能说是黄种的光荣呢？

跳　蚤

典型的政客。

才在不流血革命，一下又"失踪"了。

虱　子

我和希特拉是同志。

我知道你们厌恶我，但我不能因你们厌恶而不存在。我倒是最大的洁癖家，我在和污秽作斗争。

什么？我不应该传染瘟疫——斑疹伤寒，培斯脱[4]？

这只是为了要提高你们的纯种化，不然，你们为什么要拥戴我？

其　它

猎鹰——一九四五年以后的美国人。

火鸡——丘吉尔的塑像。

鸽子——丝毫没有保障的乌托邦。

羊子——为什么要生角？

其它——……

1946年11月21日

注释

1. 三昧，佛教名词。谓心专注一境而不散乱的精神状态。
2. 槃，佛教名词。指熄灭"生死"轮回而后获得的一种精神境界。
3. 古族名。《书·武成》："华夏蛮貊"。
4. 作者原注：鼠疫，pest的音译。

"十载一来复"

事情的确是有偶然的凑巧。

这一次我于十一月十四日离开上海，在动身的前一天写了几首诗，其中有一首是：

> 十载一来复，于今又毁家。
> 毁家何为者？为建新中华。

因为距一九三七年卢沟桥事变后我从日本逃回来，刚刚十年了。

到了香港之后偶然想起，十年前在这儿的六国饭店曾经做过一首诗，起句也正是"十载一来复"。

> 十载一来复，香港意旧游。
> 兴亡增感慨，有责在肩头。

这诗我是完全忘记了，这次不来香港，恐怕是永远记不起来的。

我算是三次来过香港，恰巧是十年来一次；第一次是一九二七，第二次是一九三七，这一次是一九四七。

第一次是参加了南昌的八一革命，在汕头失败，由神泉乘帆船漂流而来。

第二次是上海成了孤岛之后，从日寇的重围中脱出。

这一次呢，我也同样地获得了再生之感。

偶然的巧合积上了三次了。量的垒积要起质变，偶然要成为必然。

再隔十年我必然要回来香港。

因为那时候的中国已经是人民的中国，而我这个中国的人民当然有绝对的旅行的自由了。

四月八日

四月八日——这是悲痛的一个日子。

两年前的今天，一下子便把好多革命的领导者丧失了。王若飞，秦博古，叶挺，邓发，谁不知道都是一将当千的智勇双全的人民服务员，老辈的黄齐老，幼年的叶扬眉，也都是我们中国人民的光辉，然而一下子，这十一个人都粉身碎骨了。

他们是为了政协决议中关于宪草一部分的问题，飞回延安请示的。飞机在秦晋之交的黑茶山，因大雾误触山头而误事。就这样给予了中国革命以无可补偿的损失。

我们会说：这是由于偶然的灾难吗？

不，这完全是出于中美反动派联合摆布出的一个魔阵！

政治协商会议的那一幕，像昙花一现那样，炫惑了很多的人，至今都还有人在迷恋而为之惋惜的。然而那一幕，整个是一套大骗局，由以后的时局发展直到今天，我们也应该明了了。那是美帝国主义特地派来了一位头等大骗子，在我们眼前耍了一场大花枪，而在暗地里替中国反动派布置了内战阵势。好多好心肠的中国人是被他骗着了。我们就是在这骗局中，把我们的一群卓越的领导者，四八烈士，丧失了的，我们能够说这是偶然吗？

那吗，是不是那些革命领袖们也同样受了骗呢？

不，我在这儿更敢于说出一千万个"不"！

四八烈士中的一位王若飞兄，就时常这样告诉我：

"假的，假的，但我们要把它弄假成真！"

我们请从这句话中，看取四八烈士和其他革命领袖们的"知其不可为而为"的精神吧！

美帝诚然是我们的死敌，然而我们自己也应该反省一下了。美帝会骗人，而我们也实在太会受骗。就因为我们的太会受骗，所以逼得我们的领导者们不得不顺应舆情，每每冒着更大的危险去走迂回曲折的路。因此，不知道遭了多少次的损失。四八烈士的牺牲是其中最显著的一例罢了。

　　美帝的骗还在继续，而我们的容易受骗也还在继续呢。最近眼前的事——一个卖"原子笔"走江湖的小骗子雷诺，不是都把我们中国的一些"大科学家们"骗得啼笑皆非吗？

　　是应该痛悔的时候了！我们在四月八日这一天，应该重新宣誓：我们要肃清我们自己的容易受骗，图拣便宜的劣根性，要拿出粉身碎骨的精神来和中美反动派不共戴天！

涂家埠

一

一九二七年"八一"革命后的第三天，那是阴郁的一天，清早，我同一氓两人从庐山下来。我们是忙里偷闲，在分外冷落的庐山上只待了一夜。

在大暑天，正好避暑的时候，避暑胜地的庐山偏会冷落，说不定会有人奇怪吧。但假如明白了当时的局势，那就一点也不会奇怪了。

那时是大革命的分化期。蒋介石已经背叛了革命，在南京勾结帝国主义和国内的封建残余，和武汉的所谓赤色政府对立。但那"赤色政府"究竟赤到了怎样程度呢？五六月中在河南和张作霖作战，虽然打赢了，然而牺牲很大，而迎接出来的西北军却主张和南京妥协。就这样，内面潜伏着的反动势力便抬起头来，逼得投机分子们汪精卫和孙科之流逐渐右倾，解除了中国总工会的武装，并解散了总工会和农民协会，而结果连政府本身也不能不逃难了。

武汉政府所依赖的唯一武力，是张发奎所领率的第四方面军，这里包含着原有的第四军和第十一军，还有贺龙的两师人和叶挺的两师人，军容是相当盛大的。本来坚守着武汉，和唐生智、何健等所代表的反动势力作一坚强斗争，也未尝不是办法。但由于长江下游的封锁，汪精卫等的自私与无能，而更加上张发奎的想保全实力，终于全面退让，所有的政府要人和军队，都移到南浔铁路沿线来了。

所假借的名义倒是很堂皇的，东下讨伐南京蒋介石。但在实际上，政府要人在和南京方面勾结，企图宁、汉合作；军事方面的人，特别以"保护阿斗"自居的张发奎，则是心存观望。他之占据着南浔铁路沿线，连他自己都很直率地对我说过，是"进可以谈，退可以走"。——还要向什么地方退走呢？退回广东去，由北伐而南旋了。

　　革命的形势是这样，真正的革命核心也就采取了新的动向，突破那些已腐或将腐的果皮果核，而迸发出新的根苗来。那就是在八月一号在南昌所揭幕的八一革命的意义。参加了那次革命的主力是贺龙、叶挺的四师人，另外还有后来走了岔路的第十一军的旧部。这样一来，把张发奎的部属几乎抽成了一个真空。

　　避暑胜地的庐山要遭冷落，自然是理所当然的事了。

二

　　我那时是第四方面军的"党代表"，照例是兼摄着政治部主任的。我们跟着军队也到了九江。驻扎在一座已经放了暑假的教会学校里面。

　　我同张发奎通了电话，他要我立刻到他的指挥部去商量善后的办法。我去了，那是在一间两面临着庭园的楼房，陈设相当零乱，除张发奎之外，还有两位新任军长黄琪翔和朱晖日也在座。他们也才接到八一革命的消息没有好一会，面容都很颓丧而又兴奋。

　　张发奎和我商量的就是解决政治部的事情。他主张解散，我也同意了。这是一种革命的逻辑，在当时一般认为：凡是干政治工作的都是共产党。八一革命是共产党发动的，所有的政工人员自然也应该共同进退了。

　　四方面军政治部虽然成立不久，但它是跟着我一道从总政治部分化出来的，它却集中了人力物力的精华，单是骡马我们就有四五十匹。这在二十年前，不要说一个政治部，就是一个师部或军部都还没有这样的豪华。那些东西，我们既然拿不走，也就乐得慷慨，全部移交了。但是我们的结论是：人员一律以礼遣散，不作留难。

三

　　张发奎和我，本来是有些相当的友谊的。北伐期中，我们共同过甘苦，尤其是在河南作战的时候，我以总政治部副主任的资格曾经上前线去慰劳，在新郑我们作过一番深切的谈话。我认为我们那时进河南作战是错误了，应该趁着南京的勾结还未成功之前，先讨蒋而后讨张。他那时很尊重我的意见，说我们是志同道合。故在回武汉之后，他升为第四方面军的前敌总指挥，也就邀请我做他的"党代表"。但一从我做了他的"党代表"之后，便由"志同道合"一变而为"貌合神离"。你要向他提供些意见，他一句口头禅，便是"书生之见,纸上谈兵"。于是我们的交情便进了一境,由"貌合神离"再变而为"分道扬镳"了。

当我们在同意之下，决议解散政工组织之后，他却关心到我个人的进退上来。他问我打算怎么样，我回答他打算到南昌去。他却希望我能够跟着他走。他说，他个人打算乘日本船偷偷到上海，再由上海到日本去，部队交给黄琪翔和朱晖日带回广东，希望我能够帮他的忙。他自然是看上了我是日本留学生，懂日本话，够做他的私人秘书，但我谢绝了。

不过在这儿我倒也应该感谢他，我虽然坚持要到南昌去，他也没有阻拦我，而且还帮了我一点小忙。

他说："要到南昌去，至迟今晚上就要动身。我们回头就要下戒严令，今晚上的口令和特别口令可以照发，明天就不能保险了。"

还有，也是他说的，要到南昌去，最希望为他传达一点意见：

"第一，我希望他们尽速退出南昌，因为我的部队也要到南昌去，免致发生冲突。

"第二，我听说他们要回广东，我希望他们走东江，不要走赣南，因为我的部队要走赣南回广东，免致发生冲突。

"第三，河水不犯井水，我们彼此不相干犯，我希望革命委员会以后不要再用我张发奎的名义，做傀儡我不来。

"第四，我对政工人员一律以礼遣散，希望他们不要伤负了我的人。"

这些话我请他笔记下来，他很勉强地用铅笔来在随便一张纸头上写出了，但不肯签名。不过，尽管不签名，尽管用铅笔，这总算是他自己的亲笔文件了。

四

就和毁坏一个器皿是很容易的一样，解散一个组织当然也是很容易的。没有费上半天工夫，整个方面军政治部和留在九江的一切政工人员都一律遣散了。但只剩下四个人决定在当晚一同赶到南昌去。

这四个人是谁呢？便是李一氓、阳翰笙、梅龚彬和我。一氓是方面军政治部主任秘书，翰笙和龚彬是属于四军和十一军的军政治部的，职分我记不清楚了。我们是在下午六点钟的时候聚齐。此外还带了两位勤务兵：一位是一混的小勤务兵，另一位是我的大勤务兵。这两位勤务兵的姓名，我也记不清楚了。

戒严令是很严厉的，六点过后街上已经很少行人，车辆不用说更不能通行了。街头隔不几十步便有哨兵站岗，枪头戴上刺刀，如临大敌。我们依然是穿着军服的，在天光还不十分暗淡的时候，当然可以通行无阻。

那天是特别阴晦的一天，等我们快要走到火车站的时候，天色已经朦胧下来了。于是"口令！"……"特别口令！"的叫唱，把那严肃的气象弄得更加严肃。

在车站附近的一条侧街上，替我扛着一口小皮箱和一卷被条的我的大勤务兵，突然把担子放下，当街向着我跪了下来，流着眼泪，向我叩头。

我们都吃了一惊，问他到底是什么意思。

他哭着把意思说出了："请饶恕我吧，我家里还有一位八十岁的老母亲！"

这位勤务兵是湖北人，他是从武汉跟着我来的，看起来很雄壮，没有想出才这样胆小。他自然以为我们是上杀场，要他的命了。真是糟糕，他早又不说！但也只怪我们以貌取人，在事前没有经过一道甄别。

这有什么办法呢？只好请他回去，我便把被卷也送了他，把小皮箱接过手来自己提。

五

车站上的人是很值得感谢的，尤其是铁路工友。

火车的交通已经停止了，据说在涂家埠以南有一道铁桥被炸断了，火车头留在九江的也只有两个，其它的都在南昌被扣留了。要去，就只好乘手摇车，但保不定能够到达。

车站上的人叫我们不要去，认为很危险。他们又说，外边还有这样的风声，说不定南昌那边还要打过来。

但我们坚决要去，请他们准备手摇车。他们答应了。北伐期中，铁路工友是有很好的组织的，他们知道了我们的来历，尤其自告奋勇，愿意把我们送到南昌去。

手摇车是一种正方形的木板车，下面四个滚子放在铁轨上，上面横置着一把固定的有靠背的长椅，可以并坐三两个人。摇车的人站在椅背后，摇着两边的发动机，车子便自然滚动起来。

我们连人带行李占了两架手摇车，我和一泯和他的小勤务兵占一架，翰笙和龚彬占一架。每架两位工友替我们摇，摇起来的速度，似乎和火车的速度相差得并不怎么大。

是漆黑的夜，没有月，也没有星。除掉到了车站，站上的电灯显得分外辉煌之外，沿途只于黑影森严中偶尔露出一些农家的灯火而已。那是情意深厚的灯火，好像是亲人的眼睛。沿途都有哨兵站岗，走不好远便有"口令！""特别口令！"的呐喊，在这之中还可以听出扳机柄的声音。

工友们很卖力。他们是轮流换班的，摇得二三十分钟光景便要换班一次。那样的时候并不一定是在车站上，车上的人把车停着，只要向暗中一呼唤，便有回应的声音，接着便有人提起灯来换班。一听了我们的来历，新来的人又勇气百倍地接着把我们摇向前去。我们在路上换了好几班。在夜深应该睡觉的时候，要工友们起来作分外的服务，但却不曾听见他们出过一次怨言。真是值得感谢的事啊！我们是南面而坐的，真好像是南面王一样！

我们不断地劈进柔和的夜空中，劈出浩荡的长风来，感受着万斛的凉味。

六

到了德安车站，已经是半夜过后将近一点钟的时候了。

月台上，横七竖八地堆积着一些货物的包箱，有一排人光景在那儿守卫。

虽然叫了口令，把口令也应对上来了，但士兵们一定要我们停车，不准我们过去。

一位短小精干的人来了。一眼看去便知道他是广东人，哨兵向他敬礼，称呼他是排长。

我对他说："我是党代表，受了总指挥的嘱托，有重要的使命要赶到南昌去。"

那人用多少已经官话化了的广东话，铁面无情地回答说："唔得！就系总指挥自己来，也唔得过！一定要有营长嘅命令先至得！"

"营长是不是在车站上？"

"唔在，在德安城里！"

"今晚好不好去通知他？"

"唔得！听晨我同呢一道见佢去。"

真不愧是"铁军"的少校，斩钉切铁地说了这几句话，他又各自回车站里去了。

士兵里面也有些是四川口音的，其中有一位带着同情安慰的意思说，这德安是最后一道防线啦，不是轻易可以通过的。前面十里路光景，还有一个尖兵站，这儿就算通过了，那儿你也通不过。

"你们的营长姓什么？"

"姓张，张总指挥的张。"

糟糕！这一张比那一张更难说话，我开始有点疑心了。我疑心的是张发奎在玩花头，当面做人情，背地里摆这一关来让我们不能过。

但是有什么办法呢？过不了的，的确就是张总指挥自己来也怕过不了。我们便决计在车站上过夜了。

摇车的工友们是有朋友的，他们要我们跟着他们去找一个宿处，我们谢却了。四个人加上一个小勤务兵，就坐在那手摇车上，睡了一个半夜。

七

德安城离车站还有五六里路光景，那是在铁路东面。第二天清早，在八点钟左右，我们算得到那位广东排长的许可，让小勤务兵在站上看守行李，我们四个人进城去见营长。他自己并没有陪伴我们，而是派了两位士兵荷着枪，上着刺刀，把我们送去的。我相信，他一定和营长通过电话，而得到营长的许可，叫他那样做的。照官制，党代表和总指挥是平行的，而且有监军的任务，一个营长就劳他的尊驾，亲自到车站上来迎接迎接，论理也还应该。不过在这样内部起分化时的党代表，事实就等于"共产党的代表"，派两位武装的兵士来护送，倒是最合格了。

这一天是晴天，迎着清早的太阳，在一片甘薯中向德安城走去。

营部驻扎在一个中学校里面，我们被卫兵引进了一间课堂，那便是营长的办公室兼寝室了。在黑板下陈着一张行军床，床上便睡着那位营长。他受了通报，看见我们进了课堂，便很想撑起身来。一眼看去，他是在害病。我劝他不要客气，但他仍然抬起半身，指挥我们在附近的课椅上坐。

营长也是广东人，说他在发疟疾；看那样子的确也很狼狈，脸庞是瘦削而灰黑的。

我估计他一定认得我，但我却不认识他。

我把来意告诉了，并把张发奎的亲笔文件拿出来给他看。我告诉他："这是机密要事，故尔只能用铅笔写，也不好署名。但总指挥的亲笔，你总是认得的。"

营长没有多么留难，只是说要到南昌，恐怕也很困难吧，有几处铁路听说炸断了，不通火车。但他立即命令在那课室里的一位下属，写了一张路条，写明"有某某官长四名，勤务一名，准予通行"字样。我们便算得到了通过最后一道难关的把握了。

营长也很关切着当前的情势，他说："我们大家都不明白，为什么自己人要打自己人？"

我因为不明白他的思想底细，没有多说话。我只是说："一定打不起来的，请放心。南昌的革命委员会里面，不是还有张总指挥的名字吗？他们只是反对蒋介石和汪精卫，并不反对总指挥。大家都希望赶快回广东，说不定我们可以在广东再见。"

就这样，我们便告辞了出来，循着原路走回车站。这次的心境特别轻松，我自己都在佩服我自己的机敏。幸好当张发奎和我谈话时，我要求他写出了他的意见，不然不是要很费周折，而且说不定还要遭意外的危险吗？

八

回到车站，立即又坐上手摇车出发。

在前面十里路左右，的确有一队尖兵在那儿守卫，有一班人的光景。

见了营长的路条，毫无留难地便让我们通过了。

真是愉快呀！过了这一线就是我们的自己的天下了！

太阳照得特别的光明，南风吹得特别的馥郁，田园青翠得特别妩媚。两条铁轨发着银白色的光，就像专门为我们铺设出来的那样，坦坦荡荡地丝毫也没有阻挡，要把我们运往革命的乐土。

工友们也摇得特别起劲，不断地只看到两边的林木往后飞。眼前的大地真是活着的，一切都在笑，都在跑，都在长风中发着浩歌。我们有时也让工友们坐在椅上，自己去摇它们。都是自己人，在车上是无话不谈，毫无顾忌了。

我同一氓坐的车子是跑在前头的，不知道是车轮的活泼，还是人力加紧的原故，我们跑得特别快。翰笙和龚彬坐的那一架，有时他们一齐起来帮助摇，但也摇不过我们，总是落在后面很远很远的，要相差十几二十分钟的光景。

"这样的手摇车，坐着实在是再舒服利落也没有。我这回要算是坐第二次了。前一次是往河南慰劳前线将士的时候，由信阳坐往新郑。那时是六月初，枣子树正在开花，河南平原很多枣树林，车子在枣树林中摇过，一望无涯的枣花，漾成一片香海。那是使我终生难忘的一种印象。"

这个回忆自然会被唤醒起来，活鲜鲜地。在我们的车快要到涂家埠的时候，我向一氓说着，而于十分快意之中却表示了一星星的不满足："江西境内的风物，太平淡无奇了。这儿和长江沿岸所见到的别无二致，希望能有一项有特征的东西，足以使我们这一次的旅行，增加点色彩。"

说也奇怪，大抵人在走顺路的时候，希望总是容易得到满足的。

就在我们达到涂家埠车站那一段期间，同样使我终生难忘的另一种印象，出现到我们的眼前来了。

九

涂家埠是一个大车站，位居南昌与九江之中。这在军事上是一个冲要的地方。周围有水回环着，因而在南北两段的铁路上都有铁桥。当北伐军在江西境内和孙传芳作战的时候，孙传芳便屯驻重兵于此，借铁路的联络，以策应南昌与九江两端。攻破涂家埠是很费了点力量的。

我们到达了涂家埠，倒也并不是将近一年前的战绩惊悚了我们。认真说，那样的战绩，在车站上是丝毫也看不出来了。但在那车站上确实有一样东西惊悚了我们，至少是我自己。我们在车站上，看着一列火车停在那儿，有三个车厢都挤满了兵。还有好些服装不整的兵，拥挤在月台上。火车头向着九江的一边，生着火，正冒着烟。

"这是怎么回事呢？"我惊讶了，"已经可以通车了吗？"

我们的手摇车本来还没有到换班的地点，但我要他们停下来。我到车站上去找站长。站长就在那月台上，我问他那火车是怎样的情形，他说，他也不清楚，是从牛行开来的，他们逼着加煤加水，要开往九江去。

"不是说有铁桥炸断了吗？"

"看情形大概是没有炸断吧，不然火车怎么能够开来呢？"

情形算弄明白了。我在心里这样想：这列火车是不好让它开往九江的。假如开往九江，那不是替那边增加了一个火车头和三个车厢吗？而且证明铁桥并没有断，不是又可以立刻通车运兵了吗？

因此，我便向站长说，要他不要让这列火车开出。

月台上的散兵看见我在和站长交涉，有的便簇拥上来。都是些没有符号的徒手兵，显然是在南昌被缴了械的程潜和朱培德的部队了。他们看见我穿的是军服，起初摸不准确我是那一边的人。有的喊我是"官长"，问我究竟是怎么一回事，是湖南人的口音。我没有十分理会他们。

我走进站长室里去打电话。天气很热，我把皮带和上衣解了，脱在室内的一张床上。我是在裤带上佩着一枝布隆宁手枪的。我打电话给牛行车站，要他们转南昌的贺龙和叶挺，报告他们我到了涂家埠；并希望他们注意铁路的交通，要断绝就应该严密。

当我在打电话的时候，一些散兵便拥在窗外听，他们自然看准确了我的身份，知道我是什么人了。

电话不容易打通，我又走出站长室，想找一眠来再打。待我走出月台的时候，那些散兵便簇拥上来了，立即把我包围着。我顿时感觉着情形的严重。我的手枪是上了子弹的，但不是拔出来自卫的事，而是护卫着手枪不要被人拔去的事了。我把两只手紧紧抓着手枪，约略二十名的散兵便来抓着我。有的在喊打，有的不做声地只是出手出脚，有的争着抢我的手枪，有的争着抢我的手表。眼镜被打掉了，自来水笔被抢去了，手表被扭去了，我仍然死命地保护着手枪。从月台被打下轨道，当我倾斜着还没有倒上轨道的时候，一个家伙从附近顺手捡了一个大石头向我当胸打来，但幸好只是一个大炭渣。

十

大家的目标都在争取我的手枪，我又被暴徒们从轨道拉上了月台。二十几个人扭着一团，我被打倒在月台上了。结果，皮带终竟被扭断了，手枪被一个人抢了去。他举起来，愣着仰睡在地上的我。就在这一瞬间，我自己的脑筋真是清凉透了。那真是形容不出的一种透彻的清凉。

种种的回忆在那一瞬时辐凑了起来。

一年半前由广东出发的时候，霍乱症正在流行，在爬南岭的途中，看着看着一些伕子和士兵，便倒在路旁死去，然而我没有死。

去年八月三十号打到武昌城下，跟着士兵一道去冲锋，纪德甫是阵亡在宾阳门外的，然而我没有死。

蒋介石已经叛变了，并且下了我的通缉令，我还公然到过南京，并和军部的人员同坐一部火车由苏州到上海。那时我也没有遭逮捕，也没有死。

由上海回到武汉的时候，坐着一只英国船，船到南京城下，正遇着孙传芳反攻，两军隔江炮轰，船只好停在江心五天。那时我也没有死。……

然而，没想出才要死在今天，死在这涂家埠，死在这些被缴了械的乱兵手里呀！……

清凉的意识在替自己不值，然而很奇怪，那枝手枪却没有送了我的命，而是救了我的命。

当那个把我手枪抢去的人高举手来的时候，一群殴打我的人却把我丢开，大家跑回头去争抢那枝手枪去了！

这样一个好机会还能失掉吗？我的生命便乘机脱逃，一直穿过车站，走向后面的一排工友房下。那里有齐胸高的一排方格窗，都是开着。我便在一个窗口上，用两手一按，跳进房里去了。房里沿壁都放着床，在靠北的一张床上，一位中年妇人，正抱着一个乳儿在午睡。她被惊醒了，我把来历告诉了她，请她不要声张。

不一刻，外边的哨子响了，有火车开动的声音。我知道是那站长被迫着把火车开出了。但到了这时，我也无法挽回，等调匀了气，我又慢慢从工人房走出。

奇怪，刚才那么高的窗，一按便可以跳过的，现在却是移步都感觉艰难了。虽然还在兴奋当中，但周身都已感觉着有点微痛。

十一

一场险恶的风波过了，在月台上又看见了一泯，翰笙和龚彬。一泯也挨了打，他是被一部分人追进一间待车室里面，躲在一只角落里，虽然受了脚踢，但还没有什么严重的伤痕。

翰笙们的车到得迟，他们停在站外，正是我们挨打的时候。翰笙因为往田里去小解去了，得免于难。龚彬受了一部分人的追逐，幸好开火车的哨子响了，散兵们都丢下了人去抢乘火车去了。

小勤务兵呢？失了踪。这在我是一件很遗憾的事。

当我在月台开始挨打的时候，我看见他在月台的南端，把身上的驳壳拔出来，想要救护我，然而另一群散兵却把他簇拥着了，以后便不知道他的下落。车站上的人说，他被簇拥上火车去了。这定然是实在的。因为始终没有听见开枪的声音，月台上也没有什么血痕，他被架去了是毫无疑问的。但他的死活是怎样，我们至今都不知道。

那小朋友怕还不足二十岁吧？他是从前我们在南昌工作的时候跟着一泯的，一泯一定还记得他的姓名和籍贯，我是丝毫也不记忆了。只是记得他有一个还未十分成熟的身子，相当结实，不足五尺高。有一个桃子形的脸蛋，相当丰满而健康。的确是一位纯洁可爱的小鬼。但从那时以后，我们便一直不知道他的下落了。

他到底死了，还是活着的呢，假使是死了，那可以说，完全是为了我的轻率造次而死，而且他还是存心救我并打算开枪的，他更完全是替我而死了。

大家的行李都被抢光了，最可惜的是我在北伐期中的一些日记，还有是一口皮箱里面装满了的二十七枝驳壳。这武器没有成为人民的武器，而成为反人民的武器了。

1948年6月5日

南昌之一夜

一

遭了散兵的殴打，自以为会死的，却从死亡线上挣脱了转来，这总是愉快的事。小勤务兵失了踪，全部的行李遭了抢劫，四个人倒真真正正成了名实相符的四条光棍了。

摇车的工友劝告我们，最好把摇车减少一部，我们大家都集中到一部车上，他们四个人轮流着摇我们四个人，沿途就不用换班了。看情形沿途一定经过了散兵的骚扰，换班恐怕也是不容易的。

我们接受了这个意见，接着便在车站附近，尽可能采办了一些干粮，在十点钟左右，又重新坐上了摇车，离开了涂家埠。

八个人坐一部手摇车，两个人坐在靠椅上，两个人摇，四个坐在车板上，虽然拥挤得一点，但力量可显得愈见集中了。

车在轨道上飞快地滑走着，沿着铁轨两旁，不断地还有零星的散兵从对面走来，又和我们擦身走过，有的是湖南口音，有的是云南口音，当然都是在南昌被缴了械的难兵了。情形都是很狼狈的，他们离开南昌，沿着铁路线走来，是已经整整走了两天了。

他们对于我们倒也没有什么敌意，没有来抢我们的车，也没有来拦我们的车。毫无疑问，他们是摸不准确我们的身份的，看我们是从九江方面来的，或许怕还认为负有什么调解使命的吧。

难兵愈朝前走愈见稀少起来，到正午时分便终至绝了迹。

沿途的车站都没有人办公，乡村都是关门闭户，有些地方显然遭过抢劫。我们都私自庆幸，幸好减少了车子，并采办了些干粮，不然是无法应付的。

在阳光下直射着，摇车以单调而同一的速度进行，天气虽热，而却有不断的凉风,这些正好是催眠的因素,过了正午以后,车上除摇车的人以外,都打起了瞌睡来。

但我自己始终是兴奋着的。胸上和头上的打扑伤时时作痛。

眼镜失掉了,眼前的印象是模糊的,我也只得闭着眼睛养神。这样却打开了我内部的回忆的闸口。我回想到了整整七个月以前的一段往事,就好像得到了一个天启的一样,我把一个长久不能解释的疑团突然领悟了。

二

那是一九二六年的除夕,我和政治部主任邓演达同乘火车由九江回南昌。

是蒋介石和武昌政府酝酿着分裂的时候。广东的国民党政府北上,道经南昌,便被蒋介石控留在南昌,费了很大力量的争取,算把政府人员争取到武汉去了。当时的主要目的,是想把军权和政权分离,让蒋介石负军事上的责任,而同时要受政府和党的指挥,党和政府不能放在蒋的挟持下受他操纵。蒋自然是不甘心的,因此正秘密地在进行着种种的阴谋,联络帮会、勾结各种反动的民间力量,以从事破坏。

蒋上了庐山,代表反动势力的张静江和陈果夫们在他的左右。

邓演达是代表着武汉派,和当时还算是左翼分子的顾孟馀一道,从武汉到庐山见蒋。他们是受了蒋的电邀,还是自动出发的,我可不甚清楚。照我估计,恐怕出于电邀的成分居多。

邓在庐山和蒋的谈判并不惬意,蒋要邓到南昌总司令行营代理参谋长。(北伐时的参谋长是李济深,李一直留守广州。前方是由白崇禧代理着的,但这时白已以东路军前敌总指挥的名义,向浙江出发了,职务暂由总参议的张群代理着。)这自然是调虎离山之计,邓和武汉派都是不能同意的。然而在邓却有不能抗命的理由:因为蒋是直属上司,邓是一个军人,怎能不服从命令呢?

我那时是在南昌服务的,我以政治部副主任的名义,在管理着行营政治部和整个江西方面的政治工作。邓电邀我到庐山,我是在除夕的前一天去的,我们在旅馆的一间小房里,谈了话。本来不想让蒋知道,以便秘密离开的,但不料于不经意间,遇着蒋的一位随从副官,也就只好公开出来,在山上住了一夜。

邓是讲好在除夕那天去南昌的，他说非去一趟不可，不去恐怕就不能下山。我自然也就决定和他同车。

当除夕的清早，我们在要下山之前，我先到庐山疗养院去见蒋。走到门口的时候，他正从里面出来，照例披着他那件黑披风。他突然见到我，很诧异。他问我："什么时候来的？"我答应他："昨天晚上。"他又问："是择生（邓的字）叫你来的吗？"我回答说："不是，是六军政治部（当时驻扎在九江）请我训话，我个人顺便上山来看看阵亡将士墓的工程的。""见到择生吗？""见到，我们同住在一个旅馆。他告诉我他今天往南昌，因此我来见你，我要和他同车回南昌去了。"

蒋听了我这些话，好像放了心的一样，他要我和他一道走。他说："好，我们到招待所去，一道去看张静江先生。静江先生也打算乘今天的车去南昌的，但我想多留他两天。"回头又像有些不能放心地问我："择生和你谈过什么？"我只好说没有。他接着又说："我叫择生到南昌去代理参谋长，他们总可以放心我了。他们总说：军事的发展太快，政治赶不上军事。他来，总可以使政治赶得上军事了。关于武昌方面的总政治部的事情，我还打算要麻烦你去一趟呢。……"

走到招待所了。半身不遂的张静江，已经在一间凉厅式的会客间里等着，在那儿聚集着很多的人。邓演达、顾孟馀、陈果夫，都在。下山的藤轿都准备停当了，轿和轿夫们也聚集着在窗外的草地上。

那是阴晦的一天。蒋一走进会客间，大家都站立起来了。只有不能站的张静江，瘫坐在藤椅上，特别睁大着在那猴子型的脸上已经够大了的一双眼睛。

蒋没有十分理会别人，却匆匆忙忙地对张静江说："静江先生，今天不要走。"

"为什么呢？"张反问着，"一切都准备好了。"

蒋没有说出理由，只说："我要你多留两天。"

就这样，我们该走的人也就告别下山。顾孟馀在九江留下了，邓演达和我便乘火车到南昌。

三

　　一氓从午睡中醒来了，他和我是并坐在靠椅上的。于是，在我脑中盘旋着的回忆，便找着发泄的对象了。

　　"一氓，你还记得，去年的除夕，南昌城那一次的兵变吗？"

　　"那一次你们不是几乎遇险吗？那次是第三军的少数士兵的哗变。"

　　"在那时候，一般是认为第三军少数士兵，因为年关的薪饷没有发足，激起了哗变，但我现在有点怀疑起来了。"

　　"怎么的？"

　　"我猜想，那一定是蒋介石和第三军的某一个下级军官串通起来，所组织的一个人为的兵变。他们是想在乱军中把邓演达打死的。"

　　于是我把离开庐山时的情形，向一氓诉述了一遍，接着又重述出我们到达南昌时的情形。

　　"我们从牛行车站过江，天已经黑了。一上岸，便有三五成群的乱兵，携带着武器随便开枪。我们探问了一下，晓得是第三军的兄弟。邓主任是军事家，他看情形不稳，便叫我们要小心，一直挨着街边走。走到城门口的时候，竟有机关枪架在那儿。有兵来盘问我们，我们只说是自己人，第三军的，他们便把我们放过了。进了城，沿街都关门闭户，依然是三五成群的士兵不时地乱放枪。走近臬台衙门的时候，在昏黑中又看见有机关枪架在那儿，听见有扳机柄的声音了。有人高声地盘问：谁呀？我们又说，自己人，第三军的。于是乎便把臬台衙门通过了。我们一直走到总督衙门的总司令部，便再没有遇到什么刁难。那晚上，我和邓主任都是草率地在总司令部过了一夜的。"

　　"怎么便可以断定是蒋的阴谋呢？"一氓听着我的陈述，他考虑了一下，还是有点不大相信。

　　"我的怀疑是有五点根据。第一，时间那么凑巧，刚刚在我们回南昌的时候便起了哗变。第二，变兵公然布防，而且只布防由码头到臬台衙门——我们到总司令部所必由之路的那一段。第三，当晚的兵变并没有经过好长的时间，便自行终止了。第四，事后，并没有惩办任何人。第五，这是怀疑出于蒋的阴谋的最坚强的根据，便是，张静江本来决定当天和我们同车到南昌的，由蒋的临时变计，差不多等于命令一样的方式，把他强留了下来。这不表明是有计划的吗？我揣想，他一定是头一天晚上，用长途电话约好了，所摆布的诡计，就是张静江他们也不知道的。"

一泯点着头表示同意，接着又问我："你们在当时是不是觉察到呢？"

"我是刚才坐到这手摇车上，才忽然想到的。我想就是邓主任，恐怕也不曾觉察。"

我的根据是择生在第二天离开南昌时的情形。我便把往事又继续说下去："除夕，我们在总司令部过了一夜，第二天清早一早，我回到东湖的政治部，择生到南门外俄顾问的公馆里去了。九点钟左右，他打了电话来找我，我去了。他把他立刻要离开南昌的话告诉我，他说顾孟馀在九江等他，他们从武昌乘来的一只小火轮，是靠在九江上游的一个隐蔽着的地方，他们是不愁没有方法回武汉的。他说到要分离，他流出眼泪来了。他关心着我，要我小心。但同时他又说，他和蒋共事多年，如今不能不分手了，但他总有一天会觉察到，谁是在为他革命的生命着想，谁是阿谀着他断送他的革命的生命的。这是择生临到那样的瞬刻所说的话，他对于蒋可谓一往情深。你能够相信，他已经觉察到，蒋就在头一天晚上竟摆布出一场兵变来，打算断送他自己的'革命的生命'的吗？"

"演达邓（邓演达的签名，照例用西式，因此我们也每每这样称呼他）毕竟是一位忠厚的人。"一泯自语般地赞叹着。

"还有，你应该还记得：就在邓主任走的那一天，蒋也从庐山回来了，他打电话来要我到总司令部去。我去了，他第一句问我的，便是'择生呢'，他竟把择生关心得那样紧。可见他没有要到命，便紧迫地向着我要人了。"

"你那次倒应付得满好，老蒋丝毫也没有怀疑到你。"

"我看他是把我当成书生，无足重轻，不值一杀罢了。"

在我们说话的当中，坐在我脚下，靠着椅脚睡熟了的翰笙，也早醒来了。他很像感到兴趣，他插口问起我来："你是怎样应付的？"

"我吗？我是装傻。我对蒋说，就是为了除夕的兵变，择生认为有当面向总司令报告的必要，他便赶着回到九江去了。当然是在火车上彼此错过了。就这样，蒋也就没有再追究我。但我想，蒋在当时怕也认为，择生是不能够逃出九江的，因为船舶管理处不会为他备船。但他却没有想到，择生早自预防着了他这一着。那一次的阴谋，在蒋无疑的是失败了。"

四

这些回忆和谈话，算打破了车行中的寂寞，我自己也在私自庆幸着：我的生命力毕竟有蚂蟥那样的执拗，要想使它和我的躯壳脱离，好像也是不很容易的事。

手摇车摇到下午三点多钟的时候，的确到了牛行车站。车站和附近的市镇上，依然一个人也没有。

要打电话吧，电话房是上了锁的，没有办法打通。

我们走到赣江边上去，隔江可望到南昌城，但喊话的声音是不能到达的。江面上连一只船影也没有。赣江正是洪水期，无情的水滚滚地旁若无人地排泻着它的浊浪。有一团团的浮漂像小鸭一样浮在水面一道奔流着。

南昌城上时而有零星的枪声射来，也时而有模糊的士兵的影子可以看出。想来他们也是看见了我们，才在那儿瞄准射击的吧？

——这样是相当危险的，有什么办法过江呢？

我们不期然地，都有些焦急起来了。

在江边望了一会，又回到车站，想找那四位工友设法，但他们连影子也不见了。他们的任务是达成了的，赶紧脱离了危险地带，也正是应分的事。但是我们四个人，到了这时候，却俨然成为了无依无靠的四个孤儿了。

车站上没有办法可想，又只好折回江边。江水依然无情地滚滚地流着，船影一只也没有。有的是城上模糊的人影，空中零星的枪声。我们隔着江，整齐着嗓子，又试了几番喊话，然而一点反应也没有。有的依然是模糊的人影，零星的枪声。

——这是相当危险的，怎么办呢？

虽然并没有追兵在后，而确确实实是有大江在前。我们面面相觑着，真好像伍子胥在过昭关了。

江岸上骈列着一些大户人家，围着很高的封火砖墙，一家家都关门闭户。我们也试着去扣了两家大门，谁也没有人应门。说不定每家人家都是空的，家里人都到别处去躲难去了。

就这样，我们在江边上往复徙倚着，足足有一个钟头，突然晴明的天黑暗下来了，就跟谁在变戏法的那样，满天都涌上了浓黑的稠云，黑得来有几分令人可怕，就像快要到半夜光景。

这是暴风雨的先兆。我们赶快在一间大草棚下躲避起来，那在平时是从江船上起货的堆栈。

天愈来愈黑，突然间下出一批倾盆大雨。——不，这"倾盆"两个字还不够形容，倒可以说是倒海翻江，或者说，整个的天都垮塌下来了的那样。

五

暴雨没有好一会也就过了，眼前的一切，更加真真正正地被冲洗得干干净净。

天气倒凉快了下来，可却增加了心境的凄寂。

——过不了江，和自己人接不起头来，怎么办呢？

天色渐渐昏黄起来了，江水在经过一阵暴雨之后，好像流得更加得意，更加汹涌，船影依然是没有的。不仅渡船没有，就是上下游来往的船，偶尔错误地开来了的也没有一只。

这明明是封了江了。为什么要这样做呢？我们在当时实在不大明白：张发奎的军队还远远驻在德安，从德安到牛行是一片无人之境，也应该是自己的区域吧，为什么要那样退撄，竟到划江而守呢？

大家的心境都已经达到绝望的程度了，真个是上天无路，入地无门，对着那浩浩的赣江，竟想喊出两声整脚的秦腔了。

在无可奈何中，我一个人沿着江边往下游走去。

但是奇怪！走了不很远，我突然发现了一只小船，打着一张红旗子，在江心不安定地摇着。

"呵，救命的船来了！"我不禁叫了出来，又接着拼命喊，"请把船摇过来！请把船摇过来！我是郭主任，要进南昌城去！"

船上有两个人影子，一个在后边掌舵，一个坐在船头近处。

"这真是天外飞来的救星了！"船果然在向着我摇来。

船摇拢了岸，船头上的一位是年轻人，他竟认得我。

"你们是城里派来接我们的吗？"

"不，"年轻人回答，"我是来收军用电线的。是你一个人吗，郭主任？"

"不，我们还有三个人呢，在那上面。我们是昨天夜里由九江动身，坐着手摇车赶来的。"

"你们碰着我们真好了，队伍今晚上就要开拔，从清早起封了江，我这一只船要算是最后一次了。"

啊，这真是天外飞来的救星呀！我自己在心里反复着：简直就像戏里编凑的情节一样。伍子胥过昭关，遇着江上渔父；楚霸王到乌江，遇着乌江亭长；我们来南昌，遇着这位电信队的青年。

六

在昏茫中，渡过了江，天已经黑下来了。

除夕遇险的一幕，自然又回忆起来，但我们这一次是化险为夷了，虽然费了一些周折。在全街关门闭户的街道上，被人引到了贺龙的军部，恰巧是在臬台衙门。贺龙和他的幕僚们正在吃夜饭，他看见我们到了，欢喜得跳了起来。

"呵，你们来了，来了，大家关心得要命啦！"说着便把我们拥抱起来。他当然还不知道我全身都感觉到疼痛。

我们少不得便把九江出发前后的情形，告诉了一遍。他听说我同一泯挨了打，便要叫军医来看，但我们推辞了。因为并没有受什么内伤，外伤也不怎么严重，大家都在忙乱的时候，最好是省得麻烦了。

我们被留着吃了晚饭，贺龙又叫勤务兵拿了两套卫生衣和短裤来送我作为换洗用。他虽然比我肥壮些，但我们的高矮是相差有限的。

不一会，恩来得着消息也赶来了。他已经在电话中知道了我们挨过打并把一切行李都丢掉了，他随身带了一套蓝布军服，是他所分得的，拿来送我。大家都有说不出的高兴。我把张发奎写来的四项要求，交给了恩来，他拿着看了一遍，说："都不成问题了。我们是决定走东江，不走赣南的。本来我们打算今晚就出发，离开南昌，现在改成明早出发了。我们和他自然可以各不相干。我们的方针是缴械，不杀人，他也是应该知道的。'八一'革命，我们只缴了第三军和第六军一部分的械，并没有杀一个人。"

"不杀人，有时也好像不大好。"我半开玩笑地说，"我们倒几乎被你们没有杀的人杀掉了。"

大家哄堂笑了一会，真的快心称意的大笑。

南昌方面的情形，我们也算弄明白了一些，彼此都在庆幸着来得的确是时候。假使我们再迟到一晚上，不仅会掉队，而且有可能会当俘虏的。南昌城里还潜伏着很多的反动分子，等我们的军队开拔之后，他们立地便要露出面来报复的。就是张发奎早迟也难保要翻脸。

恩来是属于参谋团本部的，负责指挥军事上的责任，他很忙。那个组织里面，包含着刘伯承、李立三、彭湃，和其他的主脑人物。他先走了。

当时的革命委员会里面也有总政治部。我和一岷、翰笙是派在总政治部里面的，龚彬属于那一个组织，我可记不清楚了，大约仍然是那一军的军政治部吧。

我们也得赶着在明天出发的，接着便被人引到旧总督署，去就自己的岗位。

七

旧总督署，这个在北伐期中曾经做过蒋介石的总司令部的，现在是革命委员会的大本营了。这儿是我在一九二六与一九二七年之交的三四个月中，每天必须出入的地方。隔了不上半年，又算是旧地重来了。

情形是变了。虽然是在夜间，照例是那有"瞎子"之称的电灯光朦胧地照着，而且都显得零乱，但大家都很兴奋，也都显得那么朝气勃勃。

北伐军由广州出发，不到一年工夫便席卷了长江流域，并几乎完成了统一华北的使命，现在由蒋介石为首的内部叛变，阵线是分裂了，只剩下革命的核心力量，又从长江流域要折回到广东，准备卷土重来。照道理，这应该是革命的挫折，然而在当时，谁也没有这样的感触。"八一"革命是成功了，我们是胜利者。胜利者的气氛的确是弥漫着的，就仿佛那"瞎子"电灯，都呈现着胜利者的面貌。

就在那样的电灯光下，我看见了谭平山和恽代英。

平山在那时是革命委员会的事实上的主席，我们从武昌分手仅仅半个月光景，现在是在另一个天地里会面了。除欢喜之外，彼此都没有什么话好说。

但我对代英却表示了特别的谢意。因为在我未来之前，他已替我们把政治部组织了起来，而且处理得井井有条了。虽然明早就要出发，也没有剩下什么工作要让我们来赶夜工的。

　　代英在担任着宣传委员会的工作，我虽然也是宣传委员之一，同样也无须乎要我来作事务上的处理。

　　说也凑巧，当晚让我留宿一夜的房间，正好是七个月以前的除夕我避难过的地方。旧时的回忆免不得又来萦绕了一番。虽然身上还在痛，但午前在涂家埠遇难的一幕，却比除夕避难的一幕，更加辽远了的一样。

1948年6月21日

入幽谷

一 近卫声明

日本人在拿下了广州和武汉之后，便很踌躇满志地没有再加紧进攻，那是很有道理的。所谓"不战而屈人之师者上也"，那批矮腿邪眼的孙子高足是在那儿实验着不战而屈人了。这意识很鲜明地表现在近卫的两次声明里面。

第一次声明发表于十二月三日，在武汉撤守之后，长沙大火之前。很简短，文不过三段，字不过五百，然而却很扼要而有斤两。

第一段一开首就这样说："帝国陆海军，此次仰赖陛下震武棱威，攻陷广州及武汉三镇，戡定中国各要地，国民政府由是降为地方政权。"很值得玩味。这是说征服中国的大功业已告成，所谓国民政府是值不得作为大规模的军事对象了。故接着便下一转语："但该政府如仍冥顽不灵，固执抗日容共政策，则在该政府歼灭之前，决不停止军事行动。"这更明明是替"该政府"指示出了一条自新之路：只要你不"抗日"，不"容共"，那便再不打你了。"抗日"倒无所谓，因为你已"降为地方政权"。无足轻重。最要紧的是不能"容共"。

第二段申述所谓"建设新秩序"，要"由日、满、支国相互提携，树立政治、经济、文化等项互助连环之关系"，以"达到共同防卫，创造新文化，实现经济合作"。这就更明白地替"地方政权"指示出了今后的任务："共同防卫"——反共反苏。

路子已经开好，"至于国民政府，倘能抛弃从来错误政策，另由其他人员从事更生之建树，秩序之维持，则帝国亦不事拒绝"（第三段），招降纳叛，明目张胆了。"另由其他人员"，看来好像是把蒋介石、汪精卫都除外了，其实这儿正是文章，只要你自己不想除外，那就不算除外。明明除外了的自然是大有人在，在军事方面是八路军和新四军，在政治方面便是国民党反动派以外的一切进步分子了。

这一政治攻势异常猛烈，在今天看起来，我们可以说就是这篇文不上三段、字不满五百的东西决定了"地方政权"今后整个的动向。

汪精卫是被诱引出去了。这位"副总裁"在十二月十八日飞出重庆，二十一日又飞出昆明，飞到了越南的河内。接着是二十二日近卫又有第二次声明，更索性把"共同反共"的要求提出了。"共党在东亚之势力为吾人所不能容忍。日本认为日、支两国为表现日、德、意三国之反共精神，亦应有必要成立反共协定。""日本为达到此项目的，要求在华驻兵，并要求将内蒙划为特别防共地带。"于是而有汪"副总裁"的"艳电"（十二月二十九日）响应，公开通敌，赞成缔结"中日防共协定"。

"副总裁"是这样了，另外一位"正总裁"是怎样的呢？作风是不同，角色是不同，而所演的却同是一出戏。自从武汉撤退以后，一直就是积极防共、消极观战，如此者六七年，不就是再好也没有的证明吗？

在武汉时代本来决定在撤守之后要在衡山设立大本营，继续积极抗战。后来这个计划无形无影地打消了。这不是比汪精卫的艳电还要更有实质的响应吗？

长沙大火之后，也还开过一次堂皇的南岳会议，决议了好些方案，像煞有介事。当时曾提出了这样的两个口号，"宣传重于作战，政治重于军事"，我们做宣传的人竟曾为此而大感高兴。但在今天看来，从此纸上抗日、事上反苏，不就是"宣传重于作战"吗？防共积极、抗战消极，不就是"政治重于军事"吗？

我们，实在是太天真得可爱了。

二　流连南岳

南岳会议是在十一月尾上召开的，我只是在闭幕的一天赶去参加了一次，依然是猛将如云、谋臣如雨的场面。我当时倒有过一点惊异，在抗战应该吃紧的期间，为什么要集中这么多的高级将领来开这样大规模的会议？参加的人，粗略的估计，总怕起码有三百，都是一些将官阶级。这些人在紧急的关头，离开了自己的岗位而来从容论道，不认真是一件奇事吗？

　　会闭幕后，当天晚上便有很多人走了，但我们却被留了下来：原因是"最高"的一篇闭幕辞，要我亲自带到桂林去付排，而文稿尚须"文胆"陈布雷整理。这一整理费了很多时间，不仅当天夜里没有弄好，连第二天一个大清早都没有弄好。因此我们在第二天也就依然不能不留在南岳。

　　那篇闭幕辞其实是很成问题的东西，那儿空空洞洞地没有说到什么，重要的只是谈了一个曾国藩的故事。曾国藩初练水师，一战为太平天国所败，想扑水而死，为部下所劝止。嗣后乃返衡阳练兵，才转败为胜，终把太平天国平定了。（因手中无书，说不定有些错误。）由这便搭到对日抗战。虽然战败了，不要气馁，要学曾国藩再接再厉，收到最后胜利。这个故事的征引实在不伦不类。抗御外侮、转败为胜的先例在中国历史上有的是，他不肯举，而偏偏举了一位内战专家、民族叛徒的曾国藩。尽管多少是有点本地风光，但那以曾国藩的继承者自居的人不是早就存心在鼓励内战吗？

　　但我们实在太天真了，要专候整理，并像赍送圣旨一样，专送桂林，为此更累得周公也被牵连着多住了一天。

　　不过有了这一天的耽搁给了我们一个机会，让我们去登了一次南岳。我不记得是谁先提议的了，就在那第二天的上午，周公、贺衷寒和我，我们三个人约着去登山，都相约不坐轿子。这倒给我留下了一个意外的纪念。

　　南岳衡山是被人传说得十分庄严的，古代作为五岳之一，祭秩比于三公。特别是有了韩愈《谒衡岳庙》的那一首诗，在读书人的脑中，仿佛它真像是一个"天假神柄专其雄"的神物，时常在"喷云泄雾"。但事实上倒并不怎样神奇，特别由我这个生长在峨眉山下的人看来，它实在平常得很。除在山脚下有一些风景区之外，山上都显得非常索寞，既没有什么"松柏一径"的大树，也没有什么"粉墙丹柱"的灵宫。我们只走到半山的铁佛寺便歇下了。这是一座破旧不堪的小庙，但还好，周围倒是有些林木的。贺衷寒说，再往上走过了南天门，风景就更好了。但我们没有再往上走，并不是我们没有脚力，而是太寂寞的山景没有引诱我们的魄力！

　　铁佛寺的老和尚替我们预备了一顿中饭，把庙里自做的豆腐卤拿出来做菜。那倒是再好也没有的珍品啦。小方块的豆腐，糟得很透，色虽灰败而味道很鲜。我们吃了一盘又一盘，把罐子的储蓄都吃光了。和尚很高兴，就好像做了一场大功德，当然我们也并不是白吃的。

在那铁佛寺下边不远处有李泌的读书室，这是所谓名胜古迹了。我一个人特别走去看了一下，那更是使人失望得很。不要说什么"邺侯家藏书，插架三万轴"，就是三本《三字经》都是从那儿找不出来。一列三间的小祠宇，庸俗得实在是无法形容。

但这一次的登山，我却有了一首纪游诗，是在那下山途中勉强凑成的。

中原龙战血玄黄，必胜必成待自强。
暂把豪情寄山水，权将余力写肝肠。
云横万里长缨展，日照千峰铁骑骧。
犹有邺侯遗迹在，寇平重上读书堂。

为了附庸风雅，不得不矫揉造作一番，骗骗自己而已。

那天的天气倒是满好，并没有像一千多年前的韩愈那样，逢着"阴气晦昧"的秋雨节，而劳他"潜心默祷"。众峰是很朗壑的，虽然并不怎么"突兀"，也不显得有所谓"紫盖连延接天柱，石廪腾掷堆祝融"那么生龙活虎般的活跃。但山外的眺望为韩愈所忽略了的却很有可观，七十二峰都一一呈列在目前，好像万马奔腾。韩愈只照顾着衡岳本身，而失掉机会照顾到岳外，我很替他可惜。

三　桂林种种

十二月二日清早由衡阳坐火车动身，三日清早到了桂林。这次有火车的方便，自然没有前两次那样狼狈了。

到了桂林之后，主要的工作是把三厅的人员分了三分之一留下来参加行营政治部，由张志让主持，行营政治部主任是梁寒操。另外的人员便陆续由卡车运往重庆。只有孩子剧团的小朋友们别致，他们自告奋勇，决定步行，沿途工作，走向重庆。他们这一计划后来是很完满地成功了。

那时候陶行知也在桂林，他召开过一次小朋友的大会，似乎就是生活教育社的年会吧。他曾经邀我去演讲，我说过"一代不如一代"的意思有了改变了，并不是下一代不如上一代，而是上一代不如下一代。这一转机，就是孩子剧团的小朋友们给予我的。

长沙大火后有一家白报纸的囤积店没有烧掉，却又搬运不出，因为在善后期中火车只限于军运，断绝了商运。那家囤积商便向三厅求售。令数很大，我现在记不清楚了。商人作为烧掉了，要价比成本还要低。我把这事向陈诚提出过，要政治部买下。陈诚到长沙时给了我一个手条，交总务厅办，而总务厅的那些颟顸老爷却始终没有办。到了桂林那纸商又来找我，我便独行独断地索性由三厅来收买了。这到后来一直供给了政治部好几年的使用，而且还使第二代厅长何浩若，第三代厅长黄少谷，个个都揩了一笔大油水。

救亡日报社的朋友们到了桂林本来打算立即复刊的，但因经费无着，地方上的当局也无意帮忙，以致虚悬着。我扭着陈诚，向政治部要津贴。他很勉强地答应了每月津贴二百元。这津贴的数目虽然少，然而是中央机关所津贴的报纸，对地方党部的麻烦也就是一副挡箭牌了。同时又由夏衍到香港去筹了一笔经费，于是这份文化人的报纸便在翌年元旦又在桂林复刊了。——这报纸是在两年之后，张治中做政治部部长时代，由何浩若亲自跑到桂林去勒令停刊的。

立群在十一月十一日和夏衍、孙师毅、池田幸子等同车，离开了长沙之后，她比我先到桂林。她曾经在省政府附近租了一间小房子，但不幸在十一月底遭了轰炸，除了随身穿着的一点衣服之外，所有的东西都被炸光了。人没有牺牲自然是件幸事。

立群还有一位母亲，是岑春暄的侄女，本来是在行政院任职的，南京失陷时带着一位十三岁的幼女逃回桂林。她们也是什么东西都丢光了，暂时住在水东门的娘家——岑氏宗祠里。据说，依旧时的封建习惯，凡是出了嫁的女子便不准在娘家过年；看看要到年末了，又只得从宗祠里搬了出来。这一老一弱的今后的生路，我们也是须得负责的。这件琐屑的私事，多蒙朋友们的帮助，却解决得最理想。小妹立修，我们要她参加孩子剧团，她很踊跃地参加了。岳母岑蕴文搭着苏联顾问团的小汽车，先我们到重庆。她们两母女不久更由重庆到了延安，于今是比我们更自由，更幸福了。

在桂林我们住在乐群社，有乃超和杜老同住。不久翰笙由香港回来了，他所采办的医药用品，留下了程步高负责搬运。他们的辉煌成就，我在前面是已经叙述过的。

乃超在计划设立日语训练班，打算训练一批人员出来，加紧对敌宣传工作。为了这项工作，他和鹿地亘两人留在桂林，一直住到第二年的五月。但工作却受到梁寒操的种种牵掣，没有达到理想的地步。原先本打算由三厅直接办理的，梁寒操生吞活夺的抢去，乃超和鹿地便只以顾问的名义留下。虽然也招了生，开了班，但所注重的不是日语训练而是思想训练。这就是武汉撤守后，国民党反动派所奉行的一贯的国策——照着近卫声明所指示的途径：消极抗战，积极防共。三厅由凌迟而至于处决，所有一切对于抗战有益的工作，从此以往都逐渐被限制，被毁灭了。

我和立群两人是于二十七日飞往重庆的，但在这之前还遭遇过一些悲欢离合。

四　舟游阳朔

"桂林山水甲天下，阳朔山水甲桂林。"

桂林人是很爱夸引这两句话的。到过桂林而且游过阳朔，我自己也能承认，这两句话并不算夸大。桂林和阳朔的山水（认真说，只能是山）的确很奇特。那些水成的石灰岩，经受了无数万年的风蚀雨削，一座座的山峰各不相连，拔地而起。而千万个峰顶各呈奇状，或如乱迭云母，或如斜倚画屏，或如螺，或如菌，或如书帙在架，或如矛头插天，象鼻、狮子、马鞍、人帽，无形不备。这种山型，我在别的地方不曾看见过。安徽人艳称荒山，但从照片上看来，黄山之奇似乎是在层崖叠嶂间多生小松，而这样的黄山松在桂林、阳朔也并不稀罕。我得承认，桂林、阳朔的山水，在它们的奇拔秀逸上的确是甲于天下的。如果要说到雄浑磅礴，那就完全说不上了。

山是水成的石灰岩，因此便有不少的钟乳洞，在桂林有"无山不有洞"之称。最大的七星崖要算是最大的钟乳洞吧。洞里当然更有些奇形怪象的东西，石笋、石柱、石笔、石帘，叩之有声如钟，成于石浆如乳。但那种不见天日的洞中景物，倒不如在光天化日之中的地上景物，来得更能引人入胜了。

那时候白鹏飞（表字经天）在做广西大学的校长。我们是日本帝大的先后同学，因此他很殷勤地招待了我们。他请我到良乡的大学里去讲演过，据说那校舍是岑春暄所捐赠的，这和立群自然有一番渊源了。校舍的园林相当讲究，有一株很大的红豆树，为我生平第一次所见。那样小巧玲珑的红豆，所谓"相思子"，才是结在那样高大的乔木上。

有一次经天雇了两只船，邀约杜老、何公敢、立群和我，同游阳朔。因此我们便得以尽量地领略了桂林和阳朔的风味。

去的一天在下着微雨，在漓水边坐上了两只有篷的木船。大家都带着被条准备在船上睡一夜。殷勤的经天夫人沈兰冰女士更采办好了一天多的粮食，好几瓶茅台。她决心在船上亲手烹调来款待我们。这样的贤主人的确是难得的，情谊既浓重而风韵又清新。在那奇山异水之中，漂泊了一天一夜，即使不是苏东坡，也尽可以写出一篇《阳朔赋》了。

漓水很清洁，水流很缓，平稳地在两岸的山峰中纡回。有点微雨，更增加了情调。空气是凄冷冷的，远峰每半藏在烟霭之中。时有水鸟成群而游。整个的情景好像是在梦里。

白经天爱唱黑头，时不时要突然来几声《黑风帕》，于是便使得群山震恐，两岸都发出回响。

我在武汉时曾经买过一枝手枪，备而未用，这次是随身带着的。中午时分，经天夫人在烹调的时候，我开玩笑地说，打一只水鸟来做菜吧。拔出枪来，砰的一声——水鸟惊跑了。两岸突兀在幻境中的寒山也几乎惊破了。

经天夫人的烹调很拿手，碰着我们这四大家族，都是饕餮大家而兼高阳酒徒，那就相得益彰了。盘盘必须扫地，罐罐必须嗑乾，有酒便醉，无话不谈，真真是放纵地过了那么一天多并不雅的粗人豪致。

立群，她看见经天夫人的忙碌而高明，兴致冲冲地去帮忙而学习，于是增加了一段有趣的插话。

晚上经天夫人在油炸落花生，立群接过了手去代她管锅，我在舱里闻到花生的煳味了，走去看时，花生米在滚热的油里已经都焦了。立群说：还没有炸脆呢。油炸花生米是要冷了才脆的，她还不知道。吃的时候，花生米已经带苦味了。我说：满好，这可以帮助消化。

第二天上午到了阳朔。回桂林时是坐汽车，汽车的速度太快，陆上便没有水上那样的风趣了。看来所谓"山水"，的确是山与水相联带的。

五　张曙父女之死

在桂林期中敌机也经常来轰炸。当时一般人对于空袭并不大感觉恐怖，有警报时每每不肯躲。再加以敌机是从广州起飞，预行警报和紧急警报之间距离很短，躲有时也来不及。因此有的人也就索性不躲了。就这样张曙父女便遭了悲惨的牺牲。

有一天中午，张曙回家吃中饭，和他的夫人周节女士据说是有点意见上的龃龉。一家人正开始吃饭，警报来了。夫人跑到附近的城门洞口去躲避，张曙和他一位三岁的幼女却没有同去。警报解除后，父女两人被炸死在花园里。女儿抱在父亲的手里已经血肉模糊，父亲的脑袋被炸成了一个空壳。周节回家，看见这样的光景，立地晕倒了。苏醒转来，一时神经失常，见了任何人都喊"张曙"，而又不断地唱着张曙所谱的《洪波曲》。

张曙是最初参加三厅工作的同志，他和冼星海两人在抗战歌曲的传播上是尽了很大的努力的。他这样惨烈地遭了牺牲，同人们都由衷地表示了哀悼。我们把他埋葬在桂林城外的冷水亭，是我替他写的墓碑。当时以为从此在桂林城可以留下一个胜迹了，然而隔不两年寿昌到了桂林，前往扫墓，竟发现墓被铲平了，碑也被打断了，在一个小沟上做着桥。寿昌有文纪其事。

我和张曙，特别在长沙大火中有过一段分姜分粥的往事，他的一死更十分引动了我的感触。我做了好些诗词对联来挽他。为了纪念故人，就我所能记忆的抄录一些在下边吧。

挽　词（调寄《望海潮》）

武昌先失，岳阳继陷，长沙顿觉孤悬。树影疑戎，风声化狄，楚人一炬烧天，狼狈绝言筌。叹屈祠成砾，贾宅生烟，活受阉维，负伤兵士剧堪怜。

中宵殿待辒辌，苦饥肠辘转，难可熬煎。白粥半锅，红姜一片，分吞聊止馋涎。南下复流连，痛几番狂炸，夺我高贤。且听《洪波》一曲，抗战唱连年。

挽诗之一

宗邦离浩劫，举世赋同仇。
报国原初志，捐躯何所尤？
九歌传四海，一死足千秋。
冷水亭边路，榕城胜迹留。

挽诗之二

成仁丈夫志，弱女竟同归。
圣战劳歌颂，中兴费鼓吹。
身随烟共灭，曲与日争辉。
薄海《洪波》作，倭奴其式微。

挽联之一

一片血模糊，辨不出那是父亲，那是女儿；父女共捐躯，剩有管弦传革命。

连年战坚苦，端只为救我国家，救我民族；国民齐努力，誓完抗建慰忠魂。

挽联之二

慈于为人父，忠于为国民，一死献宗邦，双手未遗弱女。

下之穷黄泉，上之穷碧落，九歌招毅魄，千秋长护旌旗。

挽联之三

壮烈唱《洪波》，洞庭湖畔，扬子江头，唤起了三楚健儿，同奔前线。

点滴遗冷水，八桂城中，一星崖下，痛飞尽满腔热血，誓报此仇。

挽联之四

黄自死于病，聂耳死于海，张曙死于敌机轰炸，重责寄我辈肩头，风云继起！

《抗敌》歌在前，《大路》歌在后，《洪波》歌在圣战时期，壮声破敌奴肝胆，豪杰其兴！

六　弓与弦

十二月的月杪，虽然战事暂时停止了，应该说是最多事之秋。这是国民党反动派在抗战态度上的一个转折点，从此由貌似积极转向彻底消极，由勉强对外转为专门对内了。

汪精卫既以十八日逃出重庆，飞向昆明，二十一日又逃出昆明，飞向河内。从此脱离了抗战阵营，走上了他的"曲线救国"之路。接着是日寇近卫内阁继十二月三日的声明之后，又于二十二日来一个第二次声明，明白地提出了"共同反共"的建议。二十九日汪精卫急忙来一个艳电响应，极尽了串演反派的能事。

这些都在前面已经提到过。但在"副总裁"汪精卫的艳电响应之前，却还有人更抢先的，便是"正总裁"的蒋介石在二十六日所发表的长亘五千字的响应了。响应的方式自然不同，一个是串演反派，另一个是伪装正派。伪装正派者对于近卫的第二声明是逐句逐字地加以驳斥的。措辞很严峻，不厌烦复。对方说一字，一定要还十字，对方说一句，一定要还十句，于是原声明仅仅五百字的东西，竟回答以十倍以上的长文。两国交兵。长文骂阵，这岂不是一件滑稽的大事吗？

敌人的指示是国民党"停止抗日容共"或"共同防共"。假使真是有抗日的决心，那就该一反其道而行。怎样一反其道而行呢？很简单，把孙中山的三大政策恢复转来，和苏联更加亲密，和共产党更加合作，把抗战的基础建立在动员工农民众上。那就是最好的答复。说得更具体一点吧，赶快放弃一党专政和个人独裁，立即组织战时内阁，把中共的领袖都请出来，共同参与国政；把作为装饰品的参政会索性进升为真正的民意机关，使它有立法并监督行政的大权；同时惩办那些贪污腐化、自私自利的无能卖国分子。那就是最好的答复。只要你真正在抗日，哪有闲工夫在纸上发泄，和敌人隔海骂阵呢？

所行所为一切都照着敌人的指示在做，抗战的大本营不再设立了，连专做红白喜事的三厅——一个比较积极抗日的文化人集团，都尽力地加以分割并缩小了。敌人是很聪明的，你只在文字上显得嘴硬，而言行不符，它还不会会心微笑吗？一个五百字的声明，你用五千字来驳斥，那正证明了你对于声明毕恭毕敬地读得十分专心，你是已经受了动摇，你是使敌人收到了攻心的效果，从此你们就可以以心传心了。

岳州拿下后敌人不再进，长沙大火后敌人也不再进，这是敌人的示惠，放长了缰绳，来坚定你对于"声明"的了解。两位演员的了解力都很不错，一反一正，一内一外，收到了应合之妙。

因此，汪精卫的出走，在国民党反动派里面，早就有人明白地说过，那是"最高"一人的苦肉计。当时太天真了的人们还有点半信半疑，如今看起来，此一计也，不仅是"苦肉"，而且是苦心了。我们是后知后觉者，看到了陶希圣活着受宠，看到了周佛海死而哀荣，看到了张松献地图，日本人又成为良友，一场闹剧看了十年，才看漏了台。

然而老百姓毕竟是聪明的，前好几年，在川南乡下早就流行着这样的一首民谣：

弓　与　弦

你是弓，我是弦，
你走曲线我走直线，
反正大团圆。

一手弓，一手箭，
盘马弯弓杜美原，
箭箭射燕然。

　　从前我对这民谣不大了解，现在可完全了解了。弓是谁？弦是谁？用不着再说。"杜美原"不是"土肥原"的变音吗？"燕然"不是以音近而影射"延安"吗？

　　摆在眼前的形势谁都是知道的！弓已折了，弦也快要断了。土肥原被宣布了死刑，延安已成为解放中国的圣地。

读《随园诗话》札记（节选）[1]

序

袁枚（1716—1797），二百年前之文学巨子。其《随园诗话》一书曾风靡一世。余少年时尝阅读之，喜其标榜性情，不峻立门户；使人易受启发，能摆脱羁绊。尔来五十有余年矣。近见人民文学出版社铅印出版（1960年5月），殊便携带。旅中作伴，随读随记。其新颖之见已觉无多，而陈腐之谈却为不少。良由代易时移，乾旋坤转，价值倒立，神奇朽化也。兹主要揭出其糟粕者而糟粕之，凡得七十有七条。条自为篇，各赋一目。虽无衔接，亦有贯串。贯串者何？今之意识。如果青胜于蓝，时代所赐。万一白倒为黑，识者正之。

郭沫若
1961年12月12日于从化温泉

一　性情与格律

袁枚于诗主性情说。所谓性情者，谓抒写胸臆，辞贵自然。这较王渔洋神韵说之不着边际、沈德潜格调说之流于空套，自然较胜一筹。然袁枚往往为偏致之论，如云：

> 有性情便有格律，格律不在性情外。
> ——《随园诗话》（以下简称《诗话》）卷一第二则

这把格律和性情，完全等同了。人谁无性情？但并非人人都能诗。诗之有格律，犹音乐之有律吕。格律固可以因时而异，因地而异，因人而异，即所谓"格无一定"，然而总是有规律的。

格律是诗的语言之规律。普通语言即具有规律，何况乎诗！诗之规律可以自由化，充其极如今之散文诗，而在遣词用字之间亦自有其格调。故格律与性情，有客观与主观之异。两者能得到辩证的统一始能成其为诗。徒有性情而无格律，徒有格律而无性情，均非所谓诗也。

性情必真，格律似严而非严，始可达到好处。

二　批评与创作

《诗话》卷一第七则，论及金圣叹与孔尚任。

> 金圣叹好批小说，人多薄之。然其《宿野庙》一绝云："众响渐已寂，虫于佛面飞。半窗关夜雨，四壁挂僧衣。"殊清绝。

金圣叹固然有可鄙薄的地方，但不是由于"好批小说"而可鄙，而是由于好以封建意识擅改所批的小说而可鄙。

忠于封建统治阶级的袁枚，当然不能作这样的阶级分析。他对于金圣叹的评语，等于是说：好批小说虽然可鄙，但幸而还有一首可取的绝诗。

袁枚的保守性，不是还在金圣叹以上吗？

其评孔尚任，亦用同样笔法。

> 孔东塘演《桃花扇》曲本，有诗集若干。佳句云："船冲宿鹭排樯起，灯引秋蚊入帐飞。"其他首未能称是。

这虽未著鄙薄字面，而于诗与曲之间实含有轩轾之意。意思是说：虽然是演曲本的人，也有两句好诗。

又于同卷第六一则中论及洪升，笔法亦完全相同。

> 钱塘洪昉思（升）……人但知其《长生》曲本与《牡丹亭》并传，而不知其诗才在汤若士之上。（下引洪诗二首，从略。）

以诗与曲对举，称洪之诗而于其曲不置可否，用意亦在扬诗而抑曲。

其实曲与诗之别仅格调不同耳。诗失去性情而有词兴，词又失去性情而有曲作。诗、词、曲，皆诗也。至于曲本则为有组织之长篇叙事诗，西人谓之"剧诗"。不意标榜性情说之诗话家，乃不知此。

再进而言之，则小说亦叙事诗也，特其格律自由而已。小说之佳者，即袁枚所谓"文中之诗"（《诗话》卷二第二八则）。"金圣叹好批小说，人多薄之"，所谓"人"者乃士大夫阶层中之道学者流。此其根源在于鄙薄小说，因小说可鄙，故"好批小说"为尤可鄙。真所谓井蛙之见，袁枚亦未见其高蛙一等。金圣叹之于文艺批评，孔尚任、洪升之于曲本创作，成就均在袁枚之上。袁所称三人之诗，无人知之者，而"金批才子书"、《桃花扇》《长生殿》，则几乎人尽知之，且可永传不朽。"不贤者识其小者"，非袁枚之谓耶？

袁枚自视甚高，因其能诗（狭义的诗），故视诗亦高于一切。《诗话》实文艺批评之一种形式，但因诗高，故话诗者亦高。小说贱，故好批小说者亦贱。至于曲本，与小说齐等，故为话诗者所不屑道。时代限人，固不宜专责袁枚，然可因此而更知金圣叹、孔尚任、洪升之可贵。

三　风骨与辣语

《诗话》卷一第二七则：

> 某孝廉有句云："立誓乾坤不受恩"，盖自矜风骨也。余不以为然，寄书规之。

仅举诗一句，未见全文，不知所咏者何题，所愤者何事。然在封建社会中能有此吐属，确见风骨。

袁枚不以为然，自是标准之封建意识。然袁枚时亦自相矛盾。如《诗话·补遗》卷十第六则：

> 诗不能作甘言，便作辣语、荒唐语，亦复可爱。国初阎某有句云："杀我安知非赏鉴？因人绝不是英雄！"……可以谓之辣矣。

这样的"辣语"，与"立誓乾坤不受恩"，相去几何？何以此则"爱"之，而彼则"规"之？

又袁枚自己也有类似语句。《诗话·补遗》卷三第二七则，言尝有句云："双眼自将秋水洗，一生不受古人欺。"味虽不辣，气颇自豪。

"不受欺"与"不受恩"，又有多大区别？封建时代之所谓恩惠，大率欺鱼之钓饵。且古人并非全是骗子，而古人所设之骗局，袁枚却往往受欺。袁枚，于经信《毛诗序》，信《左氏传》，于史骂倒秦始皇、曹操、武则天、黄巢、王安石、李自成。笃信气运、诗谶、扶乩、梦境、鬼魂、神仙、三世……迷信之深，足以惊人，又何尝"一生不受古人欺"耶？

大抵袁枚好自卖弄才华，亦好自卖弄资格。每凭一时高兴，时而是丹非素，亦时而是素非丹。矛盾而不统一，大率类此。

四　评白居易

《诗话》卷一第三四则：

> "宋《蓉塘诗话》讥白太傅在杭州，忆妓诗多于忆民诗。此苛
> 论也，亦腐论也。"

又同卷第四八则：

> "佟法海《吊琵琶亭》云：'司马青衫何必湿？留将眼泪（泪眼）
> 哭苍生。'一般杀风景语。"

"忆妓诗多于忆民诗"，论虽苛而未必腐。白居易与元稹，早年创为新乐府，本有代民立言之意。其后同遭挫折，白遁于隐逸，元逃于闺情，无复当年锐气。蓉塘与法海盖有意刺其明哲保身也。

然唐时妓女多有文采，《琵琶行》之商人妇乃琵琶名手，白居易忆之、咏之，与后世好狭邪游者不同。后世士大夫阶层之放荡者，每视为风流韵事，袁枚之为白居易辩护，实乃为自己辩护而已。故当其欲显示自己之高洁时，

则其嘲笑白居易之论，比蓉塘更苛。

《诗话遗补》卷四第六则：

> "白居易作学士，自称家贫，求兼领户曹。上许之。守杭州时，余俸太多，存贮库中，后官亦不便领用。直至黄巢之乱，才'裁'用为兵饷。家居后，郡僚太守犹为'之'造桥栽树，不已过乎？余尝读《长庆集》而嘲之曰：'满口说归归不肯，想缘官乐是唐朝？'"

这把白居易说成了贪官污吏，不用说在显示袁太史的"三十三而致仕"（袁枚有图章刻此六字）的洁身自好。其实这倒是有点冤枉的。

"自称家贫，求兼领户曹"者，恐曹司舞弊，有亏空时，家贫不能贴补也。"余俸太多，存贮库中"，正明其并未卷入私囊。"郡僚太守犹为'之'造桥栽树"，正明其惠爱在人。"造桥栽树"并非坏事，且亦有益于人，与行贿不同。

袁枚以蓉塘之论为苛，而不知己之论更苛；以法海之诗为杀风景，而不知反"造桥'栽'树"正是大杀风景。

然而袁枚之或辩或嘲，均有所为，醉翁之意正不在酒。

六　谈林黛玉

《诗话》卷二第二二则：

> 康熙间，曹栋亭为江宁织造。……其子雪芹撰《红楼梦》一部，备记风月繁华之盛。明我斋读而美之。当时红楼中有某校书尤艳。我斋题云：
> "病容憔悴胜桃花，午汗潮回热转加。犹恐意中人看出，强言今日较差些。"
> "威仪棣棣若山河，应把风流夺绮罗。不似小家拘束态，笑时偏少默时多。"

明我斋诗所咏者毫无问题是林黛玉，而袁枚却称之为"校书"。这是把"红楼"当成青楼去了。看来袁枚并没有看过《红楼梦》，他只是看到明我斋的诗而加以主观臆断而已。

> 随园蔓草费爬梳，误把仙姬作校书。
> 醉眼看朱方化碧，此翁毕竟太糊涂。
>
> 诚然风物记繁华，非是秦淮旧酒家。
> 词客英灵应落泪，心中有妓奈何他？

十　才、学、识

《诗话》卷三第四七则：

> 作史三长，才、学、识，缺一不可。余谓诗亦如之，而识最为先。非识，则才与学俱误用矣。

今案"作史三长"出《新唐书·刘子玄传》，谓"史有三长，才、学、识，世罕兼之"。袁枚扩而充之，改"世罕兼之"为"缺一不可"，而适用之于诗，并谓"识最为先"，良有见地。

实则才、学、识三者，非仅作史、作诗缺一不可，即作任何艺术活动、任何建设事业，均缺一不可。非不能"兼"，乃质有不一而量有不齐耳。

"识"即今言"思想性"。"识最为先"即今言"政治第一"。误用才与学者亦有其"识"，特"识"其所"识"耳。彼反对政治第一者，在彼亦为"政治第一"，乃"反动政治第一"也。彼反对阶级斗争者，在彼亦在进行其阶级斗争，彼站在反动阶级立场而进行斗争也。

"识"，在历史转折时期则起质变。故有奴隶制时代之识，有封建制时代之识等。袁枚之"识"，封建制时代之识也。即以其《诗话》而言，故在当年虽曾风靡一世，而在今日视之，则糟粕多而菁华极少。居今日而能辨别其糟粕与菁华，则正赖有今日之识。"识最为先"，毕竟一语破的。

但袁枚是无定见的人。关于作诗，才、学、识三者孰先之论，就有三种说法。《诗话》中以"识最为先"矣，此外却还有两种不同的说法。

一、"作诗如作史也，才、学、识三者宜兼，而才为尤先。造化无才不能造万物，古圣无才不能制器尚象，诗人无才不能役典籍，运心灵，才之不可已也如是夫！"（蒋士铨《忠雅堂诗集》序，在《小仓山房文集》卷二十八中，标题为《蒋心余藏园诗序》）

二、"作诗之道难于作史。何也？作史三长，才、学、识而已。诗则三者宜兼，而尤贵以情韵将之，所谓弦外之音，味外之味也。情深而韵长，不徒诗学宜然，即其人之余休后祚亦于是征焉。"（《小仓山房文集》卷二十八《钱竹初诗序》）

在"三长"之外似乎还有"情韵"，但其所解"情韵"，不外是"弦外之音，味外之味"，这又是所谓神韵加格调也。这是靠学可以得来的，故袁亦明言之曰"诗学"。是则"三长"之中又以学最为先了。

《诗话》和二序都是袁枚晚年文字。三处就有三种不同的说法。幸而只有"三长"，如果有五长或十长，那定会说得五光十色了。袁枚之无定见也，如此。

十一 解"歌永言"

《诗话》卷三第五五则：

> 千古善言诗者莫如虞舜，教夔典乐曰："诗言志"，言诗之必本乎性情也。曰："歌永言"，言歌之不离乎本旨也。曰："声依永"，言声韵之贵悠长也。曰："律和声"，言音之贵均调也。

此所引虞舜四语出《尚书·帝典》。伪古文《尚书》析《帝典》为《尧典》与《舜典》，故今本在《舜典》。实则《帝典》《皋陶谟》《禹贡》《洪范》等篇为战国时儒家所托，并非唐虞夏商周时真有其书，而虞舜四语亦非虞舜之语。然就此四语而言，袁枚所解，依稀仿佛，未尽准确。

所谓"歌永言"者，永字当读为咏。此与"诗言志"、"声依永"、"律和声"之言、依、和等字同例，当是动词。故"歌永言"，谓诗之朗诵乃吟咏心声。至"声依永"则谓声调乃依吟咏而抑扬顿挫。袁枚不知"永"

为假借字，而释为"悠长"，所解"歌永言"句则更不着边际。如从字之结构而言，咏字从永，永亦声，乃声兼义之字。咏时其声悠长，所谓"长言之"。但非袁枚所谓也（袁说"声韵之贵悠长"，只解得一个"咏"字）。袁枚每笑人"究心于《说文》《凡将》"，而认为"不可解"（卷二第一四则），其实欲读通古书，《说文》等书，正自不可不讲。

十三 唐太宗与武则天

《诗话》卷三第七六则：

> 女宠虽自古为患。而"地道无成"，其过终在男子。使太宗不死，武氏何能为祸？

此见甚为庸腐。武后执掌政权五十年，扶植下层，奖掖后进，知人明敏，行事果断，使唐代文化臻至高峰，使中国声誉播于远域，凡读史有识者类能言之。他可姑置不论，即以所谓盛唐诸名臣与诸名家而言，何一非培育于武氏执政时期耶？唐玄宗李隆基是一败家子，坐享其成，而亦坐吃山崩。袁枚竟以"祸"归之于武氏，盖亦株守宋儒之偏见耳。

至于唐太宗之死，史书亦曾漏其真相，特一般不甚注意，实为可异。《资治通鉴》唐高宗总章元年有下列记载：

> 贞观之末，先帝服那罗迩·娑婆寐药，竟无效。大渐之际，名医不知所为。议者归罪娑婆寐，将加显戮，恐取笑戎狄而止。

观此，可知太宗之死，实系中毒。娑婆寐乃印度婆罗门，曾为太宗制"长生药"，实为一骗子。可见英明如唐太宗，也不能不有所误失。我倒想另外下一个推断：使武后早见重用，太宗何至受害？"女祸"云乎哉！

十七　哭父母

袁枚颇以放荡自豪，时人亦多以放荡目之。崇之者奉之为"诗佛"，恨之者欲火焚其书。但其实他在骨子里仍然是道貌岸然的。出乎意外的是，他竟反对以诗哭父母。

《诗话》卷五第一八则：

> 有某太史以哭父诗见示。余规之曰：哭父，非诗题也。礼"大功（九月之丧）废业"，而况于斩衰（三年之丧）乎！古人在丧服中，三年不作诗。何也？诗乃有韵之文，在哀毁时，何暇挥毫扪韵？况父母，恩如天地。试问：古人可有咏天地者乎？……
>
> 历数汉唐名家无哭父诗，非不孝也，非皆生于空桑者也。《三百篇》有《蓼莪》，古序以为"刺幽王作"。……惟晋傅咸、宋文文山，有《小祥哭母》诗，母与父似略有间，到小祥（祔后十三月），哀亦略减。然哭二亲，终不可为训。

袁枚而有此议论，不甚可怪耶？但为什么哭父母不可以有诗呢？虽则引经据典，终竟难于理解。《蓼莪》诗中分明有"哀哀父母，生我劬劳"，"哀哀父母，生我劳瘁"等语，怎么能说不是哭父母？即使相信《毛诗序》，但诗序于"刺幽王也"下，明明也说"民人劳苦，孝子不得终养尔"，依然承认是哭父母。

其实父母死了，非常哀痛，呼号出来的哭声也就是诗。《诗话》卷八第七九则也正采录了这样一首《哭母》的诗。

> 吾乡有贩鬻者，不甚识字而强学词曲。《哭母》云："叫一声，哭一声。儿的声音娘惯听，如何娘不应？"语虽俚，闻者动色。

这种哀切的心声是不能不感动人的。尽管袁枚鄙薄他，但不能禁止人不"动色"。袁枚虽然已说过："母与父似略有间"，但那种男尊女卑之论是不能说服人的。连他自己不是也加上了一个"似"字吗？

最奇怪的是这一试问："古人可有咏天地者乎？"这真问得出奇。《诗经》

中歌咏天地的词句，触目皆是。屈原有《天问》，扬雄有《州箴》，非歌咏天地者耶？且日月星辰、风云雷雨，何莫非天？海陆山川、草木虫鱼，何莫非地？诗人而不可以咏天地，则诗歌岂不会绝迹？

袁枚的强词夺理，实在是可以惊人。但揆其用心，也不过是在封建社会中贩卖纲常名教而已。再为袁枚总结一句：诗之为用，小贩以哭父母，大贩则不可以哭父母。

二十　糟汉粕宋

《诗话》卷七第一则：

> 同年叶书山太史（名酉，桐城人）掌教钟山，生平专心经学，而尤长于《春秋》。……注《毛诗》"佻兮达兮"一章为两男子相悦之诗，人多笑之。然作诗颇有性情。（下揭出其《出都》七绝三首。）

"专心经学而尤长于《春秋》"的人，讲《诗经》竟能发作如许惊人之论，直可谓糟汉粕宋。无怪乎"人多笑之"了。袁枚于行文之间隐含褒贬，可见其亦必在"笑之"之例。

袁枚为人，行多放荡，而言则多所忌避。笑人者流，大率此类圣贤之徒也。

叶书山《出都》三绝，俱见风骨。我特喜其第二首。

> 白石清泉故自佳，九衢车马漫纷拿。
> 欲知此后春相忆，只有丰台芍药花。

封建王朝之帝王将相、富贵荣华，都不在诗人之眼中。而诗人"行年七十"，匆匆归去，当然也不在帝王将相之眼中。今后相互回忆的，就只有丰台的芍药花。诗人是会回忆芍药花的，但芍药花如何也能回忆诗人？人到极孤独时，对于花草都倍感亲密。芍药花是能够回忆的，因为它代表着种花的花农。

二十四　瓦缶不容轻视

袁枚于诗之朴素者每以瓦缶为譬而鄙屑之。如云"诗有声无韵是瓦缶也"(《诗话》卷七第三十则)。又云"色彩贵华。圣如尧舜有山龙藻火之章，淡如仙佛有琼楼玉宇之号，彼击瓦缶、披短褐者终非名家"(同卷第六九则)。

又其卷五第八三则云："某太史自夸其诗：不巧而拙，不华而朴，不脆而涩。余笑谓曰：'先生闻乐，喜金丝乎，喜瓦缶乎？入市，买锦绣乎，买麻枲乎？'太史不能答。"

这些说法，完全是偏见。瓦缶之为敲击乐器，于其轻重抑扬之间亦未尝"无韵"。且与金丝为配而雅韵和谐，与歌舞作伴而节奏明著。安见"击瓦缶、披短褐者"便"终非名家"？

所云"某太史"不知为谁，其不答者恐非"不能答"，乃不屑答耳。金丝与瓦缶，音色不同而弹奏各有巧拙，不能以金丝即为巧，而以瓦缶即为拙。锦绣与麻枲，织料不同而服用各有所宜，不能见锦绣即购买，而见麻枲即不顾。彼某太史者，于诗殆有偏好，走陶潜、孟郊一路，与袁枚趋舍不同。其所谓"不脆而涩"，盖取诗须有余味，如茶，如橄榄。袁枚实见之太浅，而却斥人"自夸"，未免太不虚心了。

实则袁枚为人却是自夸之尤者。《诗话》中自我宣传或互相标榜处极多，有时令人感到肉麻。如《补遗》卷十第二九则，引女诗人金纤纤称袁枚诗如金石丝竹，故人喜读之；蒋士铨(心余)诗如匏土革木，故读者寥寥。袁枚誉之，谓"人以为知言"。所谓"知言"者，知先生之言耶？

蒋士铨与袁枚、赵翼同时而齐名，三人且为挚友。蒋工诗古文辞，并工南北曲，有《忠雅堂诗文集》、《铜弦词》、《红雪楼九种曲》传世。以余所见，其成就并不在袁枚下。金纤纤所云，以音色不同而判优劣，浅之又浅者。既不知乐，亦未见其知诗。

三十三　谈改诗

《诗话》卷十二第 20 则：

> 诗改一字，界判天人(人天)，非个中人不解。齐己《早梅》云：

"前村深雪里，昨夜几枝开。"郑谷曰："改几字为一字，方是早梅。"
齐乃下拜。

能虚心坦怀地接受别人的意见，改动自己的文字，是值得赞赏的。但
就这一例来说，这位五代僧人齐己的"下拜"似乎又早了一点。

只引两句诗，无从通会其全篇。但仅就这两句而言，"几"字有两种解释，
一种发问，一是纪实。如为前者，则改"几"为"一"是改疑问为肯定，
改活为死了。开否尚未确知，何能断定为"一"？如是后者，则作者曾踏
雪寻梅，目击到有"几枝"花开。"几枝"亦不失为早梅，何能改窜为"一"？

照情理讲，既有"前村"，又有"深雪"，则诗意以发问为宜。如果是"小
园深雪里，昨夜一枝开"，尚可以说得过去。

因此，这一字的修改，我"非个中人"，实在看不出怎样就是"界判
人天"？

（补白）

今案齐己乃僧人，已入五代。其《早梅》诗全文为五言律，（此文章
成后，读《五代诗话》，得知齐己《早梅》诗为五言律。）诗云："万木冻
欲折，孤根暖独回。前村深雪里，昨夜一枝开。风递幽香去，禽窥素艳来。
明年犹应律，先发映春台。"

《瀛全（奎）律赞》云："寻常只将前四句作绝读。其实二十字绝妙。五、
六亦幽致。"据我看来，后四句实在是赘疣。

又《十国春秋》言："齐己有早梅诗，中云'昨夜数枝开'。郑谷为点
定曰：'数枝非早，不若一枝佳耳。'人以谷为齐己一字师。"

据此，可知原诗为"数枝"，乃肯定语，故郑谷改为"一枝"。（改"数"
字为"几"字是）袁枚记错了。

看来咏早梅（齐己的《早梅》）乃白描诗，非即景即事，故可改"树枝"
为"一枝"。但据我看来，同是白描，改固可，不改也未尝不可。（看不出
有什么天人之界！）

三十五　评王安石

袁枚于王荆公诗深致不满，而于其诗论则尤极意诋毁。如谓荆公"若论诗，则终身在门外"（《诗话》卷一第四六则），又"王荆公论诗，开口便错"（卷六第一则），这是由于成见太深。

平心而论，王荆公为诗，早年好用险韵，且多一韵到底，实在是有意矜奇斗险。但到晚年退隐金陵，所为绝句殊为平易近人。正如孙过庭《书谱》所云"既能险绝，复归平正"。（此语，袁枚亦征引之以论诗，见《诗话》卷七第一七则，唯文有出入。）

至于荆公论诗，亦自个中人，深知甘苦。有这样一段故事。苏东坡《雪夜书北堂壁》诗有句云："冻合玉楼寒起粟，光摇银海炫生花。"荆公问其子王雱：学士此诗妙处？ 雱答云：不过形容雪色与寒意耳。荆公曰：不然。《道藏》以"玉楼"喻肩，以"银海"喻眼，知此而后知学士诗之妙。

袁枚对此却加以驳斥。其说云："东坡雪诗用'银海''玉楼'，不过言雪之白，以银玉字样衬托之，亦诗家常事。注苏者必以为道家肩目之称，则当下雪时，专飞道士家，不到别人家耶？"（《诗话》卷一第四六则）真是极端的诡辩。诗用《道藏》语，何能说为即指道士其人？

要驳斥，自然有驳斥者的自由。但袁枚在同一书中，却又明明根据王安石之说以为说。

> 或称东坡"冻合玉楼寒起粟，光摇银海炫生花"。余曰：此亦有所本也。晚唐裴说诗："瘦肌寒起粟，病眼馁生花。"
> ——《诗话》卷十四第三七则

这不明明为王安石的解释找到证明："玉楼"以比肌肤，"银海"以喻眼吗？袁枚于彼则斥之，于此则袭之。"翻手作云复手雨"（杜甫诗句），究竟公道何在？

苏东坡在王荆公为政敌，但荆公于东坡诗则深加体会，诚意待人。袁枚则不然。心中只横亘着一个"拗相公"的念头，翻来覆去只是说荆公执扭。毁其诗而及其人，毁其人复及其诗。成见之深，令人惊愕。

王荆公诗无一句自在，故其为人拗强乖张。

——《诗话》卷一第四六则

文忌平衍，而公天性拗执，故琢句选词，迫不犹人；诗贵温柔，而公性情刻酷，故凿险缒幽，自堕魔障。

——《诗话》卷六第一则

地主阶级之遗忿，七百年后犹汇萃于袁枚之笔端。究竟谁为"拗强乖张"？谁为"拗执刻酷"？不肯虚己接物，全凭成见骂人。两两相比之下，荆公之性格与袁枚之相悬，奚啻霄壤！

三十九　败石瓦砾

《诗话》卷十六第一则，引徐朗斋（嵩）言："论诗只论工拙，不论朝代。"这话是正确的，但徐接下去用了一个譬语：

譬如金玉，出于今之土中，不可谓非宝也。败石瓦砾，传自洪荒，不可谓之宝也。

这譬语本身，在旧时代的人看来，或许毫无问题；但在今天看来，却含有很大的毛病。

"金玉出于今之土中"，未必即是"宝"，如砂中之金屑，玉之在璞。"败石瓦砾"如果出于周口店北京人遗物堆积中，则是无价之宝，特别是"瓦"！事实上"瓦"之为物不可能"传自洪荒"，要石器时代的末期才能有。

做文章善用譬语是一妙法，但也容易出毛病。说理之文，最好少用譬语。

四十九　太低与太高

《诗话补遗》卷二第四十则，引沈正侯《登摄山》诗一首：

"谁云摄山高？我道不如客。
我立最高峰，比山高一尺。"

诗意是新颖的,但"比山高一尺"把自己说得太低了。"一尺"恐怕是"七尺"的字误,所谓"七尺昂藏"。一般用以代表一个成年人的身高。

同卷第四四则,引苏州女子金兑十三岁时的《秋日杂吟(兴)》。其二首之一云:

> "无事柴门识静机,初晴树上挂蓑衣。
> 花间小燕随风去,也向云霄渐学飞。"

十三岁的女子就能做出这样的诗,是值得称赞的。但初学飞的小燕就能飞向"云霄"吗? 这又把小燕的本领说得太高了。"云霄"如改为"柳梢",或许要更切实际一些。

五十七　猫有权辩冤

《诗话·补遗》卷六第十则,载武林女士王姐有《咏懒猫》一诗,袁枚称其"诗才清丽"。其诗云:

> 山斋空蓁小狸奴,性懒应惭守敝庐。深夜持斋声寂寂,寒天媚灶睡蘧蘧。花阴满地闲追蝶,溪水当门食有鱼。赖是鼠嫌贫不至,不然谁护五车书?

看来这位女诗人是把猫错怪了。猫的习惯,每在夜里活动,白天睡觉。脚跖有厚软的皮下组织,故行步无声。老鼠不来,正因有这猫在,并非嫌主人贫。主人既有"五车书",似乎也不能算"贫"。老鼠绝迹,故猫只好追蝶、捕鱼,正是不懒的证据。因此,我觉得这猫是有权利为自己辩冤的。如果猫会做诗,它可以做出这样一首诗来,和它的女主人,以作为回敬。

> 平等何分主与奴? 持家我亦爱吾庐。
> 劳而无怨江有汜,冥不堕行伯玉蘧。
> 怪汝昼眠恒化蝶,迎余腊祭亦无鱼。

卖贫还请扪心问：老鼠胡为不啮书？

《国风》有《江有汜》一诗，毛传以为"媵遇劳而无怨"。蘧伯玉（孔子时人）"不以冥冥堕行"。庄周曾梦为蝴蝶。古人腊祭迎猫用鱼。主人既有"五车书"，所养的猫姑且假定它也知道这些典故。

五十九　天分与学力

《诗话·补遗》卷六第四十则：

> 诗如射也。一题到手，如射之有鹄。能者一箭中，不能者千百箭不能中。

这所说乃科举时代因题做诗之陋习。但在古时非先有题而后作诗，乃先有诗而后标题。文亦犹是。袁枚屡云"诗到无题是化工"，对此将何以自解？

即以射而论，袁枚所说，亦未中肯。下文云：

> 其中、不中，不离"天分、学力"四字。孟子曰"其至尔力，其中非尔力"——"至"是学力，"中"是天分。

这把孟子的话，恰恰讲反了。"力"才是天分，"中"要凭学习。体力有大有小，犹天分有高有低。当然体力与天分亦非一成不变，可依锻炼程度而有所增减。此如拳斗、举重之有级别，赛跑之有长短距离，声乐家之有高、中、低音，而在各种级别中，都能达到最高峰。但总有一定界限，不能逾越。

中与不中是巧拙，全凭锻炼而来。所谓"梓匠轮舆能予人规矩，不能使人巧"，即是在一般的规矩准绳之内，总要勤学苦练，才能至于巧。"铁杵磨针"之喻，即熟则生巧之意。故中与不中要看学力。偶然射中一箭不能算是本领，总要百步穿杨。

至于学有快慢的不同，巧有程度的差别，在这里虽然也有天分存焉，但我们可以断然地说：勤学苦练，天分虽低，可以达到一定的巧；不勤学苦练，天分虽高，则始终都在门外。

六十九　言　诗

《诗话·补遗》卷九第十六则，载扬州方纮楼《言诗》一首。其诗云：

> 情至不能已，氤氲化作诗。屈原初放日，蔡女未归时。得句鬼神泣，苦吟天地知。此中难索解，解者即吾师。

袁枚谓"数语恰有神悟"。案此诗与法时帆《题诗龛》二首之一，意旨相近。

> ……情有不容已，语有不自知。天籁与人籁，感召而成诗。
>
> ——《补遗》卷六第四六则

袁枚以为"深得诗家上乘之旨"。然二者相较，余则以为方之所见比法更深。诗乃人为，所谓"天籁"亦通过人之感应而出。一般多以轻松愉快者为"天籁"，而其实自然中亦有狂风暴雨、雷电晦冥之悲壮景象，不能以此为非"天籁"也。

方以蔡文姬与屈原对比，即偏重在悲壮方面，故言"得句鬼神泣，苦吟天地知"。蔡文姬之诗，所存者仅《悲愤》二诗及《胡笳十八拍》。《悲愤》二诗，格调平衍，不足形容以惊天地而泣鬼神。余意方所指者必系《胡笳十八拍》，以之比拟屈原，实系先得我心。

七十六　两个梦

《诗话补遗》卷十第五三则：

> 严小秋丁巳（嘉庆二年）二月十九夜，梦访随园。过小桃源，天暗路滑，满地葛藤，非平日所行之路。不数武，见二碑，苔藓

斑然，字不可识。时半钩残月，树丛中隐约有茅屋数间，一灯如豆。急趋就之。隔窗闻一女郎吟曰："默坐不知寒，但觉春衫薄。偶起放帘钩，梅梢纤月落。"又一女郎吟曰："瘦骨禁寒恨漏长，勾人肠断月茫茫。伤心怕听旁人说：依旧春风到海棠。"方欲就窗窥之，忽为犬吠惊觉。此殆女鬼而能诗者耶？

这是一段比较出色的小说，两首诗都饶有风味，分明是严小秋假托，可能是他梦中所成。诗人在梦中吟诗，并不是稀奇事。但分明在说"梦"，而袁枚却以为"女鬼"，虽然是出以疑似之辞，其相信有鬼，是毋庸置辩的。（最后一句是画蛇添足，不知是严语抑系袁语，但袁枚确实相信有鬼。）

由这一个梦可以联想到另一个梦，《补遗》卷九第四六则：

丁酉（乾隆四十二年）二月，陈竹士秀才寓吴城碧凤坊某氏。一夕，梦有女子傍窗外立。泣且歌曰："昨夜春风带雨来，绿纱窗下长莓苔。""伤心生怕堂前燕，日日双飞傍砚台。东风几度语流莺，落尽庭花鸟亦惊。最是夜阑人静后，隔窗悄听读书声。"

及晓，告知主人。主人泣然曰："此亡女所作。"

这倒真成为"女鬼"的诗了。陈竹士梦中所听到的诗，同样是假托。说为女鬼所作，也明明是陈竹士扯谎，但袁枚却老实地信以为真了。

我曾斥袁枚"奸猾"，但从他相信这两个同一类型的假托看来，这位老人还是相当老实的。

注释

1．本篇共有短文七十篇，今选其中十九篇。

科学的春天
——郭沫若在全国科学大会闭幕式上的讲话

亲爱的同志们!

敬爱的邓副主席的重要讲话,方毅同志的报告,我表示衷心的拥护和热烈的欢呼。我们民族历史上最灿烂的科学的春天到来了。我是上一个世纪出生的人,能参加这样的盛会,百感交集,思绪万千。

在旧社会,多少从事科学文化事业的人们,向往着国家昌盛,民族复兴,科学文化繁荣。但是,在那黑暗的岁月里,哪里有科学的地位,又哪里有科学家的出路!科学和科学家,在旧社会所受到的,只不过是摧残和凌辱。封建王朝摧残它,北洋军阀摧残它,国民党反动派摧残它。我们这些参加过五四运动的人,喊出过发展科学的口号,结果也不过是一场空。大批仁人志士,满腔悲愤,万种辛酸,想有所为而不能为,真是英雄无用武之地。我们不少人就是在这种暗无天日的岁月中,颠沛流离,含辛茹苦地度过了大半生。伟大领袖和导师毛主席领导中国共产党进行了艰苦卓绝的斗争,建立了新中国,人民得到了解放,科学得到了解放。毛主席和周总理又亲自为我国规划了建设社会主义现代化强国的宏伟蓝图,对科学事业和科学工作者给予了无微不至的关怀。我国的科学事业有了突飞猛进的发展。回忆起这些情景,一桩桩、一件件的往事都涌上心头,好像就在眼前一样。饮水思源,我们怎能不万分感激和无限缅怀伟大领袖毛主席和敬爱的周总理呢!万恶的"四人帮"对科学工作百般摧残,对科学工作者横加迫害,妄图重新把我们的祖国拉回到愚昧、落后、黑暗的旧社会去。但是,"蚍蜉撼树谈何易"。党中央一举扫除了这伙祸国殃民的害人虫,使我们得到了第二次解放。现在,我们可以扬眉吐气地说,反动派摧残科学事业的那种情景,确实是一去不复返了!科学的春天到来了!从我一生的经历,我悟出了一条千真万确的真理:只有社会主义才能解放科学,也只有在科学的基础上才能建设社会主义。科学需要社会主义,社会主义更需要科学。看到今天这种喜人的情景,真是无比感慨和兴奋。"老夫喜作黄昏颂,满目青山夕照明。"敬爱的叶副主席的光辉诗篇,完全表达出了我们这一代人的心情。

我们中华民族在人类文明发展史上,曾经有过杰出的贡献。现在,在共产党的领导下,我们民族正在经历着一场伟大的复兴。恩格斯在谈到十六世纪欧洲文艺复兴时曾经说过,那是一个需要巨人而且产生了巨人的时代。今天,我们社会主义祖国的伟大革命和建设,更加需要大批社会主义时代的巨人。我们不仅要有政治上、文化上的巨人,我们同样需要有自然科学和其他方面的巨人。我们相信一定会涌现出大批这样的巨人。

科学是讲求实际的。科学是老老实实的学问,来不得半点虚假,需要付出艰巨的劳动。同时,科学也需要创造,需要幻想,有幻想才能打破传统的束缚,才能发展科学。科学工作者同志们,请你们不要把幻想让诗人独占了。嫦娥奔月,龙宫探宝,《封神演义》上的许多幻想,通过科学,今天大都变成了现实。伟大的天文学家哥白尼说:人的天职在勇于探索真理。我国人民历来是勇于探索,勇于创造,勇于革命的。我们一定要打破陈规,披荆斩棘,开拓我国科学发展的道路。既异想天开,又实事求是,这是科学工作者特有的风格,让我们在无穷的宇宙长河中去探索无穷的真理吧!

我祝愿我们老一代的科学工作者老当益壮,进行新的长征,为我国科学事业建立新功,为造就新的科学人才做出贡献。

我祝愿中年一代的科学工作者奋发图强,革命加拼命,勇攀世界科学高峰。你们是赶超世界先进水平的中坚,任重而道远。古人尚能"头悬梁,锥刺股",孜孜不倦地学习,你们为了共产主义的伟大理想,一定会更加专心致志,废寝忘食,刻苦攻关。赶超,关键是时间。时间就是生命,时间就是速度,时间就是力量。趁你们年富力强的时候,为人民做出更多的贡献吧!

我祝愿全国的青少年从小立志献身于雄伟的共产主义事业,努力培育革命理想,切实学好现代科学技术,以勤奋学习为光荣,以不求上进为可耻。你们是初升的太阳,希望寄托在你们身上。革命加科学将使你们如虎添翼,把老一代革命家和科学家点燃的火炬接下去,青出于蓝而胜于蓝。

我的这个发言,与其说是一个老科学工作者的心声,毋宁说是对一部巨著的期望。这部伟大的历史巨著，正待我们全体科学工作者和全国各族人民来共同努力，继续创造。它不是写在有限的纸上，而是写在无限的宇宙之间。

　　春分刚刚过去，清明即将到来。"日出江花红胜火，春来江水绿如蓝"。这是革命的春天，这是人民的春天，这是科学的春天！让我们张开双臂，热烈地拥抱这个春天吧！

1978年3月31日

郭沫若年表（1892—1978）

1892年

　　11月16日，出生于四川省乐山市沙湾镇，乳名文豹，本名开贞，号尚武。

1897年

　　春，入家塾读书。

1906年

　　春，入乐山县高等小学。

1907年

　　春，因反对教师专制，被学校开除，经斡旋返校。同年夏升入乐山中学堂。

1909年

　　秋，因参加罢课，请求校方与当地政府交出惩办打伤同学的肇事者，被学校开除。

1910年

　　春，进省城成都，插入四川官立高等分设中学堂。同年冬，参加成都学界要求早开国会的罢课风潮。次年，回乡组织民团响应辛亥革命。

1912年

　　2月，受父母之命与张琼华结婚，5日后即离家返成都。

1914年

得长兄资助东渡日本留学，考入东京第一高等学校预科。与郁达夫同学。

1915年

秋，入冈山第六高等学校。与成仿吾同学。

1916年

夏，与东京圣路加医院护士佐藤富子相识。 同年冬，与佐藤富子在冈山结婚。开始新诗写作。

1918年

参加留日学生罢课，抵制签订"二十一条"。同年夏，升入九州帝国大学医学部。

1919年

夏，与留日同学响应五四运动，组织抵日爱国社团夏社。作小说《牧羊哀话》。诗作在上海《时事新报》上发表，震动中国诗坛。

1920年

与田汉、宗白华的通信辑为《三叶集》出版。

1921年

休学半年。往返于上海、日本之间筹备出版文学刊物。6月，文学团体创造社在东京成立。第一部诗集《女神》问世。

1922年

《创造》季刊五一节创刊。译歌德《少年维特之烦恼》。

1923年

春，自九州帝国大学医学部毕业。随即回国从事文学活动，编辑出版创造社刊物。诗歌戏曲散文集《星空》出版。

1924年

春，赴日本。在福冈翻译河上肇《社会组织与社会革命》、屠格涅夫长篇小说《新时代》。对马克思主义理论作系统学习和了解。同年冬，归国调查江苏、浙江军阀战祸，作《水平线下》。

1925年

在上海结识中国共产党早期领导人瞿秋白。目睹五卅惨案实况，作二幕剧《聂耳》。《文学论集》出版。译爱尔兰约翰·沁孤戏曲集。发表组诗《瓶》。

1926年

3月，与郁达夫等赴广州，任广东大学文学院学长。结识毛泽东、周恩来等共产党人。创造社出版部成立。同年7月，参加北伐，任国民革命军总政治部秘书长、副主任等职。同年12月，任黄埔军校武汉分校（中央军事政治学校）政治科教官。

1927年

3月，在南昌朱德住处作《请看今日之蒋介石》，痛斥蒋介石叛变革命，被蒋介石政府通缉。同年7月，任第二方面军政治部主任。同年8月，参加八一南昌起义，任中国国民党革命委员会主席团成员、起义部队总政治部主任。经周恩来、李一氓介绍加入中国共产党。同年冬，潜回上海从事文艺活动。重译《浮士德》第一部。因患斑疹伤寒，错过乘船转移到苏联去的机会。

1928年

2月，为躲避国民党政府缉捕，得内山完造帮助离沪，化名旅日，定居千叶县，行动受警方监视。

1929年

作自传《我的幼年》《反正前后》。译辛克莱长篇小说《屠场》。译德国米海里斯《美术考古发现史》。

1930年

论证中国古代存在奴隶制社会形态的《中国古代社会研究》出版。译辛克莱长篇小说《煤油》。

1931年

作《甲骨文字研究》《殷周青铜器铭文研究》《两周金文辞大系》。译马克思《政治经济学批判》。译俄国托尔斯泰长篇小说《战争与和平》、英国威尔士《生命之科学》等。

1932年

作《金文丛考》《创造十年》。次年，作《卜辞通纂》《金文余释之余》《古代铭刻汇考》等。

1934年

作《两周金文辞大系考释》《先秦天道观之演进》《屈原研究》。译《生命之科学》。辑译《日本短篇小说集》。

1936年

作历史小品数篇，辑为《豕蹄》。译日本林谦三《隋唐燕乐调研究》。译德国席勒《华伦斯太》。

1937年

7月，抗日战争爆发。只身归国参加抗战，在上海主办《救亡日报》，组织文化宣传队、战地服务团赴前线劳军。以无党派人士身份，在周恩来直接领导下从事抗战文化工作。作《殷契粹编》《创造十年续编》。

1938年

1月，与于立群结合，同由广州赴武汉，就任国民政府军事委员会政治部第三厅厅长。当选中华全国文艺界抗敌协会理事。同年10月，武汉失守，经长沙、桂林撤至重庆。

1939年

《石鼓文研究》出版。

1940年

4月，在重庆嘉陵江北岸发掘延光四年汉墓。同年9月，辞去国民政府军事委员会政治部第三厅厅长职务，抗议国民党政府强行改组政治部。同年11月，国民党当局被迫同意组成文化工作委员会，任主任。

1941年

11月，周恩来、于右任、冯玉祥等发起纪念郭沫若创作生活25周年及50寿辰。编《五十年简谱》。改写《棠棣之花》。

1942年

作历史剧《屈原》《虎符》《高渐离》《孔雀胆》；译歌德《赫曼与窦绿苔》。创办群益出版社，主编学术刊物《中原》。

1943年

作历史剧《南冠草》。

1944年

春，作《甲申三百年祭》，被中共中央定为整风学习文件。

1945年

草拟《文化界时局进言》，呼吁民主政治。文化工作委员会遂被国民党政府解散。《青铜时代》《十批判书》出版。同年夏，离重庆抵上海。赴南京参加国共和谈。《历史人物》出版。

1947年

译歌德《浮士德》第二部。编《少年时代》《革命春秋》《天地玄黄》等。冬，迁抵香港。

1948年

作《抗战回忆录》(后改名《洪波曲》)。同年年末，为出席新政协会议，赴东北解放区。

1949年

建国前夕，当选中华全国文学艺术工作者联合会主席、中国人民政治协商会议副主席。中华人民共和国成立，任政务院副总理、文化教育委员会主任、中国科学院院长。

1950年

3月，当选中国民间文艺研究会理事长。

1951年

《海涛集》出版。

1952年

2月，《奴隶制时代》出版，论证中国奴隶制社会下限在春秋、战国之交。同年10月，与宋庆龄、彭真等发起亚洲及太平洋区域和平会议，并在北京召开。

1953年

作《屈原赋今译》。当选第二届中国文联主席。

1954年

作《管子集校》。当选全国人民代表大会常务委员会副委员长。

1956年

任国务院科学规划委员会副主任、中央推广普通话委员会副主任、汉语拼音方案审订委员会主任。

1957年

17 卷本《郭沫若文集》出版。

1958年

重新加入中国共产党。

1958年9月—1978年6月

任中国科学技术大学首任校长。

1959年—1960年

创作历史剧《蔡文姬》与《武则天》。

1966年

郭沫若以毛泽东的诗友著称，高度赞颂毛泽东的诗词和书法；也曾赋诗赞美斯大林。郭沫若在"文化大革命"初期被批判，很快就得到了特别保护。他在整个 20 世纪 70 年代基本未受政治运动波及。

1966年

8 月 24 日，参与挖掘定陵。

1971年

发表学术论著《李白与杜甫》。

1976年

"四人帮"被逮捕之后，郭沫若立即赋一首《水调歌头·粉碎"四人帮"》抨击"四人帮"。

1978年

3月，郭沫若在全国科学大会上发表了《科学的春天》的书面报告，号召知识分子钻研学术，迎接"科学的春天"，引起与会人员强烈反响。

1978年

6月12日，郭沫若在北京逝世。根据其遗嘱，郭沫若的骨灰撒在山西昔阳县大寨人民公社的梯田中。